유령퇴장

EXIT GHOST
by Philip Roth

이 도서의 국립중앙도서관 출판예정도서목록(CIP)은
서지정보유통지원시스템 홈페이지(http://seoji.nl.go.kr)와
국가자료공동목록시스템(http://www.nl.go.kr/kolisnet)에서 이용하실 수 있습니다.
(CIP제어번호: CIP2014021287)

유령 퇴장

Exit ghost

필립 로스 장편소설 | 박범수 옮김

문학동네

일러두기

1. 주석은 모두 옮긴이주이다.
2. 본문 중 고딕체는 원서에서 이탤릭체나 대문자로 강조한 부분이다.

B. T.에게

죽음이 너를 취하기 전에, 오 이것을 되찾으라.

―딜런 토머스, 「뼈에서 살점 찾기」

Exit ghost

차례

1
지금 이 순간

나는 지난 십일 년간 뉴욕에 발을 들여놓은 적이 없다. 암세포가 자라고 있는 전립선을 절제하기 위해 수술차 보스턴에 갔던 걸 제외하면 그 십일 년 동안 버크셔 시골 마을의 산길을 한 번도 벗어난 적이 없다. 그뿐 아니라 삼 년 전에 있었던 9·11테러 이후로는 거의 신문을 보지도, 뉴스를 듣지도 않았다. 별다른 상실감 없이—처음에는 일종의 내적 결핍을 느끼긴 했다—나는 이 거대한 세상을 살아가는 것뿐 아니라 지금 이 순간을 살아가는 것조차 집어치웠다. 나는 지금 이 순간 안에 있고자 하는 욕망도, 그 일부이고자 하는 욕망도 아주 오래전에 잃었다.

그런데 지금 나는 남쪽으로 130마일을 운전해 맨해튼에 와 있다. 전립선 수술을 한 후 나처럼 요실금 증세가 생긴 남자 수천

명을 도와주는 처치에 일가견이 있는 마운트시나이 병원의 비뇨기과 의사에게 진찰을 받기 위해서. 이 의사는 요도에 삽입한 카테터를 통해 방광목과 요도가 만나는 부위에 젤라틴 형태의 콜라겐을 주입해, 자신의 환자 가운데 절반 정도의 증세를 비약적으로 호전시켰다. 그러나 그게 그리 대단하다고 볼 수만은 없는 게, 특히 "비약적인 호전"이라는 것이 증세를 부분적으로 완화하는 것에 지나지 않았기 때문이다. "심각한 요실금"에서 "보통 수준의 요실금"으로, 혹은 "보통 수준"에서 "경미한 수준"으로 말이다. 그렇긴 해도 그의 치료 성과는 대강 비슷한 기술을 사용하는 다른 비뇨기과 의사들보다는 나은 편이었기 때문에(수많은 다른 환자와 마찬가지로 나 역시 근치 전립선절제술의 또다른 위험 요소, 즉 신경 손상에 의한 발기부전을 피해가는 행운은 누리지 못했다) 이 증세로 인한 현실적인 불편함에 적응했다고 생각한 지 한참이 지났는데도 나는 상담을 받아보기 위해 뉴욕에 왔던 것이다.

수술을 받고 나서 몇 년 동안 나는 축축한 사타구니 때문에 드는 굴욕감을 극복했다고, 수술 후 처음 일 년 반 동안, 의사가 아주 운좋은 소수의 환자들처럼 시간이 지나면 요실금 증세가 점차 사라질 거라며 그 이유를 제시하던 그 십수 개월 동안 특히 견디기 힘들었던 그 혼란스러운 충격에서 내가 벗어났다고 생각했었다. 하지만 청결함을 유지하고 지린내가 나지 않게 매일

같이 필요한 조치를 취했음에도 나는, 내 마음 깊은 곳에 자리한 수치심을 제어하지 못했듯, 특수 속옷을 입거나 패드를 갈거나 '돌발 사태'에 대처하거나 하는 데 결코 익숙해지지 못했던 게 틀림없다. 혈기왕성하고 건강한 젊은이였을 때 살던 곳에서 불과 몇 블록도 떨어지지 않은 이곳 맨해튼의 어퍼이스트사이드에 내가 일흔한 살의 노구를 이끌고 돌아온 걸 보면 말이다. 방광목에 콜라겐을 영구 점착시키는 처치로 갓난아이보다는 소변 줄기를 제대로 조절할 수 있게 되리라는 확약을 받을 기세로 나는 거기 마운트시나이 병원 비뇨기과의 환자대기실에 앉아 있었던 것이다. 처치 과정이 어떠할지 마음속으로 그려보며 기다리는 동안, 잔뜩 쌓여 있는 〈피플〉이나 〈뉴욕〉 같은 잡지를 건성으로 풀풀 넘기며 앉아 있자니, 도대체 이게 무슨 정신나간 짓인가 하는 생각이 들었다. 쓸데없는 짓 말고 집으로 돌아가자.

암 진단을 받기 두어 해 전 나는 사람들과 떨어져 살기로 결정했고, 지난 십일 년 동안 벽촌의 비포장 흙길 옆에 있는 작은 오두막에서 혼자 지내왔다. 나는 사람들을 거의 만나지 않는다. 이웃이자 친구였던 래리 홀리스가 일 년 전에 세상을 뜬 뒤로는, 청소를 해주러 매주 오는 가정부와 집 관리를 맡은 그녀의 남편과 이야기할 때를 제외하면 아무와도 말 한마디 나누지 않은 채 이삼 일이 지나가기도 한다. 나는 만찬회 같은 데도 참석하지 않고 영화 구경도 가지 않고 텔레비전도 보지 않는다. 휴대전화나 VCR나 DVD플레이어나 컴퓨터도 가지고 있지 않다. 나는 계속 타자기의 시대를 살고 있고, 월드와이드웹이 뭔지도 모른다. 선거 같은 것도 더는 신경쓰지 않는다. 나는 하루의 대부분을, 대개 밤늦게까지 글을 쓰며 보낸다. 독서도 하는데, 주로 학생 때 처음 접했던 책들을 읽는다. 그 걸작들에서 나는 그 작품들을 처음 접했을 때 느꼈던 흥분 못지않은 감명을 느끼는데, 때로는 처음보다 더 큰 감동을 받기도 한다. 최근 나는 조지프 콘래드의 작품을 오십 년 만에 다시 읽고 있는데, 가장 최근에 읽은 것은 『섀도라인』이다. 다시 한번 찬찬히 읽어보려고 뉴욕에 오면서 가지고 왔다가, 전날 밤 잡자마자 단숨에 읽어버렸다. 나는 음악을 듣고, 숲속을 산책하고, 날이 따뜻할 때는 내 연못에서 수영을 한다. 여름에도 수온이 결코 20도를 크게 웃돌지 않는 그 연못에서 나는 수영복도 입지 않고 다른 사람들의 시선을 신경쓸 일 없이 마음놓고 수영한다. 그래서 주변 연못 물을 눈에 띄게 변색시키는 가느다란 오줌 줄기의 소용돌이가 내가 헤엄쳐 지나온 자리에 남더라도 대체로 동요하지 않으며, 공공수영장에서 수영하는 동안 내 방광이 내 의지와 상관없이 제 속을 비웠다면 틀림없이 나를 무너뜨렸을 절망감 같은 것도 전혀 느끼지 않는다. 수영을 원하는 요실금 환자를 위해 가장자리가 강력하게 조여지도록 디자인된, 결코 새어나가지 않는다고 광고하는 비닐 팬티가 있다. 나는 숱하게 이런저런 핑계를 대다 결국 마음을 정하고 수영용품 카탈로그에 나와 있는 그 팬티를 주문해 연못에서 시험해보았다. 약간 크다 싶은 그 흰색 블루머를 수영복 속에 입자 문제점이 줄긴 했지만 나의 자의식을 잠재워버릴 만큼 충분한 수준은 아니었다. 나는 나 자신을 당혹스럽게 만들고 다른 사람들을 불쾌하게 만들 수도 있는 위험을 무릅쓰는 대신, 대학 수영장에서(그 블루머를 수영복 속에 받쳐 입은 채로) 거의 일년 내내 규칙적으로 수영하려던 생각을 아예 접었다. 그리고 버크셔 산골의 몇 개월 안 되는 따스한 기간 동안만, 비가 오든 화창하든 이따금 연못 물을 노랗게 물들이며 매일 삼십 분 동안 왕복하는 것에 계속 만족하기로 했다.

나는 일주일에 두어 차례 산을 내려가 집에서 8마일 떨어진 아테나에 간다. 식료품을 사거나 옷을 세탁하거나 이따금 외식을 하거나 양말 한두 켤레를 사거나 와인 한 병을 고르거나 아테나 대학 도서관을 이용하기 위해서다. 탱글우드가 그리 멀지 않아, 여름이면 십여 차례 정도 그곳에서 열리는 음악회에 운전해 다녀오기도 한다. 나는 대학에서 낭송회나 강연회도 하지 않고 강의도 나가지 않으며 텔레비전에도 출연하지 않는다. 내 작품이 출간되어도 다른 사람들에게 알리지 않는다. 나는 하루도 빼놓지 않고 일주일 내내 글을 쓴다. 그 외에는 침묵한다. 아예 작품을 발표하는 것마저 그만둘까 하는 유혹도 느낀다. 내게 필요한 것은 그저 일과 그 일을 하는 것 아닌가? 요실금에 발기부전까지

된 마당에 그런 게 더이상 무슨 대수란 말인가?

래리 홀리스와 메릴린 홀리스 부부는 래리가 변호사로 평생을 일한 하트퍼드 보험회사에서 은퇴한 뒤 웨스트하트퍼드에서 버크셔 산골로 이사를 왔다. 래리는 나보다 두 살 아래였는데, 인생이란 그 안의 모든 것이 용의주도하게 계획되어 있어야만 안전하다고 여기는 것처럼 보이는, 꼼꼼하고 까다로운 사람이었다. 그가 나를 자신의 인생으로 끌어들이려 했던 처음 몇 개월 동안 나는 죽어라 그를 피했다. 하지만 결국 굴복하고 말았는데, 나의 외로움을 덜어주려는 그의 욕망이 워낙 집요했을 뿐 아니라 그와 같은 사람은 한 번도 본 적이 없었기 때문이었다. 그의 평가에 따르면 그는, 하트퍼드에서 리놀륨 상점을 하던 아버지가 암으로 돌아가시고 겨우 사 년 뒤, 그가 열 살 때에 어머니마저 같은 병으로 끔찍하게 고생하다 결국 세상을 뜨자, 장차 자신이 하게 될 모든 선택을 결정지어버린 슬픈 유년사를 가진 어른이었다. 외아들이었던 래리는 코네티컷 주의 황량한 공업도시 워터베리 외곽에 자리한, 하트퍼드에서 서남쪽에 있는 노거턱 강가에 사는 친척에게 보내졌다. 그는 그곳에서 '해야 할 일들'이라는 제목의 일기를 썼고, 그 소년 시절 일기장에 이후 평생 동안 한 글자도 어김없이 철저히 이행한 장래의 계획을 세웠다. 그때 이후로 그가 하는 일에는 모두 분명한 이유가 있었다. 그는 성적도 A가 아니면 절대 만족하지 못했고, 십대 때는 자신의 성적을 정확히 평가해주지 않은 선생에게 강력하게 따지기도 했다. 그는 고등학교를 조기 졸업하고 열일곱 살 이전에 대학에 들어가려고 여름 계절학기 강좌를 수강했다. 코네티컷 대학에 들어가서도 매년 여름 계절학기를 수강했다. 그는 대학에서 전액 장학금을 받았고, 숙식비를 해결하기 위해 일 년 내내 대학 도서관의 보일러실에서 일했다. 그렇게 대학을 졸업한 그는(겨우 열 살 때 계획했던 그대로) 이름을 어윈 골럽에서 래리 홀리스로 바꾸었고, 공군에 입대해 전투기 조종사가 되어 홀리스 중위로 세상에 이름을 알린 다음, 제대군인원호법의 혜택을 받았다. 전역한 그는 포덤 로스쿨에 입학했는데, 공군에서 삼 년을 복무한 대가로 정부는 그가 로스쿨에 다니는 삼 년 동안 학비를 대줬다. 그는 공군 조종사로 시애틀에 주둔할 때, 고등학교를 갓 졸업한 콜린스라는 예쁜 여자에게 적극적으로 구애했다. 그녀는 그가 생각하는 아내의 조건에 정확히 부합했는데, 그 조건 가운데 하나는 아일랜드계 혈통이어야 하고 곱슬곱슬한 흑발에 래리 자신처럼 담청색 눈동자여야 한다는 것이었다. "유대인과는 결혼하고 싶지 않았네. 내 자식들이 유대교의 영향을 받으며 자라거나 유대인이라는 사실과 어떤 식으로든 관계되는 게 싫었거든." "왜지?" 나는 그에게 물었다. "내가 자식들한테 바라는 건 그런 게 아니니까." 그가 대답했다. 자신이 원하는 것을 원하고 원치 않는 것은 원치 않는 것, 이것은 어떤 인생을 살 것인지 서둘러 계획했던 그 어린 시절 이후 그가 구축해온 완전히 양식화된 체계의 삶에 대해서 내가 던진 거의 모든 질문에 대한 그의 답이었다. 자신을 소개하려고 처음 우리집 문을 두드렸을 때—그와 메릴린이 그 흙길을 따라 반 마일 떨어진, 우리집에서 가장 가까운 이웃집으로 이사하고 겨우 며칠 뒤였다—그는 그 자리에서 바로, 내가 매일 밤 혼자 식사하는 것을 원치 않으므로 최소한 일주일에 한 번은 내가 자기 집에서 자기 부부와 함께 식사해야 한다고 결정을 내렸다. 그는 내가 일요일마다 혼자 있는 것을 원치 않았다. 고아가 되어 주 정부의 유제품 감독관으로 일하던 숙부와 일요일마다 노거턱 강에서 낚시나 해야 했던 자신처럼 누가 혼자라는 생각을 견딜 수 없어했다. 그래서 그는 일요일 아침마다 함께 등산을 하자고 하거나, 날씨가 궂으면 탁구 시합이라도 하자고 우겼다. 나는 소일거리 삼아 탁구를 치는 것이 아주 고역이었지만, 책을 쓰는 일에 대해 그와 대화를 나누느니 차라리 탁구 시합으로 그의 기대에 부응하는 게 나았다. 그는 글쓰기에 관해 신랄하게 질문을 던졌고, 성에 찰 만한 대답을 듣기 전까지는 절대 만족할 줄 몰랐다. "아이디어는 어디서 얻지?" "어떤 아이디어가 괜찮은 건지 형편없는 건지는 어떻게 알지?" "언제 대화를 넣고, 언제 대화 없이 이야기로 끌어갈지 어떻게 정하지?" "책이 마무리되었다는 걸 어떻게 알지?" "첫 문장은 어떻게 정하나? 작품 제목은 어떻게 정하지? 마지막 문장은 어떻게 정하지?" "자네 최고의 작품은 뭔가?" "최악의 작품은?" "자네가 만들어낸 등장인물은 마음에 드나?" "등장인물을 죽인 적이 있나?" "어떤 작가가 텔레비전에 출연해 등장인물이 작품을 떠맡아 스스로 써나간다고 말하는 걸 들은 적이 있네. 사실인가?" 그는 1남 1녀를 원했지만, 메릴린은 넷째 딸을 낳은 후 그가 열 살 때부터 계획했던 남자 후계자를 낳기 위한 출산을 더이상 하지 않겠다고 거부했다. 커다란 덩치에 얼굴이 각지고 머리칼은 모래색인 그의 두 눈엔 광기가 어려 있었다. 그의 광기 어린 담청색 눈은 메릴린의 아름다운 담청색 눈과도, 공군 시절 그와 가장 친했던 친구의 여동생이 보여준 세련됨과 예의바름을 지니길 원해 그녀가 다닌 웰즐리에 진학시킨 귀여운 네 딸의 담청색 눈과도 달랐다. 함께 레스토랑에 가면(격주로 토요일 밤마다 갔는데, 이 역시 그에게는 재고의 여지가 없는 일이었다) 웨이터를 귀찮게 하는 역할은 그가 맡을 거라고 기대해도 좋았다. 어김없이 빵에 대한 불만이 터져나왔다. 신선하지 않다. 그가 좋아하는 종류가 아니다. 모두가 먹기에 충분하지 않다.

어느 날 저녁식사 후에 그가 예고도 없이 들이닥쳐 내게 오렌지빛 새끼 고양이 두 마리를 갖다 안겼다. 한 녀석은 털이 길고 다른 녀석은 짧았는데, 태어난 지 갓 팔 주가 지난 녀석들이었다. 내가 새끼 고양이 두 마리를 구해달라고 한 적도 없고 그가 내게 그 선물에 대해 미리 언질을 준 적도 없었다. 그는 그날 아침 검진을 받으러 안과에 갔다가 병원 접수원이 자기 책상 옆에 붙여놓은 새끼 고양이 분양 게시문을 보았다고 했다. 오후에 그는 그 여자의 집으로 찾아가, 내게 주려고 새끼 고양이 여섯 마리 가운데 가장 잘생긴 두 마리를 골라 왔다. 그 게시문을 보고 맨 처음 내가 떠올랐다는 것이다.

그는 새끼 고양이들을 바닥에 내려놓았다. "이건 자네가 살아야 할 인생이 아니야." 그가 말했다. "그럼 누구 같은 인생을 살아야 하는데?" "글쎄, 하나를 꼽자면 내 인생이 있지. 난 내가 원했던 걸 다 가졌어. 난 자네가 외톨이 인생을 살게 더이상 내버려두지 않을 거야. 자넨 그런 삶을 빌어먹을 극한까지 밀어붙이고 있어. 너무 극단적이야, 네이선." "자네처럼 말이지." "내가 그렇다니 말도 안 돼! 난 이런 식으로 사는 사람이 아니야. 내가 자네한테 요구하는 건 약간의 평범함일 뿐이야. 어떤 인간한테든 이건 너무 고립된 삶이라고. 적어도 친구 삼아 고양이 두 마리 정돈 키워볼 수 있지 않겠나. 고양이용품은 내 차에 다 있네."

밖으로 나갔다 되돌아온 그는 커다란 슈퍼마켓 봉지 두 개에 든 것을 바닥에 꺼내놓았다. 고양이가 돌아다니며 가지고 놀 수 있는 작은 장난감 예닐곱 개, 고양이 먹이 열두 캔, 배변용 플라스틱 상자와 거기에 까는 흡수형 모래 한 포대, 플라스틱 밥그릇 두 개, 플라스틱 물그릇 두 개였다.

"필요한 건 이게 다야." 그가 말했다. "정말 예쁘지 않나. 한번 보게. 얘들이랑 같이 있으면 시간 가는 줄 모를 거야."

그가 이 모든 것에 대해 대단히 단호했기 때문에 나는 이렇게 말하는 게 고작이었다. "정말 사려 깊군, 래리."

"이름은 뭐라고 지을 건가?"

"A와 B."

"안 돼. 이름이 있어야지. 자넨 하루종일 알파벳하고 지내고 있잖나. 털이 짧은 녀석은 쇼티, 긴 녀석은 롱이라고 부르게."

"그럼 그렇게 하지."

내가 가진 단 하나의 강력한 관계에서 나는 래리가 정해놓은 역할에 빠져버렸다. 래리의 인생에서 모든 사람이 그러했듯, 나도 기본적으로는 래리의 규율에 순종했다. 상상해보라, 네 딸 가운데 단 한 명도 "나는 바너드 대학에 가고 싶어요, 오벌린 대학에 가고 싶어요" 하고 말하지 않았다는 것을. 그와 그의 가족과 함께 있을 때 그가 공포 분위기를 조성하는 가부장적 폭군으로 여겨진 적은 단 한 번도 없었지만, 내가 아는 한 그의 딸들 가운데 누구도, 너는 웰즐리 대학에 들어가야 한다, 거기에 토 달지 마라, 라는 아버지의 말에 저항한 적이 없다는 것이 정말 이상하게 느껴졌다. 하지만 래리의 순종적인 자식들이 무의지無意志한 삶에 대해 의지를 보이는 것이 그리 놀랍지 않기도 했는데, 생각해보면 나 자신도 그들과 마찬가지였기 때문이다. 래리는 자신의 인생에서 사랑하는 사람들로부터 완전한 묵인을 얻어내는 방식을 통해 힘을 쟁취했다. 나의 방식은 내 인생에 아무도 두지 않는 것이었다.

그가 고양이를 가져온 건 목요일이었다. 나는 일요일까지 녀석들을 데리고 있었다. 그 며칠 동안 나는 사실상 전혀 책을 쓰지 못했다. 대신 고양이에게 장난감을 던져주거나, 두 마리를 함께 혹은 번갈아 내 무릎에 올려놓고 쓰다듬어주거나, 아니면 그냥 앉아서 녀석들이 먹이를 먹거나 장난을 치거나 털을 핥거나 잠을 자는 모습을 지켜보며 시간을 보냈다. 나는 고양이 배변 상자를 주방 모퉁이에 놓아두었고, 밤이 되면 고양이들을 거실에 내놓고 내 침실 문을 닫았다. 그리고 아침에 일어나면 맨 먼저 녀석들을 보기 위해 서둘러 방문을 열었다. 녀석들은 내가 문을 열 때를 기다리며 문가에 바짝 붙어 앉아 있곤 했다.

월요일 아침, 나는 래리에게 전화를 걸었다. "제발 와서 고양이 좀 데려가게."

"고양이를 싫어하는군."

"정반대네. 녀석들이 여기에 있으면 난 한 자도 쓸 수 없을 거야. 녀석들과 한집에서 지낼 수가 없네."

"못 지낼 건 또 뭔가? 도대체 왜 그러는데?"

"너무 즐거워서 탈이지."

"좋아. 훌륭해. 바로 그거라니까."

"래리, 와서 좀 데려가게. 자네만 괜찮다면 내가 직접 안과 접수원한테 녀석들을 데려다주겠네. 더는 여기 놔둘 수 없어."

"무슨 소린가? 나를 무시하는 건가? 아니면 허세? 난 자제력이 있는 사람이긴 하지만, 자네가 날 무안하게 만드는군. 같이 살라고 사람 둘을 보낸 것도 아닌데, 세상에. 그냥 고양이 두 마리를 갖다줬을 뿐이잖나. 조막만한 새끼 고양이 말이야."

"난 녀석들을 감사히 받았네, 안 그런가? 같이 지내려는 시도도 해봤고, 아니야? 제발 녀석들 좀 데려가게."

"싫네."

"난 고양이를 갖다달라고 부탁한 적이 없어, 자네도 알다시피."

"그건 아무것도 입증할 수 없네. 자네는 아무것도 부탁하지 않으니까."

"그 안과 접수원 전화번호나 가르쳐주게."

"못하겠는데."

"좋아. 그렇다면 내가 알아서 처리하지."

"자넨 미쳤어." 그가 말했다.

"래리, 새끼 고양이 두 마리로 내가 새사람이 될 수 있는 건 아니네."

"하지만 지금 정확히 그런 일이 벌어지고 있잖나. 자네가 절대 못 일어나게 막는 그 일이 바로 그거잖나, 난 이해할 수 없네. 자네 같은 지적인 사람이 자신을 그런 부류의 인간으로 만들려 들다니. 나로선 도저히 이해할 수 없는 일이야."

"인생에는 불가해한 일이 많은 법. 내가 보여주는 사소한 불명료함 때문에 스스로를 괴롭히면 되겠나."

"좋아. 자네가 이겼네. 내가 가지, 가서 고양이를 데려가겠네. 하지만 이걸로 끝난 건 아니야, 주커먼."

"자네가 포기했다거나, 포기할 거라고 생각할 근거가 내겐 전혀 없다네. 자네도 알다시피 자네 역시 살짝 미쳤거든."

"말도 안 돼!"

"홀리스, 제발, 난 나 자신을 바꾸기엔 너무 늙었어. 와서 고양이를 데려가게."

넷째 딸이 래리처럼 포덤 로스쿨을 나온 젊은 아일랜드계 미국인 변호사와 뉴욕에서 결혼식을 올리기 직전, 그는 암 진단을 받았다. 그의 가족은 결혼식에 참석하기 위해 뉴욕으로 떠났고, 같은 날 래리를 담당한 암 전문의는 그를 코네티컷 주 파밍턴에 있는 대학병원에 입원시켰다. 입원 첫날 간호사가 그의 맥박과 혈압, 체온을 재고 그에게 수면제를 주고 나가자, 그는 불 꺼진 입원실에서 아무도 모르게, 자신의 면도용품 주머니에 숨겨뒀던 백여 알의 수면제를 침대 옆에 놓인 물과 함께 삼켜버렸다. 다음 날 아침 일찍 병원에서 걸려온 전화를 받은 메릴린은 남편의 자살 소식을 들었다. 몇 시간 뒤, 그녀의 고집에 못 이겨—그녀가 괜히 그 세월 동안 래리의 아내 노릇을 할 수 있었던 것이 아니었다—가족은 결혼식을 그대로 진행했고, 피로연을 끝낸 후에야 그의 장례 계획을 세우기 위해 버크셔 산골로 돌아왔다.

나중에 안 일이지만, 래리는 그다음 주 월요일에 입원할 수 있었는데도 굳이 바로 그날 입원하도록 의사에게 미리 손을 써놓았다. 가족이 한자리에 모였을 때 자신이 죽었다는 소식을 듣게 하려는 의도에서였다. 게다가 자신의 시신을 처리할 전문가가 있는 병원에서 자살함으로써 메릴린과 자식들이 자살에 따르기 마련인 온갖 끔찍한 상황에 직면하지 않도록 했다.

세상을 등졌을 때 그는 예순여덟 살이었고, '해야 할 일들'이라는 일기장에 기록된 계획 가운데 언젠가는 래리 홀리스 주니어라는 이름의 아들을 갖겠다던 계획을 제외하고는 놀랍게도 열 살에 고아가 되었을 때 상상했던 목표를 모두 이뤄냈다. 그는 막내딸이 결혼해 새로운 인생에 들어서는 것을 볼 만큼 충분히 오래 버텼을 뿐 아니라, 자신이 가장 두려워했던 일, 즉 부모가 천천히 암에 굴복하는 과정을 지켜봐야 했던 자신처럼 그의 자식들도 아버지가 고문이라도 당하듯 고통스럽게 죽어가는 모습을 지켜보게 되는 일을 피해 생을 마감할 수 있었다. 그는 내게도 메시지를 남겼다. 그런 와중에도 나를 챙겼던 것이다. 우리 모두가 그의 죽음을 알게 되었던 그 일요일의 다음날인 월요일에 나는 편지를 받았다. "네이선, 이보게, 난 이런 식으로 자네를 떠나는 게 싫네. 이 넓은 세상에서 혼자 지내면 안 돼. 무엇과도 접촉하지 않고 지내면 안 된다고. 내가 자네를 처음 봤을 때, 그때처럼 지내지 않겠다고 약속하게. 자네의 충실한 친구, 래리가."

그래서 내가 비뇨기과 대기실에 남아 있었던 것일까. 일 년 전 거의 그날쯤 래리가 내게 그런 짧은 편지를 남기고 자살했기 때문에? 모르겠다. 설사 그랬다 해도 그게 그렇게 중요하진 않았을 것이다. 오랫동안 보지 않았던 종류의 잡지를 훌훌 넘기며 유명한 배우와 유명한 모델과 유명한 의상 디자이너와 유명한 요리사와 재계 거물의 사진을 들여다보고, 어딜 가야 미국인의 소비를 위해 생산된 온갖 것 가운데 가장 비싼 것, 가장 싼 것, 가장 유행하는 것, 가장 타이트한 것, 가장 감촉이 부드러운 것, 가장 우스운 것, 가장 세련된 것, 가장 촌스러운 것을 살 수 있는지 배우고, 진료 예약 시간을 기다리며 거기 앉아 있었던 건 그저 내가 거기 앉아 있었기 때문이었으니까.

나는 전날 오후에 뉴욕에 도착했다. 미리 예약해둔 힐튼 호텔에 짐을 풀고 시내 구경이라도 할 생각에 6번가로 나갔다. 그런데 어디서부터 시작하지? 예전에 살던 거리를 다시 찾아가볼까? 점심을 먹으러 가곤 했던 동네 가게부터? 신문을 사던 신문가판대나 책 구경을 하던 서점들부터 가볼까? 하루 일과를 끝내고 걷던 긴 산책로를 되짚어 걸어봐야 하나? 아니면 이제 나와 같은 부류의 인간을 많이 보지 못하는 처지니 그들을 찾아봐야 할까?

이 도시를 떠나 있는 동안 전화 통화도 하고 편지도 주고받았지만 버크셔 산골에 있는 우리집이 워낙 작아 선불리 사람들에게 놀러오라고 권하지 못했다. 그러다보니 시간이 지나면서 개인적인 접촉이 뜸해졌다. 오랫동안 함께 작업했던 편집자들도 출판사를 옮기거나 은퇴했다. 알고 지냈던 작가의 상당수는 나처럼 도시를 떠났다. 알고 지냈던 여자들도 전직했거나 결혼했거나 이사했다. 들러볼까 하고 제일 먼저 떠올렸던 두 사람은 이미 세상을 떴다. 난 그들이 죽었다는 걸, 그들의 특색 있는 얼굴과 친숙한 목소리가 더는 이 세상에 존재하지 않는다는 걸 알고 있었다. 하지만 호텔 앞에 서서, 내가 버리고 떠나왔던 인생 속으로 어떻게 그리고 어디에서 한두 시간 정도 다시 들어가볼지 결정하고 있자니, 그 시절로 한 걸음 되돌아갈 가장 간단한 방법이 무엇인지 생각하고 있자니, 이십 년 동안 잠들었다 깨어났는데도 그저 하룻밤 떠나 있었을 뿐이라고 생각하며 산을 내려가 자신이 살던 마을로 들어간 립 밴 윙클*과 그리 다르지 않은 듯한 기분이 들었다. 립 밴 윙클은 덥수룩하게 자란 자신의 잿빛 턱수염을 우연히 만져보고 나서야 얼마나 세월이 흘렀는지 깨달았고, 나중에는 자신이 더는 영국 국왕이 지배하는 식민지의 백성이 아니고 새로 건국된 미합중국의 시민이라는 것도 알게 되었

* 워싱턴 어빙이 쓴, 동명의 단편소설 주인공.

다. 내가 6번가와 웨스트 54번가가 만나는 모퉁이에 립의 녹슨 총을 들고 그의 구닥다리 옷을 걸치고 나타났는데 호기심을 느낀 사람들이 우르르 몰려와 그들 사이를 걷고 있는 껍데기만 남은 이방인을, 온갖 소음과 건물과 노동자와 혼잡한 교통의 한복판에 있는 지나간 세월의 잔재에 불과한 나를 둘러싸고 구경했다면 나 역시 소외감을 느낄 수밖에 없었을 것이다.

나는 그라운드제로*에 가기 위해 도심으로 향하는 지하철을 타러 역으로 갔다. 사상 최대의 사건이 일어났던 그곳에서 시작해보는 거다. 하지만 나는 목격자와 관계자라는 역할 모두에서 물러났기 때문에 끝내 지하철역에 가지 못했다. 그건 내가 맡은 인물형과는 전혀 어울리지 않았을 것이다. 대신 나는 공원을 가로질러 메트로폴리탄미술관에 갔고, 익숙한 전시실에서 특별히 만회할 일이라곤 없는 사람처럼 오후 시간을 때웠다.

다음날 나는 진료를 받고 나오면서 그다음날 아침에 콜라겐 주사를 맞기로 예약했다. 시술을 취소한 환자가 있어서 의사가 내 시술 시간을 잡아주었다. 간호사는 병원에서 시술받고 난 후 바로 버크셔로 돌아가기보다는 호텔에서 하룻밤 묵는 게 나을

* 본래 '핵폭탄이 떨어진 지점'을 이르는 군사 용어지만, 9·11 테러 이후에는 붕괴된 세계무역센터가 있던 곳을 지칭.

거라고 의사가 말했다고 전해주었다. 그 시술에 합병증이 생기는 경우는 아주 드물지만, 예방 차원에서 다음날 아침까지 병원 가까이에 머무르라는 것이었다. 불상사가 생기지 않는다면, 바로 집으로 돌아가 나의 일상을 다시 누릴 수 있을 것이었다. 의사는 한 차례의 시술로 증세가 상당히 호전될 거라 예견했고, 방광 기능이 거의 완벽하게 회복될 가능성도 배제하지 않았다. 이따금 콜라겐이 "이동해버리는" 경우가 있는데 이때는 2차 내지 3차 시술로 콜라겐을 방광 입구에 영구적으로 고착시켜야 하지만, 그래도 한 차례의 시술만으로도 충분하다고 의사는 다시 한번 말했다.

알겠습니다, 라고 나는 말했다. 그리고 집에 돌아가 모든 것을 꼼꼼히 생각해본 다음 결정을 내리는 대신 마침 비어 있는 의사의 일정을 놓치지 않으려 하는 스스로에게 놀랐다. 심지어 고무적인 분위기로 충만한 진료실을 나와 1층으로 내려가는 엘리베이터에 탄 후에도 다시 젊어질 것 같은 느낌을 일축하려는 일말의 조심성도 발휘할 수 없었다. 나는 엘리베이터에서 눈을 감고, 하루 일과를 끝낸 후 아무런 걱정 없이 그리고 당혹스러운 일이 생길까 두려워할 필요 없이 대학 수영장에서 수영하는 나를 그려보았다.

그토록 의기양양해하다니 우스꽝스러운 짓이었다. 아마도 의사가 약속한 변화보다는, 은둔이라는 규율 그리고 인생에서 나와 내 일 사이에 방해가 되는 모든 것을 잘라내기로 한 결정의 대가 때문이었을 것이다. 그때까지 의식조차 못하고 있었던 그 대가 말이다(자발적인 망각이야말로 규율의 으뜸가는 요소 아닌가). 시골에는 내 희망을 자극하는 것이 아무것도 없었다. 난 내 희망과 화해했었다. 하지만 뉴욕으로 오자 채 몇 시간도 지나지 않아 뉴욕은 사람들에게 늘 저지르는 그 짓을 내게도 저질렀다. 가능성들을 일깨워놓은 것이다. 희망이 터져나왔다.

비뇨기과 한 층 아래에서 엘리베이터가 멈췄고, 쇠약해 보이는 나이 지긋한 여자가 탔다. 여자는 머리에 푹 눌러쓴 빛바랜 붉은색 방수모자와 지팡이 때문에 기이하고 촌스러워 보였다. 그런데 그녀가 엘리베이터에 함께 탄 의사—사십대 중반의 남자로 그녀의 팔을 가볍게 부축하고 있었다—와 조용히 나누는 대화를 듣고 여자의 영어 발음에 밴 외국 억양을 듣자마자 나는 그녀가 내가 아는 사람이 아닌가 싶어 다시 한번 쳐다보았다. 여자의 목소리도 그 억양만큼이나 독특했는데, 특히 그녀의 유령 같은 모습에선 도저히 연상될 수 없는 젊은 사람의 목소리, 외모와 어울리지 않게 소녀 같고 고생이라고는 해본 적 없는 듯한 목소리였다. 내가 아는 사람의 목소리다, 하고 나는 생각했다. 저 억양도 그렇고. 내가 아는 사람이야. 1층에 내려온 다음 나는 거리로 나가려는 그들의 뒤에 바싹 붙어 병원 로비를 가로지르다가 우연히 의사가 그녀의 이름을 부르는 걸 들었다. 그게 바로 내가 병원 문을 나선 그 여자를 따라 남쪽으로 몇 블록 떨어진 매디슨 애비뉴의 작은 식당까지 간 이유였다. 정말 내가 아는 여자였다.

열시 반쯤 되었을 때였는데, 너덧 명의 손님만이 아침식사를 하고 있었다. 그녀는 칸막이가 있는 자리에 앉았다. 나도 빈 테이블을 찾아 앉았다. 여자는 내가 자신을 줄곧 뒤따라온 것은 물론이고, 몇 피트밖에 떨어져 있지 않은 내 존재조차 알아차리지 못하는 듯했다. 그녀의 이름은 에이미 벨레트였다. 난 그녀를 딱 한 번 만났을 뿐이었다. 그리고 한 번도 잊은 적이 없었다.

에이미 벨레트는 외투를 입고 있지 않았다. 그저 붉은색 방수모자와 옅은 색 카디건, 그리고 사실은 등 쪽의 클립을 단추로 바꾼 담청색 환자복이라는 걸 깨닫기 전까지는 얇은 무명 여름 드레스라고 생각했던 옷에 밧줄 같은 허리띠를 맨 차림이었다. 빈털터리가 되었거나 미친 거야, 라고 나는 생각했다.

웨이터가 그녀에게 주문을 받고 돌아가자 그녀는 핸드백을 열고 책을 꺼내 읽다 무심히 손을 위로 뻗더니 모자를 벗어 자기 옆에 내려놓았다. 내 자리에서 보이는 그녀의 머리 부분은 머리칼이 밀려 있었다. 깎은 지 그리 오래되지 않았는지 그 자리에 잔머리들이 자라고 있었고, 구불구불한 물결 모양의 수술 자국이 두개골을 가로지르고 있었다. 윤곽이 뚜렷한 생생한 흉터가 귀 뒤에서부터 곡선을 그리며 이마 가장자리까지 이어졌다. 조금이라도 긴 머리칼은 모두 그 반대편 머리에 있었는데, 끈으로 헐렁하게 묶은 잿빛으로 변해가는 그 머리칼을 그녀는 오른손 손가락으로 무심히 쓰다듬고 있었다. 아이들이 책을 읽을 때 손으로 그러듯 마음놓고 머리카락으로 장난을 치고 있었다. 그녀의 나이? 일흔다섯이었다. 1956년 우리가 처음 만났을 때 그녀는 스물일곱이었다.

나는 커피를 주문해 홀짝거리며 천천히 음미했고, 커피를 다 비운 뒤에는 그녀 쪽을 쳐다보지도 않고 자리에서 일어나 그 작은 식당과, 에이미 벨레트의 놀라운 재등장과 그 애처로운 변화를 뒤로하고 나왔다. 처음 만났을 때는 그토록 전도유망하고 가능성 넘치던 존재였었는데, 뭔가 대단히 잘못되었던 것이 분명했다.

다음날 아침에 받은 시술은 십오 분밖에 걸리지 않았다. 이토록 간단하다니! 얼마나 경이로운가! 의술의 마법이란! 평범한 수영복을 입고 물살에 오줌 줄기를 남기지 않고 대학 수영장에서 헤엄치는 내 모습이 다시 한번 눈에 어른거렸다. 지금까지 구 년 동안 밤이나 낮이나 비닐팬티 속에 차야 했던 흡수력 좋은 면 패드를 챙길 필요 없이 신나게 돌아다니는 내 모습이 보였다. 통증 하나 없었던 십오 분간의 시술. 인생이 다시 한번 무한하게 느껴졌다. 나는 더이상 변기에 소변을 보는 것과 같은 아주 기본적인 일에 무력한 인간이 아니었다. 자신의 방광을 제어할 수 있는 능력—온전하고 건강한 사람 중에 그 능력이 선사하는 자유로움에 대해 혹은 우리 가운데 가장 자신감 넘치는 사람조차 피해갈 수 없는, 그 능력의 상실로 인한 조마조마한 취약함에 대해 한 번이라도 생각해본 사람이 있을까? 단 한 번도 그런 생각을 해본 적 없는 내가, 열두 살 때부터 남다른 존재가 되기로 결심하고 내 안의 비범한 점이라면 무조건 환영했던 내가 이제는 다른 모든 사람과 같아질 수 있게 된 것이다.

한 사람의 머리 위를 늘 맴도는 굴욕의 그림자는 그 사람을 다른 모든 사람과 묶어주는 것이 아니라는 듯이.

정오가 되려면 아직 멀었지만 나는 호텔 방으로 돌아왔다. 집으로 돌아가기 전에 하루를 보내는 동안 심심치 않게 할 만한 일은 얼마든지 있었다. 전날 오후—에이미 벨레트를 방해하지 않고 그 자리를 벗어나기로 결정한 뒤—나는 유니언 스퀘어 남쪽에 있는 유서 깊은 헌책방 스트랜드 서점까지 내려갔고, 백 달러도 안 되는 가격에 E. I. 로노프의 여섯 권짜리 단편 전집 초판본을 살 수 있었다. 집 서가에도 있는 책이었지만 어쨌거나 뉴욕에 머물러야 하는 동안 그 책들을 연대순으로 훑어볼 생각이었기에 사서 호텔로 돌아왔다.

한 작가의 작품을 읽고 나서 이삼십 년이 지난 후에 이런 실험을 하게 되면, 한때 숭배했던 작가에게서 시대에 뒤떨어진 느낌을 받을지 아니면 우리가 순진한 열광자였다는 생각을 하게 될지, 무엇을 발견하게 될지 확신할 수 없다. 하지만 자정 무렵 나는 1950년대에 느꼈던 것 못지않은 확신을 느꼈다. 로노프의 산문의 특징인 좁은 영역과 그의 제한적인 관심사 그리고 그가 구사한 엄격한 절제가 이야기의 함의를 내적으로 망가뜨리거나 작품의 효과를 감소시키기는커녕, 징소리 같은 불가사의한 반향을, 그토록 엄청난 무게와 그토록 엄청난 가벼움이 그토록 좁은 공간에서 그토록 광범위한 영향력을 발휘하는 회의주의와 어떻게 연결될 수 있는 건지 감탄할 수밖에 없도록 만드는 그런 반향을 만들어내고 있었다. 각각의 짧은 이야기를 무의미한 뭔가가 아니라 마법의 개가로 만들어놓은 것은 바로 수단의 제한이었다. 마치 민담이나 동화 혹은 전래 동요가 파스칼적 정신에 의해 내면적 빛을 발하는 것처럼 말이다.

그의 작품은 내가 생각했던 대로 훌륭했다. 오히려 전보다 더 좋았다. 마치 문학이라는 스펙트럼에서 이전까지 누락되었거나 허용되지 않았던 어떤 색깔을 로노프만이 소유하고 있는 듯했다. 로노프는 바로 그 색깔 자체이자, 그 누구와도 같지 않은 20세기 미국 작가였다. 그의 작품은 수십 년 동안 절판 상태였다. 만약 그가 장편소설을 마무리해 출판할 수 있었을 만큼 오래 살았더라도 그의 모든 업적이 이토록 깡그리 잊혔을까 궁금했다. 세상을 뜰 무렵 그가 장편소설을 집필하고 있었는지도 궁금했다. 집필하지 않았다면, 죽기 전 그가 보인 침묵, 호프와의 결혼생활이 파경에 이르고 에이미 벨레트와 함께 새로운 인생을 시작한 시기였던 그 오 년을 어떻게 이해해야 하는가? 나는 지금도 생생히 기억한다. 그를 숭배해 열심히 모방하던 젊은 신출내기 작가였던 내게 그가 설명해준 그 신랄한 인고의 방식을. 하루종일 공들여 단편을 집필하고, 공책 한 권을 곁에 놔둔 채 학구적으로 책을 읽고, 저녁이 되면 정신적 피로로 말을 잃고, 삼십오 년 동안 충실했지만 비참할 정도로 외로웠던 아내(규율은 그 당사자에게만이 아니라 그와 같은 궤도 속에서 살아가야 하는 다른 사람에게도 강요되는 것이므로)와 저녁식사와 잠자리를 같이하던 그 단조로웠던 삶을. 이처럼 인상적인 결단력을 지녔던 이 독창적인 작가에게서, 예순이 되기 전에 마침내 그 감옥 같은 엄격한 생활에서 도망쳐(혹은 그의 아내가 분에 못 이겨 갑자기 떠나버렸기 때문에 그가 그렇게 하지 않을 수 없었거나) 자기 나이의 절반밖에 되지 않은 매력적이고 지적이고 반할 만한 젊은 여자를 반려로 받아들였던 그에게서 강렬함의 부활과 더불어 생산성의 부활까지 상상한 사람도 있을지 모른다. E. I. 로노프가 그를 얽어맸던—그의 진취적인 예술성을 그토록 무자비하게 최악의 희생으로 만들어놓았던—전원 풍경과 결혼생활에서 빠져나온 후 그 변덕 때문에 그토록 심한 벌을 받을 이유는 없었다고, 그가 그 철창이 아닌 다른 곳에서 생활하며 자기가 쓴 문단을 하루에 오십 번씩 고치는 일이 허락되었다고 믿었다는 이유로 그 모든 것이 무효가 될 정도로 침묵해야 하는 신세로 전락했어야 할 필요는 없었다고 상상한 사람도 있을지도 모른다.

그 오 년 동안 무슨 사연이 있었던 것일까? 어떤 일도 일어나지 않는 삶을 용기 있게 받아들였던, 조용하고 세상과 담을 쌓아버린—그의 세계관에 팽배한 절망적 아이러니의 도움을 받아—작가에게 실제로 무슨 일이 벌어졌었다. 그후 어떻게 되었던 것일까? 에이미 벨레트는 알 터였다. 그녀가 바로 그에게 벌어졌던 일이니까. 완성했든 완성하지 못했든, 로노프의 장편 원고 같은 게 있다면 그것에 대해서도 그녀는 알 것이었다. 전 재산이 호프와 세 자식에게 넘어간 것이 아니라면, 그 원고는 그녀의 수중에 있을 것이다. 그 소설의 소유권이 법적으로는 작가의 생존한 직계가족에게 귀속된다 해도 그녀는 로노프가 그 작품을 집필하는 동안 그의 곁에서 모든 초고의 모든 페이지를 읽어보았을 것이고, 그 새로운 도전이 얼마나 훌륭하게 혹은 얼마나 형편없이 진행되었는지 알고 있을 것이다. 설사 그의 죽음으로 작품이 완성되지 못했다 해도, 정기적으로 그의 단편을 신곤 했던 여러 문학계간지에 집필된 데까지만이라도 발표될 수 있지 않았을까? 혹시 그의 장편이 형편없어 누구도 출간할 생각을 하지 않았던 것일까? 그렇다면 그 실패는, 그가 자신의 재능에 자신을 묶어놓기 위해 의존해왔던 모든 것을 버리고 떠나버린 것의 결과였을까?

그를 보호하기 위해 설계된 감옥 같은 생활에 대항해 자유와 즐거움을 찾은 것의 결과였을까? 아니면 그는 호프를 희생시켜 자신의 고통을 덜어낸 것에 대한 수치심을 다스릴 수 없었던 것일까? 하지만 그를 떠나버림으로써 그의 고통을 덜어준 것은 호프 본인이 아니었던가? 그토록 단호하고 노련한 작가, 그의 모국어가 유려하려면 틀림없이 간결해야 하고 그 작업은 인내심과 의지를 최대한 발휘해야만 극복 가능한 시련이라는 것을 깨달았던 그 작가에게 왜 오 년이라는 공백기가 존재했을까? 그토록 평범한 변혁—흔히 활력을 되살려준다고 여겨지는, 새로운 배우자와 새로운 장소에서 가정을 꾸리는 중년기의 인생 전환—이 로노프같이 인내심 강한 사람을 도대체 왜 불구로 만들고 만 걸까?

그것이 그를 불구로 만들었다면 말이다.

잠자리에 들 준비를 마쳤을 즈음, 나는 이러한 질문들이 만년의 로노프를 짓누르던 실체를 이해하는 데 전혀 도움이 되지 않는다는 것을 알게 되었다. 만약 쉰여섯에서 예순한 살 사이의 그 시기에 그가 장편을 집필하지 못했다면, 그건 아마도 (그가 늘 의심해왔을 것처럼) 부연敷衍에 대한 이 소설가의 열망이 압축과 간결화라는 그의 특별한 재능과는 상충하는, 또다른 형태의 과도함을 보였기 때문이었을 것이다. 부연에 대한 소설가의 열망이야말로 애초에 내가 왜 이런 의문을 제기하며 하루를 보내고 있는 건지 설명해주는지도 모른다.

그것으로 설명되지 않는 것이 있다면 그건, 내가 그 커피숍에서 에이미 벨레트에게 알은척했다면 그녀에게서 알아낼 수 있었던 것을, 알고 있는 것 전부는 아닐지라도 뭐든 그녀가 기꺼이 말해주려 했을 것을 그냥 놓쳤다는 사실이다.

1956년 내가 로노프와 호프를 만났을 때, 그들의 세 자녀는 장성해 집을 떠난 상태였다. 자식들이 떠났다고—결혼생활 내내 계속된 열정의 실종보다 더한 일도 아니었으므로—하루하루 글을 쓰는 고통스러운 극기 생활이 변하지는 않았다. 하지만 내가 그곳에 도착하고 불과 몇 시간도 지나지 않아 호프는, 그 외진 버크셔 산골의 농가에 고립되어 지내야 하는 것에 너무도 생생한 반응을 보였다. 내가 도착한 날 저녁, 호프는 식사 자리에서 침착하고 사교적인 모습을 유지하려 노력했지만, 결국 감정을 이기지 못해 와인잔을 벽에 내던지고 눈물을 흘리며 식탁에서 일어나 뛰쳐나갔다. 내게 해명하는 역할은 로노프에게 남겨둔 채, 혹은 실제로 그가 그랬듯이 굳이 설명할 것 없다고 그가 느끼도록 만든 채. 에이미와 내가 함께한 다음날 아침식사 자리에서, 사람을 매혹하는 평온하고 침착한 태도에 명석한 지성, 연기력, 비밀스러움, 번뜩이는 재치까지 지닌 에이미가 특히 유쾌해했던 그 자리에서 겉으로는 냉정함을 유지하던 호프가 다시 한번 무너졌다. 하지만 이번에 그녀가 식탁을 박차고 일어난 것은, 다른 누구도 아닌 로노프의 예전 제자이자 (모든 정황으로 미루어보건대) 정부인 여자 때문에 버림받은, 위대한 작가의 아내라는 자리를 떠나겠다고 선언하고, 가방을 꾸린 뒤 외투를 입고, 살을 에는 날씨에 길에 눈까지 쌓였는데도 현관을 나서기 위해서였다. "여긴 이제 정식으로 당신 집이야!" 그녀는 어린 승리자에게 통보하고 보스턴으로 떠났다. "당신은 이제 저 사람하고 함께 사는 것 같지도 않은 생활을 하게 될 거야!"

나는 한 시간 뒤에 바로 그곳을 떠났고, 그들 가운데 누구도 두 번 다시 만나지 못했다. 내가 그런 폭발의 현장에 있었던 것은 순전히 요행이었다. 로노프의 집 근처의 작가촌에 머물고 있었던 나는 로노프에게 진심 어린 자기소개 편지와 내가 처음 발표한 단편들을 소포로 보냈고, 간신히 그의 저녁식사 초대를 받아냈는데 악천후 때문에 하룻밤을 묵고 다음날 떠나게 된 것이었다. 1940년대 후반부터 1950년대까지, 그리고 1961년 백혈병으로 세상을 뜰 때까지 로노프는 아마 미국에서—전 국민에게서는 아닐지라도 지식인이나 학계의 엘리트 사이에서는—가장 존경받는 단편 작가였을 것이다. 희극성과 어둠이 잘 버무려진 여섯 권의 단편집을 낸 이 작가는 뻔한 신세타령이기 마련이었던 유대인 이민자의 이야기를 완전히 탈감상적인 것으로 바꾸어 놓았다. 그의 소설은 이치에 맞지 않는 꿈의 전개로 읽히기도 하지만, 초현실적 속임수나 마술적 사실주의 같은 술책을 쓰기 위해 시간과 장소라는 사실에 입각한 요소를 희생시키는 법이 없었다. 그가 해마다 발표하는 단편의 수는 얼마 되지 않았고, 그의 팬들이 그에게 국제적 명성과 진작 받았어야 마땅한 노벨문학상을 안겨줄 거라고 주장했던 첫 장편소설을 집필하고 있다고 여겨졌던 그 마지막 오 년 동안에는 단 한 편의 단편도 발표하지 않았다. 그 시기에 그는 케임브리지에서 에이미와 가정을 꾸렸고, 자유로운 형식으로 하버드 대학에 몸담고 있었다. 그는 에이미와 결혼하지 않았다. 듣자 하니 그 오 년 동안 그는 합법적으로 누구와도 결혼할 수 없는 상태였던 듯했다. 그러다 그는 세상을 떴다.

집으로 돌아가기 전날 저녁, 나는 호텔에서 그리 멀지 않은 곳에 있는 조그마한 이탈리아 레스토랑에 식사를 하러 갔다. 내가 그곳에서 마지막으로 식사했던 것이 1990년대 초였는데도 그사이 주인이 바뀌지 않았고, 게다가 놀랍게도 그 집안의 막내 토니가 내 이름을 부르며 반갑게 맞아주더니 그 레스토랑에서 가장 조용한 자리라 내가 늘 즐겨 앉았던 구석 자리로 안내까지 해주었다.

우리가 떠난 후 뒤에 남은 이들이 늘 하던 일을 계속하는 것이 그리 놀랄 일도 아닌데도 우리는 다시 돌아왔을 때 그들이 여전히 그 자리에 있는 것을 보고 놀라는 동시에 잠시 감동을 느낀다. 또한 늘 변함없는 좁은 장소에서 평생을 보내면서도 떠나고자 하는 욕망을 느끼지 않는 누군가가 존재한다는 사실에 안도한다.

"이사하셨더군요, 주커먼 선생님." 토니가 말했다. "통 뵙지 못했네요."

"북쪽으로 이사했지. 지금은 산속에서 지낸다네."

"경치가 좋겠네요. 글쓰기에 좋은 조용한 곳이겠지요."

"그렇다네." 내가 대답했다. "가족은 모두 평안하신가?"

"다들 잘 지냅니다. 하지만 첼리아 숙모는 돌아가셨어요. 첼리아 숙모 기억하시죠? 계산대를 맡아보셨던 양반인데."

"기억하다마다. 첼리아가 세상을 뜨다니 안타깝군. 아직 그럴 나이가 아닌데."

"그럼요, 전혀 아니죠. 하지만 작년에 병을 얻어 돌아가셨어요. 선생님은 아주 좋아 보이세요." 토니가 말했다. "마실 걸 내올까요? 키안티 와인을 드셨죠, 그렇죠?"

비록 토니의 머리칼은 그의 조부 피에를루이지—이민 와서 이 식당을 차렸는데, 외투 보관실 바로 옆에 아직도 걸려 있는 유화 초상화에서도 확인할 수 있듯 앞치마를 두른 모습이 배우처럼 멋있었다—처럼 철회색으로 세었지만, 그리고 비록 마지막으로 보았을 때까지만 해도 삼십대 초반이었고 식당을 하는 집안답게 모두 뚱뚱했던 가족 가운데 유일하게 마르고 호리호리했던 토니의 체격이 이제 건장하고 둥글둥글해졌지만, 파스타로 치면 몇만 그릇은 먹었을 세월이 지났지만, 그래도 메뉴는 전혀 바뀌지 않았고 요일별 특선 요리도 그대로였으며 바구니에 담긴 빵도 여전했다. 수석웨이터가 디저트 카트를 밀고 내 자리를 지날 때 보니 그도 예전 그 웨이터였고 디저트 또한 마찬가지였다. 사람들은 이 모든 것과 나의 관계가 조금도 변하지 않았을 거라고, 내가 일단 와인잔을 들고 예전에 수십 번도 넘게 먹었던 이탈리아 빵덩어리를 씹기만 하면 내가 유쾌하고 편안한 기분을 느낄 거라고 생각하겠지만, 아니었다. 나 자신이 토니가 예전에 알았던 인물로 가장한 협잡꾼처럼 느껴졌고, 갑자기 그가 아는 진짜 그 사람이 되고 싶다는 열망에 사로잡혔다. 하지만 십일 년을 거의 홀로 보내는 동안 나는 그 사람을 내 안에서 없애버리고 말았다. 진짜 위협으로부터 벗어나기 위해 도망쳤었다. 더는 흥미롭지 않은 것으로부터 벗어나기 위해, 그리고 삶에 대해 꿈꾸지 않는 사람으로서 인생을 살아오며 저지른 실수들(내 경우에는 거듭된 결혼 실패, 은밀하게 저지른 불륜, 성적 집착이 초래한 정서적 문제)이 남긴 좀처럼 사라지지 않는 결과로부터 벗어나기 위해 떠나 있었다. 나는 그걸 꿈만 꾸지 않고 행동으로 옮김으로써 그 과정에서 아마 나를 제거해버린 것 같았다.

피에를루이지에서 혼자 식사할 때면 늘 그랬듯, 난 읽을거리를 들고 왔다. 혼자 살면서 식사할 때 뭔가를 읽는 버릇이 들었는데, 오늘밤에는 가져온 신문을 그냥 식탁 위에 내려놓고 2004년 10월 28일 저녁에 뉴욕에서 저녁식사를 즐기는 사람들을 죽 둘러보았다. 도시생활이 주는 만족감 가운데 눈에 두드러지는 것 하나는, 괜찮은 작은 레스토랑에서 함께 식사한다는 사실만으로도 낯선 사람들 사이에 인간적 일치감이라는 환상이 피어오른다는 점이다. 나 또한 그들 가운데 하나였다. 이제 와서 이토록 평범하기 짝이 없는 경험이 중요하게 여겨지다니. 하지만 그랬다.

식후 커피를 마시며 그제야 〈뉴욕 리뷰 오브 북스〉 최신호를 펼쳤다. 뉴욕을 떠난 이후 한 번도 읽은 적 없었다. 1960년대 초에 이 신문이 창간되었을 때부터 구독자였고, 창간 초기에는 이따금 글도 기고했음에도 말이다. 피에를루이지로 오는 도중에 신문가판대에서 1면 상단을 얼핏 보았는데, 데이비드 러빈이 그린 대통령 후보들의 캐리커처 바로 위에 휘날리는 깃발이 있고 거기 '선거 특별판'이라는 노란색 글자가 인쇄되어 있었다. 그 아래에는 십여 명의 기고가 이름 위로 '선거와 미국의 미래'라는 문구가 찍혀 있었다. 그래서 4달러 50센트를 내고 그 신문을 사가지고 식당으로 왔던 것이다. 하지만 지금은 신문을 산 것이 후회되었고, 호기심을 억누를 길이 없었음에도, 목차부터 시작해 선거에 대한 여러 전문가의 의견을 읽는 대신, 맨 뒷면의 주제별 광고란부터 읽으며 조심스럽게 다시 세상사에 발을 담그기 시작했다. "미모의 사진작가/미술 교사, 자상한 엄마이며……" "단순하지 않고, 사려 깊고, 욕망이 넘치는 섹시한 여성, 법적으로 결혼했고……" "원기왕성하고, 즐거움을 추구하고, 건강하고, 관심사가 다양하고, 안정된 직장을 가진 남성이……" "초록색 눈에 재미있고 괴짜인 몸매 좋은……" 나는 '부동산' 항목으로 넘어갔다. 그리고 간략하게 소개된 '임대' 항목—주로 파리나 런던에서 거주할 수 있는 주택을 광고하는 '국제 임대' 칸은 소개 내용이 훨씬 길었는데 바로 그 위쪽에 있었다—에서 우연히, 몹시 고의적으로 느껴지는 순전한 우연으로, 마치 나를 채찍으로 몰아대기라도 하는 것처럼 느껴지는, 나를 딱 집어 말을 거는 듯한 광고와 마주쳤다.

삼십대 초반의 신뢰할 수 있는 작가 부부가 어퍼웨스트사이드의 아늑하고 책으로 가득한 방 세 개짜리 아파트와, 뉴욕에서 100마일 떨어진 조용한 시골집을 바꾸길 원함. 뉴잉글랜드 선호. 즉시 교환 가능. 기간은 일 년이 이상적이며……

나는 지체하지 않고, 시술 받기 전에 집으로 돌아가 생각해보려 했던 콜라겐 주입을 밀어붙였을 때만큼이나 성급하게, 〈뉴욕 리뷰〉를 샀을 때만큼이나 성급하게, 주방 바로 옆 계단을 내려갔다. 남자 화장실 맞은편 벽에 공중전화가 걸려 있었던 걸 기억하고 있었다. 나는 '에이미 벨레트'라는 이름을 썼던 종잇조각에 전화번호를 적어 왔다. 서둘러 다이얼을 돌린 후 전화를 받은 남자에게 집을 일 년간 바꿔 살자는 광고를 보고 전화했노라고 말했다. 매사추세츠 서쪽 시골에 작은 집을 소유하고 있다고, 그 집은 산꼭대기로 이어지는 비포장도로 옆에 있는데 새나 들짐승의 은신처이기도 한 커다란 습지가 맞은편에 있다고. 뉴욕에서 128마일 거리고, 가장 가까운 이웃은 반 마일 정도 떨어져 있고, 산에서 8마일 정도 내려가 대학가로 가면 슈퍼마켓이나 서점, 와인 가게, 훌륭한 대학 도서관, 음식도 먹을 만하고 분위기도 괜찮은 술집을 찾을 수 있다고. 만약 이게 댁들이 생각하는 것과 비슷하다면 내가 한번 아파트에 들러 집 구경도 하고 교환에 대한 논의도 하고 싶다고. 지금 어퍼웨스트사이드에서 겨우 몇 블록 떨어진 곳에 있으니 그쪽만 불편하지 않다면 당장에라도 찾아갈 수 있다고.

남자가 웃음을 터뜨렸다. "오늘밤에라도 당장 이사하시고 싶은 것 같네요."

"만약 댁들이 오늘밤 이사를 간다면." 나는 그렇게 말했는데, 진심이었다.

자리로 돌아가기 전, 나는 화장실에 들러 칸막이 안으로 들어갔고, 시술이 효과가 있는지 보려고 바지를 내렸다. 나는 내가 본 것을 지워버리려고 눈을 감았고, 내가 느낀 것을 지워버리려고 큰 소리로 욕을 내뱉었다. "빌어먹을 꿈 같으니!" 내가 갑자기 다른 모든 사람과 같아지리라는 꿈.

나는 축축한 면패드를 비닐팬티에서 끄집어내고, 재킷 안주머니에 넣어 다니는 작은 패드 꾸러미에서 새걸 하나 꺼내 갈아끼웠다. 더러워진 패드를 화장지로 싸서 세면대 옆의 뚜껑 달린 휴지통에 던져넣고, 손을 씻고 물기를 말린 다음, 밀려오는 우울함을 이겨내려 애쓰며, 계산을 하기 위해 위층으로 올라갔다.

웨스트 71번가까지 걸어가 콜럼버스 서클에 이르렀는데, 거대한 요새 같던 뉴욕 콜로세움이 서 있던 자리에, 아랫부분이 서로 이어진 유리로 된 마천루 한 쌍이 들어서 있고, 거리와 면한 층에 고급 상점이 죽 늘어서 있는 것을 보고 깜짝 놀랐다. 나는 어슬렁거리며 그 상점가를 들락거렸고, 브로드웨이를 따라 북쪽으로 계속 나아가자 이국에 있다기보다는 뭔가 시각적인 속임수에 빠진 듯한 느낌을 받았다. 모든 사물이 놀이공원에 있는 유령의 집 거울에 비친 것처럼 익숙하면서도 뭐가 뭔지 알아보기가 힘들었다. 약간의 어려움이 없진 않았지만, 이미 말했듯 나는 나의 고독한 생활방식을 정복한 터였다. 그런 삶이 주는 시련과 만족감도 알았고, 시간이 지나면서 그런 삶의 한계에 내 욕구의 범위를 맞추었으며, 조용하고 늘 그대로이고 예측 가능한 자연과 접촉하고 독서하고 집필을 하기 위해 흥분되는 일이나 친교, 모험, 반목 같은 것은 일찌감치 포기했다. 굳이 내가 재촉하지 않아도 나이가 들어감에 따라 충격받고 놀랄 일들이 저절로 생길 텐데 지금 나는 왜 애써 더 많이 자초하고 뜻밖의 일들을 불러들이는 걸까? 그럼에도 나는 브로드웨이를 따라 계속 올라갔다. 결코 합류하고 싶지 않은, 링컨 센터에 몰려 있는 군중을 지나, 보고 싶은 생각이 전혀 들지 않는 영화를 상영중인 복합상영관을 지나, 전혀 사고 싶은 마음이 들지 않는 가죽제품 상점과 고급 식품점을 지나서. 내 모든 행동에 영향을 미치고 있는 회춘에 대한 정신나간 희망, 가장 극심하게 쇠락하고 있는 부분을 그 시술이 되돌려놓을 수 있으리라는 그 정신나간 희망의 위력에 맞설 의지도 없이. 그리고 사람들과 지속적으로 접촉하는 것, 그런 가능성들로부터 스스로를 격리시켜오다 다시 시작한다는 환상에 굴복한 한 남자가, 돌아온 망령 같은 내가 저지르고 있는 실수를 자각하면서. 그리고 비범한 정신적 능력이 아니라 육체 개조를 통해 인생이 다시 한번 무한해질 것 같다고 느끼면서. 물론 이건 틀린 일, 미친 짓이다. 그렇다면 이치에 맞는 일, 제정신인 짓은 무엇이며, 내가 도대체 뭐라고 그럴 수 있을 만큼 충분히 안다고 주장하는 걸까 하는 생각이 들었다. 나는 내가 한 일을 한 것뿐이다. 이것이 과거를 돌이켜볼 때 우리가 알게 되는 전부다. 다른 누구도 아닌 나 자신의 영감靈感과 미숙함—영감이야말로 미숙함이다—에서 나는 나의 시련을 만들어냈고 지금도 십중팔구 똑같이 행동하고 있다. 그것도 미친듯이 서둘러. 내 광기가 금방이라도 증발할까봐, 하지 말아야 한다는 걸 아주 잘 알면서도 지금 하고 있는 행동을 계속할 수 없게 될까봐 두렵다는 듯이.

흰색 벽돌로 지은 6층짜리 작은 아파트의 엘리베이터를 타고 맨 꼭대기 층까지 올라가자, 6B호의 문간에서 통통한 젊은 남자가 나를 맞았다. 서글서글하고 친절한 그 남자는 날 보자마자 말했다. "유명 작가 선생님이시죠?" "그렇소. 댁은?" "무명 작가입니다." 그가 미소지으며 대답했다. 그리고 나를 집 안으로 안내한 뒤 자기 아내를 소개했다. "작가 3호입니다." 그가 말했다. 그의 아내는 키가 크고 호리호리한 젊은 여성으로, 남편과 달리 장난스럽고 천진난만한 면을 좀처럼 찾아볼 수 없었다. 어쨌든 오늘밤에는 그랬다. 어깨를 살짝 덮는 길이의 매끄럽고 곧은 새까만 머리칼이 커튼처럼 그녀의 길고 갸름한 얼굴에 드리워져 있었는데, 뭔가 흉한 것을 감추기 위해 일부러 그렇게 자른 듯 보였다. 신체적인 결함이 있는 건 아닌 게 분명했다. 그녀가 감추려는 것이 무엇이든, 그녀의 피부는 흠결 하나 없는 크림처럼 부드러워 보였으니까. 그녀를 감싸고 있는 남편의 시선이나 몸짓에서 드러나는 꾸밈없는 다정함을 통해, 그녀가 남편에게 무한한 사랑을 받고 있다는 것을, 그녀가 남편을 지탱해주는 원천임을 알 수 있었다. 심지어 그녀의 말이 딱히 그의 마음에 들지 않을 때조차도. 두 사람 다 자신들 중 그녀가 더 재능이 있다고 여기는 것이, 그의 개성은 그녀의 개성에 묻혀 있는 것이 분명했다. 여자의 이름은 제이미 로건이었고 남자는 빌리 데이비도프였다. 남자는 아파트를 구경시켜주는 동안 나를 주커먼 선생님이라고 부르는 것을 즐기는 듯 보였다.

유럽풍 디자인의 값비싼 현대적 가구가 비치되어 있고 동양풍 작은 러그들과 아름다운 페르시아카펫이 깔린 거실과 널찍한 방 세 개가 있는 매력적인 아파트였다. 뒤뜰의 키 큰 플라타너스가 내려다보이는 침실에 널찍한 집필 공간이 마련되어 있었고, 거실에도 집필 공간이 있었는데 거기서는 교회가 마주 보였다. 집 안 어디에나 책이 쌓여 있었고, 책이 빽빽이 꽂힌 서가가 없는 벽들에는 빌리가 이탈리아에서 찍었다는 조각상 사진 액자들이 걸려 있었다. 이 삼십대 부부가 누리는 소박한 풍족함은 누가 제공하는 걸까? 나의 짐작은 이랬다. 돈은 남자의 것이고, 두 사람은 애머스트 대학이나 윌리엄스 대학 아니면 브라운 대학에서 만났을 것이고, 온순하고 부유하고 다정한 유대인 남자와 아일랜드계이거나 혹은 이탈리아계의 피가 반 정도 섞였을지 모르는 열정적이고 가난한 여자, 초등학생 때부터 남보다 뛰어나지 않고는 못 배겼던 성격에 자주적이고 야심만만하기까지 한 여자가……

잘못짚은 것이었다. 돈은 여자의 것으로, 텍사스에서 보내오는 것이었다. 그녀의 부친은 그 어느 미국인보다 미국적인 혈통을 가진, 휴스턴의 석유 사업가였다. 유대계인 빌리의 집안은 필라델피아에서 여행가방과 우산을 파는 상점을 운영했다. 두 사람은 컬럼비아 대학 문예창작과 대학원에서 만났다. 오 년 전에 여자가 먼저 〈뉴요커〉에 단편 한 편을 발표해 여러 에이전트와 출판사로부터 장편에 대한 문의를 받기는 했지만, 두 사람 모두 아직 책을 낸 적은 없었다. 나는 그 자리에서 그녀의 창작성이 더 뛰어나다고 추측할 생각은 없었다.

집 안을 두루 살펴본 뒤 우리는 이중유리창이 달린 조용한 거실에 앉았다. 길 건너편에 작은 루터파 교회가 보였다. 좁고 긴 창문과 끝이 뾰족한 아치, 거친 돌을 쌓아 만든 전면 등이 고풍스러운 낮은 건물로, 아마도 1900년대 초에 세워졌을 텐데도 어퍼웨스트사이드의 신도들을 5세기나 6세기 이전의 북유럽 시골 마을로 데려다놓기 위해 그렇게 디자인된 듯했다. 창문 바로 바깥에선 가지가 무성한 은행나무의 부채꼴 잎사귀들이 여름철의 초록빛을 잃어가고 있었다. 내가 아파트에 들어섰을 때 슈트라우스의 〈네 곡의 마지막 노래〉*가 잔잔하게 흐르고 있었는데, 빌리가 CD플레이어를 끄러 가자, 내가 도착하기 전에 빌리나 제이미가 우연히 그 〈네 곡의 마지막 노래〉를 듣고 있었던 것인지, 아니면 내가 온다는 소리에 일부러 한 노인이 인생을 마감할 무렵 작곡한 극적으로 애잔하고 매혹적으로 감정을 자극하는 그 곡을

* 독일 작곡가 리하르트 슈트라우스가 죽음을 앞두고 마지막으로 작곡한 가곡.

틀어놓은 것인지 궁금해졌다.

"그가 가장 좋아한 악기는 여성의 목소리였죠." 내가 말했다.

"두 여성의 목소리였다고 할 수도 있고요." 빌리가 말했다. "그가 가장 좋아한 조합은 두 여성이 함께 부르는 거였으니까요. 〈장미의 기사〉 마지막 부분이 그렇잖습니까. 〈아라벨라〉의 마지막도 그렇고요. 〈이집트의 헬레나〉에서도 그랬고요."

"슈트라우스에 대해 잘 아는군요." 내가 그에게 말했다.

"그게, 제가 제일 좋아하는 악기도 여성의 목소리라서요."

그가 그렇게 말한 것은 아내를 기쁘게 하기 위해서였는데, 나는 짐짓 모르는 척했다. "작곡도 합니까?" 내가 물었다.

"아뇨, 아니에요." 빌리가 말했다. "소설만으로도 충분히 힘든걸요."

"음, 숲속에 있는 우리집이 이곳보다 더 평온한 곳은 못 되는데." 내가 두 사람에게 말했다.

"저흰 딱 일 년만 떠나 있을 겁니다." 빌리가 말했다.

"이유를 물어봐도 되겠소?"

"제이미의 생각이에요." 내가 그에 대해 상상했던 것만큼 유순하게 들리지는 않는 말투로 그가 대답했다.

그녀를 심문하는 것처럼 보이는 게 싫어서 나는 그저 그녀 쪽으로 눈길만 주었다. 그녀의 관능적인 존재감은 대단했다. 어쩌면 그녀가 마른 몸매를 유지했기 때문에 덜 강렬하게 느껴지는 건지도 몰랐다. 아니면 마른 몸매 때문에 더 강하게 느껴지는 건지도 몰랐는데, 그녀의 가슴이 영양 부족 상태인 여자의 가슴과는 전혀 달랐기 때문이다. 그녀는 청바지에 가슴이 깊게 파이고 레이스가 달린 실크 블라우스를 입고 있었는데 얼핏 란제리처럼 보이기도 해서 다시 한번 살펴봤더니 실제로 조그만 란제리 상의였다. 그 위에는 끝단을 폭이 넓은 고무뜨기로 두껍게 마무리한 약간 긴 카디건을 걸치고, 마찬가지로 고무뜨기로 짠 끈을 날씬한 허리에 헐렁하게 두르고 있었다. 그것은 여성 의류라는 스펙트럼에서 볼 때 에이미 벨레트가 병원 환자복을 개조해 만든 드레스의 반대편 끝에 있는 옷이었다. 황갈색보다 더 옅고 은은한 색상의 두껍고 부드러운 캐시미어로 짠 그런 카디건은 분명 천 달러가 훌쩍 넘을 것이었다. 그걸 입은 그녀의 모습은 나른해 보였는데 꼭 기모노를 입은 것처럼 나른하고 유혹적인 안정감을 자아냈다. 하지만 그녀의 말투는 빠르고 차분했다. 생각이 아주 복잡한 사람들이 특히 압박을 받을 때 그러하듯.

"뉴욕에는 무슨 일로 오셨어요?" 이것이 내 시선에 대한 제이미의 반응이었다.

"몸이 아픈 친구가 있어요." 내가 말했다.

나는 여전히 내가 이들의 아파트에서 뭘 하고 있는 건지, 내가 뭘 원하는 건지 분명하게 정리하지 못한 상태였다. 나 자신을 위해 변화를 주려는 것인가? 정확히 어떻게? 집필하는 동안 창밖으로 거대한 단풍나무와 울퉁불퉁한 돌담 대신 중세 교회를 빅토리아풍으로 복제한 건물을 내다보는 것으로? 집 근처 숲에 사는 사슴과 까마귀와 야생 칠면조 대신, 길을 내려다보면 자동차가 돌아다니는 게 보이는 것으로?

"그녀는 뇌종양을 앓고 있어요." 나는 설명했다. 무슨 이야기든 해야 할 것 같아서. 그녀에게 말을 걸기 위해서.

"음, 우린 떠날 거예요." 제이미가 내게 말했다. "알라의 이름으로 끝장나고 싶진 않거든요."

"웨스트 71번가에서 그런 일이 일어날 것 같진 않은데?" 내가 물었다.

"이 도시는 그들의 병리학에서 핵심을 차지해요. 빈 라덴은 오로지 악에 대해서만 꿈꾸고, 그 악이 '뉴욕'이라고 떠들어대죠."

"그러거나 말거나." 내가 말했다. "난 신문은 보질 않으니까. 벌써 여러 해째요. 〈뉴욕 리뷰〉는 광고란을 보기 위해 산 거였소. 난 세상이 어떻게 돌아가는지 전혀 몰라요."

"선거에 대해서는 아시겠죠." 빌리가 말했다.

"사실 전혀." 내가 말했다. "내가 사는 산골 동네에선 대놓고 정치 이야기를 하는 경우가 없어요. 특히 나 같은 외지인한테는 절대 하지 않아요. 난 텔레비전도 거의 틀지 않아요. 그래서 아는 게 하나도 없소."

"전쟁에 대해서도 관심이 없으셨겠네요?"

"그래요."

"부시가 늘어놓는 거짓말도 마찬가지고요?"

"그래요."

"선생님이 쓰신 작품들로 미루어 볼 때 믿기 힘든데요." 빌리가 말했다.

"성난 진보주의자이자 분노한 시민의 역할은 이미 다했다오." 겉으로는 그에게 한 말이었지만 한편으론 다시 한번 그녀보고 들으라고 한 말이기도 했다. 내가 말을 시작했을 때, 나 자신도 모르는 어떤 동기가, 그 위력이 그저 약해져 사라지기만 바랐던 어떤 열망 같은 것이 작동했기 때문이다. 일흔한 살이나 된 나를 다시 억지로 열려는 것이 무엇이든—우선 뉴욕까지 비뇨기과 의사를 찾아가도록 만든 것이 무엇이든—가슴이 깊게 파인 캐미솔 위에 목 부분이 넓게 트인 천 달러짜리 카디건을 헐렁하게 걸친 제이미 로건 앞에서 그것은 재빨리 제힘을 다시 끌어모으고 있었다. "난 그런 '쟁점'에 대해 견해를 표명하고 싶지도 않고, 나를 드러내고 싶지도 않아요. 그런 쟁점이 뭔지 알고 싶지도 않고. 그런 걸 알려고 하는 게 더이상 내게 어울리지도 않고, 나는 내게 어울리지 않는 것은 깨끗하게 지워버린다오. 그게 내가 지금 사는 곳에 사는 이유요. 그게 바로 두 분이 내가 사는 곳에서 지내고자 하는 이유이기도 하고."

"제이미가 그렇게 하려는 이유죠." 빌리가 말했다.

“맞아요. 계속 겁이 나요.” 제이미가 말했다. “새로운 유리한 고지가 도움이 될지도 모르겠어요.” 여기까지 말하고 그녀는 갑자기 입을 다물었다. 하지만 그것은 멀리 떨어진 안전한 시골 거주지와 잠재적 위험이 있는 뉴욕의 아파트를 바꾸는 데 관심 있는 사람에게 자신의 두려움을 인정하지 않기로 생각을 바꾸어서가 아니었다. 그녀가 일부러 내 앞에서 그를 자극하고 있다는 듯 빌리가 그녀를 쳐다보고 있었기 때문이었다. 비록 그가 그녀를 숭배하는 관계라 해도, 오로지 숭배만 있는 것은 아니었다. 결국 이것은 결혼생활이었고, 그 또한 사랑스러운 아내에게 시험당할 수 있는 것이다.

“다른 사람들도 테러리스트의 공격이 두려워 떠나고 있나요?” 나는 그녀에게 물었다.

“사람들이 계속 그 문제에 대해 이야기하고 있는 건 분명해요.” 빌리가 시인했다.

“이미 떠난 사람들도 있고요.” 제이미가 끼어들었다.

“두 분이 아는 사람들인가요?” 내가 물었다.

“아뇨.” 빌리가 단호하게 말했다. “우리가 처음이 될걸요.”

제이미가 아주 관대하다고 할 수는 없는 미소, 그녀에게 사로잡힌 나에게는(빌리 역시 그랬을 거라고 상상했던 만큼 순식간에 나는 그녀의 노예가 되었는데, 다만 내 경우에는 내가 빌리의 경험치와 정반대편 가장자리에, 망각의 경계에 자리하고 있기 때문이었다) 요부—모욕적일 만큼 냉정한 요부—처럼 느껴지는 미소를 지으며 덧붙였다. "난 그 첫번째가 되고 싶어요."

"좋아요, 우리집을 원한다면 이젠 당신들 거요. 자, 집 구조를 그림으로 그려 보여주겠소."

호텔로 돌아온 나는 지난 십 년 동안 집의 관리를 맡아준 우리 동네 목수 롭 매시와, 같은 세월 동안 일주일에 한 번씩 우리집을 청소해주고 내가 아테나까지 8마일을 운전해 가기 귀찮아할 때면 기꺼이 식료품을 사다준 그의 아내 벨린다에게 전화를 걸었다. 나는 두 사람에게 뉴욕으로 보내주었으면 하는 물건 목록을 죽 읽어주었고, 다음주에 우리집으로 이사해 일 년 동안 살게 될 젊은 부부에 대해서도 이야기해주었다.

"이게 선생님 건강과 관련된 게 아니면 좋겠네요." 롭이 말했다. 구 년 전 전립선절제술을 받았을 때, 나를 보스턴까지 차로 태워갔다 병원에서 다시 집까지 태워온 사람이 바로 롭이었고, 몇 주간의 불편했던 회복기 동안 음식을 만들어주고 환자를 다루듯 무척 세심하고 부드럽게 나를 도와준 사람이 바로 벨린다였다. 그후 나는 병원에 입원하거나 감기 외의 다른 병으로 앓아누운 적이 없었지만, 자식이 없는 이 친절한 중년 부부—강인하고 영민하고 서글서글한 남편과 포동포동하고 사교적이고 대단히 유능한 아내—는 내가 수술을 받은 뒤로는 사소하기 짝이 없는 부탁만 해도 마치 자신들에게 최고로 중요한 일인 것처럼 처리해줬다. 늙어가는 나를 돌봐줄 친자식이 있었다 해도 이보다 더 나은 대접을 받을 순 없었을 것이다. 어쩌면 훨씬 못한 대접을 받았을지도 모른다. 두 사람 다 내가 쓴 글이라고는 한 자도 읽은 적 없었지만, 신문이나 잡지에서 내 이름이나 사진을 발견하면 벨린다가 어김없이 그 기사를 오려 내게 가져오곤 했다. 나는 보지 못한 기사임을 인정하고 그녀에게 감사 인사를 한 다음, 내가 그런 기사를 그녀가 내 "스크랩북"이라고 부르는 것에 차곡차곡 모아두리라 믿는 이 따뜻하고 친절한 여자의 마음을 무심코 상하게 하는 일이 없도록, 나중에 읽지 않은 그 기사를 알아볼 수 없게 잘게 찢어 쓰레기통에 버리곤 했다. 그런 일 역시 오래전에 내 삶에서 지워버렸으니까.

내 일흔번째 생일에 벨린다는 우리집에서 세 사람이 먹을 저녁식사로 사슴고기 스테이크와 적양배추 요리를 준비했다. 롭이 우리집 뒤편 숲에서 사냥한 그 고기는 정말 훌륭했고, 나의 두 친구가 보여준 기분좋은 관대함과 따스한 애정 또한 훌륭했다. 두 사람은 샴페인으로 나를 위해 건배했고, 나에게 선물하려고 아테나에서 산 적갈색 램스울 스웨터를 주더니 일흔이 된 소감을 말해보라고 청했다. 나는 그들이 선물한 스웨터를 입고 식탁의 상석인 내 자리에서 일어나 두 사람에게 말했다. "짧게 말하지. 서기 4000년을 생각해보게." 내가 농담을 하려는 모양이라고 생각했는지 두 사람이 미소를 짓기에 나는 덧붙였다. "아니, 웃지 말고. 진지하게 4000년을 생각해보게. 한번 상상해보게. 그것의 모든 차원에 대해, 모든 측면에 대해. 4000년. 천천히 생각해보게." 엄숙한 침묵이 일 분쯤 흐르고 난 뒤 나는 두 사람에게 조용히 말했다. "일흔이 된다는 게 바로 그런 거라네." 그러고는 다시 자리에 앉았다.

롭 매시는 모두가 꿈꾸는 이상적인 관리인이었고, 벨린다는 모두가 꿈꾸는 이상적인 청소부였다. 비록 나를 돌봐주려 했던 래리 홀리스는 이제 이 세상에 없지만 내게는 아직 이 두 사람이 있었다. 내가 언제든 집필에 전념할 수 있는 것은, 심지어 나의 글 자체까지도 부분적으로는 두 사람이 나의 다른 모든 일을 그토록 훌륭하게 돌봐준 결과였다. 그런데 지금 나는 두 사람을 떠나보내려 하고 있었다.

"내 건강은 괜찮아. 그저 이쪽에서 해야 할 일이 좀 있어서 그 사람들이랑 집을 바꾸기로 한 거라네. 자네에게 계속 연락할 거니까 뭔가 나한테 알릴 일이 있으면 수신자 부담으로 전화하게."

사람 좋은 롭이 말했다. "네이선 선생님, 최근 이십 년 동안 수신자 부담으로 전화를 건 사람은 한 명도 없을걸요."

"그런가? 어쨌든 내 말이 무슨 뜻인지는 알 걸세. 그 사람들한테는 계속 일주일에 한 번 벨린다를 부르라고 하고, 뭔가 잘못되면 자네 부부한테 물어보라고 일러두겠네. 제이미 로건이나 빌리 데이비도프가 특별히 자기들 일로 자네한테 뭔가 부탁하는 경우가 아니라면 그 비용은 내가 직접 지불하겠네.” 제이미의 이름을 입에 올리자, 그리고 롭과 벨린다와 함께 제이미를 잃을 뿐 아니라 그녀를 잃기 위해 내가 여러 가지를 주선까지 하고 있다는 데 생각이 미치자 극심한 고통이 밀려와 나는 화들짝 놀랐다. 마치 이 세상에서 가장 사랑하는 뭔가를 잃는 듯한 느낌이었다.

나는 두 사람에게, 내가 웨스트 71번가의 아파트로 이사하고 나면 두 사람이 내 물건을 뉴욕까지 차로 실어다줘야 하고 그런 다음 둘 중 한 명은 내 차를 운전해 가서 그들의 차고에 갖다두고 내가 없는 동안 가끔씩 차를 몰아줘야 한다고 당부했다. 두 달 전 책 한 권을 끝냈고 아직 다른 작품을 시작하지 않은 터라 옮겨올 원고나 공책은 하나도 없었다. 새로운 작품을 집필중이었다면 이사하는 건 아예 고려조차 하지 않았을 것이고, 설사 이사할 생각을 했더라도 분명 내 원고를 내가 아닌 다른 사람의 손에 맡겨두지 않았을 것이다. 게다가 무슨 이유로든 숲속의 내 집으로 돌아가게 되면, 두 번 다시 뉴욕으로 나오지 않으리라는 것을 나는 알았다. 제이미가 내세웠던 이유, 즉 테러리스트의 위협에 대한 두려움 때문이 아니라 현재의 집필에 필요한 방해받지 않는 평온한 시간, 내 관심을 충족시켜줄 책, 최대한 평정을 유지할 수 있고 가능한 한 오랫동안 작업하기에 최적인 상태로 나 자신을 유지시켜줄 주변 환경 등 내가 살던 곳에서 누린 모든 필수적인 것 때문에. 도시생활에서 더 얻을 것이라곤 내가 더는 소용없다고 판단한 것뿐이었다. '여기 그리고 현재.'

'여기 그리고 현재.'

'그때 그리고 현재.'

'현재의 시작과 끝.'

이것은 내가 앞서 에이미의 이름과 나의 새 뉴욕 아파트 전화번호를 적은 종잇조각에 적어둔 글귀다. 무언가의 제목. 어쩌면 지금 벌어지고 있는 일의 제목일지도. 아니면 이참에 솔직하게 나가볼까. 『기저귀를 찬 남자』라고. 그쪽으로 가면 고통이 있다는 것을 알면서도 고통을 향해 가는 여정에 관한 책.

다음날 아침 나는 비뇨기과에서 걸려온 전화를 받았다. 경과가 괜찮은지, 몸 상태에 뭔가 변화—발열, 통증, 뭐든 평상시와 다른 것—가 있는지 묻는 전화였다. 나는 별문제 없지만 요실금 증상은 조금도 호전되지 않았다고 최대한 완곡하게 대답했다. 내 담당 의사 밑에서 일하는 침착하고 사람을 편안하게 해주는 간호사는 인내심을 가지라고, 증세가 호전되는지 지켜보자고 했다. 가능성이 없지 않다며, 어떤 경우에는 시술 후 몇 주 지나서야 효과가 나타나기도 한다며, 원하는 효과를 얻기 위해서는 2차 혹은 때로는 3차 시술까지 받아야 하고 석 달 동안은 한 달에 한 번 안전하게 시술받을 수 있다는 사실을 내게 상기시켰다. "방광 입구를 좁히면 흘러나오는 소변 양을 줄이거나 제어할 수 있는 확률이 높아집니다. 꼭 저희에게 연락해 의사 선생님께 정확한 진행 상태를 알려주세요. 무슨 일이 있어도 꼭 이번주 안에 다시 병원에 연락해주세요. 저희를 위해서라도 부탁드려요, 주커먼 선생님."

부활에 대한 천박하고 어리석은 환상에서 벗어나 코앞에 있는 차고에서 내 차를 꺼내 북쪽으로, 감상적인 꿈 따위는 절대 허락하지 않는 소설의 변신 요구 속에서 내 생각을 순식간에 제자리로 돌려놓을 수 있는 집으로 죽어라 달리고 싶은 충동이 솟구쳤다. 내가 갖지 못한 것, 내 삶에 없었던 것. 이제 일흔한 살이고, 그거면 끝난 이야기 아닌가. 허영심으로 주제넘게 나서던 시절은 끝났다. 뭔가 달리 생각해보려는 것은 우스꽝스러운 짓이다. 에이미 벨레트나 제이미 로건에 대해서도, 나 자신에 대해서도 더 알아야 할 건 아무것도 없다. 그 또한 우스꽝스러운 짓이다. 자아 발견의 연극은 끝난 지 오래였다. 나는 그 오랜 세월을 아이로 살아온 것이 아니었고, 그 주제에 대해서는 이미 필요 이상으로 잘 알고 있다. 예순이 훌쩍 넘을 때까지 나는 외면하거나 눈을 감아버리거나 등을 돌리거나 한 적이 없었고, 두려움을 드러내지 않으려 최선을 다했다. 남은 할 일이 무엇이든 알카에다나 테러리즘, 이라크에서 벌어지는 전쟁 혹은 부시의 재선 가능성에 대해 더 알거나 듣지 않아도 끝낼 수 있는 일이었다. 이렇게 분노하고 위기를 감정적으로 증식시키는 사회 분위기—베트남전이 진행되는 동안 나 역시 나 자신의 강박관념에 쉽게 빠지지 않았던가—에 맞서는 것은 현명치 못한 일이었다. 뉴욕으로 다시 이사 온다면, 머지않아 그런 분위기에 둘러싸일 것이고, 그런 분위기에 수반되는 꼭 유익하지만은 않은 수다에 둘러싸일 것이다. 그리고 그 수다의 공허함 속에 숨겨진 주문呪文이 밤새 계속되다 끝나갈 무렵이면 나는 분노로 부글거리다 기진맥진해진 어리석은 미치광이가 되어 있을 것이다. 바로 이것이 제이미 로건이 도망치겠다고 결정하는 데 일조했을 것이다.

그게 아니라면 그녀가 빌리나 수천 명의 목숨과 함께 자신의 목숨을 앗아갈지도 모를 알카에다의 끔찍한 두번째 공격을 예상하는 데는 최근 몇 년의 역사만으로도 충분했던 걸까? 난 갈피를 잡을 수 없었다. 그녀가 제대로 된 결론을 내린 것인지, 아니면 (이성적이고 인내심 강한 젊은 남편이 생각하는 것처럼) 당면한 상황 때문에 그녀가 반쯤 정신이 나간 것인지, 혹은 그녀의 선견지명이 빈 라덴에 의해 입증될 것인지, 그도 아니면 내가 뉴욕에 머무름으로써 립 밴 윙클에게 찾아왔던 혼란스러움보다 훨씬 더 한 타격을 나 자신에게 가할 것인지. 한때 나는 격하게 반응하던 인간이었지만 지난 십여 년간은 절제된 고독 속으로 스스로를 몰아넣었고, 신경 말단을 스치는 모든 충동에 굴복하는 습관에서 벗어났었다. 그랬던 내가 이곳에 온 지 불과 며칠 만에 지금까지 내렸던 결정 가운데 가장 경솔하고 성급했다고 판단 날지 모를 결정을 내리고 말았다.

호텔 방 전화가 울렸다. 남자는 자신을 제이미 로건과 빌리 데이비도프의 친구라고 소개했다. 하버드에서 제이미를 알게 되었는데, 그녀가 이 년 선배라고 했다. 그는 프리랜서 기자로 이름은 리처드 클리먼이었다. 문학이나 문화와 관련된 글을 쓴다고 했다. 〈타임스〉 일요판, 〈배니티 페어〉 〈뉴욕〉 〈에스콰이어〉 같은 곳에 기고한다고. 그리고 오늘 시간 되느냐고. 점심을 대접하고 싶다고 했다.

"원하는 게 뭐요?" 내가 물었다.

"저는 선생님이 오래전부터 알고 지낸 분에 대한 글을 쓰고 있습니다."

예전에는 있었는지 몰라도 이제는 탐욕스러운 저널리스트들을 다루는 기술이 내겐 없었다. 또한 내가 어디 있는지를 누군가가 그토록 쉽게 알아냈다는 것 역시 정말 기운 빠지는 일이었고, 맨 처음 내가 뉴욕에서 도망쳐야 하는 상황에 처했을 때 그랬던 것처럼 소름끼치는 일이었다.

나는 아무 말 없이 전화를 끊었다. 곧바로 클리먼이 다시 전화를 걸어왔다. "전화가 끊긴 것 같습니다." 그가 말했다.

"내가 끊었소."

"주커먼 선생님, 저는 E. I. 로노프의 전기를 집필중입니다. 선생님이 1950년대에 로노프를 직접 만나셨고 서신 교환도 하셨다는 걸 알고 제이미에게 선생님의 전화번호를 알려달라고 했습니다. 선생님이 젊은 작가 시절에 로노프를 대단히 숭배하셨다는 걸 알고 있습니다. 저는 당시의 선생님보다 겨우 몇 살 더 먹었을 뿐입니다. 저는 선생님 같은 천재가 아닙니다. 이 책은 제 첫 책으로, 소설은 아닙니다만, 이 책에 들이는 제 노력은 선생님이 기울이셨던 노력만큼은 된다고 생각합니다. 저는 제게 부족한 면을 잘 알지만, 뛰어난 면도 잘 압니다. 저는 이 작품에 제 모든 것을 쏟아붓고 있습니다. 제이미에게 전화하셔서 제가 어떤 사람인지 확인해보시면—"

천만에, 나는 제이미한테 전화해 왜 내 연락처를 클리먼 씨한테 알려줬는지 물어볼 생각이야.

"로노프가 제일 싫어한 게 바로 전기작가요." 내가 말했다. "그는 사람들 입에 오르내리고자 하는 야망 같은 게 없었소. 읽혔으면 하는 야망도. 그가 원한 건 익명성이었소. 그건 대부분 자동으로 성취되는 그런대로 해롭지 않은 선택이자 쉽게 존중해줄 수 있는 욕망이지. 이봐요, 그가 세상을 떠난 지 사십 년이 넘었소. 이제 아무도 그의 작품을 읽지 않아요. 그를 기억하는 사람도 없고. 그에 대해 알려진 것 또한 전혀 없소. 그의 전기를 다루려면 전적으로 상상에 의존할 수밖에 없을 거요. 다시 말해 모조품이 될 거라는 거요."

"하지만 선생님은 그의 작품을 읽으셨잖습니까." 클리먼이 응수했다. "제가 대학 2학년 때 선생님이 학생들과 점심식사를 하러 시그닛 소사이어티에 오셨었는데 그의 작품을 언급하시기도 했어요. 선생님은 저희에게 그의 작품 가운데 어떤 걸 읽어야 하는지 말씀해주셨어요. 전 그 자리에 있었어요. 제이미가 그 클럽 회원이었는데, 저한테 함께 가자고 권했거든요. 시그닛 소사이어티 기억하시죠? 커다란 공동 식탁에서 선생님과 함께 점심식사를 한 인문학 클럽 말입니다. 식사가 끝난 뒤 우린 거실로 갔어요, 기억나세요? 그 전날 저녁 선생님이 메모리얼 홀에서 선생님의 작품을 낭독하셨고, 한 학생이 선생님을 식사에 초대했잖습니까. 그래서 선생님은 다음날 떠나시기 전에 저희와 같이 점심식사를 하시기로 했고요."

"아니, 기억하지 못하오." 기억하고 있었지만 그렇게 말했다. 그 낭독회가 전립선절제술을 받기 전에 한 마지막 낭독회이자, 그후로도 마지막이 되어버린 낭독회였으니 기억할 수밖에. 그리고 클리먼이 이야기를 꺼내자 그 점심식사마저도 기억났다. 식탁 맞은편에 앉아 나를 바라보던 검은 머리 여학생 때문이었다. 분명 스무 살의 제이미 로건이었을 것이다. 그녀는 웨스트 71번가에서는 우리가 한 번도 만난 적 없는 척했지만 우리는 만난 적이 있었고, 그때 나는 그녀를 주목했었다. 어떤 점이 나한테 특이하게 다가왔던 걸까? 단순히 거기 참석한 여학생 가운데 가장 예뻐서였을까? 물론 그래서였을 수도 있다. 그 미모, 그리고 거침없이 자신의 의견을 이야기하기에는 너무 수줍음을 타지만 나를 쳐다보지 못해 내 눈길을 받지 못할 정도로 수줍음을 타는 것은 아니라는 걸 내비치는 평온한 침묵을 통해 드러난 그녀의 신중하면서도 자신감 넘치는 태도에 끌렸을지도 모른다.

"선생님은 아직도 그에게 관심을 갖고 계시잖습니까." 클리먼이 말했다. "스크리브너 출판사에서 나온 클로스 장정 단편집을 사신 게 바로 어제잖습니까. 스트랜드 서점에서 사셨죠. 제 친구가 스트랜드에서 일합니다. 그녀한테 들었어요. 거기서 선생님을 뵙고 감격했다더군요."

"은둔자에게 하기에는 전술적으로 우둔한 말이군, 클리먼."

"저는 책략가가 아닙니다. 열렬한 팬이죠."

"올해 몇이오?"

"스물여덟입니다." 그가 말했다.

"왜 이러는 거요?"

"동기를 물어보시는 건가요? 탐구 정신 때문이라고 말씀드리겠습니다. 호기심이 저를 막 몰아세워요, 주커먼 선생님. 그게 저를 인기 작가로 만들어줄 요소는 아닐 겁니다. 벌써 선생님이 저를 싫어하도록 만들고 말았으니까요. 하지만 선생님 질문에 답을 드리자면, 그게 가장 강력한 추동력이죠."

이 친구 순진할 정도로 고약한 건가 아니면 고약할 정도로 순진한 건가, 그저 어린 건가 아니면 교활한 건가? "작가 경력을 쌓고 싶다는 욕망보다 더 강한 추동력이라고?" 내가 물었다. "세상의 이목을 끌고 싶다는 욕망보다 더?"

"그렇습니다, 선생님. 로노프는 제게 수수께끼 같은 존재니까요. 저는 로노프라는 수수께끼를 풀려고 노력중입니다. 로노프가 제대로 된 평가를 받았으면 좋겠어요. 선생님이 도와주실 수 있어요. 로노프를 아는 사람과 이야기를 나눠보는 것이 아주 중요하거든요. 다행히 생존해 있는 사람들이 있고요. 제가 그에 대해 갖고 있는 생각을 확증해주거나, 혹은 그들이 원할 경우 이의를 제기해주거나 할 사람들이 필요해요. 로노프는 한 사람의 인간으로서뿐 아니라 작가로서도 숨어살았으니까요. 그런 은둔이 그의 천재성에 촉매 역할을 했죠. 상처와 활*처럼. 로노프는 어렸을 때부터 큰 비밀을 갖고 있었습니다. 그가 호손이 살았던 고장에 살았던 것은 단순히 우연이지만, 너새니얼 호손 또한 큰 비밀을 품은 채 살았다고 계속 주장되어왔죠. 둘의 비밀은 그리 다르지 않습니다. 제가 무슨 말을 하는 건지 아실 겁니다."

"전혀 모르겠소."

---

* 미국 평론가 에드먼드 윌슨이 작가의 정신적 상처와 창조성(활)의 연관성을 주장하며 사용한 표현.

"호손의 아들은 멜빌이 말년에 이렇게 확신했다고 썼습니다. 호손이 평생토록 '뭔가 굉장한 비밀을 숨긴 채' 살았다고요. 글쎄요, 저는 E. I. 로노프도 그랬을 거라 확신합니다. 그러면 많은 것을 설명할 수 있죠. 그의 작품도 그 가운데 하나고요."

"왜 그의 작품에 설명이 필요하지?"

"선생님이 말씀하셨듯, 그의 작품을 읽는 사람이 아무도 없으니까요."

"잘 생각해보게. 누구의 작품이 됐든 아무도 읽지 않는다네. 반면, 내가 애써 자네한테 해줄 필요도 없는 이야기지만, 대중들은 비밀에 대해선 엄청난 호기심을 보이지. 전기적 '설명'에 관해 말하자면 일반적으로 그것은, 원래 존재하지도 않았고 존재했다 해도 아무런 미학적 차이를 만들어내지 못했을 요소들을 보태 상황을 더욱 악화시킬 뿐이네."

"무슨 말씀을 하시려는 건지 잘 압니다." 그가 말했다. 하지만 내 말을 받아들일 생각은 없는 게 분명했다. "하지만 그런 냉소적인 태도로는 이 일을 제대로 해낼 수 없습니다. 로노프의 소설이 세상에서 자취를 감추다니 이건 문화적 수치입니다. 무수한 사건들 가운데 하나에 불과하겠지만 저는 그 하나를 다루기 위해 노력할 수 있습니다."

"그러니까 자네는 모든 것을 설명해줄 그의 어린 시절의 엄청난 비밀을 폭로해 그러한 수치를 바로잡는 일을 직접 하겠다는 거군. 추측건대 그 엄청난 비밀은 성적인 것이고."

그가 덤덤하게 말했다. "정말 날카로우시네요, 선생님."

다시 전화를 끊어버릴 수도 있었지만, 이제 호기심을 느끼는 쪽은 나였다. 그가 얼마나 집요하고 건방지게 굴 작정인지 호기심이 일었다. 노골적으로 공격성을 드러낸 적은 한순간도 없었지만, 그의 목소리에서 밀어붙이겠다는 결연함이 느껴지는 것으로 보아 일전을 벌일 준비가 되어 있음이 분명했다. 뜻밖에도 그것은 그 시점에서 내가 잠시 채택한 연출 방식이었다. 마치 내가 먼저 치고 나가서 클리먼이 나를 따라(지금 생각해보면 '의도적으로 조롱하기 위해서'가 더 정확한 것 같다) 밀어붙이고 있는 것처럼 보이도록 말이다. 그런 상황이었다. 가장 중요한 것을 알아내는 일의 가치와 자신감에 눈이 멀어 자신의 논리에 일말의 의심도 갖지 않는, 활력 넘치는 젊은 남자의 융통성 없는 격렬함. 필요성이라는 무자비한 관념. 방해물을 만났을 때 느끼는 격파 욕구. 무엇에도 위축되지 않으며 자신은 늘 옳은 대단히 화려한 시절. 모든 것이 표적이고, 자신은 공격중이다. 자기가, 자기 혼자만이 옳다.

자신을 어른이라고 생각하고, 대단한 역할을 맡고 싶어 들끓는 난공불락의 어린애. 그렇다면 해보라지. 나중에 저 녀석도 깨닫겠지.

"전 선생님이 너무 반대하시지 않으면 좋겠습니다." 말은 이렇게 했지만 별로 개의치 않는 듯 들렸다. "제가 왜 로노프의 이야기가 중요하다고 생각하는지, 그가 호프를 버리고 에이미 벨레트와 도망쳤을 때 그게 그의 작품에 어떤 영향을 미쳤는지 선생님에게 설명드릴 기회를 주셨으면 합니다."

"그가 호프를 버리고"라는 표현에 나는 울컥했다. 이해는 되었다—무엇과도 타협하지 않는 고집, 직설적인 태도, 결코 굴하지 않는 우월감이라는 바이러스(그는 내게 최대한 친절하게 설명하려 했다). 하지만 그렇다고 그를 신뢰해야 하는 건 아니었다. 소문이나 가십 기사 같은 걸 제외한다면 "그가 호프를 버리고" 간 일에 대해 클리먼이 무얼 알 수 있겠는가?

"그 또한 아무 설명이 필요치 않은 일일세." 내가 말했다.

"철저한 사실에 입각해 쓴 평전은 로노프를 부활시키고 20세기 문학사에서 그가 차지해야 하는 합당한 지위를 되찾아줄 겁니다. 하지만 그의 자녀들은 저와 이야기하려 들지 않고, 그의 부인은 미국의 최고령자이자 알츠하이머병 환자라 이야기를 해줄 수 없고, 에이미 벨레트는 이제 제 편지에 답장하는 것을 귀찮아해요. 선생님께도 편지를 보냈었는데 답장을 받지 못했죠."

"내 기억에 없는 일인데."

"선생님 작품을 출간하는 출판사로 보냈습니다. 선생님처럼 사생활을 중시한다고 알려진 분께 연락을 취하는 적절한 방법이라고 생각했거든요. 편지들은 이런 스티커가 붙은 채 반송되었습니다. '발신자에게 반송. 청한 적 없는 우편물은 더이상 받지 않음.'"

"그건 어떤 출판사든 제공하는 서비스일세. 나도 로노프를 통해 처음 알았지. 내가 자네 나이 정도였을 때."

"선생님이 사용하는 그 스티커의 문구, 그게 로노프의 어법, 그러니까 그가 만든 표현이란 말씀인가요?"

그것은 바로 로노프의 어법이었다—나는 더 좋은 표현을 생각해낼 수 없었다. 하지만 나는 대답하지 않았다.

"저는 미스 벨레트에 대해 여러 가지 사실을 알아냈습니다. 그게 사실인지 확인하고 싶습니다. 믿을 만한 근거가 필요합니다. 선생님이 그 근거를 제공해주실 수 있고요. 그분과 계속 연락하시나요?"

"전혀."

"그분은 맨해튼에 삽니다. 번역 일을 하지요. 뇌종양을 앓고 있더군요. 만약 제가 그분과 다시 이야기해볼 수 있기 전에 종양이 악화된다면, 그분이 알고 있는 모든 사실이 그대로 묻혀버릴 겁니다. 그분은 누구보다도 많은 사실을 말해줄 수 있을 텐데."

"뭣 때문에 자네한테 더 많은 이야기를 해주겠나?"

"보십시오, 나이든 분들은 젊은이를 싫어합니다. 이건 두말할 필요도 없는 사실이죠."

갑작스럽게 그는 아주 무심하게 신비로운 지혜의 섬광을 보여준다. 세대 간 갈등에 대한 이런 생각은 어디선가 읽은 것일까, 아니면 누구에게 들은 것일까, 아니면 앞서의 경험으로 터득한 것일까, 그도 아니면 깨달음이 돌연 그의 머리를 때린 것일까? "저는 그저 책임 있게 행동하려 노력할 뿐입니다." 클리먼이 이렇게 덧붙였는데, 이번엔 "책임 있게"라는 표현에 울컥했다.

"선생님이 뉴욕에 머무시는 건 에이미 벨레트 때문 아닌가요?" 그가 물었다. "빌리와 제이미에게 그렇게 말씀하셨다던데요, 암 투병중인 친구를 만나러 오셨다고."

"이번에 전화가 끊기면," 내가 말했다. "다시는 걸지 말게."

십오 분 뒤 빌리가 전화를 걸어와 제이미와 자신이 저지른 분별없는 행동에 대해 사과했다. 그는 우리가 만났던 사실을 비밀로 해야 한다는 걸 몰랐다고, 자신들 때문에 불쾌한 일을 겪었다면 미안하다고 했다. 조금 전 빌리와 제이미에게 전화해 나와의 통화가 엉망이었다고 전한 클리먼은 제이미의 대학 시절 애인으로 지금도 여전히 그녀와 친하게 지냈다. 그녀가 자신들이 낸 광고를 보고 연락해온 사람이 누구였는지 그에게 발설한 것은 악의에서 비롯된 행동은 아니었다. 빌리는—이제는 그도 잘못짚었었다는 것을 알아차렸다—내가 E. I. 로노프를 숭배한다는 걸 자신들 모두가 알고 있었기 때문에 내가 로노프의 전기작가와 이야기를 나누는 걸 거부할 거라고는 자신도 제이미도 전혀 예상치 못했다고 말했다. 그는 우리가 합의한 사안에 대해 떠들고 다니는 실수를 다시는 저지르지 않겠다고 나를 안심시켰다. 비록 나는 다음의 사실을 깨달아야 했지만 말이다. 내가 일단 그들의 집으로 옮기고 나면 오래잖아 두 사람의 친구와 지인의 연락망을 통해 누가 거기 들어와 사는지 다 알려질 테고, 마찬가지로 두 사람이 내 집으로 옮기고 나면……

빌리는 공손하고 빈틈이 없었고, 사리에 맞는 말만 했다. 그래서 나는 말했다. "걱정 말게." 물론 클리먼은 제이미의 전 애인이었다. 내가 그를 참을 수 없는 또다른 이유. 제일 큰 이유.

"리처드는 집요하게 굴 때가 있습니다." 빌리가 말했다. "하지만," 그가 다시 한번 되풀이했다. "선생님께서 머무는 곳을 그 친구한테 알려준 건 정말 사과드리고 싶습니다. 정말 경솔한 행동이었습니다."

"걱정 말게." 나는 다시 말했고, 다시 한번 나 자신에게 차를 몰고 집으로 돌아가라고 타일렀다. 뉴욕은 "탐구 정신"에 사로잡힌 사람으로 가득했고, 그들이 모두 윤리적으로 그러한 작업을 감당해내는 것은 아니었다. 만약 내가 71번가의 아파트와 그곳의 전화까지도 넘겨받는다면, 방금 전에 증명되었듯 내게 더는 솜씨 있게 처리할 기술이 없는데도 저 불필요한 상황에 처하는 게 불가피해질 것이었다. 클리먼이 로노프에 대해 넌지시 내비친 내용에 호기심이 일지 않은 건 아니었다. 거의 오십 년 만에 처음으로 로노프의 에이미와 거짓말처럼 우연히 마주친 사실에, 내가 병원에서 식당까지 그녀를 따라간 사실에, 그런 다음 클리먼이 전화해 에이미의 뇌종양 이야기를 하고 호손의 것과 비슷한 로노프의 '비밀'에 대해 내부자나 알 법한 내용을 들먹이며 나를 애태우려 한 사실에 놀라지 않은 것은 아니었다. 호젓한 삶을 일구고 반복되는 일상에 스스로를 묶어놓고 단조로움 속에 운명을 던져넣은 사람에게, 중요하지 않다고 여겨지는 모든 것을 삶에서 추방해버린 사람에게(집필을 위해서라고 알려져 있지만 실상은 약점에 휘둘린 것에 더 가까웠다) 그것은 꼭 희귀한 천문 현상에 압도되는 것과 같았다. 과학이 생겨나기 전 까마득한 영겁의 세월 내내, 그 일이 일어날 것을 예상할 수 있는 거주자가 지구상에 없는 상태에서 일어났던 모든 일식과 같은 방식으로 일어난 일식에 압도된 것처럼 말이다.

새로운 미래에 성급하게 발을 들여놓으면서 나는 나도 모르는 사이에 과거로 후퇴한 셈이었다. 과거로 역행하는 게 드문 일은 아니었지만 어쨌든 기분은 나빴다.

"선거일 밤에 선생님을 초대하고 싶습니다. 저희와 함께하세요." 빌리가 말했다. "제이미와 저만 있을 겁니다. 집에서 개표 결과를 지켜볼 거거든요. 저녁식사도 집에서 하면 되고요. 그러고 나서 선생님께서 계시고 싶은 만큼 계시면 되는데. 어떠세요?"

"화요일 밤이던가?"

빌리가 웃었다. "아직도 11월의 첫째 월요일의 다음날인 첫째 화요일이에요."

"가지. 초대에 응하겠네." 나는 말했다. 선거가 아니라 빌리의 아내이자 클리먼의 옛 애인인 그녀에 대해 생각하면서. 그리고 설사 기회가 알아서 찾아온다 해도 더는 내가 여자에게 줄 수 없는 쾌락에 대해 생각하면서. 늙은이는 젊은이를 싫어한다고? 젊은이는 늙은이에게 시샘과 미움만 일으킨다고? 왜 안 그렇겠는가? 터무니없는 생각이 사방에서 빠르게 스며들었고, 내 심장은 정신나간 열망으로 쿵쾅거렸다. 마치 요실금 증상을 치료하기 위한 의학적 시술이 발기부전을 되돌리기라도 한 것처럼. 당연히 그럴 리 없는데. 마치, 아무리 내가 성불구가 되고 지난 십일 년 동안 성생활을 하지 않았을지라도 제이미와 만난다는 사실만으로도 욕망이 자극받아 생명력을 불어넣는 힘을 발휘하기라도 한 것처럼. 이 젊은 여자가 존재하는 곳에는 희망이라도 있는 것처럼.

빌리와 제이미와 단 한 번 잠깐 만난 것만으로도 나는 전혀 관심 없던 야심만만한 젊은 문학도의 세계로 되돌아갔을 뿐 아니라, 지금 이 순간이라는 자극, 흥분, 유혹, 위험 들에 나 자신을 노출시켰다. 이 도시를 영원히 떠나기로 결정했을 때 나를 위협한 구체적인 위험—치명적인 공격의 위험—은 무슬림의 테러 위협이 아니라, 내게 배달되기 시작한 살해 협박이었다. FBI는 동일인의 소행이라고 판단했다. 협박문은 내가 성장한 뉴저지 북부 어딘가의 우체국 소인이 찍힌 그림엽서에 쓰여 있었다. 엽서 앞면에는 늘 현재 교황인 요한 바오로 2세가 성베드로대성당에 모인 군중에게 축복을 내리는 장면이나 무릎을 꿇고 기도를 올리는 장면, 흰 문직 예복 차림으로 엄숙하게 앉아 있는 모습 등의 사진이 인쇄되어 있었지만, 같은 우체국 소인이 찍힌 경우는 한 번도 없었다. 처음 받은 엽서의 내용은 이랬다.

친애하는 유대인 개자식아, 우리는 인종차별적이고 도덕적 타락으로 찌든 시온주의*라는 사상의 증식에 대항하기 위해 결성된 국제 조직의 일원이다. 너는 '이교도goy' 국가들과 그들의 국민에게 기생해 살아가는 유대인 중 한 명이기에 표적으로 찍힌 것이다. 네놈이 사는 주욕Jew York** 아파트의 위치 때문에 '표적화' 임무가 우리 '지부'에 떨어졌다. 이 통고는 그 임무의 시작이다.

교황 요한 바오로 2세의 사진이 인쇄된 두번째 엽서에도 똑같은 인사말과 메시지가 적혀 있었고, 글의 마지막 부분만 이렇게

* 팔레스타인 지역에 유대인 국가를 건설하려 한 운동.

** New York(뉴욕)과 Jew(유대인)를 합성한 말.

달랐다. "두번째 통고다, 유대인놈아!"

과거에도 그렇게 불쾌하고 험악한 편지를 받은 적은 있었다. 하지만 일 년에 두어 번에 지나지 않았고, 아예 한 통도 오지 않은 해가 대부분이었다. 또한 자주 있는 일은 아니었지만 뉴욕 거리에서 생판 모르는 사람이 내게 다가와 골치 아프게 따지고 들 때도 있었다. 내 작품의 어느 부분인가가 그들을 부추겼거나 화나게 만들었기 때문에, 혹은 그것이 그들을 화나게 만들어 부추겼기 때문에, 아니면 그들을 부추겨 화나게 만들었기 때문이었다. 나는 그처럼 심란한 침해를 여러 번 겪어보았다. 독자들은 책이 그들의 마음에 불러일으키는 작가에 대한 상상이 지어낸 이야기에 영향을 받아 엉뚱한 공상으로 빠지기 십상이기 때문이었다. 하지만 이번엔 표적이 된 것이었다. 그 엽서는 몇 달 동안 계속해서 매주 왔을 뿐 아니라, 〈뉴욕 타임스 북 리뷰〉에 내 작품에 대한 호의적인 서평을 기고한 중서부에 사는 한 평론가도 같은 기간에 교황의 사진이 인쇄된 협박 엽서를 한 통 받았다. 엽서는 그가 강의를 나가는 대학으로 왔는데 "아첨영문학과" 전교轉交라고 적혀 있었다. 인사말 같은 것은 없었다. 그저 깨알 같은 글씨로 이렇게 쓰여 있었을 뿐이었다.

천박하고 옹졸하고 아첨이나 할 줄 아는 별 볼 일 없는 좆같은 '영문과 교수'만이 최근에 그 유대인 개자식이 싸지른 개똥

무더기를 "가장 흥미진진하며 읽을 가치가 있는" 작품이라 떠들어대며 굽실거릴 것이다. 어린 학생들의 정신을 왜곡해 망친 너 같은 쓰레기가 아무런 응징도 당하지 않다니, 얼마나 비극인가. AK-47 소총 사격. 이 치유책이 미국의 고등교육을 원상회복할 수 있을 것이다. 아니면 도움이라도 되거나.

나에게 FBI에 신고하라고 한 것은 뉴욕에 있는 내 변호사였다. 그렇게 해서 이스트 91번가의 내 아파트에 M. J. 스위니라는 요원이 찾아왔다. 그녀는 체구가 작고 성격이 쾌활한 사십대 초반의 남부 여자로 내가 받은 모든 엽서를 가져갔고(내 작품의 서평을 썼던 평론가가 받은 한 통도 포함해, 그녀는 그 엽서들을 조사하고 분석하도록 워싱턴으로 보냈다), 마치 내가 잘 모르는 운동경기나 게임의 기본 규칙을 설명해주듯 내가 지켜야 할 예방조치를 하나하나 알려줬다. 건물을 나서기 전에는 먼저 거리 양쪽과 길 건너편에 수상해 보이는 사람이 없는지 꼼꼼히 살펴야 했다. 만약 거리에서 모르는 사람이 내게 접근하면, 그들의 얼굴 대신 손을 주시하며 무기를 꺼내려 하지 않는지 확인해야 했다. 이러한 충고들이 더 이어졌고 나는 바로 그 말에 따랐지만, 그런 게 나를 쏴 죽이기로 작정한 누군가에게 대항할 진정한 보호수단이 되어줄지 그리 확신하지 못했다. 평론가가 받은 엽서에 처음 등장한 "AK-47 소총 사격"이라는 문구가 나에게 오는 엽서에도 등장하기 시작했다. 어떤 주에는 검정 매직펜으로 "AK-47 소총 사격"이라는 문구만 글자 높이가 2인치는 되게 쓰여 있기도 했다.

M. J.와 나는 엽서가 새로 도착할 때마다 통화했고, 나는 엽서 양면을 복사한 다음 원본을 봉투에 넣어 그녀에게 보냈다. 하루는 내 신작이 어떤 문학상 후보에 올라 맨해튼 도심의 호텔에서 열리는 시상식에 참석하게 되었다는 소식을 전하려고 전화를 걸었더니 그녀가 물었다. "주최측에서는 어떻게 보안을 한다던가요?" "거의 신경쓰지 않을 것 같은데요." "공개적인 행사인가요?" "공개적인 행사가 아닌 건 아닙니다." 내가 말했다. "문제를 일으킬 작정으로 난입할 사람이 있을 것 같진 않아요. 참석자는 한 천 명쯤 될 것 같고요." "음, 조심해야겠네요." 그녀가 말했다. "내가 거기 가지 말아야 한다고 생각하는군요." "제가 FBI를 대표해서 말씀드릴 수는 없어요." M. J.가 말했다. "FBI가 이런 문제에 대해 선생님께 권고를 드릴 수는 없으니까요." "혹시라도 내가 수상자가 되어 상을 받으러 연단에 올라간다면 아주 쉽게 표적이 되겠죠, 그렇지 않습니까?" "만약 제가 친구로서 대답하게 된다면, 그렇다고 할 겁니다." 그녀가 대답했다. "만약 당신이 내 친구로서 말한다면, 어떻게 하라고 제안할 겁니까?" "시상식 참석이 선생님께 대단히 의미 있는 일인가요?" "아무 의미도 없어요." "음, 만약 그 일이 나한테 아무 의미도 없다면," M.

J.가 말했다. "그리고 나한테 살해 협박 엽서가 스무 번쯤 도착했다면, 그 장소가 어디건 근처엔 얼씬도 하지 않겠어요."

다음날 아침 나는 자동차를 빌려 매사추세츠 서부로 향했고, 48시간이 지나기 전에 오두막을 구입했다. 큰 방이 두 개 있는 오두막으로, 한 방에는 돌로 만든 커다란 벽난로가, 다른 방에는 장작난로가 설치되어 있었고 두 방 사이에는 창문이 나 있는 작은 주방이 있었다. 주방 창문으로는 늙어서 뒤틀린 사과나무 숲 뒤편에 자리한 수영할 수 있는 꽤 큰 타원형의 연못과 폭풍우에 가지가 꺾인 커다란 버드나무가 내다보였다. 물새가 북적대는 그림 같은 습지 건너편으로 벌판이 12에이커나 펼쳐져 있었고, 산에서 아테나로 내려가는 5마일이 넘는 구불구불한 아스팔트 도로에 이르기까지 거의 3마일을 가야 하는 비포장도로에서도 오두막은 200피트쯤 떨어져 있었다. 아테나는 내가 E. I. 로노프를 그의 부인과 에이미 벨레트와 함께 만났던 1956년에 그가 강의를 했던 곳이기도 했다. 로노프의 집은 1790년에 지어진 후 그의 처가에서 오랜 세월 상속되어왔는데, 내가 산 오두막에서 차로 십 분 거리에 있었다. 그 지역이 로노프의 피난처였기 때문에 나 역시 본능적으로 나의 피난처로 선택했다. 그랬기 때문에, 그리고 처음 그를 만났을 때 내가 스물셋이었기 때문에, 그리고 그 만남을 결코 잊을 수 없었기 때문에.

나는 군대에서 라이플 사용법을 배웠었기에 그 지역 총기점에서 22구경 라이플을 장만해 며칠 동안 오후에 혼자 숲으로 들어가 다시 손에 익을 때까지 사격 연습을 했다. 라이플은 침대 옆 벽장에, 탄약 한 상자는 총 옆의 벽장 바닥에 보관했다. 그리고 집에 경비시스템을 설치하고 그 지역의 주 경찰 초소에 연결되도록 했다. 또한 어두울 때 집에 도착하더라도 주변이 캄캄하지 않도록 지붕 귀퉁이마다 외등도 달았다. 그런 다음 M. J.에게 전화해 내가 한 일을 말해줬다. "이 산속에서의 생활이 더 어려울 수도 있지만, 지금까지는 도시에 있을 때보단 덜 노출되고 덜 불안한 느낌이 들어요. 아파트는 한동안 그대로 두겠지만, 살해 협박이 멈출 때까지 이곳에서 지낼까 합니다." "선생님의 소재를 알고 있는 사람이 있나요?" "지금까지는 당신 혼자만 알고 있어요. 우편물은 다른 데로 배달되도록 조처해뒀습니다." "좋습니다." M. J.가 말했다. "우선적으로 권할 만한 일은 아니지만, 선생님이 안전하다고 느낄 수 있는 조치는 무엇이든 취해야 합니다." "뉴욕을 왔다갔다하겠지만, 생활은 여기서 할 겁니다." "행운을 빌어요." 그녀는 그렇게 말하더니 이제 내 파일을 보스턴 지부로 넘겨야 한다고 덧붙였다. 그녀가 작별 인사를 하고 전화를 끊은 후 나는 내가 한 일에 대해 밤새 번민했다. 살해 협박을 받는 내내 내게 편지를 보내는 자의 AK-47 소총과 나 사이에서 장벽 역할을 해준 사람이 M. J. 스위니였다고 확신했기에.

마침내 살해 협박이 멈췄을 때도 나는 오두막을 버리지 않았다. 그즈음 그곳은 진정한 내 집이 되었고, 그곳에서 나는 작품을 쓰고 건강을 관리하고 암에 걸리고 근치 치료를 받고, 하루하루 나이를 먹어가고 있다는 사실을 특별히 의식하거나 신경쓰지 않고 혼자 떨어져 십일 년을 지냈다. 나는 은둔, 고통스럽지 않은 은둔이라는 습관의 포로가 되었다. 그와 함께 논쟁의 여지 없이 명백한 생활과, 역설적이지만 무엇보다 스스로에게서 자유로운 생활이 주는 기쁨에 사로잡혔다. 나는 며칠씩 글만 쓰면서 사치스러운 만족감에 기분이 좋아지곤 했다. 고독감, 미칠 듯한 고독감은 이따금 찾아올 뿐이었고, 대처할 방법도 있었다. 고독감이 낮에 엄습하면 나는 책상에서 일어나 숲속이나 강을 따라 5마일 정도 산책했고, 밤에 슬며시 스며들면 읽던 책을 잠시 밀쳐두고 온전한 집중을 요하는 뭔가에 귀를 기울였다. 예를 들면 버르토크의 현악사중주 같은 것에. 이런 식으로 나는 안정을 되찾고 고독을 견뎌냈다. 대체로 나이가 들어감에 따라, 인생을 재미있고 윤택하게 만들어주는 다양한 인간관계들이 마찰과 동요와 갈등과 무의미함과 혐오감 때문에 별로 바람직하지 못하게 되는데, 그러느니 차라리 어떤 역할을 해낼 필요가 전혀 없는 삶을 사는 게 낫다. 여러 해가 흐르면서 나는 내가(그리고 단지 나만이 아니라) 불가능하다고 생각했을 법한 생활방식에 익숙해졌기 때문에 세상과 떨어져 지냈고, 그렇게 했다는 데에 긍지를 느꼈다. 두려움 때문에 뉴욕을 떠났을지 모르지만, 인간관계에 대한 욕구를 줄이고 줄이고 또 줄임으로써 나는 마음에 드는 일을 하며 많은 시간을 보내는 일종의 자유를 고독 속에서 발견했다.

나는 내 치열함의 횡포를 떨쳐버렸다. 아니면, 아마도 십 년 이상을 외따로 떨어져 살면서 가장 엄격한 방식으로 그 횡포를 즐겼거나.

'AK-47 소총'이라는 말이 다시 나타나 나를 놀라게 한 것은 2004년 6월의 마지막 날의 일이었다. 그날이 6월 30일이었다는 걸 아는 건, 그날이 내가 사는 뉴잉글랜드에서 암컷 늑대거북이 해마다 알을 낳을 둥지를 파려고 모래벌판을 찾아 물속 서식지에서 나와 이동을 시작하는 날이기 때문이다. 강인하고 동작이 굼뜬 이 동물은 너비와 길이가 1피트 혹은 그 이상인 톱니처럼 삐죽삐죽한 등딱지로 무장한, 꼬리가 빽빽하게 비늘로 덮인 커다란 거북이다. 녀석들은 아테나 남단에 때로 나타나, 시내로 이어지는 2차선 머캐덤도로를 건넌다. 녀석들이 서식지인 습지와 연못이 있는 숲속을 빠져나오면 운전자들은 거북을 치는 일 없게 인내심을 갖고 몇 분을 기다렸다. 나 같은 지역 주민의 대다수에게는 연례행사 같은 것이어서, 그저 차를 멈추는 데 그치지 않고 아예 길가에 주차한 뒤 갓길로 나와, 좀처럼 구경하기 힘든 양서류들이 선사시대 파충류의 것처럼 생긴 발톱이 난 튼튼하고 짤막하고 비늘에 덮인 다리를 느릿느릿 움직여 조금씩 조금씩 나아가는 모습을 지켜보곤 했다.

매년 구경꾼들 사이에선 거의 비슷한 농담과 웃음과 탄성이 들려오고, 이 장관을 보여주려고 아이들을 데리고 나온 교육열 가득한 부모들의 이야기를 통해서는 거북의 체중이 얼마인지, 목의 길이는 어떻게 되는지, 무는 힘은 얼마나 강한지, 알은 몇 개나 낳는지, 얼마나 오래 사는지에 대해 다시 한번 배운다. 그런 다음 다시 차에 올라타고 볼일을 보러 시내로 가는 것이다. 콜라겐 치료에 대해 문의하려고 뉴욕으로 가기 딱 넉 달 전의 그 화창한 날 내가 그랬었다.

시내 잔디밭 옆에 차를 비스듬하게 주차한 뒤 나는, 환한 햇볕을 쬐러 잠시 가게 밖에 나와 있던 안면 있는 가게 주인 몇 명과 마주쳤다. 나는 선 채로 잠시 이야기를 나눴다. 정말 별것 아닌 일들에 대해서 이야기하며, 잡화점 주인과 주류점 주인 그리고 작가인 우리 셋은 뭘 하든 최선을 다하는 남자들 특유의 붙임성 있는 태도로, 불안한 세계의 손길이 미치지 못하는 곳에서 안전하게 미국인으로서의 삶이 주는 만족감을 발산했다.

반대편에서 오던 사람이 나를 지나치면서 갑자기 내 귀에 대고 "AK-47 소총"이라고 중얼거린 것은 내가 큰길을 건너 철물점 쪽으로 갈 때였다. 나는 홱 돌아섰고, 넓적한 등판과 안짱걸음으로 그자가 누구인지 바로 알아보았다. 지난여름에 집 외벽을 칠하기 위해 고용했던 칠장이였는데, 하루걸러 일을 나오는 바람에—일하러 와서도 두세 시간도 제대로 하지 않았다—칠을 절반도 못 끝냈지만 해고할 수밖에 없었다. 그런데도 그는 내게 터무니없는 액수의 청구서를 보냈다. 나는 그와 입씨름하는 대신—그와는 전화상으로든 직접 만났을 때든 그가 일한 시간이나 나타나지 않은 일을 두고 거의 매일 격렬하게 언쟁을 했기 때문에—이 지역의 내 변호사에게 처리해달라며 청구서를 넘겼다. 이 가옥 도장공의 이름은 버디 반스로, 한참 뒤에야 안 사실이지만 아테나에서 둘째가라면 서러울 알코올중독자였다. 나는 그가 차에 붙이고 다니는 '찰턴 헤스턴은 나의 대통령'이라는 문구가 늘 마음에 들지 않았지만, 그다지 신경쓰지는 않았다. 이 전설적인 영화배우가 한때 무분별할 정도로 무책임한 전미총기협회의 유명인 회장으로 명성을 날리긴 했지만, 내가 버디를 고용했을 즈음에는 치매로 거의 맛이 간 상태여서 그 범퍼 스티커가 그 어떤 것보다 시시하고 멍청해 보였기 때문이다.

당연히 나는 길거리에서 들은 그 말에 정신이 아득해졌다. 너무 아득했던 나머지, 어떤 식으로 대응하는 것이 최선인지 생각하거나, 반응을 보여야 하는지 말아야 하는지 판단할 새도 없이 잔디밭을 쏜살같이 가로질러 달려갔다. 그자는 막 자신의 픽업트럭에 올라탄 상태였다. 나는 그자의 이름을 부르며 차의 펜더를 주먹으로 마구 두드렸고 마침내 그자가 차창을 열었다. "방금 전 나한테 뭐라고 했나?" 내가 물었다. 버디는 사십대에 접어든 무뚝뚝한 사내치고 천사의 얼굴처럼 보일 정도로 낯빛이 발그레했다. 코밑과 턱에 금발 수염이 듬성듬성 나 있는데도 말이다. "내가 뭔 말을 했다는 거야." 그자는 특유의 악을 쓰는 듯한 높은 목소리로 대답했다. "나한테 뭐라고 했나, 반스?" "제-기랄." 눈을 부라리며 그가 대답했다. "말해. 말하라고, 반스. 왜 그런 말을 한 건가?" "환청을 들은 거야, 이 미친 영감아." 그가 말했다. 그러고는 트럭을 후진하더니 십대들이 그러듯 타이어 마찰음을 요란하게 내며 가버렸다.

결국 나는 이 사건에 내가 처음 그 말을 우연히 들었을 때 느낀 극적 의미는 전혀 없다고 판단했다. 물론 "AK-47 소총"은 그자가 한 말이었다. 그랬다, 나는 그렇게 확신했기에 집에 도착하자마자 M. J. 스위니와 의논하기 위해 FBI 뉴욕 지부로 전화를 걸었다. 하지만 그녀가 이 년 전에 그만두었다는 대답만 들었을 뿐이었다. 나는 그 엽서를 받기 시작한 것이 내가 이곳으로 이사오기 몇 달 전으로, 버디 반스 같은 자가 내 존재를 알기 전이라는 걸 떠올렸다. 반스가 그 엽서를 보냈을 리 없었다. 특히 매사추세츠 주 아테나에서 남쪽으로 100마일 이상 떨어진 저지 북부의 도시와 마을 들의 소인이 엽서에 찍혀 있었기 때문이다. 대략 십일 년 전쯤 우편으로 날아와 나를 괴롭혔던 바로 그 단어를 사용해 그가 나를 괴롭히려 한 것은 기이하기 이를 데 없는 우연에 지나지 않았다.

그럼에도 나는 22구경 라이플을 사서 숲에 들어가 사격 연습을 했던 이래 처음으로 탄약 상자를 열었고, 최근 수년간 해왔던 대로 침실 벽장 안에 총을 장전하지 않은 채 세워두는 대신, 장전해서 침대 옆 마룻바닥에 놓아두고 잤다. 뉴욕으로 출발하기 전까지 계속 그렇게 했다. 버디가 내게 정말 아무 말도 하지 않았던 게 아닐까 하고 생각한 이후에도, 암컷 늑대거북 무리가 번식 기능을 다하기 위해 힘들여 도로를 횡단하는 장관을 즐겼던 그 아름다웠던 초여름 아침, 적어도 내게는 그런 말을 한 이유가 도저히 설명되지 않는 자로부터 진짜 같은 환청을 들은 거라고 결론을 내린 후에도.

콜라겐 치료는 요실금 증상에 전혀 효과가 없었고, 나는 선거일 아침에 이 사실을 병원에 알렸다. 병원에서는 다음달에 두번째 시술 예약을 잡으라고 권했다. 그사이에 증세가 호전되는 기미가 보이면 언제든 예약을 취소할 수 있고, 그렇지 않으면 다시 같은 시술이 있을 거라면서. "그런데 만약 그것마저 효과가 없으면 어쩝니까?" "그러면 또 해야죠. 세번째 시술은 요도를 통해 넣지 않아요." 간호사가 설명했다. "전립선 수술 부위를 통해 넣어요. 그냥 찔러서요. 국부 마취를 하는데, 통증은 전혀 없어요." "그런데 만약 세번째 시술도 효과가 없으면요?" 내가 물었다. "아, 미리 걱정하지 마세요, 주커먼 선생님. 한 번에 한 걸음씩 내딛기로 해요. 실망하지 마세요. 효과가 전혀 없는 시술은 아니니까요."

나는 요실금 증상은 전혀 수치스러울 게 없다는 식의 취급을, 그다음에는 대구 간유를 먹기 싫어 빼는 여덟 살짜리 버릇없는 아이 취급을 받았다. 하지만 이것은 노인 환자들이 피해갈 수 없는 고통에 몸을 맡기길 거부하고 겸허하게 무덤을 향해 비틀걸음을 떼어놓으려 할 때마다 겪는 일이었다. 의사와 간호사는 가망 없는 것을 얻기 위해 계속 견디라고 어린아이를 달래야 하는 책임을 지고 있는 셈이었다. 어쨌든 전화를 끊었을 때 난, 저항하든 받아들이든 실패를 눈앞에 둔 남자로서, 자긍심도 새어나가고 없고 내가 가진 힘의 한계도 절감하면서 그런 생각을 했다.

처음 며칠 동안 뉴욕을 걸어다닐 때 나를 가장 놀라게 한 것은 무엇일까? 제일 눈에 두드러진 것은 휴대전화였다. 내가 사는 산속은 아직 서비스 예외 지역이었고, 서비스 지역인 아테나에서도 거리에서 거리낌없이 휴대전화로 통화하는 사람은 좀처럼 보기 힘들었다. 브로드웨이를 걸으며 혼자 떠들어대는 듯 보이는 사람들은 무조건 미쳤다고 여겼던 시절의 뉴욕이 떠올랐다. 최근 십 년 동안 무슨 일이 있었기에 갑자기 이들이 이토록 할말이 많아진 걸까. 기다렸다 만나서 이야기할 수 없을 만큼 모든 일이 그토록 긴급하단 말인가? 어딜 걷든 누군가가 전화에 대고 떠들어대며 내 쪽으로 다가왔고, 누군가 내 뒤에서 전화기에 떠들어댔다. 차 안의 운전자들 역시 통화중이었다. 택시를 타니 택시 기사도 통화중이었다. 며칠 내내 누구와도 이야기하지 않고 보내는 일이 많은 나는, 예전에 사람들을 지탱하던 무엇이 무너져 버렸기에, 어느 누구의 감시도 받지 않고 이리저리 걸어다니고 잠시 외로움을 느끼고 동물에 가까운 감각으로 거리에 동화되고 도시에서 벌어지는 온갖 일에서 영감을 받은 수많은 생각에 빠져드는 대신, 끊임없이 전화에 대고 떠들어대는 게 더 낫다고 여기게 된 것인지 궁금해졌다. 그로 인해 내 눈에는 거리가 코미디처럼 보이고 사람들은 멍청이로 보였다. 그렇지만 진짜 비극처럼 보이기도 했다. 분리의 경험을 뿌리째 없애버리는 것은 불가피하게 극적 효과를 낳고 만다. 그 결과는 어떤 것일까? 우리는 언제든 다른 사람과 연락할 수 있다는 걸 알고, 연락할 수 없게 되면 안절부절못한다. 별 볼 일 없는 멍청한 신처럼 초조해하고 화를 내는 것이다. 레스토랑, 엘리베이터, 야구장에서 조용함이라는 배경음이 사라진 지 오래라는 것을 알고는 있었지만 인간 존재가 지닌 무한한 고독이, 이처럼 자신들의 목소리를 들려주고 싶어하는 무한한 열망과 거기에 뒤따르는, 자기 이야기를 남이 엿듣는 것도 개의치 않는 상황에까지 이르다니. 가운데가 접히면서 열리는 견고한 문으로 단단히 폐쇄할 수 있던 전화 부스의 시대를 주로 살아온 나는 그 이채로운 모든 상황에 깊은 인상을 받았다. 또한 모든 사람이 서로를 염탐하고 전화선 저편의 상대방에게 추적당하는데도 집 밖의 어디서건 끊임없이 신나게 서로에게 전화질을 해대는 인간들이 자신들은 최대한의 자유를 만끽하고 있다고 여기는 흉물스러운 집단으로 맨해튼이 변해버린다는 이야기를 머릿속으로 그려보며 즐거워했다. 나는 그런 시나리오를 떠올리는 것만으로도, 모든 기계는 삶의 적이라고 생각했던 산업화 초기의 괴짜들과 한패 취급을 받으리라는 것을 알았다. 그럼에도 어쩔 수 없었다. 나는 사람들이 어떻게 인생에서 깨어 있는 시간의 절반을 걸어다니며 전화 통화를 함으로써 인간 존재로 계속 살아가고 있다고 믿을 수 있는지 도저히 이해가 안 되었다. 그건 아니다. 그런 기계장치들이 일반 대중의 성찰을 고취하는 데 도움이 될 리 만무했다.

그리고 젊은 여성들이 눈에 들어왔다. 나도 어쩔 수 없었다. 뉴욕의 날씨는 아직 따뜻했고, 여자들은 내가 도저히 무시해버릴 수 없는 스타일로 옷을 입고 다녔다. 길 하나만 건너면 자연보호구역이 있는 곳에서 은둔생활을 하며 적극적으로 눌러왔던 바로 그 욕구들이 되살아나지 않기를 진심으로 원했지만 말이다. 아테나를 왕래하다보니 요즘 여대생들이 수치심이나 두려움 없이 얼마나 자신의 몸을 드러내고 다니는지 알고 있었다. 그래도 이 도시에 오기 전까지는 그런 현상 때문에 기가 막힐 정도는 아니었다. 이 도시에는 그런 차림의 여자가 굉장히 많았고, 연령대도 폭넓었다. 여자들이 단지 보여주기 위해 그렇게 옷을 입는 게 아니라는 걸, 그런 도발적인 가두 행진은 그저 벌거벗기의 첫 단계에 지나지 않는다는 걸 나는 부러워하며 깨달았다. 아니면 나 같은 사람에게만 그렇게 보이는 건지도 몰랐다. 어쩌면 내가 완전히 잘못 이해했는지도 모르고, 그것은 그저 오늘날 여성들이 옷을 입는 방식, 오늘날 티셔츠를 재단하는 방식, 오늘날 여성복이 디자인되는 방식에 지나지 않는지도 몰랐다. 몸에 쫙 달라붙는 셔츠와 엉덩이가 드러날 정도로 짧은 반바지, 유혹적인 브래지어에 배를 훤히 드러낸 옷차림으로 돌아다니는 것이 그들이 접근하기 쉬운 상대라는 걸 의미하는 것처럼 보일지라도, 실제로는 접근하기 쉽지 않을 것이다. 단지 내게만 그렇지 않은 것이 아니라 말이다.

하지만 가장 당혹스러웠던 일은 제이미 로건을 알아본 것이었다. 지난 몇 년간 나는 그토록 사람의 마음을 사로잡는 젊은 여성 옆에 그렇게 가까이 앉아본 적이 없었다. 아마 하버드 인문학 클럽 식당에서 제이미와 마지막으로 마주앉았던 이후로는 없었을 것이다. 또한 세 사람이 집을 바꿔 지내기로 합의한 뒤 호텔로 돌아오기 위해 그 집을 나선 후, 만약 교환 같은 게 없다면, 빌리 데이비도프는 자신이 머물고 싶은 대로 작은 루터파 교회 맞은편의 웨스트 71번가 집에서 그대로 지내고 제이미는 테러리즘의 공포를 피해 나와 함께 조용한 버크셔 산골로 간다면 얼마나 좋을까 하는 생각이 들 때까지 나는 그녀 때문에 내가 얼마나 혼란스러워하는지 알아차리지 못했다. 그녀는 내게 엄청난 영향력을, 나의 욕망이라는 유령에게 중력과도 같은 엄청난 영향력을 행사했다. 이 여자는 모습을 드러내기도 전에 이미 내 속에 자리를 잡아버렸다.

내가 예순둘이었을 때 내게 암 진단을 내렸던 비뇨기과 의사는 나중에 이런 말로 나를 위로했다. "전혀 위로가 되지 않는다는 건 알지만, 선생님 혼자만 겪는 일은 아닙니다. 미국에서는 거의 유행병 수준으로 만연한 병이니까요. 많은 사람들이 선생님과 같이 싸우고 있습니다. 십 년 늦게 진단을 내릴 수 없는 게 많이 아쉬울 따름입니다." 그때쯤이면 전립선 절제로 인한 발기부전은 그리 고통스러운 일이 아닐 거라는 뜻을 담고 한 말이었다. 그래서 나는 그 욕구가 자연스레 약해진 척하려 발버둥치며 상실감을 최소화하려 애썼지만 그것은, 두려움으로 인해 매혹적인 연약함을 지니게 된 아름답고 부유하고 지적이고 침착하고 나른한 외모를 지닌 서른 살짜리 여자와 겨우 한 시간 남짓 접촉하기 전까지만, 다시 한번 온전해지고 싶어 안달이 난 조롱받는 늙은이의 비통한 무력감을 경험하기 전까지만 가능한 일이었다.

2
마법에 걸려

나는 호텔을 나서서 웨스트 71번가로 걸어가다 잠시 주류점에 들러, 나를 초대해준 부부에게 선물할 와인을 두어 병 샀다. 그런 다음 선거 결과를 지켜보기 위해 가던 길을 재촉했다. 선거라는 정치활동이 어떤 것인지 자각한—1940년 루스벨트가 윌키를 패배시켰을 때였다—이래 이토록 아는 바가 전혀 없는 선거는 처음이었다.

나는 평생 열성적인 유권자였고, 어떤 공직자 선거에서건 결코 공화당을 지지한 적이 없었다. 대학생 때 나는 스티븐슨을 위해 선거운동을 했는데, 아이젠하워가 1952년에 첫번째로, 그리고 1956년에 또다시 그를 이겨버리자 나의 순진한 기대감은 산산조각나버렸다. 또 닉슨처럼 뼛속까지 병적으로 냉혹하고 드러내놓고 사기를 치는 악랄한 인간이 1968년에 험프리에게 이기는 것을 보았을 때도, 누구도 능가할 수 없는 허울과 진부한 감상을 가진데다 역사의 복잡함에도 완전히 무지한 주제에 자만심은 강했던 얼간이가 전 국민의 숭배 대상이 되고 "위대한 설득가"* 어쩌고 하면서 추앙받으며 압도적 표차로 1980년대에 두 번이나 대통령직을 해먹는 것을 보았을 때도 나는 내 눈을 믿을 수 없었다. 그리고 고어와 부시가 맞붙었던 선거전처럼, 고지식하게 법을 지키는 시민이라는 마지막 치욕의 잔재마저 짓밟아버리기 위해 그토록 완벽하게 계산된 선거가, 그처럼 기만적인 방식으로 문제가 봉합된 선거가 또 있었을까? 예전 같았으면 그런 파당 정치의 대립을 지켜보면서 초연할 수 없었겠지만, 거의 한 세기의 4분의 3에 이르는 세월을 미국이라는 나라에 홀린 채 살고 나니, 더는 사 년마다 어린애 같은 감정에 사로잡히지 않아야겠다고 작정하게 되었다. 어린애 같은 감정과 어른의 고통에 말이다. 미국이라는 나라에 두 번 다시 열중하지 않고도 이 나라에 남아 살아갈 수 있는 장소인 내 오두막에 은거하는 동안은 적어도 그럴 수 있었다. 책을 쓰고, 내가 읽은 최초의 대작가들을 마지막으로 다시 한번 연구하는 것을 제외하면 한때 가장 중요하게 여겼던 나머지 모든 게 더는 중요하지 않게 되었고, 나는 평생에 걸

* 미국의 제40대 대통령 로널드 레이건을 가리킴.

쳐 헌신하고 추구해왔던 것 가운데 족히 절반—그 이상은 아닐지라도—을 떨쳐버렸다. 9·11 테러 이후로 나는 세상의 온갖 모순에 대해 관심을 꺼버렸다. 나는 자신에게 말했다. 그렇게 하지 않았다면 넌 편집자에게 편지질이나 하는 미치광이나 동네 불평꾼이 되었을 거야. 신문을 읽으면서 고래고래 소리치고, 밤에는 이 친구 저 친구에게 전화해 분노의 고함을 질러댔겠지. 미국의 아이들이 듣고 자라는 저 온갖 자유의 구호가 울려퍼지는 이 자유주의 국가의 왕이, 공화국인 이 나라의 왕이, 천치 국왕이 악독하게 이득을 취하려고 상처받은 국민의 참 애국심을 이용하고 있다고 말이지. 조지 W. 부시 정권하에서 성실한 시민이 되기 위한 필수 덕목이었던 용서 없는 멸시는 합리적으로 평온하게 살아남는 것에 지대한 관심을 키워온 사람이 취할 자세는 아니었다. 그래서 나는 늘 마음속에 자리잡고 있던 진실을 파악하고자 하는 바람을 억누르기 시작했다. 나는 잡지 구독을 끊었고, 〈타임스〉도 읽지 않았으며, 산을 내려가 잡화점에 들를 때면 이따금 집어들던 〈보스턴 글로브〉에도 더는 손대지 않았다. 내가 정기적으로 보는 유일한 신문은 지역 주간지 〈버크셔 이글〉뿐이었다. 텔레비전은 야구 중계를 볼 때, 라디오는 음악을 들을 때 이용하는 게 전부였다.

일과 무관한 내 사유 대부분에 영향을 미치던 그 무미건조한 습관들이 깨지고, 세상이 어떻게 돌아가는지 전혀 모르는 채로도 완전히 편안하게 느껴지기까지 놀랍게도 단 몇 주밖에 걸리지 않았다. 나는 나의 국가를 추방해버렸고, 여자와의 에로틱한 접촉으로부터 나 자신을 추방해버렸으며, 전쟁 피로 때문에 애정세계에 대한 관심도 잃어버렸다. 나는 내게 경고했다. 나는 내 인생과 내 시대에서 벗어났다. 혹은 어쩌면 끝에 다다른 것인지도 모른다. 내 오두막은 동쪽으로 운전해 가면 세 시간도 채 안 걸려 보스턴 시내에 닿고 남쪽으로 그 정도 가면 뉴욕에 닿는 매사추세츠 주 시골길의 1200피트 고도에 있었던 게 아니라, 망망대해에 표류하고 있었던 건지도 모른다.

도착하니 텔레비전이 켜져 있었고, 빌리는 이번 선거는 이긴 거나 다름없다며 나를 안심시켰다. 빌리는 민주당 전국 본부에 있는 친구와 계속 연락을 취하고 있었는데, 그쪽의 출구 조사 결과 케리가 이겨야 할 모든 주에서 앞서고 있다는 것이었다. 빌리는 와인을 정중하게 받아든 다음, 제이미는 음식을 사러 밖에 나갔다며 곧 돌아올 때가 되었다고 했다. 지난번 만났을 때와 마찬가지로 허물없고 상냥했고, 쾌활하고 서글서글한 인상을 풍겼다. 마치 권위를 행사하는 데는 아직, 그리고 어쩌면 앞으로도 절대 능숙해질 수 없는 사람처럼. 이 친구 순 옛날 사람 아닌가. 나는 궁금해졌다. 그게 아니면 화목한 가족이라는 틀에 계속 갇혀 있는 나머지, 그 포근함에 비할 바 없는 만족감을 느끼기는 하지만 대신 덜 친절한 사람의 심술에는 무방비해져버린 중산층 유대인 남자가 이런 식으로 여전히 존재한다는 것인가? 특히 맨해튼의 문학 환경을 고려했을 때, 나는 뭔가 다른 걸 예상했던 것 같다. 여전히 보호받는 어린 소년의 분위기까지는 아니지만 그래도 누군가에게 상처를 주거나 조소하거나 최소한의 책임마저 회피하는 등의 행동은 전혀 할 줄 모르는 관대한 젊은이의 분위기를 자아내는 저 다정한 갈색 눈과 천사처럼 포동포동한 양볼이 아닌 다른 걸 말이다. 호의로 가득한 모든 말과 몸짓에서 보이는 그의 다정한 이타심이 감당하기엔 제이미가 벅차도 한참 벅찬 상대일 거라고 나는 추측했다. 의심할 줄 모르는 천진난만함, 유순함, 호의적인 이해심. 아내의 부정은 꿈에도 상상 못하는 사내에게서 그 아내를 훔치려고 눈독 들이는 악당에게는 더할 나위 없는 상황 아닌가.

빌리가 와인 한 병을 열려고 준비하는데 전화벨이 울렸다. 그는 내게 코르크 마개를 뽑아달라고 병을 건네면서 부리나케 수화기를 들었다. "지금은 어때?" 잠시 후 그가 나를 쳐다보며 말해주었다. "뉴햄프셔는 완승이랍니다. D.C.는 어때?" 그가 다시 통화중인 친구에게 물었다. 그리고 다시 내게 말했다. "D.C.에서는 케리가 8 대 1로 앞서고 있답니다. 그게 관건이야, 흑인들의 몰표. 좋아, 멋진데." 전화에 대고 이렇게 말하고는 빌리는 전화를 끊었다. 그리고 만족한 듯 내게 말했다. "어쨌든 우린 자유

민주주의 국가에서 살고 있네요." 그리고 감격의 순간을 축하하기 위해 나와 자신의 커다란 와인잔에 와인을 따랐다. 그가 말했다. "그자들이 재선에서 이겼다면 이 나라는 완전히 끝장났을 겁니다. 우린 끔찍한 대통령들을 뽑았고 그걸 견디며 살아왔지만, 이자는 정말 최악이에요. 인지능력이 심하게 떨어진다니까요. 독단적이고. 정말 위대한 것조차 망쳐놓을 만큼 엄청나게 무식하고요. 그에게 완벽하게 어울리는 묘사가 「맥베스」에 나오지요. 우린, 제이미랑 전, 그 부분을 큰 소리로 낭독하곤 합니다. 둘이서 비극을 공연하는 거죠. 헤카테와 마녀들이 등장하는 3막에 나오는 장면이에요. 헤카테가 말합니다. '악독하고 분노에 찬 망나니 아들.' 조지 부시를 다섯 단어로 묘사하면 딱 이거죠. 모든 게 너무 끔찍합니다. 자식이나 신을 위해 사는 사람이라면 누구나 공화당원이 됩니다. 그런데 가장 크게 사기당한 사람들이 부시를 지지한 그 사람들입니다. 저들이 첫 임기를 끝낼 수 있었다는 게 놀라울 따름입니다. 두번째 임기에서 무슨 짓을 저지를지 생각도 하기 싫습니다. 정말 끔찍하고 사악한 인간들이에요. 하지만 마침내 그들의 오만함과 거짓말이 들통나 심판받네요."

내 머릿속은 여전히 나 혼자만의 생각으로 가득차 있었기에 나는 그가 조금씩 흘러들어오는 선거 결과를 몇 분 더 지켜보도록 놔두었다 물었다. "제이미는 어떻게 만났나?"

"기적이라고 해야겠죠."

"둘 다 학생이었을 때군."

내가 품고 있는 생각을 안다면 덩컨 왕*을 해치운 단검을 뽑아 들어도 시원찮을 마당에 그는 무척 매력적인 미소를 지었다. "그것도 기적이었죠." 그가 말했다.

나는 내 속내를 들킬까 두려워 더 나아가지 않도록 조심할 필요가 전혀 없다는 것을 알게 되었다. 빌리는 내 나이의 누군가가 자신의 젊은 아내에 대해 묻는 이유가, 그의 젊은 아내가 내 마음을 온통 사로잡았기 때문일 거라고는 상상조차 할 수 없는 게 분명했다. 내 나이가 그로 하여금 그런 생각을 못하게 했고, 나의 명성 또한 영향을 주었다. 고교 시절부터 읽어온 작가에 대해 어떻게 그런 몹쓸 생각을 품을 수 있겠는가. 헨리 워즈워스 롱펠로를 만난 것이나 다름없는 상황인데. 〈하이어워사의 노래〉를 쓴 시인이 어떻게 제이미에게 음탕한 생각을 품을 수 있겠는가?

신중에 신중을 기하기 위해 나는 먼저 그에 대해 물었다.

"자네 가문에 대해 말해주겠나?"

"아, 집안에서 책을 좋아하는 사람은 저뿐이에요. 하지만 그런 건 중요하지 않아요. 다들 선량한 분들이거든요. 지금까지 4대에 걸쳐 필라델피아에서 살고 있어요. 가업은 증조할아버지 때 시작됐죠. 오데사**에서 이주해오셨대요. 성함이 샘이었는데, 손님

* 「맥베스」의 등장인물.

들한텐 '우산장수 샘 아저씨'라고 불렸대요. 우산을 만들고 고치셨거든요. 할아버지 땐 사업을 확장해 여행가방까지 취급했어요. 1910년대와 1920년대, 열차 여행이 유행해 갑자기 누구나 여행가방 한 개쯤은 필요한 시절이 되었거든요. 그리고 사람들은 정기선으로, 대서양 횡단 정기선으로 여행을 했죠. 그때는 워드로브 트렁크의 시대였어요. 아실 거예요, 사람들이 장거리여행을 떠날 때 가지고 다니던 커다랗고 묵직한 트렁크요. 세워놓고 여닫을 수 있고, 안에 옷걸이며 서랍도 갖춰져 있었죠."

"나도 잘 아네." 내가 말했다. "또 이런 것도 있었지 않나. 크기는 좀더 작고 검은색에, 뉘어놓고 해적 궤짝처럼 위로 여닫게 되어 있던 거. 나도 집을 떠나 대학에 갈 때 그런 트렁크를 갖고 갔지. 거의 모두가 갖고 있었네. 나무로 짜고 모서리에 쇠붙이를 댄 것이었지. 비싼 건 양각한 쇠테가 둘려 있고 황동 자물쇠는 지진에도 끄떡없을 정도로 튼튼했고. 트렁크는 대개 철도 속달로 부치곤 했어. 기차역까지 가져가서 철도 속달 접수원한테 접수하면 됐지. 당시 뉴어크의 펜 역에 있던 접수원은 그때까지도 녹색 아이셰이드를 쓰고 한쪽 귀에 연필을 꽂고 있었다네. 그 사람이 트렁크 무게를 달면 우리는 파운드당 배송료를 지불하고 양말과 속옷을 떠나보내는 거지."

** 흑해 연안의 항구도시.

"맞아요. 모든 도시마다 크든 작든 여행가방 상점이 하나씩은 있었고, 백화점에도 여행가방 매장이 있었죠." 빌리가 말했다. "1950년대에 여행가방에 대한 미국인들의 생각에 혁명을 일으킨 건 항공사 여승무원들이었어요. 사람들은 여행가방이 가볍고 세련될 수 있다는 걸 알게 되었죠. 그때 저희 아버지는 이 사업에 뛰어들어, 상점을 현대식으로 꾸미고 상호도 '데이비도프 패션가방'으로 바꿨죠. 그전까진 원래 이름인 '새뮤얼 데이비도프와 아들들'이라고 알려져 있었죠. 이 무렵 바퀴 달린 여행가방도 등장했어요. 대단히 축소된 판이긴 하지만 이게 여행가방 사업 이야기입니다. 무삭제판으로 하자면 천 페이지는 될 겁니다."

"자넨 가업에 관한 이야길 쓰는 모양이군. 그런가?"

그는 고개를 끄덕이고 어깨를 으쓱이더니 한숨을 내쉬었다. "가족에 관한 이야기이기도 하고요. 어쨌든 노력중입니다. 저는 거의 가게에서 컸죠. 할아버지한테 들은 이야기가 천 가지는 될 겁니다. 할아버지를 뵈러 갈 때마다 공책 한 권을 다 채웠을 정도니까요. 평생을 써도 바닥나지 않을 만큼 이야깃거리가 있는 셈이죠. 하지만 방식이 중요하잖아요? 그러니까, 사람들에게 어떤 방식으로 풀어 보여주느냐가 관건이라는 거죠."

"그럼 제이미, 제이미는 어떤 환경에서 성장했나?"

그러자 그는 지나치다 싶을 정도로 상세하게 그녀가 이뤄낸 것들에 대해 설명했다. 그녀가 휴스턴의 상류층 자녀만 다니는 사립고교 킨케이드에서 졸업생 대표로 고별사를 했던 것에 대해, 최우등생으로 졸업한 하버드에서 그녀가 쌓은 화려한 학업 성적에 대해, 그녀의 가족이 사는 휴스턴의 부자 동네 리버오크스에 대해, 그녀가 테니스와 수영을 했던 곳이고 그녀 자신의 의지에 반하여 사교계에 데뷔했던 곳인 휴스턴 컨트리클럽에 대해, 그녀가 이해하려 노력했던 구시대적인 모친과 결코 만족시킬 수 없었던 완고한 부친에 대해, 크리스마스를 보내기 위해 처음으로 휴스턴에 함께 갔을 때 그녀가 자신이 즐겨 찾는 곳이라며 빌리를 데려갔던 곳들에 대해, 그가 구경시켜달라고 했던, 그녀가 어렸을 때 놀았던 장소들에 대해, 동틀 무렵 휴스턴의 칙칙한 바이유*가 보여주는 위협적인 아름다움과, 빌리가 내게 알려준 바로는 휴스턴 토박이처럼 바이유를 "바이-오"라고 발음하는 제이미의 왈가닥 언니와 제이미가 함께 그 탁한 물에 도전적으로 뛰어들어 수영을 했다는 것 등등에 대해.

나는 그저 그녀에 대해 이야기해보라고 청했을 뿐인데, 무슨 장대한 건축물에 바치는 헌정사로나 적당할 열변을 듣게 되었다. 그처럼 충실하고 애정 어린 행동이 이상할 건 없었다. 불같은 사랑에 빠진 남자는 자신이 사랑하는 사람이 자란 곳이라면 버펄로 같은 도시도 도원경으로 만들어버릴 수 있으니까. 게다

* 미국 남부에 주로 나타나는 지형. 늪처럼 생긴, 유속이 느린 강.

가 제이미와 제이미가 텍사스에서 보낸 소녀 시절에 대한 그의 열정은 너무도 노골적이어서, 마치 그가 감옥 안에서 만들어낸 가공의 인물에 대해 이야기하는 것처럼 들릴 정도였다. 혹은, 내가 감옥 안에서 만들어낸 가공의 제이미에 대해 이야기하는 것 같았거나. 그것은 남성이 보여줄 수 있는 헌신의 걸작 반열에 들 만했다. 아내에 대한 숭배는 그를 삶에 묶어주는 가장 강력한 끈이었다.

그는 그녀의 가족을 방문할 때면 둘이 함께 조깅하는 길에 대해 설명하며 애수에 젖었다.

"리버오크스, 처가가 있는 곳이에요. 휴스턴에서 예외적인 동네죠. 구옥이 대부분인 유서 깊은 동네인데, 맥맨션*이 들어서며 정말 멋진 집들이 헐리기도 했어요. 제이미네 집 주변은 휴스턴에서도 몇 안 되는, 여전히 고풍스러운 분위기를 어느 정도 간직한 곳 가운데 하나입니다. 아름다운 주택, 거대한 참나무, 목련나무, 소나무 몇 그루. 깔끔하게 손질된 엄청난 규모의 정원. 정원사들은 팀 단위로 일하는데 멕시코 사람들이죠. 목요일과 금요일이면 거리마다 조경업체의 픽업트럭이 길가에 줄지어 서고 일꾼들이 우르르 나와 주말을 위해, 주말에 있을 갖가지 파티나 모임을 위해 가지를 치고 다듬고 깎고 화초를 심죠. 우리는 리버

* 짧은 시간에 특색 없이 지어지는 대형 주택.

오크스에서도 좀더 오래된 구역을 조깅하는데, 그곳은 유전을 소유한 토박이 가문이 이대, 삼대를 이어 넓은 땅을 소유해온 곳이에요. 구옥들을 지나 약간 붐비는 거리를 따라 달리다, 리버오크스에서 발원해 공원을 따라 흐르는 바이유에 이르죠. 거길 따라 몇 마일이고 계속 달리면 도심까지 갈 수 있거든요. 아니면 우리는 바이유를 따라 달리다 돌아오기도 해요. 동이 튼 직후엔 정말 시원하고 멋지죠. 사람들이 요란하게 사치를 부리지 않고 맥맨션 앞에 메르세데스를 죽 늘어놓지 않는, 리버오크스에서도 조용하고 분별력 있는 사람들이 사는 그 구역은 아름다운 동넵니다. 거기 우리가 특히 좋아하는 장미정원이 있는데, 주민들이 유지하고 관리하는 지역공동체 사업이에요. 저는 아침에 제이미랑 그 장미정원을 지나 달리는 것을 좋아합니다. 오래된 사유지들 가운데 일부는 바이유에 바짝 붙어 있기도 한데, 바이유를 바라보며 달릴 수 있는 데까지 가려면 리버오크스를 벗어나야 해요. 그러니까 휴스턴의 다른 구역으로 넘어가게 된다는 거죠. 리버오크스는 휴스턴 계급사회에서 최정상에 있는 유서 깊은 재벌 가문과 신흥 재벌 가문이라는 동질적인 집단의 배타적이고 부유한 안식처지만, 휴스턴의 나머지 구역은 대부분 덥고 습하고 밋밋하고 흉물스럽죠. 사무실들이 있는 빌딩 옆에 문신 시술소가 있거나, 다 쓰러져가는 건물에 운동화 상점이 있는 등 모든 게 뒤죽박죽 뒤섞여 있어요. 제가 그 도시에서 제일 아름답다고 느긴 곳은 늙은 참나무가 서 있는 고색창연한 묘지인데, 거기 제이미네 가족도 몇 명 묻혀 있어요. 바이유 바로 옆, 도심과 꽤 가까운 곳이죠."

"제이미의 가문은 유서 깊은 쪽인가, 신흥 재벌 쪽인가?" 내가 물었다.

"유서 깊은 쪽이오. 유서 깊은 재벌은 유전으로 돈을 벌었고, 신흥 재벌은 전문직으로 돈을 벌었죠."

"유서 깊은 쪽은 얼마나 오래됐지?"

"글쎄요, 그다지 오래됐다고 할 순 없을 것 같아요. 휴스턴의 역사가 그리 길지 않으니까. 하지만 제이미의 조부처럼 유전을 소유한 거물이 존재한 이후가 되겠네요. 그게 언제가 되었든."

"휴스턴의 유서 깊은 재벌은 자네가 유대인이라는 사실을 어떻게 생각하던가?" 내가 물었다.

"그녀의 부모님이 기뻐한 건 아니었어요. 그녀의 어머닌 그냥 울기만 했죠. 압권은 그녀의 아버지였죠. 우리가 약혼했다는 이야기를 하러 제이미가 집에 갔을 때 그분은 양손으로 머리를 움켜쥐었는데, 그후로 제 이름이 입에 오를 때마다 늘 그 자세가 되셨죠. 제이미가 동부로 돌아와 아버지에게 이메일을 보내도 그분은 일부러 삼사 주씩 답장을 안 보내곤 했어요. 제이미는 매시간 이메일을 확인했는데 아버진 답장을 하지 않은 거죠. 그 인간, 진짜 야비한 폭군이에요. 아버지인 척 흉내만 낼 뿐이죠. 이

기적이고. 배려라곤 모르고. 성깔도 고약하고. 완전히 비합리적이고. 늘 지배하려 들고. 악의에 차 있고. 어딜 봐도 괜찮은 데가 없는 야비한 인간이에요. 상상해보세요. 일부러 이메일에 답장하지 않아 자기 딸을 무너뜨리려 하고, 딸이 스스로 잘못했다고 느끼게 하려고 딸의 예의바른 성격을 의도적으로 계획적으로 이용한 인간을. 딸이 무너지길 바란 거예요. 물론 저도 무너뜨리려 했고요. 전 그때까지 그 인간을 한 번도 본 적이 없었어요, 그 인간 또한 절 본 적이 없었고요. 그런데도 절 망치고 싶어했어요. 그전까지 누가 절 일부러 망치려 한 적이 있었겠습니까? 제가 아는 한, 주커먼 선생님, 아무도 없었습니다. 그런데 이 짐승 같은 자는 자기 딸이 사랑하게 된 남자를 망칠 수 있는 전적인 권한이 자신에게 있다고 생각합니다! 자, 제이미는 착한 딸, 아주 착한 딸이에요. 끊임없이 잘못된 주장만 해대는 이 인간을 사랑하려고 안간힘을 다해 노력했고, 그 인간이 어머니를 괴롭히는 것을, 그 인간의 정치활동을, 그 인간의 거만한 보수파 친구들을 그렇게 증오하면서도 잘 지내보려고 엄청나게 노력했다고요. 삼주 내내 답장 없이 침묵을 지키던 그 인간이 마침내 달랑 한 문장짜리 이메일을 보내왔어요. '난 너를 사랑한다, 얘야. 하지만 그 녀석은 받아들일 수 없구나.' 하지만 제이미 로건은 배짱이, 품위와 배짱이 있었어요. 그래서 그 영감이 돈줄을 쥐고 있는데도, 그리고 그녀가 유대인과 결혼하면 의절하겠다는 뜻을 노골적으로 내비치기 시작했는데도 무너지지 않았죠. 그녀는 끝까지 버텼고, 결국 그 고집불통 개자식은 적의를 눌러 삼키고 절 받아들이거나 아니면 소중한 최우등생 자식을 잃거나 할 수밖에 없게 되었어요. 제이미보다 못한 보통의 스물다섯 살 여자였다면, 제이미가 보여준 그 용기와 제이미가 보여준 그런 독립심이 없는 여자였다면 굴복했을 겁니다. 하지만 제이미는 정말 훌륭했어요. 제이미는 응석받이도, 사기꾼도, 자존심 없는 여자도 아니기 때문에 자신이 견딜 수 없는 것에 굴복한다는 건 꿈에도 생각지 않을 겁니다. 제이미는 최곱니다. 그녀가 이러더군요. '난 자기를 사랑하고 자기를 원해. 그러니 아빠 돈의 노예가 되진 않을 거야.' 그녀는 자기 아버지한테, 그 돈 필요 없으니 꺼지라고 말한 거나 마찬가지였죠. 결국 그녀가 그 인간을 무너뜨렸죠. 세상에, 주커먼 선생님, 제이미가 그렇게 버티는 모습을 지켜보는 건 정말 멋진 일이었습니다. 물론 선생님은 제이미가 저와 같이 지낼 무렵에는 그 부친이 그것에 익숙해졌으려니 생각하실 수도 있지만요. '그것'이란 제이미와 유대인들을 말합니다. 그들이 드나드는 컨트리클럽은 이제 유대인의 출입을 허용하고 있습니다. 그녀의 조부모 때는 어림도 없는 일이었고, 심지어 그녀의 부모 세대에도 불과 십오 년 전까지 그랬죠. 아주 최근 일입니다. 킨케이드에서 유대인과 흑인의 입학을 허용한 것 같은 일은요. 비교적 최근의 일이에요. 제이미는 유대인 여자애들과 함께 공부했죠. 성격이 불같은 이 대단한 여자가 그 상황을 얼마나 마음에 들어했을지 상상이 되실 겁니다. 그 친구들은 재능 있고 똑똑하고, 친구들 사이에서 인기를 얻으려고 자신이 공부벌레라는 사실을 숨기는 일도 없었죠. 제이미는 유대인 친구 중 한 명의 오빠—넬슨 스필먼이라고, 휴스턴에 있는 또다른 명문 사립학교인 세인트존스 고교에 다녔죠—와 이 년 정도 사귀었는데, 그는 제이미가 킨케이드를 졸업하기 일 년 전에 프린스턴 대학에 진학해 휴스턴을 떠났죠. 사회적으로 용납되는 것만이 중요한 그 온실 같은 학교에서 제이미는 아주 열심히 공부하는 학생 가운데 하나였습니다. 그 학교는 미식축구팀이 홈커밍 퀸을 뽑고, 여학생들은 공립학교 남학생하곤 절대 어울리지 않고 오로지 킨케이드나 세인트존스 남학생하고만 사귀는 데죠. 킨케이드 남학생들은 브롱코*를 몰고 다니며 사냥을 하거나 운동경기를 관람하고, 모두가 텍사스 대학에 진학하길 원해요. 술도 엄청나게 마셔대는데, 부모들은 그냥 모른 척 눈감아주죠."

"자넨 제이미의 학교에 대해 많이 아는군. 제이미가 살았던 도시도 그렇고."

"반한 거죠." 그가 웃음을 터뜨리며 말했다. "정말 반했거든요. 저는 제이미가 가진 배경의 노예예요."

* 미국 포드 사에서 생산했던 사륜구동 자동차.

"제이미 이전에 사귀었던 여자와는 그런 일이 전혀 없었나?"

"전혀요."

"그랬다면," 내가 말했다. "그거야말로 그 어떤 이유보다 결혼할 가장 큰 이유였겠군."

"오," 그가 장난치듯 말했다. "몇 가지 이유가 더 있긴 해요."

"상상이 가네." 내가 말했다.

"제이미는 언제나 제가 그녀를 자랑스러워하도록 만듭니다. 사 년 전에 제이미의 언니인 그 왈가닥 제시가 루게릭병 말기 진단을 받았을 때 제이미가 어떻게 했는지 아세요? 짐을 챙겨 휴스턴까지 비행기로 날아가 제시의 병상을 지키며 언니가 숨을 거둘 때까지 간병했어요. 그동안 저는 여기 뉴욕에서 지냈는데, 그 끔찍하고 비참하기 짝이 없는 다섯 달 동안 그녀는 밤이고 낮이고 언니 옆에 있었어요. 그 병은 정말 악몽 같은 병이에요. 보통 오십대 중반까지는 증상이 나타나지 않는데, 제시는 서른 살 때 갑자기 손발이 약해지기 시작했고 그 병이라는 진단을 받았어요. 시간이 흐르면서 모든 운동신경이 죽었지만 뇌는 죽지 않았기 때문에 제시는 자신이 살아 있는 시체나 다름없다는 사실을 잘 알고 있었죠. 마지막에 제시가 움직일 수 있었던 거라곤 눈꺼풀뿐이었어요. 그걸로 제이미와 의사소통을 했죠. 눈을 깜박이는 걸로요. 다섯 달 동안 제이미는 한시도 언니 곁을 떠나지 않았어요. 밤에는 제시의 병실에 있는 간이침대에서 잤죠. 그들의 어머닌 일찌감치 자포자기해버려서 전혀 도움이 안 되었고, 아버진 딸이 진단을 받고 숨이 끊어질 때까지 평소와 다름없이 행동했어요. 죽을병에 걸려 자신을 불편케 하는 딸과 아무 관계도 없다는 듯이 말이죠. 딸을 돌보지도 않았고, 얼마 후에는 아픈 딸을 쓰다듬거나 입맞춤해주기는커녕 병실에 들러 아버지다운 위로 한마디 건네는 일조차 없어졌어요. 마치 집안의 모든 일이 잘 돌아간다는 듯 계속 돈 버는 일에만 열중했죠. 죽어가는 서른네 살 난 큰딸을 스물여섯 살 난 작은딸이 도와주는 동안 말이에요. 하지만 그 일이 있기 전날 밤, 그러니까 제시카가 숨을 거두기 전날 밤, 그는 제이미와 함께 주방에서 가정부가 요깃거리를 만들어주는 걸 기다리고 있었는데, 어느 순간 갑자기 무너져버렸어요. 주방에서, 마침내 그가 무너져버리더니 어린애처럼 극극 서럽게 흐느끼기 시작했지요. 그가 제이미를 끌어안고 뭐라고 했는지 아세요? '그애 대신 내가 병을 앓을 수만 있다면.' 그래서 제이미가 뭐라고 대꾸했는지 아세요? '그랬으면 좋았을 거예요.' 제가 반한 여자가 이런 사람입니다. 제가 이런 여자하고 결혼한 거예요. 제이미는 이런 여잡니다."

제이미가 식료품 봉지를 들고 현관문으로 들어서며 말했다. "거리에서 어떤 사람한테 들었는데, 오하이오는 결과가 안 좋은 것 같다던데."

"방금 닉이랑 통화했어." 빌리가 말했다. "케리가 오하이오에서 승리할 것 같아."

그녀가 나를 향해 말했다. "만약 부시가 다시 정권을 잡는다면 뭘 어떻게 해야 할지 모르겠어요. 모든 정치적 삶이 종말을 맞을 테니까요. 그들의 저 모든 편협함이 자유주의 사회를 노리고 있어요. 곧 자유주의의 가치들이 계속 전복되리라는 의미죠. 끔찍할 거예요. 그런 상황에서 살아갈 수 있을 것 같지 않아요."

그녀가 다급하게 이야기하는 동안, 빌리는 그녀에게서 봉지를 받아 물건을 정리하러 주방으로 갔다.

"우린 유연성이라는 수단을 유전적으로 물려받았지." 내가 그녀에게 말했다. "우리가 얼마나 많은 학대를 견뎌낼 수 있는지 보면 놀라울 따름이오."

위로하려는 내 노력이 젠체하는 걸로 비쳤는지 그녀는 혼자 모욕감을 느끼곤 내게 톡 쏘아붙였다. "지금까지 한 번이라도 이번 같은 선거를 겪어본 적 있으세요? 이렇게 중대한 선거를?"

"몇 번 있었지. 이번 선거는 관심 있게 지켜보질 않았고."

"그러셨나요?"

"어젯밤에 말했을 텐데. 그런 일에 관심을 끊은 지 오래라고."

"그럼 누가 이기든 상관없으시겠네요." 그녀는 내가 일부러 그런 데 무관심한 게 못마땅한 듯 곱지 않은 시선으로 날 바라봤다.

"그런 말은 안 했네."

"저들은 끔찍하고 사악한 인간들이에요." 그녀는 남편이 했던 말을 흉내라도 내듯 똑같이 말했다. "전 저런 사람들을 잘 알아요. 저런 사람들 속에서 자랐으니까. 만약 저들이 이긴다면 그저 수치스러운 일로 끝나지 않을 거예요. 비극으로 판명 날걸요. 이 나라의 보수화는 정치제도를 도덕으로 대체하려는 움직임을 뜻하죠. 저들의 도덕으로 말이에요. 섹스와 신. 외국인 혐오. 편협함뿐인 문화……"

그녀는 자신이 살아가는 위협으로 가득한 세상 때문에 몹시 흥분한 나머지 자제력을 잃었고, 이유야 어쨌든, 나에게 완전히 공손하지 않았다. 그래서 나는 그녀의 관심이라는 성배를 차지하기 위한 기사의 원정에 나서려는 멍청한 시도를 그만둔 채 잠자코 그녀의 말에 귀를 기울였다. 호리호리하지만 가슴은 풍만한 몸매, 커튼처럼 드리운 검은 머리칼이 아파트를 구경하러 들렀던 저녁에 그랬던 것처럼 나를 기쁘게 했다. 장을 보고 돌아왔을 때 그녀는 와인색 코듀로이 블레이저를 입고 있었는데, 빌리가 짐을 받아가자 그녀는 그걸 벗었다. 굽이 낮은 짙은 갈색 부츠도. 블레이저 안에는 검정 캐시미어 터틀넥 스웨터를 받쳐 입었는데 몸에 착 달라붙는 것이었다. 아마도 부츠가 들어가게 하기 위해서인 듯 바짓단 부분만 약간 넓은 검정 청바지 또한 착 달라붙는 것이었다. 아파트 안에서 편하게 돌아다니기 위해 그녀는 발레화처럼 생긴 굽 없는 신발을 신고 있었다. 계산된 옷차림이라는 걸 알아차리기 쉽지 않았음에도, 순진한 목적으로 그렇게 입은 것처럼 보이지 않았고, 사내들로부터 찬탄을 자아내는 자신의 힘에 대해 그녀가 자신감이 부족한 것처럼 보이지도 않았다. 내가 다른 남자들만큼 자신의 자태에 감탄할지 어떨지 신경이 쓰였던 걸까? 그게 아니라면, 그저 장을 보러 나가고 선거 결과를 지켜보기 위해 그토록 매력적으로 차려입었단 말인가? 하긴, 모르는 손님이 온다는 사실이 뭔가 매력적으로 보일 옷을 선택하도록 부추기긴 했을 것이다. 어쨌든 그 유혹적인 옷차림은, 화를 낼 때조차 따스하고 음악적으로 들리는 그녀의 목소리나 빠른 말투와 잘 어울렸다. 텍사스 사람들이 그러듯, 혹은 텍사스에서 그녀가 살았던 지역 사람들이 그러듯 그녀는 모음을 나른하게 발음했는데, 특히 감미롭게 들리는 '나I'를 더욱 감미롭게 발음했고, 한 단어가 다음 단어로 흘러들어가듯 단어들을 늘어뜨려 연결했다. 귀에 거슬리는 코맹맹이 소리는 아니었다. 조지 W. 부시가 보여주는 서부 개척시대 텍사스의 억양이 아닌, 부시의 북부 출신 부친이 익혔던 남부 발음에 가까운, 상류층 가문 출신의 텍사스 사람이 쓰는 억양이었다. 그 억양에선 늘 상류계급의 예의바름이 느껴지는데, 제이미 로건이 말할 때 확실히 그러했다. 어쩌면 그저 리버오크스와 킨케이드 고교의 최고 인재의 억양일 뿐인지도 모르지만.

빌리만큼이나 나도 그녀가 집에 돌아와서 기뻤다. 그 옷차림이 나의 방문과 아무 상관 없더라도 그건 중요치 않았다. 그 계획적인 옷차림을 보고 있으니, 나를 의식하지 않으려는 그녀에게서 강렬한 흥미로움을 느꼈다. 사랑의 열병이 더 강해지지 못할 상황이란 없다. 그녀를 바라보는 것만으로도 내 시각은 동요했다. 칼을 삼키는 곡예사가 칼을 삼키듯 나는 그녀가 내 눈 속으로 들어오도록 놔두었다.

마치 아픈 아이에게 말하듯 빌리가 말했다. "당신이 충격받을 일은 없을 거야. 거리에서 춤추게 될걸."

"아니." 그녀가 대답했다. "아니야. 이 나라는 무지함의 안식처거든. 난 알아. 그 근원 출신이니까. 부시는 바로 그 무지의 중심부에 대고 이야기하고 있는 거야. 이 나라는 정말 거꾸로 가고 있어. 사람들은 너무 쉽게 속아넘어가. 부시는 엉터리 약장수 같은 인간이야……" 지난 몇 달 동안 그녀는 분노로 머릿속이 시끄러웠던 게 분명했다. 그러니 순간 속내를 표출하고 만 것이다. 나는 그녀가 진지하지 않게 말하는 법은 전혀 모르는 사람인 건지, 아니면 그녀에겐 선거가 다른 무엇보다 중요해서인지 궁금해졌다. 지금으로서는 시련이 없을 때의 제이미가 어떤 모습일지, 그리고 이 거대한 세상에 대한 그녀의 반응이 극도로 격렬한 것밖에 없는 건지 전혀 알 수 없었다.

우리는 빌리가 접시, 나이프와 포크, 리넨 냅킨을 차려놓은 커피테이블에 둘러앉아 커다란 음식 접시에서 먹고 싶은 것을 덜어먹고 내가 사 온 와인 두 병을 꾸준히 비우면서, 각 주에서 입수된 투표 결과를 도표로 보여주는 텔레비전 화면을 지켜보았다. 열시가 좀 지났을 무렵부터 민주당 본부의 닉에게서 걸려오는 전화가 점점 비관적이 되었고, 열한시가 되기 십오 분 전쯤에 걸려온 전화에 그들은 낙심했다. "출구 조사라는 게," 전화를 끊고 빌리가 우리에게 말했다. "정확하지 않나봐요. 오하이오 상황이 좋아 보이지 않고, 아이오와나 뉴멕시코에선 케리가 이기지 못할 것 같대요. 플로리다에선 졌고."

그런 대부분의 상황을 우리는 텔레비전을 보고 이미 알고 있었지만, 텔레비전에서 보여주는 도표를 믿지 않았던 제이미는 닉의 전화에 살짝 술에 취한 듯 울부짖었다. "하룻밤만 지나면 모든 게 더 끔찍해질 거야! 어떻게 생각해야 할지 모르겠어!" 반면 나는 생각했다. 언젠가는 타협하게 되겠지. 하지만 그때까진 그동안 품어온 승리에의 환상을 떨쳐버리기가 쉽지 않겠어. 그 전까진 고통으로 몸부림치거나, 상처 입은 짐승처럼 숨어버리겠지. 내 집으로 숨겠지. 지금 저 옷차림으로. 옷을 하나도 걸치지 않은 채로. 내 침대에서 빌리 곁에, 옷을 벗은 채로.

"무슨 생각을 해야 할지 모르겠어!" 그녀가 다시 울부짖었다. "알카에다 말고는 아무도 저 인간들을 막을 수 없어."

"여보," 빌리가 부드럽게 말했다. "어떻게 될진 아직 모르잖

아. 우선 기다려보자."

"아, 세상이 너무 암울해." 제이미는 눈물을 글썽이며 소리를 질렀다. "지난번 선거는 요행 같았어. 플로리다가 있었잖아. 네이더*도 있었고. 하지만 이번 선거는 도대체 이해할 수가 없어! 믿을 수 없다고! 있을 수 없는 일이야! 난 나가서 낙태해버릴 거야. 임신을 했건 안 했건 상관없어. 할 수 있을 때 낙태하라!"

이런 씁쓸한 농담을 한 뒤 그녀는 나를 바라보았는데, 이제는 적의가 느껴지지 않았다. 화재가 난 건물에서 구조된 사람 혹은 자동차 사고 현장에서 구출된 사람의 눈길, 그 현장을 지켜본 목격자인 내게 모든 걸 뒤바꿔놓은 대참사를 설명해줄 무슨 말을 해주길 기다리는 듯한 눈길이었다. 내가 들려주려는 모든 말이 그녀에게는 위선적으로 들릴 것 같았다. 우리가 얼마나 많은 학대를 견뎌낼 수 있는지 보면 놀라울 따름이라고 다시 말할까 하는 생각도 들었다. 이렇게 말할까도 생각했다. 미국이라는 나라에서 지금 자네처럼 생각한다면, 십중팔구는 실패할 걸세. 또 이렇게 말할까도 생각했다. 끔찍하긴 하지만, 진주만이 폭격당한 다음날 아침 잠에서 깨어난 것만큼은 아닐 걸세. 끔찍하긴 하지만, 케네디가 암살당한 다음날 아침 잠에서 깨어난 것만큼은 아닐 걸세. 끔찍하긴 하지만, 마틴 루서 킹이 암살당한 다음날 아

* 소비자보호운동으로 유명한 미국 변호사. 네 차례 대통령에 출마했다.

침 잠에서 깨어난 것만큼 나쁘지는 않을 걸세. 끔찍하긴 하지만, 켄트 주립대 학생들이 사살된* 다음날 아침 잠에서 깨어난 것만큼 나쁘지는 않을 걸세. 또 이렇게 말할까도 생각했다. 우리는 모두 그런 상황을 견뎌왔네. 하지만 나는 아무 말도 하지 않았다. 어쨌든 그녀는 어떤 말도 원치 않았을 테니까. 그녀는 살인을 원했다. 조지 부시가 암살당한 다음날 아침 잠에서 깨어나기를 원했다.

말문을 연 것은 빌리였다. "뭔가가 저들을 파멸로 이끌 거야, 자기야. 테러가 저자들을 파멸시킬 거라고."

"아, 이런 세상에서 살아가는 게 무슨 의미가 있어?" 제이미는 이렇게 묻고는, 너무 깊이 실망한 나머지, 그리고 상처받기 쉬운 내면이 너무 밖으로 드러난 나머지 흐느끼기 시작했다.

이어 두 사람의 휴대전화가 울려대기 시작했다. 지독하게 실망한 친구들이 건 전화였고, 그들도 대부분 눈물을 흘리는 것 같았다. 제이미가 말한 대로 공화당의 첫 승리는 요행처럼 보였었다. 하지만 이번 선거로 인한 두번째 충격은 그들의 이상주의가 휘청거릴 만큼 강했고, 자신들의 의지로는 자신들이 태어나기 전인 사십 년 전에 루스벨트가 구축했던 아성을 이 나라에 되돌

* 1970년 5월, 베트남전쟁을 캄보디아로 확전하려는 닉슨 정부의 결정에 반대한 대학생들에게 오하이오 주 방위군이 실탄을 발포해 학생 4명이 죽었다.

려놓을 수 없다는 엄혹한 현실을 자각하게 되었다. 그토록 날카롭고 명석하고 현명한데도, 그리고 부유한 공화당의 나라 미국과 텍사스 토박이의 무지함에 대해 제이미가 그토록 잘 알고 있음에도 그들은 미국인의 대다수가 어떤 사람들인지 알지 못했다. 또한 이전에도 아주 분명하게 목격했던 것처럼 나라의 운명을 결정하는 이들은, 그리고 빌리의 표현대로라면 "정말 위대한 것조차 망쳐놓을" 두번째 기회를 부시에게 준 이들은 자신들처럼 교육받은 사람들이 아닌, 자신들과 다르고 자신들이 잘 모르는 수천만의 사람이라는 사실 또한 알지 못했다.

나는 그곳, 조만간 내가 매일 아침 눈뜨는 집이 될 곳에 앉아 두 사람의 이야기에 귀를 기울였다. 그들은 조만간 매일 아침 나의 집에서 눈뜰 것이다. 만약 그럴 마음만 있다면, 생각보다 모든 상황이 훨씬 더 끔찍한 것에 대한 분노와 이 나라가 아주 깊이 침몰해버린 것에 대한 슬픔을 지울 수 있는 곳, 설사 젊고 낙관적이고 세상에 애정이 있고 여전히 기대감에 도취되어 있다 하더라도 책에서, 음악에서, 옆 사람에게서, 정원에서 성취감을 찾으며 2004년 미국에 대한 염려를 집어치우는 법—모든 게 어리석고 타락했다고 괴로움에 몸부림치지 않고 삶을 살아가는 법—을 배울 수 있는 곳에서 말이다. 두 사람을 지켜보며 나는, 그들 나이 때 그들처럼 현실 참여를 하는 사람들은 왜 다들 자신의 나라가 고통을 안겨주는 연인 같은 존재가 되는 상황에서 도망치려 드는지 단번에 이해했다.

"테러리즘 때문이라고?" 제이미가 전화기에 대고 소리를 질렀다. "하지만 테러와 관련된 주는 전부, 테러가 발생했던 곳이나 희생자들의 출신지에선 모두 케리에게 표를 던졌어! 뉴욕, 뉴저지, D.C. 메릴랜드, 펜실베이니아, 이중 어디에서도 부시를 원치 않았다고! 지도에서 미시시피 강 동쪽을 한번 봐. 남부 연합군과 북부 연방군의 대결 같다고. 그때와 똑같이 갈라졌어. 부시는 예전 남부 연합군을 등에 업고 있는 거라구!"

"넌 그 구역질나는 다음 전쟁이 알고 싶은 거야?" 빌리가 누군가와 통화하고 있었다. "저들에겐 승리가 필요해. 지저분하게 점령하지 않아도 되는 깔끔한 승리가 필요하다고. 음, 그건 플로리다 해안에서 90마일 떨어진 곳에 있어. 저들은 카스트로를 알카에다와 연계시키고, 그 핑계로 쿠바와 전쟁을 벌일 거야. 마이애미에 이미 임시정부가 들어섰어. 지도도 이미 다 그려놓았고. 두고 보라고. 저들이 이교도를 상대로 벌이는 전쟁의 다음 목표물은 쿠바일 테니까. 누가 저들을 막을 수 있겠어? 이젠 알카에다조차 필요 없는데. 저들은 폭력을 더 동원할 궁리나 하고, 쿠바는 이미 그 자체로 충분히 괘씸한 존재잖아. 그 인간을 뽑은 잘나신 분들은 좋아죽겠지. 마지막 남은 공산주의자들을 바다로 몰아넣겠지."

나는 두 사람이 각자의 가족과 통화하는 내용까지 엿들었을 만큼 충분히 오랫동안 일없이 앉아 있었다. 그때쯤 두 사람은 완전히 녹초가 된 나머지 할 수 있는 일이라곤 자신들의 속내를 털어놓으면 위로해줄 부모가 있었으면 하고 바라는 것뿐이었다. 둘 다 착실한 자식이었기 때문에 때가 되자 착실하게 전화를 걸었지만, 빌리가 제이미의 고향 휴스턴에 대해 상세히 설명해줘서 나도 알게 되었듯이, 제이미의 부모는 아버지 조지 부시와 같은 컨트리클럽 회원이었다. 그래서 통화하는 내내 제이미는, 죽어가는 언니를 비양심적으로 무시해버렸기에 거의 경멸하게 된 자신의 아버지, 상속권을 박탈하겠다는 위협에도 아랑곳 않고 유대인과 결혼해 자신이 강경하게 맞섰던 아버지로 대표되는 극히 보수적인 텍사스 사람들을 통해 특권이라는 것을 배웠던 고향과 1천 마일 넘게 떨어진 곳에 사는 결혼한 여자라는 사실을 기억하려고 부질없이 노력했다.

그녀는 이제 내가 응시하고 있는 아름다운 사람 이상의 훨씬 특별한 존재가 되었다. 그녀의 목소리에서 그녀가 얼마나 기진맥진한지 알 수 있었다. 특히 부모가 그녀의 자유주의적 양심으론 견뎌낼 수 없는 부류의 사람들이라는 사실 때문에, 그럼에도 여전히 그들의 딸이라는 사실 때문에, 그리고 보아하니 여전히 그들에게 자신의 걱정거리를 일일이 고해야 하기 때문에 그런 것 같았다. 그녀의 목소리에서 엄청난 유대감과 거기에 맞서고자 하는 엄청난 투쟁이 한꺼번에 느껴졌다. 그 모든 것이 그녀를 새로운 존재로 단련시켰고 그녀에게 좋은 영향을 미쳤다는 걸 알 수 있었다.

필라델피아에 사는 빌리의 부모는 결코 소통이 안 되거나 적대적이거나 불쾌한 사람들이 아닌, 빌리에게 대단히 소중한 존재들인 게 분명했다. 그러나 전화를 끊은 후 그는 고개를 절레절레 젓더니 반쯤 남은 와인을 마저 들이켜고 나서야 말을 꺼냈다. 그의 온순한 얼굴은 자신이 느낀 실망감이나 모욕감을 감추지 못했고, 혐오감을 털어놓으면 덜 고통스러울 텐데도 늘 다른 사람의 기분을 맞춰온 따뜻한 마음씨 때문에 그러지 못했다. 그 순간엔 그 따뜻한 마음씨가 전혀 쓸모없었고, 빌리는 망망대해에 표류중이었다. "아버지가 부시한테 투표했대요." 자기 부친이 은행을 털었다는 소식이라도 들은 것처럼 놀란 그가 말했다. "어머니한테 들었어요. 이유를 물었더니 이러시네요. '이스라엘 때문이다.' 어머니가 꼭 케리를 찍으라고 신신당부했는데도 아버지는 기표소에서 나오더니 이렇게 말했답니다. '다 이스라엘을 위해서야.' 어머니가 그러더군요. '네 아버질 죽여버리고 싶더라. 그 인간은 아직도 저들이 대량 살상무기를 찾아낼 거라고 믿고 있어.'"

호텔로 돌아온 뒤, 나는 이런 짧은 장면을 써보았다.

그 자넨 우리가 만난 적 있다는 걸 말하지 않았네.

그녀 딱히 언급할 만한 일이 아니라고 생각했거든요. 선생님이 기억할 거라는 생각도 못했고요.

그 난 자네가 기억 못한 거라고 생각했네.

그녀 아뇨, 기억해요.

그 우리가 어디서 만났는지도 기억하나?

그녀 시그닛에서였죠.

그 맞네. 그날 일을 조금이라도 기억하나?

그녀 똑똑히 기억해요. 전 시그닛 회원이긴 했지만 점심 모임엔 자주 나가지 않았거든요. 그런데 친구한테서 전화가 왔어요. 다음날 점심에 선생님을 초대했는데 정말 참석하실지는 모르지만 그래도 선생님이 오겠다고 하셨으니 저보고도 꼭 오라고요. 그래서 갔어요. 리처드도 데려갔고, 운좋게 다른 방 식탁이 아니라 선생님과 같은 식탁에 앉게 되었죠. 저는 자리에 앉아 있었고, 선생님이 들어와 우리 식탁에 앉으셨어요. 그리고 점심식사 내내 저는 선생님을 지켜봤어요.

그 자넨 아무 말 없이 빤히 쳐다보기만 했지.

그녀 (미안한 듯 웃으며) 제가 주제넘었다면 사과드릴게요.

그 나도 같이 자네를 쳐다봤지. 단순히 자기방어 차원에서 그런 건 아니었네. 기억하나?

그녀 전 그 시선이 저 혼자만의 상상일 거라 생각했는데. 제 시선에 대답해주신 거라곤 생각도 못했으니까요. 선생님이 조금이라도 제게 주목하셨을 거라곤 생각도 못했죠. 접근하기 어려운 분이라는 이유로 제가 선생님을 차단해버렸던 거군요. 제 맞은편에 앉으셨던 걸 기억하신다고요, 정말요?

그 겨우 십 년 전 일일세.

그녀 말 한마디 해본 적 없는 사람을 기억하기에 십 년은 긴 세월이죠. 제게 어떤 인상을 받으셨는데요?

그 자네가 수줍음이 많은 사람인지, 아니면 대단히 침착하고 신중한 사람인지 알 수가 없었네.

그녀 둘 다예요.

그 그 전날 밤 낭독회엔 왔었나?

그녀 예. 점심식사 후에 거실의 가죽소파에 앉아 있었던 기억이 나요. 우리 가운데 절반 정도가 남아 있었죠. 이런 자리가 이 남자한텐 정말 거북하겠구나 생각했었어요. 우리 모두가 모여들어서 집에 돌아가 일기장에 적을 만한 말이 나오기만을 기다리고 있었으니까요.

그 집에 가서 일기장에 뭘 좀 적었나?

그녀 돌아가서 일기장을 살펴볼게요. 아시다시피 그 정돈 할 수 있어요. 원하신다면 말이에요. 일기장을 모두 보관해두었거든요. 그날 선생님은 무슨 생각을 하셨어요?

그 무슨 생각을 했는진 기억나지 않는군. 그런 요청을 받는 게 드문 일이 아니었으니까. 대개는 강의를 해달라는 요청을 받지. 강의를 한 다음에는 집으로 가고. 그런데 지난번에 만났을 땐 왜 이 일에 대해 이야기하지 않았나?

그녀 예전에 제가 점심식사를 하면서 선생님을 빤히 바라본 적 있다는 이야길 왜 끄집어내시는 거죠? 모르겠어요, 딱히 비밀로 한 것도 아니니까요. 우린 서로 집을 바꾸기로 했어요. 그렇다고 대학 시절에 제가 청중 사이에 앉아 선생님을 빤히 바라보았던 이야기를 꺼낼 이유는 없다고 생각했어요. 선생님은 왜 학부생 동아리하고 점심식사를 하는데 동의하셨는데요?

그 재미있을지도 모른다고 생각했겠지. 그 전날 밤엔 겨우 한 시간 낭독하고 질문 몇 개 받은 게 다였으니까. 나를 초대한 사람 말고는 아무도 못 만났고. 자네 말고는 그날 일이 아무것도 기억나지 않는다네.

그녀 (웃으며) 지금 저한테 작업 거시는 거예요?

그 맞아.

그녀 일어날 것 같지 않은 일이라 도저히 믿을 수가 없는데요.

그 그럼 안 되지. 일어날 것 같지 않은 일이 전혀 아니니까.

잠들기 전에 침대에서 이 장면을 다시 읽어보고 나는 생각했다. 전혀 할 필요 없는 일을 찾는다면 이게 바로 그거로군. 지금 넌 그 여자한테 완전히 빠진 거야.

다음날, 뉴욕 거리는 무시무시했다. 몹시 화가 난 수많은 사람들이 침울하고 믿을 수 없다는 표정으로 걸음을 옮기고 있었다. 조용하고 오가는 차도 별로 없어 센트럴파크에서도 차 소리가 거의 들리지 않았다. 나는 클리먼을 만나기 위해 메트로폴리탄미술관에서 그리 멀지 않은 센트럴파크의 벤치로 가는 중이었다. 자정 무렵 웨스트 71번가에서 호텔로 돌아왔더니 클리먼의 음성 메시지가 남아 있었다. 그걸 무시해버리는 건 너무도 쉬운 일이었고 나도 그럴 생각이었는데, 결국 다시 세상사에 발을 담그고자 하는 충동의 마법에 걸려—그리고 클리먼에게서 어떻게든 에이미 벨레트의 소재를 알아내 그녀를 만날 수 있을지도 모른다는 기대감에 고무되어—다음날 아침 나는 클리먼이 남긴 번호로 전화를 걸고 말았다. 전날 두 번이나 내가 먼저 전화를 끊어버렸음에도.

"칼리굴라가 이겼어." 그가 전화를 받자마자 대뜸 말했다. 다른 사람 전화인 줄 알았던 모양이었다. 나는 일 초쯤 뜸을 들인 후 말했다. "그런 것 같네만, 나 주커먼일세." "암울한 날입니다, 주커먼 선생님. 아침 내내 패배감을 씹어삼키던 참입니다. 이런 일이 일어나다니 믿을 수 없습니다. 사람들이 도덕적 가치에 표를 던졌다고요? 대체 그 가치라는 게 뭐죠? 우릴 전쟁으로 몰아넣기 위해 거짓말을 늘어놓는 거요? 어리석어요! 어리석다고요! 대법원을 보세요. 렌퀴스트도 내일이면 목이 달아날걸요. 부시가 클레런스 토머스를 대법원장으로 앉힐 테니까요. 그 인간은 두셋, 어쩌면 넷까지도 갈아치울 겁니다. 끔찍해요!"

"만나자는 메시지를 어젯밤 남겼더군."

"제가요?" 그가 물었다. "한숨도 못 잤습니다. 제가 아는 사람은 다 못 잤죠. 42번가 도서관에서 일하는 친구한테서 전화가 왔었는데, 도서관 계단에서 우는 사람들도 있다고 하더라고요."

나는 정치 문제와 관련된 공포가 불러일으키는 극적인 감정에 익숙했다. 온건파 후보 린던 존슨이 1965년 베트남전쟁 주전파로 변신했을 때는 물론이고, 1974년 리처드 닉슨이 탄핵이나 다름없는 상황에서 사임했을 때도, 내가 아는 거의 모든 사람의 레퍼토리에서 그런 감정이 빠짐없이 나타났다. 사람들은 낙심하고 화내고 살짝 히스테리를 부리거나, 아니면 십 년 만에 정당성을 인정받았다며 기뻐 날뛴다. 우리에게 유일한 진통제는 감정을 극적으로 꾸미는 것이다. 하지만 나는 이제 방관자이자 문외한이었다. 나는 온 국민이 참여하는 이 연극에 개입하지 않았고, 이 연극도 내 인생에 개입하지 않았다.

"종교도 그래요!" 클리먼이 소리질렀다. "그런 인간들은 진리를 이해하고 싶으면 수정구슬 점이나 믿는 게 나을걸요? 진화론이 엉터리라고 확실히 판명 났다 쳐요. 다윈이 미치광이였다 치자고요. 인간의 기원에 대한 다윈의 이야기가 창세기보다 더 미친 소리라고요? 저자들은 지식을 믿지 않는 인간들이에요. 제가 신앙을 믿지 않는 만큼 지식을 믿지 않는 인간들이라고요. 밖에 나가고 싶어요." 클리먼이 말했다. "그리고 사람들 앞에서 일장 연설을 하고 싶어요."

"도움이 안 될 걸세." 내가 말했다.

"선생님은 많이 겪어보셨죠. 뭐가 도움이 될까요?"

"노망난 늙은이의 해결책은 이러하네. 잊어버리게."

"노망나지 않으셨잖아요." 클리먼이 말했다.

"하지만 난 잊으며 살아왔네."

"전부 다요?" 앞으로 자신이 만들고 이용하려는 관계가 어떤 것인지 슬쩍 내비치면서 그가 물었다. 젊은이가 나이든 사람에게 현명한 충고를 부탁하는 그런 관계.

"전부 다." 나는 충분히 믿음이 가게 대답했다. 마치 그의 책략에 완전히 넘어가기라도 한 것처럼.

클리먼은 커다란 타원형의 녹색 잔디밭 둘레를 따라 조깅하다. 우리가 만나기로 한 센트럴파크의 벤치로 내가 다가가자 손을 흔들었다. 그를 기다리며 나는 생각했다. 최초의 실수—콜라겐 시술을 위해 뉴욕에 온 것—를 저지르고 나자, 그동안 끝까지 철저하게 생각하던 내가, 정말로 바라기나 하는지 확신할 수 없는 회춘을 위해 두서없고 변덕스럽게 변해버렸다고. 일흔한 살 나이에, 인생의 일관성이라는 기본 가치를 해치고 예측 가능하던 반복적 일상에 변화를 주겠다고? 방향감각을 상실하거나 좌절하거나 심지어 붕괴될 공산이 이보다 더 큰 상황이 있을까?

클리먼이 말했다. "그 빌어먹을 생각들을 머릿속에서 몰아내야 했거든요. 달리면 나아질 줄 알았는데. 효과가 없네요."

그는 싹싹하고 포동포동한 빌리와 다르게 200파운드가 훌쩍 넘는 체중에 키가 6피트 3인치는 되어 보이는 덩치 좋고 날렵하고 인상적인 젊은이였다. 그의 눈동자는 인간이라는 동물에게 연회색 눈동자가 있다는 게 경이로울 정도로 옅은 회색이었고, 검은 머리칼은 숱이 많았다. 상대를 메다꽂기 좋은 멋진 풀백 체격. 내가 처음 받은(신뢰가 가지 않는) 인상은 전반적으로 좌절감에 짓눌린 사람이라는 것이었다. 자신의 힘과 아름다움, 그리고 그런 것들에 도움받는 절박한 개인적 욕망 앞에 세상이 굴복하지 않자 고작 스물여덟 살에 풀이 죽어버린 젊은이. 그게 그의 얼굴에서 보이는 것이었다. 예상치 못한, 완전히 어이없는 저항을 인식하고 생겨난 분노. 그는 분명 제이미가 결혼한 남자와는 아주 다른 애인이었을 것이다. 빌리는 자상한 오빠처럼 푸근하고 능숙한 반면, 클리먼은 학교 운동장에서 위협적인 존재였을 시절의 모습이 상당 부분 남아 있었다. 호텔에서 그와 통화했을 때 그런 면을 이미 감지했었는데, 실제로도 그러했다. 자제는 그의 좌우명이 아니었다. 그리고 얼마 지나지 않아 그것이 내 좌우명 또한 아니라는 것도 판명 났지만.

러닝쇼츠에 러닝슈즈, 축축한 스웨트셔츠를 입은 그는 맥없이 내 옆에 앉더니 팔꿈치를 무릎에 괴고 두 손으로 머리를 감싸쥐었다. 땀을 뚝뚝 흘리는 것. 이것이 그가 자신에게 몹시 중요한 첫 작업에서 핵심적인 인물, 설득할 수 있기를 간절히 바라는 인물을 만나러 오는 방식이다. 설득할 수 있기를 간절히 원하는 누군가를 만나러 오는 방식이다. 나는 생각했다. 글쎄, 다른 면에서는 어떨지 몰라도, 이 녀석 제대로인걸. 기회주의자인 건 맞는지 몰라도 첫 통화 때 생각했던 것처럼 겉만 번지르르하고 이기적인 기회주의자는 아니겠군.

그는 아직 선거에 대해 할말이 남아 있었다. “만족을 모르는 탐욕으로 움직이고, 사람 목숨을 앗아가는 거짓말로 유지되고, 기득권층 멍청이가 이끄는 저 우파 행정부가 도덕성이라는 유치한 미국식 문제의식에 답할 거라니. 어떻게 이렇게 말도 안 되는 생각이 가능한 거죠? 어떻게 선생님은 이렇게 밑바닥조차 안 보이는 어리석음에서 스스로를 보호하실 수 있으셨어요?"

나는 생각했다. 대학을 졸업한 지 육 년에서 팔 년 정도 됐겠군. 그러니 이들의 정신에 미국인이라는 유대감을 형성한 일련의 극단적인 역사적 충격 중에서도 케리가 부시한테 패배한 것이 두드러진 위치에 놓일밖에. 베트남전이 공적으로 이들 부모세대를 규정하고, 대공황과 2차대전이 내 부모와 그 친구들의 기대를 구조화한 것과 같은 거지. 2000년엔 부시에게 대통령 자리를 안겨준 노골적인 속임수가 있었다. 2001년에는 테러 공격이 있었고, 불타는 쌍둥이빌딩의 높은 층 창문에서 사람들이 인형처럼 뛰어내리던 지울 수 없는 기억이 있다. 그리고 이제 이 사건이 있다. 그의 기만적인 핵무기 창작동화와 그 못지않은 덜떨어진 정신능력 때문에 사람들이 혐오하는 그 '무식한 인간'이 거둔 두번째 승리가. 이번 사건은 나 같은 사람들뿐 아니라 이들의 동생들과도 이들을 구별해줄 이들 세대의 공통된 경험이 될 것이다. 아들 부시의 행정부는 이들에겐 행정부가 아니라 사법적인 수단으로 권력을 탈취한 정권일 뿐이었다. 이들은 2004년에 주권을 되찾고자 했으나 끔찍하게도 그러지 못했고, 어젯밤 열한시 무렵, 단지 패배감만이 아니라 또다시 알 수 없는 어떤 방식으로 속아 넘어갔다는 느낌까지 받았던 것이다.

"자네는 로노프의 용서받지 못할 비밀에 대해 내게 이야기하고 싶어했지."

"'용서받지 못할'이라고 말한 적은 없는데요."

"그런 정도로 암시했네."

"선생님께선 그의 어린 시절에 대해 아세요?" 그가 물었다. "성장 과정에 대해 뭔가 아시는 게 있으세요? 선생님이 제 이야길 다른 사람에게 옮기시지 않을 거라고 믿어도 될까요?"

나는 벤치 등받이에 등을 기댔고, 뉴욕에 돌아온 후 처음으로 웃음을 터뜨렸다. "그 내용이 뭐든, 사생활 노출을 철저히 꺼린 그 작가가 신중하게 간직했고 그에게 모욕적일 게 분명한 그 '대단한 비밀'을 자네는 지붕 꼭대기에 올라가 큰 소리로 말하고 싶어하면서 나보곤 발설하지 않도록 조심할 수 있느냐고 묻는 건가? 그가 엄밀하게 보호했고 그에겐 전부나 마찬가지였으며 그의 것인 게 정당한 그의 위신을 뭉개버릴 책을 쓸 작정이면서 나를 믿어도 되느냐고 묻는 건가?"

"이런 식이시면 통화했을 때나 마찬가진데요. 선생님은 잘 알지 못하는 사람한테 심하게 빡빡하시네요."

난 생각했다. 난 네 녀석이 어떤 인간인지 잘 알아. 젊고 잘생겼고 삐딱한 행동에서 최고로 자신감을 느끼는 인간이지. 삐딱한 걸 좋아하는 거야. 원한다면 남에게 해를 끼치는 것 또한 권리로 여길 테고. 게다가 엄밀히 말하면 자네가 하려는 건 해를 끼치는 일도 아니야. 포기하는 게 바보짓인 권리를 행사하는 것뿐이지. 난 네 녀석이 어떤 인간인지 알아. 몰래 뒤에서 어른들을 모욕하려 하면서 그들의 인정을 받길 바라지. 거기서 교활한 쾌락을 얻을 수 있으니까. 게다가 안전하기도 하고.

커다란 타원형 잔디밭 둘레로 꽤 많은 사람이 오갔다. 유모차를 밀고 가는 여자들, 흑인 간호사의 팔에 의지해 걸어가는 노인들, 내가 얼핏 빌리와 제이미로 오인했던 조깅하는 남녀.

벤치에 앉아 있는 동안 나는 등교 첫날 옆자리에 앉은 처음 보는 여학생에게 온통 마음을 빼앗긴 열다섯 살짜리 소년 같은 기분에 빠져들었다.

"로노프는 국립예술원 회원 자격을 거절했습니다." 클리먼이 말하고 있었다. "『당대의 작가들』*에 약력도 보내려 하지 않았고요. 평생토록 인터뷰에 응하지도 않았고 사람들 앞에 모습을 드러내지도 않았습니다. 자신이 살던 산골 구석에 박혀 가능한 한 사람들 눈에 띄지 않으려고 안간힘을 썼어요. 왜 그랬을까요?"

"다른 어떤 것보다 관조적인 삶을 선호했기 때문이지. 로노프는 글을 썼네. 로노프는 학생들을 가르쳤어. 저녁이면 독서를 했지. 아내와 세 자녀가 있었고, 아름답고 훼손되지 않은 시골 환경에 둘러싸여 거실과 방마다 벽난로가 있는 쾌적한 18세기풍

* 12만 명이 넘는 영어권 작가들의 약력을 모아놓은 발행물로 매년 개정 증보된다.

농가에서 살았네. 부족하지 않을 만큼 적당한 수입도 있었고. 질서. 안전. 안정. 그에게 무엇이 더 필요했겠나?"

"세상으로부터 숨는 거요. 그게 아니라면 왜 평생 그런 굴레를 쓰고 있었겠습니까? 그는 불침번이라도 서듯 계속 경계했어요. 이 점은 그의 인생에, 그의 작품에 속속들이 배어 있습니다. 노출될 것을 두려워하며 살았기 때문에 계속 그런 구속을 유지했던 겁니다."

"그래서 자넨 그를 세상에 노출시키는 호의를 베풀겠다는 거군." 내가 말했다.

달변으로 날 굴복시키지 못한 그가 내 입을 한 대 갈기고 싶은데도 그러지 말아야 할 이유를 찾는 동안 잠시 불편한 시간이 흘렀다. 나는 그런 순간을 쉽사리 떠올릴 수 있었다. 나 역시 그의 나이 때 젊은 문학도로 갓 뉴욕에 와서 똑같은 경험을 했으니까. 당시 사오십대였던 작가들과 비평가들은 그들이 본질적으로 어리석다고 여기는 지식, 아마도 섹스에 관한 것일 그 지식 외에는 내가 세상 그 무엇에 대해서도 아무것도 모르고 알 수도 없는 인간인 양 취급했다. 말할 것도 없이 자신들은 욕망에 끝없이 휘둘렸던 주제에. 하지만 사회, 정치, 역사, 문화에 대해서라면, '사상'에 대해서라면 달랐다. 그들 중 한 인간은 내 면전에 손가락을 들이대고 좌우로 저으며 "내가 자네는 이해하지 못한다고 말할 때조차 자네는 이해하지 못하고 있네"라고 말하길 좋아했었다. 내게 그들은 저명인사였고, 이민을 와서 페인트공이나 푸주한이나 양복장이를 하는 유대인의 자식으로 지적으로 특출한 미국인이자 당시 한창 이름을 날리며 〈파르티잔 리뷰〉를 운영하거나 〈코멘터리〉 〈더 뉴 리더〉 〈디센트〉에 글을 쓰는 자들이었다. 그들은 툭하면 서로 신랄한 논쟁을 일삼는 성마른 경쟁자들이었고, 반문맹에 이디시어를 사용하는 부모 밑에서 자랐다는 것에 심리적인 부담을 가진 이들이었다. 그들은 부모들의 이민자로서의 한계와 빈약한 문화적 소양에 분노와 애정을 동시에 느꼈는데 둘 다 온전하지 못한 감정이긴 마찬가지였다. 내가 감히 입이라도 열면, 이 선배라는 인간들은 나를 조롱해 입을 다물게 했다. 내 나이와 나의 '이점' 때문에 내가 아무것도 아는 게 없다고 확신하면서. 그 이점이란 순전히 그들의 상상이 만들어낸 것으로, 신기하게도 그들의 지적 호기심은 자신들보다 어린 사람에 대해선 절대 발휘되지 않았다. 그 어린 사람이 자신들보다 훨씬 어리고 예쁜 여자인 경우는 예외였지만. 만년에 이르러 원만하지 않은 결혼생활로 크게 상처 입고(재정적으로도 파탄 나고) 노환과 다루기 힘든 자식들 때문에 큰 타격을 입자, 그들 가운데 몇몇은 내게 부드러운 태도를 취하며 친구가 되었고 내 말을 사사건건 무시하지는 않게 되었다.

"아시겠지만, 전 선생님께 말씀드리는 게 내키지 않습니다." 마침내 클리먼이 말했다. "선생님은 제가 비밀을 털어놓아도 괜

찾겠느냐고 물었다고 절 비난하시는데, 제가 왜 굳이 묻는다고 생각하십니까?"

"클리먼, 자네가 알아냈다고 생각하는 게 무엇이든 그냥 잊어버릴 수는 없나? 이제 로노프가 누군지 아는 사람도 없지 않은가. 무슨 소용이 있는가?"

"바로 그겁니다. 그는 '라이브러리 오브 아메리카'* 목록에 들어가야 합니다. 싱어**는 단편집 세 권이 들어갔어요. E. I. 로노프가 못 들어갈 이유가 뭡니까?"

"그러니까 자넨 인간 로노프의 명성을 망쳐놓아 그의 작가적 명성을 되찾아주겠다는 거군. 천재의 천재성을 천재의 비밀로 대체해놓겠다. 치욕을 통한 명예 회복인가."

또다시 분노로 잠시 침묵한 뒤 그가 다시 이야기를 시작했는데, 마치 아무리 이야기해도 이해를 못하는 어린애에게 설명하는 듯한 말투였다. "이건 망쳐놓는 게 아닙니다." 그가 설명했다. "만약 그 책이 제 의도대로만 쓰인다면요."

"자네가 어떤 식으로 쓰는가는 중요하지 않네. 그 추문이 스스로 작업을 완수할 테니까. 자넨 그를 그의 자리에 다시 앉혀놓지 못할 거네. 그의 원래 자리마저 박탈해버리겠지. 게다가 무슨 일

---

* 미국 고전 작품을 펴내는 비영리 출판사.

** 아이작 바셰비스 싱어. 폴란드 태생의 미국 유대계 작가로 1978년 노벨문학상을 수상했다.

이 벌어지겠나? 누군가가 로노프가 오십 년 전에 저지른 '부적절한' 뭔가를 기억하는 것? 경멸당해 마땅한 또다른 백인 남성을 모욕하기 위한 폭로?"

"왜 선생님은 제가 하려는 일을 계속 하찮은 일로 만들려 하시는 거죠? 전혀 알지도 못하시면서 왜 성급하게 얕보시느냐고요."

"연구를 사칭해 추문이나 캐내려고 기웃거리는 짓은 문학을 빙자한 가장 저열한 헛소리기 때문일세."

"그리고 소설을 사칭한 무자비한 염탐이라서요?"

"지금 날 두고 하는 소린가?"

"문학을 두고 하는 소립니다. 문학은 호기심도 키웁니다. 문학은 공공연하게 드러난 삶은 진짜 삶이 아니라고 말합니다. 문학은 작가가 보여주는 이미지 너머에 뭔가가 있다고 말합니다. 그걸 진실된 본모습이라고 부르죠. 제가 하려는 작업은 선생님이 하시는 작업과 전혀 다를 게 없습니다. 생각 있는 사람이라면 누구든 하는 일이죠. 삶이 호기심을 키우는 겁니다."

우리는 동시에 벌떡 일어섰다. 의심의 여지 없이 나는, 서로에 대한 적대감으로 이제 기분 나쁘게 번뜩이는 연회색 눈동자를 버려두고 재빨리 그 자리를 떠났어야 했다. 게다가 소변을 흡수하는 비닐팬티 안의 패드가 너무 심하게 젖어 서둘러 호텔로 돌아가 샤워하고 옷을 갈아입을 시간인 것도 분명했다. 의심의 여지 없이 나는 그 이상 말을 하지 말았어야 했다. 작품 밖에선 단

한마디도 보태지 않기 위해서가 아니었다면, 달리 무슨 이유로 내가 십일 년 동안이나 사람들과 떨어져 살아왔겠는가? 내가 견딜 수 없고 바꿀 힘도 없는 모든 일에 대해 아예 귀를 닫기 위해서가 아니었다면, 달리 무슨 이유로 내가 신문을 읽고 뉴스를 듣고 텔레비전을 보는 걸 포기했겠는가? 나는 더는 실망으로 곤두박질칠 일이 없는 곳에서 살기로 선택했던 것이다. 그런데도 나는 멈출 수 없었다. 이곳으로 돌아왔고 법석을 떨며 돌아다녔다. 지금 내가 무릅쓰고 있는 위험보다 나를 더 도발할 수 있는 것은 아무것도 없었다. 그건 러닝복만 걸친 엄청난 덩치에 근육질 몸매인 클리먼이 나보다 마흔세 살이나 어리다는 사실 때문만은 아니었다. 도저히 받아들일 수 없는 반대에 부딪히자 클리먼이 격분했기 때문이기도 했다.

"나는 가능한 모든 수단을 동원해 자넬 막을 걸세." 나는 그에게 말했다. "자네가 로노프에 대해 쓴 책은 어떤 것이든 어디서도 볼 수 없게 내가 취할 수 있는 모든 수단을 동원할 거란 말일세. 어떤 책도, 어떤 기사도, 아무것도 못 나오게 할 걸세. 한마디도 안 되네, 클리먼. 자네가 파헤쳤다는 대단한 비밀이 뭔진 몰라도, 그건 절대로 빛을 보지 못할 걸세. 난 자네 책의 출판을 막을 수 있고, 비용이 얼마가 들든, 얼마나 노력해야 하든 그렇게 할 걸세."

연극으로의 귀환, 현재로의 귀환, 야단법석으로의 귀환이로군! 나는 내 목소리가 높아지는 걸 들으면서도 나 자신을 제어하지 않았다. 세상에는 존재에 따르는 고통이 있지만, 원기가 왕성해지는 측면도 있다. 누군가에게 덤벼들면서 흥분을 느꼈던 게 마지막으로 언제였지? 격렬함을 풀어놔! 호전성도 풀어놓으라고! 예전의 투쟁심을 되살리는 숨결이 나를 예전의 역할로 꾀었고, 클리먼과 제이미가 내 안에 잠자고 있던 남성성을, 정신과 기백과 욕망과 의지를 지닌 남성성을 다시금 일깨웠고, 다시 사람들과 어울리고 다시 싸우고 다시 여자를 만나고 다시 자신의 힘이 안겨주는 쾌락을 느껴보길 원하게 만들었다. 그 모든 게 되살아났다. 남자다운 남자가 되살아났다! 단지 생식력만 지니지 못했을 뿐. 단지 덧없는 기대감만 있을 뿐이다. 나는 생각했다. 그렇기 때문에 젊은이에게 덤벼들고, 내 나이에 저 나이의 사람들과 지나치게 가까이 뒤섞이면 생기는 온갖 위험을 자초함으로써 나는 피투성이가 될 것이다. 야만인만큼 건강하고 시간으로 완전무장한 무지한 젊은이의 손쉬운 표적이 되어 말이다. "경고하는 걸세, 클리먼. 로노프를 내버려두게."

타원형 잔디밭 둘레를 걷는 사람들이 지나가며 우리 쪽을 쳐다봤다. 십중팔구 선거 결과를 놓고 논쟁을 벌인 게 분명해 보이는 늙은 남자와 젊은 남자가 금방이라도 서로를 향해 주먹을 휘두를 것처럼 보이자 살육이라도 벌어지는 게 아닐까 두려워진 몇몇 사람들이 천천히 멈춰 섰다.

"역겨워." 그가 나를 향해 소리쳤다. "당신한테선 악취가 나! 당신이 숨어 있던 구멍으로 다시 기어들어가 뒈져버려!" 그는 운동하는 사람답게 분방하고 유연하게 휘청휘청 전력 질주하면서 고개를 돌려 불룩한 어깨 너머로 소리쳤다. "당신은 죽어가고 있어, 이 늙은이야. 곧 뒈질 거라고! 당신한텐 악취가 나! 죽음의 냄새가 난다고!"

하지만 클리먼 같은 놈이 죽음의 냄새에 대해 뭘 알겠는가? 내게서 나는 냄새라곤 지린내가 전부였는데.

내가 뉴욕에 온 이유는 그 시술이 약속했던 결과 때문이었다. 더 나아지기 위한 방법을 찾아 왔던 것이다. 하지만 잃어버린 무언가를 되찾고자 하는 희망—내가 오래전에 내려놓으려 애썼던 희망—에 굴복해 어떻게든 예전처럼 남자로 돌아갈 수 있다는 믿음에 나는 스스로를 열어버렸다. 해결책은 분명했다. 호텔로 돌아오는 데—그리고 옷을 벗고 샤워하고 깨끗한 옷으로 갈아입는 데—소요된 딱 그 시간 동안 나는 집을 바꿔 지내려는 생각을 버리고 당장 집으로 돌아가기로 결심했다.

전화를 걸자 제이미가 받았다. 그녀와 빌리에게 할 이야기가 있다고 하자 그녀가 대답했다. "그런데 빌리가 집에 없어요. 선생님 집을 구경한다면서 두 시간 전쯤 나갔거든요. 조금 있으면 열쇠를 받으러 선생님 관리인의 집에 도착할 거예요. 도착하는 대로 저한테 전화한다고 했어요."

하지만 나는 빌리가 집을 구경하거나, 롭에게 열쇠를 받아 집 안에 들어가볼 계획이라는 말을 들은 적이 없었다. 언제 이런 계획을 잡은 거지? 어젯밤일 리는 없는데. 우리가 만났던 그날 밤일 수밖에 없는데. 하지만 난 그런 결정을 한 기억이 전혀 없었다.

제이미의 얼굴이 눈앞에 있는 것도 아니고 혼자 호텔 방에 있는데도 나는 분노로 얼굴이 벌겋게 달아올랐다. 실제로 최근 몇 년 동안 수많은 사소한 일을 기억하지 못해 문제를 겪긴 했다. 이 골치 아픈 문제를 해결하기 위해 나는 일력에는 물론이고 학생용 유선 작문 노트—표지가 흑백 대리석무늬고 뒤표지 안쪽에 구구단표가 인쇄된 종류—에 기록을 하기 시작했다. 날마다 하는 잔일을 죽 적고, 그보다 간결한 형식으로 통화 내역, 통화 내용, 그리고 쓰거나 받은 편지에 대해 적어두었다. 허드렛일 목록을 적은 그 잡기장이 없으면, 나는 (방금 전에 증명해 보인 것처럼) 바로 어제 누구와 통화했고 내용은 무엇이었는지, 혹은 그 다음날 누가 내게 무슨 일을 해주기로 했는지도 잊어버리기 십상이었다. 완벽하게 믿을 만했던 내 기억력이 감퇴하기 시작했다는 사실을 처음 자각한 삼 년 전쯤부터 나는 잔일 잡기장을 모아두기 시작했다. 그때는 아직 기억의 공백이 그저 사소하고 성가신 일에 지나지 않았었고, 기억력 감퇴가 진행중이며 만약 처음 몇 해 동안 진전된 속도로 계속 악화된다면 글쓰기 능력마저 심각하게 손상될 수도 있다는 사실을 알기 전이었다. 만약 어느 날 아침 내가 전날 뭔가를 적어둔 페이지를 펴들었는데 그걸 쓴 사실을 기억하지 못한다면, 내가 뭘 하겠는가? 만약 잡기장과의 연결 고리마저 끊긴다면, 책을 쓰지도 읽지도 못하게 된다면 난 어떻게 될까? 글을 쓸 수 없다면 내게 무엇이 남겠는가?

나는 제이미가 무슨 말을 하는지 내가 모른다는 사실을, 그리고 내 정신—외계인 같은 이질적 존재로, 다른 모든 사람이 살아가는 세계에 낯선 이방인으로 뉴욕에 도착한 그 순간부터—이 강박증과 건망증 사이를 오락가락하는 구멍투성이 세상에 내가 살게 되었다는 사실을 그녀에게 털어놓지 않았다. 나는 생각했다. 마치 스위치가 당겨진 것 같군. 회로가 하나씩 차례차례 폐쇄되기 시작한 것 같아. "뭐든 물어볼 게 있으면 나한테 전화하라고 빌리에게 전해주게. 그 집에 대해선 롭이 나보다 더 잘 아니까 빌리가 알아서 잘 둘러보고 오겠지만."

나는 혹시 내가 빌리에게 그 집을 구경하도록 주선해주면서 두 사람에게 했던 말을 지금 그대로 반복한 건 아닐까 궁금했다.

내가 마음을 바꿨다는 사실을 설명할 때가 아니었다. 빌리가 돌아올 때까지 기다렸다 해야 했다. 어쩌면 그때쯤엔 빌리가 나의 오두막이 적합하지 않다고 생각하게 될 수도 있고, 그러면 만사가 어렵지 않게 해결될 것이다.

"난 자네도 함께 갈 거라고 생각했는데. 특히 자네 상태가 썩

좋지 않으니 말이야."

"전 작품을 쓰고 있어요." 그녀가 말했지만, 나는 글쓰기 때문에 그녀가 집에 머무른 거라고 믿지 않았다. 클리먼 때문에 남아 있는 것이었다. 매사추세츠로 이사하길 원한 건 그녀였는데, 이사할 집을 그녀가 살펴보지 않다니? 그녀는 클리먼을 만나기 위해 집에 남은 것이다.

"그런데 이제 선생님의 미국은 마음에 드세요?" 그녀가 물었다. "재림 첫날인데요."

"곧 그 고통이 사라질 걸세." 내가 말했다.

"하지만 부시는 사라지지 않겠죠. 체니도 마찬가지고요. 럼즈펠드도. 울포위츠도. 그 라이스라는 여자도요. 전쟁도 사라지지 않을 거예요. 그 인간들의 오만함도. 그 무의미하고 어리석은 전쟁! 얼마 안 있으면 그들은 무의미하고 어리석은 또다른 전쟁을 일으킬 구실을 만들어낼 거예요. 그리고 지구상의 모든 사람이 미국을 폭발시켜버리고 싶어할 때까지 계속 새로운 전쟁을 일으키겠죠."

"글쎄, 내 집에서는 자네가 폭발로 날아갈 확률이 아주 희박하네." 조금 전까지는 그녀에게 피난처로 내 집을 제공하려 한 합의를 백지화할 생각으로 전화를 걸었으면서도 나는 그렇게 말했다. 하지만 나는 통화를 끝내고 싶지 않았다. 그녀는 유혹적이거나 도발적인 말을 할 필요조차 없었다. 그저 내 귀에 대고 내가 여러 해 동안 모르고 지낸 쾌락을 제공해줄 아무 이야기나 하면 되었다.

"자네 친구를 만났네." 나는 말했다.

"제 친구 정신을 완전히 빼놓으셨더군요."

"그건 어떻게 알았나? 그 친구하곤 방금 전에 헤어졌는데."

"그가 공원에서 전화했거든요."

"어렸을 때 해변에서 어떤 사람이 자신만만해하며 먼바다까지 헤엄쳐 나갔다 익사한 걸 본 적이 있네." 나는 말했다. "아무도 그 사람에게 문제가 생겼다는 걸 몰랐네. 알았을 땐 이미 늦어버렸지. 휴대전화가 있었다면 그도 클리먼처럼 조류가 그를 해변에서 멀리 잡아당기기 시작한 순간 구해달라고 전화를 걸었을 텐데."

"왜 그렇게 그 친구를 싫어하시는 거죠? 왜 그를 얕잡아보시죠? 도대체 그에 대해 뭘 아신다고요?" 제이미가 물었다. "그 친구는 선생님을 존경해요, 주커먼 선생님."

"솔직하게 말하면, 그의 열정이 엉뚱한 방향으로 치닫고 있다고 생각하네."

"선생님과 만난 게 그에게는 중대한 사건이었어요." 그녀가 말했다. "요즘 그의 인생에서 로노프를 빼면 아무것도 없어요. 자신이 위대하다고 여기는 작가의 작품이 사라져가기 때문에 되살려놓고 싶어하는 거예요."

"어떤 방식으로 되살려놓는가가 문제지."

"리처드는 생각이 깊은 친구예요."

"왜 그의 대변자를 자처하는 건가?"

"제가 '그의 대변자를 자처하는' 이유는 그를 잘 알기 때문이에요."

나는 헌신적인 빌리……지금 이 순간 여기에 없고 부시의 재선 때문에 힘들어하는 아내를 교회 맞은편에 있는 아파트에 홀로 남겨두고 뉴욕에서 북쪽으로 100마일 떨어진 곳에 가 있긴 하지만, 어쨌든 그 빌리와 결혼한 후에조차 (내가 아주 쉽게 상상할 수 있었듯) 성적인 관계를 유지하고 있는, 대학 시절 애인이었던 진지한 성격의 남자를 위해 그녀가 왜 논쟁을 벌이는 것인지에 대해 나는 지나치게 구체적으로 생각하지 않기로 했다.

몇 가지 이유로 여기로 다시 돌아온—그다음엔 한 해를 꼬박 머물겠다고 생각한—나의 어리석음을 완성하는 데에는 빌리가 돌아오기 전에 먼저 제이미를 만나보는 것보다 나은 방법은 없었다.

"그렇다면 자네는 그 추문에 대해 알겠군." 내가 말했다.

"무슨 추문요?"

"로노프의 추문 말일세. 클리먼이 말해주지 않았나?"

"당연히 안 했죠."

"당연히 했을 텐데, 특히 자네한테는. 자기 혼자만 아는 거라고, 그 발견을 대단히 유용하게 써먹을 수 있을 거라고 자랑하면서 말이지."

이번에는 그녀도 굳이 부인하려 들지 않았다.

"자넨 이야기 전체를 알고 있어." 내가 말했다.

"리처드한텐 듣고 싶어하지 않으셨으면서, 왜 저한테 들으려 하시는 거죠?"

"내가 잠깐 들러도 되겠나?"

"언제요?"

"지금."

"그러고 싶으시다면." 그녀가 조용히 말했고, 나는 아득해지고 말았다.

나는 뉴욕을 떠나기 위해 짐을 꾸리기 시작했다. 앞으로 몇 주 동안 집에서 해야 할 일로 머릿속을 가득 채우고, 틀에 박힌 일상과 더이상 의학적 조치를 받지 않기로 한 데서 얻을 안도감에 대해 생각하려 애썼다. 두 번 다시는 빼저린 후회로 인해, 보상받으려는 갈망 속에서 나의 다음 행보를 결정하는 상황을 만들지 않으리라. 그런 다음 나는 웨스트 71번가로 출발했다. 한때는 건장한 성인 남성의 성기가 달려 있던, 방광조임근도 완벽하게 제어되고 충분히 제 기능을 다하던 성기가 달려 있던 두 다리 사이에 이제는 쭈글거리는 살덩어리에 불과한 수도꼭지를 달고 있는 남자에게는 결코 무해할 리 없는 절망적인 사랑의 열병이 휘두르는 무자비함에 즉시 굴복한 채. 한때는 단단한 생식기였던 그것은 이제, 저 어딘가에 삐죽 튀어나와 우리 눈에 띄는 파이프의 끄트머리, 어느 날 누가 밸브를 한 바퀴 더 조여 빌어먹을 물줄기를 완전히 잠가야 한다는 걸 기억해낼 때까지 물을 질질 흘리는, 종종 왈칵 뿜기도 하고 콸콸 쏟아내기도 하는 아무 의미 없는 파이프 한 토막이나 마찬가지였다.

그녀는 선거와 관련된 것이면 사소한 기사까지 모조리 찾아가며 〈뉴욕 타임스〉를 읽고 있었다. 오렌지빛 금실로 복잡한 무늬를 넣어 짠 부드러운 페르시아카펫 위에 신문의 모든 면이 죽 펼쳐져 있었고, 그녀의 얼굴엔 진정한 고통의 흔적이 어려 있었다.

"빌리가 오늘 같은 날 자네와 같이 있지 못하다니 정말 유감일세." 내가 말했다. "이렇게 엄청난 실망감 속에 혼자 있는 건 좋지 않은데."

그녀는 무력하게 어깨를 으쓱해 보였다. "오늘 승리감 속에 있을 거라고 생각했었거든요."

내가 여기로 오는 동안 그녀는 우리가 마실 커피를 준비해놓았고, 우리는 창가에 마주 놓인 검정 가죽을 씌운 한 쌍의 임스 의자에 앉아 말없이 각자의 커피를 홀짝거렸다. 우리의 불확실성을 말없이 표현하면서. 앞으로 닥칠 일들의 예측 불가능성을 말없이 받아들이면서. 우리 내면의 혼란스러움을 말없이 감추면서. 이전에 방문했을 때는 이 집에 오렌지빛 고양이가 두 마리 있다는 것을 알아차리지 못했었다. 한 마리가 제이미의 무릎 위로 사뿐히 뛰어올라 몸을 쭉 뻗고 눕자 그녀가 쓰다듬어주는 것을 보고 나서야 알게 되었다. 고양이를 지켜보면서도 나는 계속 아무 말 하지 않았다. 다른 한 마리가 어디선가 나타나 그녀의 맨발에 걸터앉더니, 가르랑거리는 소리를 내는 것이 그 녀석이 아니라 그녀의 발인 듯한 유쾌한 환상을(내 마음속에서) 만들어냈다. 한 마리는 털이 길고 다른 한 마리는 짧았는데, 녀석들을 보고 나는 놀라지 않을 수 없었다. 래리 홀리스가 가져다주었던 새끼 고양이 두 마리를 사흘 만에 돌려주지 않고 더 오래 길렀다면 저렇게 자랐겠구나 싶었기 때문이다.

비록 빛바랜 푸른색 스웨트셔츠에 헐렁한 운동복 바지를 입고 있었지만 그녀의 아름다움에 나는 꼼짝도 할 수 없었다. 게다가 우리 둘뿐이었다. 나 자신이 경외감을 불러일으킬 수 있는 저명인사처럼 느껴지기는커녕, 그녀에게 사로잡혀 자신의 신분마저 박탈당한 인간처럼 느껴졌다. 그녀가 케리의 패배와 그로 인한 두려움 섞인 불확실성 때문에 완전히 소진된 듯 보여서 더 그러했다.

뉴욕에서 미친듯이 오락가락하는 나의 행동과 어울리게도, 나는 이제 로노프의 전기 집필이 나와 무슨 상관인가 싶어졌다. 1956년 그의 집을 방문한 이후 나는 그와 대면한 적이 한 번도 없었고, 그 방문 이후에 그에게 편지를 한 통 보냈었지만 그는 답장하지 않았다. 그렇게 해서 견습 시절에 그를 스승으로 섬기려 한 꿈은 묻혀버렸다. 전기나 전기작가와 관련해서 나는 E. I. 로노프나 그의 법정 상속인들에게 책임질 일이 전혀 없었다. 로노프의 사악한 '비밀' 운운하는 클리먼의 암시에 내가 반응했던 것은, 그토록 오랜 세월이 지난 후에 에이미 벨레트를—그것도 병들고 흉하게 변해버린데다 자신의 몸이라는 피난처에서도 쫓겨난 듯한 모습을—보았기 때문이었고, 그후 밖으로 나가 로노프의 책을 사서 호텔 방에서 다시 읽었기 때문이었다. 만약 내 오두막에 있다 난데없이 클리먼 같은 인간에게 같은 목적으로 나를 구슬려보려는 편지를 받았다면 나는, 그가 감히 그 계획을 계속 진행한다면 철저히 짓밟겠다고 협박하는 것은 고사하고 굳이 답장을 보내는 수고조차 하지 않았을 것이다. 그냥 멋대로 해보라고 내버려둬도 클리먼이 그 거창한 계획을 성공시킬 가능성은 전혀 없었다. 아마도 그가 지금껏 받은 가장 큰 격려는 저작권 대리인이나 출판사로부터 받은 게 아닌, 내가 퍼부은 격한 반대였을 것이다. 그리고 나는 지금 여기에 제이미와 함께 있었고, 이런 물음으로 우리의 침묵을 끝냈다. "내 상대는 어떤 사람인가? 말해주겠나? 그 친구는 어떤 사람이지?"

그녀가 미심쩍어하며 말했다. "뭘 알고 싶으신 거죠?"

"어쩌다 그 친구는 자신이 그 일에 적임자라고 생각하게 된 건가? 그와 오래 알고 지냈나?"

"그가 열여덟 살 때부터요. 그는 대학 1학년이었죠. 알고 지낸 지 십 년이 되었네요."

"어디 출신이지?"

"로스앤젤레스요. 그의 아버지는 변호사예요. 연예계 전문 변호사인데 공격적인 변호로 악명이 자자하죠. 어머닌 아버지와 완전히 달라요. UCLA의 이집트학 교수인가 그럴 거예요. 그분은 매일 아침마다 한두 시간 명상을 해요. 명상이 잘된 날은 명상이 끝날 때 눈앞에 빛으로 이루어진 초록색 공을 떠오르게 할 수 있다고 주장하죠."

"그 모친은 어떻게 만났나?"

"당연히 그를 통해서죠. 그의 부모님은 아들을 방문하면 늘 아들의 친구들을 저녁식사에 초대했거든요. 제 부모님이 절 찾아왔을 때 그가 제 친구로 같이 식사하러 나가곤 한 것과 똑같은 거죠."

"그럼 그는 전문직을 가진 부모 밑에서 성장한 거군."

"글쎄요, 고집 세고 공격적인 아버지와 지적이고 조용한 어머니 사이에서 성장했죠. 그는 똑똑해요. 무척 똑똑하죠. 아주 날카롭기도 하고요. 맞아요, 공격적인 면이 있긴 해요. 그 점이 분명 선생님을 질리게 했을 거예요. 하지만 절대 바보는 아니에요. 그가 책을 못 쓸 이유는 없어요. 아무나 책을 쓰면 안 된다는 걸 제외하면요."

"그건 왜지?"

"하기 힘든 일이니까요."

그녀는 무덤덤한 모습으로 내게 강한 인상을 주려 애쓰면서, 그리고 내게 동의하지 않고 단순히 대답만 하겠다고 작정한 채, 자신이 하고 있는 말 이상은 하지 않으려고 신중하게 이야기했다. 신분이나 나이 차이 때문에 호락호락 넘어가는 사람처럼 보이는 걸 강하게 꺼려했다. 자신이 남자에게 영향을 미친다는 사실에 분명 자기만족을 느끼면서도, 그녀는 자신이 이미 승리를 거두었고 호락호락 넘어가버린 쪽은 나라는 사실을 아직 깨닫지 못한 듯했다.

"그는 자네에게 어떤 사람이었지?" 내가 물었다.

"언제요?"

"둘이 친구였을 때."

"같이 아주 신나게 지냈어요. 둘 다 비슷하게 고집불통인 아버지와 싸워야 했고, 그래서 서로 주고받을 무용담이 무궁무진했거든요. 덕분에 아주 빠르게 친해질 수 있었죠. 아버지들이 끔찍하면서도 우스운 즐거운 이야깃거리를 잔뜩 만들어줬으니까요. 리처드는 거칠고 활기차고 늘 새로운 일을 시도하려 해요. 그리고 두려움도 없어요. 주저하는 법도 없죠. 모험심 강하고 두려움 없고 자유로운 인간이죠."

"좀 과장하는 거 아닌가?"

"전 선생님 질문에 정확하게 대답했어요."

"무엇에 두려움이 없다는 건지 물어봐도 되겠나?"

"모욕당하는 것에요. 비난에요. 사람들은 보통 자신이 편하게 느끼는 집단 안에 있으려 하는데 그에겐 그런 제약이 없어요. 그에겐 망설임이라는 게 존재하지 않아요. 단호한 행위들만 이어질 뿐이죠."

"그렇다면 그 공격적이라는 부친과는 잘 지내나?"

"아, 두 사람은 싸우는 것 같아요. 둘 다 싸움꾼이라서 싸우는 거예요. 싸움을 심각하게 생각하는 것 같진 않아요. 제가 제 어머니랑 싸우는 거랑 비슷해요. 두 사람은 전화로 격렬하게 싸우고 나서 그다음날 아무 일 없었다는 듯 다시 통화하거든요. 그게 그 부자가 싸움을 대하는 방식이에요."

"좀더 이야기해보게."

"뭘 더 알고 싶으신데요?"

"나한테 이야기하지 않은 거면 뭐든." 물론 내가 알고 싶은 건 그녀에 대한 것뿐이었다. "그 친구가 로스앤젤레스에 살 때 찾아가본 적 있나?"

"그럼요."

"그래서?"

"그는 비벌리힐스의 대저택에 살아요. 제 기준에 그 집은 엄청 흉물스러워요. 커다랗고 호화스럽죠. 아늑한 느낌은 전혀 없어요. 그의 어머니가 수집을 하는데, 제 짐작으로 선생님껜 고미술품이라 불릴 것 같은 것들이에요. 조각상이나 소품 같은 거요. 게다가 전시용 진열장이랑 그런 미술품을 넣어두기엔 지나치게 큰—거기 있는 모든 게 지나치게 크듯이요—벽감도 있어요. 온기라곤 찾아볼 수 없는 집이에요. 기둥도 너무 많고 대리석도 너무 많아요. 뒤뜰에 거대한 수영장도 있어요. 조경도 과하다 싶을 정도고요. 엄청 다듬어놓았죠. 그에게 맞는 세계가 아니에요. 그는 북동부에서 대학을 다녔어요. 그리고 뉴욕으로 왔죠. 뉴욕에 살면서 문학계에서 일하기로, 초특급 부자가 되어 로스앤젤레스의 대리석 궁전에서 살면서 먹고살려고 다른 사람을 괴롭히는 삶은 살지 않기로 선택했어요. 그는 사람들을 집요하게 괴롭히는 데 전문가지만—자기 아버지한테 배웠죠—그건 그가 원하는 삶이 아니었어요."

"그 부모는 아직도 결혼생활을 유지하고 있나?"

"충격적이게도 그래요. 저는 두 분이 뭘 공유하시는지 모르겠어요. 그의 어머니는 명상한 다음 출근해서 하루종일 밖에 있어요. 그의 아버진 늘 직장에 나가 일하고요. 제 생각에 두 분은 집만 공유하는 것 같아요. 전 두 분이 뭔가에 대해 서로 이야기를 나누시는 걸 한 번도 본 적이 없어요."

"그 친군 부모와 연락하며 지내나?"

"그럴 거예요. 자기 부모님 이야긴 잘 안 해요."

"선거일 밤에도 부모에게 전화하지 않았겠군."

"아마도요. 그의 부모님이 저희 부모님보단 선거일 밤에 통화하기에 훨씬 유쾌한 분들이라 확신하지만요. 로스앤젤레스의 훌륭한 자유주의자들이시거든요."

"그럼 뉴욕에 있는 그의 친구들은 어떤가?"

이 대목에서 그녀가 한숨을 쉬었다. 처음으로 짜증을 참지 못하고 드러낸 것이었다. 그때까지 그녀는 완벽하게 침착하고 빈틈없이 냉정한 모습을 유지해왔다. "헬스클럽에서 만난 남자들하고 어울리느라 정신 못 차리고 있어요. 다들 젊은 전문직 종사자들인데, 아마 나이가 스물다섯에서 마흔 사이일 거예요. 다 같이 농구도 하고, 자주 어울려 놀아요. 변호사도 있고 언론계 사람도 있어요. 우리 둘 다 아는 대학 친구 중에 몇몇은 잡지사와 출판사에서 일해요. 그의 친한 친구 한 명은 비디오게임 회사를 창업했고요."

"내 생각에 그는 그 친구와 동업해야 할 것 같네. 그는 비디오게임 업계에서 일해야 할 사람이야. 거기서 두려움 없이 일해보라고 하게. 그는 이걸 게임이라고 생각하니까. '로노프'를 무슨 게임 제목으로 생각한다고."

"오해하신 거예요." 그녀는 이렇게 말하더니, 너무 딱 잘라 말한 것 같았는지 재빨리 미소를 지어 보임으로써 무심코 감정을 드러내고 말았다. "선생님은 그가 싸움꾼인 그의 아버지와 같은 부류라는 인상을 받으셨겠지만, 사실 그는 어머니의 성향을 훨씬 많이 물려받았어요. 그는 지적이에요. 사려 깊고요. 맞아요, 에너지가 지나치게 넘치죠. 활동적이고 재미있고 강하고 고집스럽고, 가끔 무섭기도 하죠. 하지만 자기만 아는 생각 없는 기회주의자는 아니에요."

"그가 진짜 그런 사람이라면 나도 그렇게 말했을 걸세."

"어떤 기회주의자가 거의 잊혀져버린 작가의 전기를 쓰겠다고 저렇게 열심이겠어요? 그가 기회주의자였다면 아버지와 같은 길을 갔겠죠. 쉰 살이 안 된 사람들은 들어본 적도 없는 작가의 전기를 쓰려고 하지 않았을 거라고요."

"자넨 그 친구를 포장하고 있군. 이상화하고 있어."

"전혀 그렇지 않아요. 제가 선생님보다 훨씬 잘 아니까 오해를 풀어드리려는 거예요. 선생님은 오해를 푸셔야 해요."

"그 친구는 진지하지 못해. 그의 내면엔 냉철함이 없다네. 무모함, 도전, 신나게 떠들어대는 게 전부지. 진중함이 없어."

"물론 다른 사람들처럼 절제하거나 기교 부리는 건 못할지 모르지만, 진중함이 없는 건 아니에요."

"진실성도 없네. 그는 진실성으로 더럽혀질 순 없는 건가? 나는 클리먼이 책략과 거리가 멀다고 생각하지 않네. 진실성이 어딘가 잠재해 있긴 한 건가?"

"선생님은 지금 그를 묘사하시는 게 아니에요, 주커먼 선생님. 희화화하시는 거죠. 그런 식으로 행동하면 안 된다는 걸 그가 늘 염두에 두고 있는 건 아니에요. 그건 사실이죠. 하지만 그에게도 원칙이 있어요. 보세요, 리처드는 세상을 혼자 살아가는 게 아니에요. 그는 출세 지상주의의 세계에서 살고 있어요. 출세하지 못하면 실패자라고 느끼게 되는 세계에서요. 오로지 명성뿐인 그런 세계 말이에요. 선생님은 다시 세상에 복귀하는 연장자시니 지금 이 시대에 젊은이로 산다는 게 어떤 건지 모르세요. 선생님은 1950년대 분이고, 그는 요즘 사람이에요. 선생님은 네이선 주커먼이세요. 자기 분야에서 확실히 자리잡지 못한 사람을 만나보신 지 오래되셨겠죠. 명성이 전부인 세계에서 명성이 위태로워지는 게 어떤 건지 선생님은 모르세요. 만약 선생님이 이런 출세 지상주의 세계에 들어와 있는 선승이 아니라면요, 선생님이 그 세계의 일부고 인정을 받기 위해 사투를 벌이고 있다면, 그런 이유로 선생님도 사악한 적이 되는 건가요? 리처드가 제가 아는 사람 가운데 가장 심오한 내면을 지닌 사람이 아니라는 건 인정해요. 하지만 그렇다고 그가 자신의 경험 세계에서 자신이 추구하는 바를 저돌적으로 추구하는 게 누군가에게 불쾌감을 줄지 모른다고 지레짐작할 이유는 없어요."

"그의 깊이에 관해 말하자면, 나는 그가 자네 남편의 절반에도 못 미친다고 말하고 싶네. 그리고 자네 남편은 출세 지상주의라는 면에선 클리먼의 10분의 1에도 못 미치지만 그것 때문에 실패자라고 느끼지도 않고."

"그렇다고 성공한 사람이라고 느끼지도 않아요. 하지만 기본적으로 그 말씀은 사실이에요."

"자넨 운이 좋군."

"정말 운이 좋죠. 전 남편을 무척 사랑해요."

십 분도 안 되는 사이에 마무리된 그 흠잡을 데 없는 자신감의 과시는 내 욕망을 더욱 부채질했고, 그녀를 내 인생 최대의 문제로 급부상시켰다. 그 흡인력의 속도는 포기를 허락하지 않았고, 포기가 들어설 자리도 없었다. 오로지 탐욕스러운 욕망을 위한 자리밖에 없었다.

"분명 자네도 최소한 클리먼이 대단히 불쾌한 사람이라는 데는 동의할 걸세."

"동의하지 않아요." 그녀가 대답했다.

"그럼 그 비밀은? 그 비밀을 캐내는 건? 로노프의 대단한 비밀은?"

여전히 고양이를 리드미컬하게 쓰다듬으며 그녀가 대답했다.
"근친상간이죠."

"클리먼은 그걸 어떻게 알아냈지?"

"그는 증거 자료를 갖고 있어요. 어떤 사람들하고 접촉해왔나봐요. 그 이상은 저도 몰라요."

"나는 로노프의 집에 갔었네. 로노프를 만났지. 로노프의 모든 작품을 몇 번이나 읽었고. 그건 도저히 믿을 수 없는 주장일세."

그녀는 우월감을 나타내기 위해 속삭이듯 대답했다. "그런 일을 믿는 건 늘 불가능하죠."

"말도 안 되는 소리." 나는 물러서지 않았다. "근친상간이라니, 누구하고?"

"이복누이요." 제이미가 말했다.

"바이런 경과 오거스타처럼 말이군."

"그들과는 전혀 다르죠." 그녀가 이번에는 격한 어조로 대답했고, 이어 그 주제에 대해 자신의(아니면 클리먼의) 해박함을 과시하기 시작했다. "바이런과 그의 이복누이는 어렸을 때 서로에 대해 거의 몰랐어요. 성인이 되었을 때 두 사람은 그저 연인 사이였을 뿐이고, 여자는 세 아이의 어머니였죠. 유일한 유사점이 있다면 로노프의 이복누이도 연상이었다는 거예요. 로노프의 이복누이는 첫째 부인 자식이었어요. 그녀가 어렸을 때 어머니가 세상을 뜨자 아버지가 곧바로 재혼했고 로노프가 태어났죠. 그녀가 세 살 때 일이죠. 두 사람은 함께 성장했어요. 남동생과 누나로 자랐죠."

"세 살이라. 그럼 그녀는 1898년생이겠군. 오래전에 세상을 떴겠군."

"그녀에게 자식이 있었어요. 막내아들이 아직 살아 있죠. 아마

여든 살이나 그 이상 되었을 거예요. 이스라엘에 살아요. 둘의 관계가 들통난 뒤 그녀는 미국을 떠나 팔레스타인에 정착했어요. 부모가 망신당하는 걸 피하려고 그녀를 끌고 갔거든요. 로노프는 미국에 남아 혼자 힘으로 살아갔고요. 당시 그는 열일곱 살이었어요."

내가 아는 로노프의 태생에 관한 이야기와 어느 정도는 비슷했다. 그의 부모는 러시아의 유대인 거주 허가 구역에서 보스턴으로 이민을 왔지만, 시간이 지나면서 미국 사회가 혐오스러울 정도로 물질만능주의가 팽배한 곳이라는 걸 깨닫고 로노프가 열일곱 살 때 위임통치 결정이 내려지기 이전의 팔레스타인으로 이주했다. 로노프가 혼자 남은 것은 사실이지만, 반사회적 죄를 범한 아들이라 버림받았기 때문은 아니었다. 그는 다 자란 미국 소년이었고, 히브리어를 사용하는 팔레스타인 유대인이 되기보다는 미국 영어를 사용하는 미국 남자가 되는 걸 선택했을 뿐이었다. 그의 누이나 다른 형제자매에 관한 이야기는 한 번도 들은 적이 없었다. 하긴 로노프는 자신의 작품이 자신의 생애에 대한 주석처럼 잘못 해석되는 것을 막는 데 전념한 이후로, 아내인 호프나 에이미에게는 어땠을지 몰라도, 다른 사람들에게는 자신의 약력에서 가장 기본적인 사실 이상은 절대 밝히지 않았으니까.

"언제 그 관계가 시작되었지?" 내가 물었다.

"그가 열네 살 때요."

"누가 클리먼에게 얘길 해줬나, 이스라엘에 있다는 그 아들인가?"

"선생님께서 리처드를 막지 않으셨다면 누가 이야기해줬는지 리처드가 선생님께 말씀드렸을 거예요." 그녀가 말했다. "이 모든 내용을 직접 말씀드렸을 거라고요. 그가 선생님의 의문에 하나하나 답했을 거예요."

"나 말고 얼마나 많은 사람에게 이 이야기를 한 건가? 자네 말고 얼마나 많은 사람에게?"

"그가 말해주고 싶은 사람에게 말하는 게 범죄라고 생각하진 않는데요. 선생님은 제가 아는 이야기를 듣고 싶어하셨어요. 그래서 전화를 걸고 여길 오셨죠. 지금 제가 범죄를 저지른 건가요? 로노프가 근친상간을 저질렀다는 생각에 괴로우시다면 유감이에요. 선생님이 쓰신 책들을 생각하면 선생님께서 그가 신성시되길 바라신다니, 믿기 어렵네요."

"무분별한 비난과 신성화는 천지 차이일세. 클리먼은 거의 백 년 전에 일어났다고 자신이 주장하는 그 은밀한 사건에 대해 아무것도 증명하지 못할 걸세."

"리처드는 무분별한 사람이 아니에요. 말씀드렸잖아요. 모험심이 강하다고요. 그는 대담한 모험에 끌리는 거예요. 그게 잘못인가요?"

대담한 모험이라. 나는 그런 일이라면 이제 신물이 날 지경이었다.

나는 말했다. "클리먼은 이스라엘에 있다는 그 아들과 이야기를 했나? 로노프의 조카하고 말일세."

"몇 번쯤이오."

"그럼 그 사람이 확인해주었나보군. 그가 클리먼에게 그 성관계에 관한 기록을 준 거야. 젊은 로노프가 보관한 기록이 있었나?"

"당연히 그 아들은 전부 부인하죠. 마지막으로 리처드와 통화했을 때, 그는 리처드가 만약 자기 모친을 그런 식으로 묘사해 세상에 알린다면 미국으로 건너와 소송을 시작할 거라고 위협했어요."

"그런데 클리먼은 그 아들이 뻔한 이유로 거짓말하고 있거나 잘 모르는 거라고 주장하는 거군. 세상 어떤 어머니가 그런 비밀을 아들한테 털어놓겠느냐는 거겠지. 보게, 근친상간에 대해 뭐라고 결론을 내리기엔 클리먼이 알 수 있는 게 너무 없네. '그렇지 않다'가 '그렇다'는 걸 보여주는 경우가 있지. 그게 픽션일세. 그리고 '그렇지 않다'가 정말로 그렇지 않은 경우도 있네. 그게 클리먼일세."

제이미가 벌떡 일어섰다. 그녀의 무릎에 있던 고양이가 미끄러져 내려갔고 발치에 있던 고양이는 다른 데로 옮겨갔다. "이 대화는 유익한 방향으로 전개되지 않는 것 같네요. 제가 개입하지 말았어야 했어요. 리처드가 자기를 위해 이렇게 해달라고 부탁해서 어떻게든 해보려 했던 건데, 선생님을 오시라고 하지 말았어야 했어요. 저는 고분고분 앉아 선생님이 묻는 말에 대답했어요. 선생님이 증언 조서라도 받듯 말씀하실 때도 한 번도 반대 의견을 내지 않았고요. 완전히 복종한 건 아니었어도 솔직하게 대답했고, 오로지 존경하는 마음으로 선생님을 대했어요. 만약 제가 말한 내용이나 말한 방식이 어떤 식으로든 선생님 심기를 불편하게 했다면 사과드릴게요. 그럴 의도는 없었는데, 그렇게 돼버렸네요."

나도 자리에서 일어나—그녀와 겨우 몇 인치 거리에서—그녀에게 말했다. "나야말로 자네의 심기를 불편하게 만든 것 같네. 증언 조서부터 시작해서 말일세." 지금이야말로 집을 바꿔 지내기로 한 합의는 무효라고 말할 때였다. 하지만 합의가 그대로 진행되어 내 집과 그들의 아파트를 바꿔 지내야만 그녀가 내 머릿속에서 현실감을 가질 수 있었다. 그래야 그녀가 내 물건들 사이에서 지낼 것이고 나는 그녀의 물건들 사이에서 지낼 테니까. 내가 이토록 간절히 깨뜨리고 싶어하는 그 충동적인 합의를 유지하려는 동기로 이보다 더 우스꽝스러운 게 있을 수 있을까? 내가 내 생활을 크게 변화시키려고 끊임없이 만들어내는 이유들의 논거가 빈약하다는 걸 나도 모르지는 않았다. 하지만 내가 알든 모르든, 그리고 내 건강 상태와도 상관없이 일어날 일들은 모두 일어나는 것처럼 보였다.

전화벨이 울렸다. 빌리였다. 그녀는 한참 말없이 듣고 있다가, 마침 내가 여기 와 있다고 빌리에게 말했다. 빌리가 그녀에게 내가 왜 와 있는지 물은 게 분명했다. 그녀가 이렇게 대답했기 때문이다. "아파트를 한번 더 구경하고 싶으셨대. 지금 보여드리는 중이야."

역시, 클리먼은 그녀의 애인이었다. 그녀는 지금 나에 대해서까지 거짓말할 정도로 빌리에게—클리먼과의 외도 흔적을 감추기 위해—거짓말로 둘러대는 게 습관이 되어 있었다. 그녀는 아까 나와 통화하면서도 클리먼에 대해 거짓말을 했다. 그게 아니라면 내가 그녀의 매력에 완전히 눈이 먼 나머지 몇 년 만에 내 정신이 한 가지 생각에 사로잡혀버렸거나. 그녀가 젊은 남편에게 거짓말을 한 건, 나는 자기 앞에 있고 남편은 먼 곳에 있으므로 사실대로 설명하는 것보다 그저 쉬워서는 아니었을까?

빌리와 전화로 나눈 일상적인 수다를 포함해 제이미가 뭔가 말하고 행동할 때마다 나는 과민반응을 보였다. 나는 계속 안절부절못했다. 평화로운 순간이라곤 없었다. 어쩌면 내 평생 처음으로 젊은 여성의 여성스러움을 응시하고 있었던 건지도 모른다. 생애 마지막으로일지도 모르고. 어느 쪽이든 마찬가지였지만 말이다.

나는 차마 그녀를 만져볼 생각도 못하고 떠났다. 그녀가 증언 조서라도 받는 것 같다고 묘사한 그 대화 내내 손을 뻗으면 닿을 거리보다 훨씬 가까이 그녀가 앉아 있었는데도 차마 그녀의 얼굴을 만져볼 생각조차 못했다. 내 손이 닿는 거리에 있는 그녀의 긴 머리칼도 만지지 못했다. 그녀의 허리에도 손을 올려놓지 못했다. 우리가 전에 한 번 만난 적 있다는 이야기도 차마 못했다. 나처럼 불구인 남자가 호감이 가는 마흔 살 연하의 여자에게 할 만한 말, 그가 자신이 누릴 수 없는 기쁨과 더는 느끼지 못할 쾌락의 유혹에 굴복했다는 이유로 그를 수치심에 빠뜨리지는 않을 말 한마디 꺼내지 못했다. 클리먼, 로노프 그리고 근친상간에 대한 근거 없는 주장을 두고 벌인 날 선 잡담 말고는 우리 사이에 아무런 일도 일어나지 않았다는 사실에 나는 사로잡혔다.

나는 실성하는 게 어떤 것인지 일흔한 살에 배우고 있었다. 아직도 자아 발견이 끝나지 않았다는 사실을 입증하면서. 보통은 인생에 그야말로 첫발을 내딛는 젊은이—청춘 남녀, 그리고 「새도라인」에 등장하는 강직한 새 선장과 같은 젊은이—하고나 연관되는 연극이 늙은이(세상 모든 드라마에 맞서 결연하게 싸워나가려는 늙은이까지 포함해)도, 심지어 떠날 준비가 된 늙은이도 깜짝 놀라게 하고 끈질기게 유혹할 수 있다는 사실을 입증하면서.

어쩌면 가장 센 발견은 마지막을 위해 남겨져 있는지도 모른다.

상황: 젊은 남편은, 그녀를 숭배하는 다정다감하고 자상한 남편은 먼 곳에 가 있다. 때는 2004년 11월. 그녀는 선거 때문에, 알카에다 때문에, 여전히 그녀 곁을 맴돌며 그녀를 사랑하는 대학 시절 애인과의 불륜 때문에, 결혼하면서 포기한 그저 그런 '대담한 모험' 때문에 두렵고 심란한 상태다. 그녀는 황갈색보다는 옅고 은은한 밀색 혹은 낙타색의 부드러운 캐시미어 스웨터를 입고 있다. 넓은 소맷부리는 그녀의 손목 아래로 늘어져 있고, 헐렁한 소매는 스웨터 몸통에서 상당히 낮은 데에 연결되어 있다. 옷선이 기모노를 연상시키는데, 오히려 19세기 말 남자들이 입던 스모킹재킷하고 더 비슷해 보이기도 한다. 고무뜨기로 넓게 짠 두꺼운 가장자리가 목 주위를 돌아 밑단까지 이어져서, 목깃은 없으나 달려 있는 듯한 효과를 주며 판판하게 그녀의 몸을 감싸고 있다. 마찬가지로 고무뜨기로 짠 허리띠가 허리 아래 아무렇게나 동여져 있다. 목에서부터 거의 허리까지 앞자락이 열려 있어, 대부분 가려진 그녀 몸 가운데 길고 좁다란 부분만 얼핏 보일 뿐이다. 스웨터가 몹시 헐렁하게 드리워져 있어 그녀의 몸이 대부분 가려져 있다. 하지만 그는 그녀가 날씬하다는 것을 알 수 있다. 날씬한 여자만이 그런 낙낙한 옷을 제대로 소화할 수 있기 때문이다. 그 스웨터를 보고 남자는 아주 짧은 목욕가운을 떠올렸고, 그래서 여자의 몸을 거의 볼 수 없는데도 그녀의 침실에 함께 있는 듯한 인상을, 그리고 곧 그녀의 몸을 좀더 볼 수 있으리라는 인상을 받는다. 이런 스웨터를 입는 여자는 틀림없이 부유할 것이고(그렇게 비싼 물건을 살 여유가 있

으므로), 또한 육체적 쾌락에 분명 큰 가치를 둘 것이다(왜냐하면 거의 집 안에서 빈둥거릴 때만 입을 옷에 큰돈을 쓰는 쪽을 택했으니까).

각각의 등장인물은 이따금 상대방의 물음에 대답하기에 앞서 잠깐 생각하기 위해 말을 멈추는 식으로 적절한 휴지休止를 두어 연기할 것.

음악: 슈트라우스의 〈네 곡의 마지막 노래〉. 복잡함이 아닌 명료함과 단순함으로 이뤄낸 심오함을 위해. 죽음과 이별과 상실에 대한 감상의 순수함을 위해. 계속 이어지는 길고 감미로운 선율과 점점 높아지는 소프라노의 목소리를 위해. 휴식과 평정과 우아함, 그리고 높아지는 목소리의 강렬한 아름다움을 위해. 거대한 비탄의 호弧 안으로 끌려들어가는 듯한 경험을 위해. 작곡가는 모든 가면을 벗어던지고, 여든두 살의 나이에 우리 앞에 벌거벗고 선다. 그리고 우리는 사라져간다.

그녀 전 선생님이 왜 뉴욕으로 돌아오셨는지 알아요. 그런데 애초에 왜 떠나신 거예요?

그 살해 협박 우편물을 받기 시작했기 때문이네. 한 면에는 살해 협박이 적혀 있고, 다른 면에는 교황의 사진이 인쇄된 엽서였지. FBI에 신고했더니 FBI에서 어떻게 해야 할지 알려주더군.

그녀 FBI가 범인을 찾아냈어요?

그 아니, 못 찾아냈네. 그래도 내가 살던 데서 계속 살았지.

그녀 그러니까, 정신병자들이 작가들에게 살해 협박장을 보낸다는 거군요. 석사 때 그런 경고는 못 받았는데.

그 글쎄, 최근 몇 년만 봐도 살해 협박을 받은 게 내가 처음은 아닐세. 살만 루슈디가 가장 유명하지.

그녀 맞아요. 그럼요.

그 내 상황을 그와 비교할 생각은 없네. 하지만 살만 루슈디는 별개로 친다 해도, 나한테 벌어진 일이 나한테만 생긴 일이라고 볼 순 없네. 작가가 쓴 글 때문에 그런 협박이 유발된 건지, 아니면 단순히 특정 이름만 들으면 흥분해 날뛰거나 우리 같은 사람은 모르는 어떤 충동에 복종하는 사람들이 있는 건지 한번 자문해보게. 신문에서 그저 사진만 봐도 흥분해 날뛰는 사람들인지도 모르네. 그런 사람들이 자네가 쓴 책을 펼쳐들었을 때 어떤 일이 벌어질지 상상해 보게. 그들은 자네의 글을 견딜 수 없이 사악한 것으로, 자신들을 홀리는 주술 같은 것으로 경험하지. 교양 있다는 사람들조차 책을 읽다 자기가 싫어하는 내용이 나오면 방구석으로 던져버린다고 하니까. 자제력이 부족한 사람에게 그런 책은 단지 권총에 장전을 하기 위한 작은 발판에 지나지 않네. 또한 그들은 자네가 어떤 사람인지 규정하고 자네를 진짜로 혐오할 수도 있어. 쌍둥이빌딩을 공격한 테러리스트의 동기로 알게 되었듯 말일세. 바깥세상은 분노로 넘쳐나네.

그녀 네, 바깥세상은 분노로 넘쳐나고, 그 분노란 건 천하무적에 제정신도 아니죠.

그 그리고 어리석어 보일 정도로 두려움에 떨게 하지.

그녀 맞아요. 제가 그런 상태예요. 그냥 늘 불안하고 두려워요. 게다가 내가 그런 상태라는 것이 수치스럽기도 하고요. 집에 있으면 말이 없어지고 자기애에 빠져 나 자신의 안전에만 집착하게 돼요. 글쓰기도 엉망이 되죠.

그 자네는 그런 분노를 늘 두려워했나?

그녀 아니요, 이건 최근의 일이에요. 제 안에서 신뢰란 게 전부 빠져나간 것 같아요. 우리에게 이젠 단순히 적만 존재하는 게 아니에요. 우릴 보호해줘야 할 사람들, 그들이 우리의 적이 되어버렸으니까요. 우릴 돌봐줘야 할 사람들, 그들이 우리의 적이 되어버렸다고요. 절 두렵게 만드는 건 알카에다가 아니에요. 바로 우리 정부죠.

그 알카에다가 무섭지 않다고? 테러리스트를 두려워하지 않는단 말인가?

그녀 두려워요. 하지만 더 심층에 있는 공포감은 내 편이어야 할 사람들 때문에 생겨나는 거예요. 바깥세계로 나가면 늘 적이 존재하게 마련이에요. 하지만…… 선생님이 FBI를 의지하고 있는데, 만약 어느 순간 FBI가 살해 협박장을 보낸 사람한테서 선생님을 보호해주는 게 아니라 오히려 위험에 빠뜨린다고 느끼기 시작한다면, 선생님은 완전히 새로운 깊이의 공포심을 갖게 될걸요. 그게 바로 지금 제가 느끼는 거예요.

그 그럼 내가 살던 곳으로 가면 그런 두려움이 없어질 거라고 생각하나?

그녀 거기서 지내면 물리적인 위험에선 벗어날 수 있을 테니까요. 좀더 이성적인 불안감은 가라앉힐 수 있을 거예요. 그럼 저도 어느 정도 안정을 찾을 수 있을 거고요. 그래도 분노에선, 정부에 대한 분노에선 못 벗어날 거예요. 당장은 할 수 있는 게 아무것도 없으니까 이렇게 안절부절못하는 거죠. 뭘 해야 할지 생각하는 것조차 못하니 떠나야죠. 한 가지 여쭤봐도 될까요? (자신의 주제넘음에 미리 공손하게 웃으며)

그 물론이네.

그녀 살해 협박을 받지 않았어도 결국엔 떠났을 거라고 생각하세요? 언젠가는 결국 떠났을 것 같으세요?

그 솔직히 잘 모르겠네. 난 혼자였어. 자유로웠지. 내 일은 들고 다니면서 해도 되는 거고. 더는 이런저런 일에 관여하려 들지 않는 나이도 되었지.

그녀 떠나셨을 때 연세는요?

그 예순이었지. 자네한텐 상당히 많은 나이로 보이겠지.

그녀 네. 그래요, 정말.

그 부모님 연세가 어떻게 되나?

그녀 어머닌 예순다섯이고 아버진 예순여덟이에요.

그 떠날 때 내 나이가 자네 어머니보다 약간 어렸군.

그녀 이야기가 옆길로 샌 것 같네요. 빌리는 이 상황을 별로 마음에 들어하지 않아요. 아니면 이 상황 때문에 제가 어떤 사람인지 드러나는 게 마음에 안 들거나요.

그 뭐, 그 친군 거기서도 글을 쓸 수 있네.

그녀 저희 둘 다한테 좋을 것 같아요. 시간이 지나면 그도 알게 되겠죠. 그는 저보다 적응력이 뛰어나거든요.

그 남겨두고 떠나고 싶지 않은 게 있나? 뭘 그리워할 것 같은가?

그녀 몇몇 친구들이 보고 싶을 것 같아요. 하지만 한동안 친구들이랑 떨어져 지내보는 것도 좋겠죠.

그 애인이 있나?

그녀 왜 그런 걸 물으시죠?

그 몇몇 친구가 보고 싶을 것 같다고 해서.

그녀 아뇨. 네.

그 있군. 결혼한 지 얼마나 되었나?

그녀 오 년요. 우린 어렸어요.

그 빌리도 자네가 애인이 있다는 걸 아나?

그녀 아뇨, 그 사람은 몰라요.

그 빌리가 아는 사람인가?

그녀 네.

그 자네 애인은 자네가 떠나는 걸 어떻게 생각하나? 자네가 떠난다는 건 알고 있나? 떠난다고 화내진 않았나?

그녀 그 사람은 아직 몰라요.

그 얘기를 안 했군?

그녀 안 했어요.

그 지금 진실을 말하고 있는 건가?

그녀 네.

그 왜 진실을 말하는 거지?

그녀 선생님은 왠지 신뢰할 수 있을 것 같아서요. 전 선생님 작품을 읽었어요. 선생님은 쉽게 추문에 휘말리는 분이 아니죠. 선생님 작품을 읽고 나서, 선생님은 피상적인 판단을 내리는 사람이기보단 호기심이 많은 사람에 가까울 거라고 상상했어요. 호기심 많은 사람의 호기심을 받는 대상이 되면 즐거울 거예요.

그 내가 질투하게 만들려는 건가?

그녀 (웃으며) 아뇨. 질투 나세요?

그 그렇다네.

그녀 (약간 놀라며) 정말요? 제 애인 때문에요?

그 그래.

그녀 어떻게 그럴 수 있죠?

그 이게 자네한텐 그렇게 불가능해 보이나?

그녀 아주 이상해 보여요.

그 정말인가?

그녀 정말로요.

그 자넨 자신이 얼마나 매력적인지 모르는군.

그녀 오늘 여긴 왜 오신 거죠?

그 자네와 단둘이 있으려고.

그녀 그렇군요.

그 그래, 자네와 단둘이 있으려고.

그녀 왜 저랑 단둘이 있고 싶으신데요?

그 사실대로 말할까?

그녀 전 선생님께 사실대로만 말했어요.

그 자네와 단둘이 있으면 흥분을 느끼니까.

그녀 잘됐네요. 저도 선생님과 단둘이 있으면 흥분하게 되는 것 같아요. 어쩌면 이유는 다르겠지만요. 아마 둘 다 약간의 흥분을 즐길 수 있을지도 모르겠네요.

그 자네 애인은 흥분을 느끼게 해주지 않나보지?

그녀 그는 오랫동안 제 삶에 들어와 있었어요. 애인이 된 건 비교적 최근 일이에요. 새로울 거라곤 없는 사이죠.

그 자네 대학 시절 애인이었지.

그녀 하지만 그땐 오래 사귀진 않았어요. 그와는 예전으로 돌아가고 있죠. 서로에게 푹 빠졌던 시기는 오래전에 지나갔어요. 퇴보 상태예요.

그 그러니까 애인하곤 흥분이 없다는 거군. 그리고 결혼생활도 흥분되지 않고. 결혼생활이 흥분될 거라 예상했었나?

그녀 (웃으며) 네.

그 정말 그랬나?

그녀 그럼요.

그 하버드에서 가르쳐준 게 아무것도 없군.

그녀 (나지막이 다시 웃으며) 저흰 서로 깊이 사랑해서 결혼했고, 미래에 대한 기대, 단지 미래가 있다는 기대만으로도 멋지다고 생각했어요. 결혼은 우리가 할 수 있는 최고의 모험처럼 보였어요. 우리가 할 수 있는 가장 새로운 일이기도 했고요. 위대한 다음 단계였던 거예요. (침묵) 선생님은 떠나서 기쁘셨어요? 떠나기로 한 결정을 실행에 옮겨서 기쁘셨어요?

그 몇 주 전이었다면 다르게 대답했을 걸세. 몇 시간 전이었어도 다르게 대답했을 거고.

그녀 뭐가 그 대답을 바꿔놓았죠?

그 자네같이 젊은 여성을 만난 것.

그녀 제 어떤 점에 그토록 끌리시는 거예요?

그 자네의 젊음과 아름다움. 우리가 소통에 들어선 속도. 자네가 말로 만들어내는 에로틱한 분위기.

그녀 뉴욕은 젊고 아름다운 여자들로 넘쳐나요.

그 여자를 사귀지 않은 지 꽤 되었다네. 지금 이 사건은 놀라운 반전이고 나한테 득이 된다고 할 수만은 없는 일이야. 누군지 기억은 안 나네만 이런 글을 남겼지. "인생의 황혼기에 찾아오는 위대한 사랑은 모든 것과 엇갈린다."

그녀 위대한 사랑이라고요? 자세히 설명해주세요.

그 그건 병이라네. 열병. 일종의 최면이야. 난 그걸 자네와 단둘이 방 안에 있고 싶다는 말로밖에 설명할 수 없네. 나는 자네의 마법에 걸리고 싶다네.

그녀 음, 기쁜데요. 선생님께서 원하시는 걸 지금 얻고 계시니 기뻐요. 잘된 일이죠.

그 가슴이 찢어지는 일이지.

그녀 왜요?

그 왜라고 생각하나? 자넨 작가야. 작가가 되고 싶어해. 일흔 한 살이나 먹은 남자가 이런 상황에서 왜 가슴이 찢어질 것 같겠나?

그녀 (조심스럽게) 그 모든 감정을 다시 느끼게 되었는데 다음 단계로 넘어갈 수 없기 때문에요.

그 바로 맞혔네.

그녀 하지만 이 상황도 즐겁잖아요, 아닌가요?

그 온갖 아픔이 주는 즐거움이지.

그녀 (여자가 뭔가 깨닫는다) 흐음. (한참 말이 없다 연극을 하듯 과장된 말투로) 아아, 뭘 어떻게 해야 하죠?

그 제안하고 싶은 게 있나?

그녀 아뇨. 뭘 해야 할지 전혀 모르겠어요. 무슨 일에서든 뭘 어떻게 해야 할지 알 수 없어져서 떠나려는 건데요.

그 자네, 아까부터 계속 금방이라도 울 것 같아 보이네.

그녀 (웃으며) 글쎄요, 그 말씀은 제게 별 도움이 안 된다고 말씀드려야겠네요.

그 (마찬가지로 웃음 짓지만 말은 하지 않는다. 이러한 수작 걸기가 지옥 같고, 남자의 내면에 존재하는 남자는 불길에 휩싸인다.)

그녀 오늘 밖에 나가보셨어요? 온 도시가 눈물바다가 될 듯한 분위기예요. 네, 그래요, 저도 눈물이 날 것 같아요. 아시겠지만, 이건 제게 중대한 문제예요. 어젯밤 우리가 어떤 기분이었는지 상상도—

그 나도 여기 있었네. 나도 봤어. 자넨 내가 있다는 걸 의식은 하고 있었나?

그녀 선생님은 제가 있다는 걸 분명 의식하고 계셨겠죠. 하지만 선생님은 저를 만나기 전부터 뭔가에 사로잡혀 계셨어요. 제가 아니라요. 선생님은 저희 아파트를 구경하러 오시기로 하셨었죠. 그때 이미 뭔가에 사로잡혀 계셨어요, 그게 뭐였어요? 아시겠지만, 살해 협박이 선생님이 선생님 인생에 취한 극단적 조치에 대한 설명이 될 순 없다고 생각해요. 난 생명을 위협하는 협박을 받았던 작가야, 라고 아무리 열심히 설명하셔도 이곳을 훌쩍 떠나 그런 식으로 사신 건 정말 극단적이에요. 전 계속 궁금했어요. 진짜 사연은 뭘까? 그런 엽서가 배달되었다 쳐요. 그래서 어쨌다는 거죠? 그 엽서는 구실에 불과해요. 정말 그 엽서 때문이었다면 일 년쯤 떠나 있다 엽서가 끊겼을 때 다시 돌아오셨을 거예요. 친구들도 있고 여자친구들도 여기 있으니까요. 하지만 선생님이 하신 것처럼 스스로를 추방하고 격리할 정도면 훨씬 더 큰 이유가 있을 거예요. 사람들은 살해 협박 같이 전적으로 주변 상황에 좌우되고 외적인 이유 때문에 인생을 포기하진 않아요.

그 그 더 큰 이유가 뭘 것 같은가?

그녀 고통에서 도망치기요.

그 무슨 고통에서?

그녀 존재하는 것의 고통요.

그 그건 자네 이야기 아닌가?

그녀 어쩌면요. 지금 이 순간에 존재함으로써 생겨나는 고통이죠. 맞아요, 그게 제가 실행하려는 극단적인 조치를 아주 깔끔하게 설명해준다고 할 수 있을 것 같아요. 하지만 선생님의 경우엔 단순히 지금 이 순간이 문제가 아니에요. 존재하는 것 자체가 문제죠. 무언가의 존재 속에 존재하는 게 문제예요.

그 「섀도라인」이라는 단편을 읽어본 적 있나?

그녀 콘래드요? 아뇨. 예전에 남자친구가 그 작품에 대해 이야기해준 기억은 있는데 읽어본 적은 없어요.

그 이런 첫 문장으로 시작되지. "오직 젊은이만이 그런 순간들을 맞는다." 그런 순간들이란 콘래드가 "무모함"으로 묘사하는 순간들일세. 처음 몇 페이지에서 그는 모든 것을 신중하고 명확하게 설명하지. "무모한 순간", 이 두 단어가 전체 문장을 구성하네. 계속해서 그는 설명하네. "아직 젊은 사람들이 갑자기 결혼하거나 아무 이유 없이 직장을 때려치우거나 하는 것처럼 무모하게 행동하고 마는 순간들 말이다." 이렇게 전개되지. 하지만 그런 무모한 순간이 꼭 젊은이에게만 닥치는 건 아닐세. 어젯밤에 여기 온 건 무모한 순간이었네. 감히 이 도시로 돌아온 것도 그렇고. 나이가 들어도 무모한 순간이 존재한다네. 나한테 있어 첫 번째 무모한 순간은 이 도시를 떠났을 때고, 두번째는 다시 돌아왔을 때야.

그녀 빌리는 자신이 제 무모함을 다 받아주고 있다고 생각해요. 그러지 않으면 제가 우울과 공포의 늪에서 헤어나지 못할 거라고요. 그는 그런 때를 무모한 순간이라고 생각해요. 전 한 번도 제가 자포자기할 사람이라 생각해본 적 없어요. 제가 절망에 빠져 뭔가 저지른다니, 그런 건 생각도 하기 싫어요.

그 자넨 거길 마음에 들어할 거야. 자네가 그리울 걸세.

그녀 음, 거긴 선생님 집이에요. 오시면 되잖아요. 깜빡 잊고 가신 게 있을 수도 있으니 오세요. 함께 점심식사라도 해요.

그 자네도 뭔가 잊어버린 게 있다는 핑계로 여기 오면 되겠군.

그녀 그럼요.

그 좋아. 자넨 어젯밤보다 덜 퉁명스럽군. 내가 부시의 거짓말에 관심을 안 가졌다고 날 적대하면 안 되지.

그녀 제가 못되게 굴었나요?

그 나한테 신경을 많이 써준다는 느낌은 못 받았지. 아니면 내가 자네를 겁먹게 했거나.

그녀 정말 그러셨어요. 대학 때 그때까지 출간된 선생님 작품은 전부 다 읽었어요. 그후에 나온 작품도 다 읽었고요. 버크셔 산골에 갇혀 혼자 지낸 선생님은 잘 모르시겠지만, 저 같은 사람이 많아요. 제 나이대에도 그렇고, 저보다 나이가 많은 사람들한테도 (웃는다) 더 적은 사람들한테도 선생님은 중요한 것을 충족시켜주는 분이에요. 우린 선생님을 숭배해요.

그 음, 난 나를 대중이라는 거울에 비춰보지 않은 지 오래됐어. 모르겠네.

그녀 지금 말씀드렸잖아요.

그 그래도 모르겠네. 하지만 자네가 날 숭배한다는 사실을 알게 되다니 멋지군. 난 순식간에 자넬 숭배하게 되었으니까.

그녀 (놀란 듯) 선생님께서 절 숭배하신다고요? 왜요?

그 자네한테 이 말을 하긴 정말 싫지만 "언젠간 자네도 이해하게 될 걸세". (그녀가 웃는다)

그 자네 포스트모더니스트들은 많이 웃는군.

그녀 전 우스워서 웃는 건데요.

그 날 보고 웃는 건가?

그녀 상황이 우스워서 웃는 거예요. 선생님은 꼭 제 아버지처럼 이야기하세요. 언젠간 저도 이해하겠죠. 즐거움은 과정에서 오는 건가요, 아니면 해냈다는 데서 오는 건가요? 그러니까 글쓰기 말이에요. 화제를 바꾸려고요.

그 글을 쓰는 과정에서지. 끝냈다는 데서 느끼는 즐거움은 잠깐일세. 원고 뭉치를 손에 들었을 때 즐거움이 있고, 초판 증정본이 도착했을 때 즐거움이 있지. 난 그걸 백 번은 들었다 놨다 한다네. 식사할 때도 옆에 놓고 있지. 잘 때도 침대에 가져가고.

그녀 알 것 같아요. 제 단편이 실렸을 때 저도 〈뉴요커〉를 베개 밑에 넣고 잤거든요.

그 자넨 정말 매력적인 젊은 여성이야.

그녀 고맙습니다. 감사드려요.

그 이래서 내가 시골에 사는 걸세.

그녀 무슨 말씀인지 알겠어요.

그 뉴욕으로 돌아와보니 이 모든 게 괴롭네. 지금 이 상황도 좀 괴로워. 그만 가보는 게 좋을 것 같군.

그녀 그러세요. 다시 단둘이 만나 이야기할 기회가 있을 거예요.

그 그거면 족하네, 친구.

그녀 선생님과 친구가 되고 싶어요.

그 왜지?

그녀 선생님 같은 친구가 하나도 없으니까요.

그 자넨 날 잘 몰라.

그녀 네, 몰라요. 이런 식의 상호작용은 처음이에요.

그 꼭 그런 표현을 써야 하나? 자넨 작가일세. '상호작용' 같은 말은 쓰지 말게.

그녀 (웃으며) 이런 식의 대화는 처음이에요. 이런 상황도 처음이고요.

그 자넬 가르치려던 건 아닌데. 내가 상관할 바도 아니지. 용서하게.

그녀 이해해요. 다시 저와 만나서 이야기하고 싶으시면, 제 전화번호가 선생님 번호예요. 언제든 전화하세요.

그 이건 집을 세놓는다는 광고를 보고 연락한 게 아닌 것 같군. 꼭 애인을 구하는 광고를 보고 연락한 것 같아. "이따금 친밀한 대화를 나눌 시간이 있는 대단히 매력적이고 교양 있는 백인 기혼여성……" 아무래도 새 아파트 이상을 얻은 것 같군, 그렇지?

그녀 아마도 친구도요.

그 하지만 이건 내가 받아들일 수 있는 친구 관계가 아닐세.

그녀 받아들이실 수 있는 건 어떤 건데요?

그 없는 것 같군. 아주 소중한 걸 빼앗겨버렸기 때문에 열심히 노력한다거나 하는 걸로는 극복할 없는 처지가 돼버렸거든. 내 말 이해하겠나?

그녀 확실히는 모르겠어요. 그냥 나이가 들어간다는 뜻인가요, 아니면 특별히 다른 의미가 있나요?

그 (웃으며) 그냥 나이가 들어간다는 뜻이라고 해두지.

그녀 이제 알겠어요.

그 이런 상황이 너무 고통스러워. 그래서 떠나려 하네. 난 욕망에 이끌려 키스 같은 건 하지 않을 생각이야.

그녀 알겠어요.

그 그래봤자 우리에게 도움이 될 리 없으니까.

그녀 맞는 말씀이에요. 그래도 오늘 오후에 찾아와주신 건 기뻐요. 정말로요.

그 자네, 요부인가?

그녀 아뇨, 아뇨, 절대 아니에요.

그 자네에겐 남편도 있고 애인도 있는데, 이젠 날 친구로 삼고 싶어하잖나. 혹시 남자를 수집하나? 아니면 남자들이 자네를 수집하는 건가?

그녀 (웃으며) 저도 남자를 수집하고 남자들도 절 수집해온 것 같은데요.

그 자넨 겨우 서른 살이야. 남자를 많이 수집했나?

그녀 몇 명이면 많은 건지 모르겠는데요. (다시 웃는다)

그 대학을 떠난 이후로, 그러니까 졸업식 이후부터, 자네의 남자를 유혹하는 힘으로 날 수집한 오늘 오후까지 말일세…… 그런데 지금 자네는 그런 능력이 전혀 없는 것처럼, 어린애처럼 행동하는군. 자네의 그런 힘에 대해 언급한 사람이 아무도 없었나?

그녀 그런 얘길 듣긴 했어요. 제가 웃은 건, 선생님이 선생님 당신을 수집된 남자에 포함시키신다면, 제가 수집한 남자를 어떤 식으로 계산해야 할지 몰라서였어요.

그 자넨 날 수집했네.

그녀 그렇다 쳐도 선생님은 다시는 제게 전화하지 않으실 거잖아요. 저한테 키스도 안 하실 거고. 열쇠를 교환하기 위해 제 남편과 함께 만날 때를 빼면 두 번 다시 서로 만날 일도 없을 테니, 선생님을 수집했다고 볼 순 없죠.

그 이런 만남은 나 같은 남자를 절망에 빠뜨리네.

그녀 전 선생님이 절망에 빠지는 걸 원치 않아요, 절대. 혹시라도 그랬다면 죄송해요.

그 자넬 절망케 하지 못해 미안하네.

그녀 제게 기쁨을 주셨어요.

그 이미 말했듯이 이 상황이 몹시 괴롭군. 그만 가야겠네.

그녀 와주셔서 감사해요.

거리로 나와 호텔을 향해 걷기 시작하면서 방금 연기한 장면을 생각하자마자—그가 스스로를 아직 상연 전인 연극의 한 장면을 연습하고 돌아가는 배우처럼 느끼는 건, 그에게는 그녀가 너무도 여배우처럼 보이기 때문이다. 그것도 신중하게 상대의 대사에 귀를 기울이고 완전히 집중하고 침착하게 반응하는 대단히 직관적이고 영리한 젊은 여배우처럼—그의 머릿속엔 「인형의 집」의 한 장면이 떠오른다. 죽음을 앞두고 상사병에 걸린 인텔리 랑크 박사가 토르발 헬메르의 아름다운 아내, 짓궂게 남자들의 애를 태우는 젊고 경박한 노라에게 잠시 같이 있자며 불려 들어가는 장면이. 조명이 어두워지고, 방은 점점 더 작아지고, 거리에는 택시 한두 대만 지나다니고, 도시가 원경으로 물러나면서 두 사람 주변의 모든 사물이 밀착하고 어두워진다. 두 사람은 둘만의 시간을 보내며 서로의 이야기에 귀를 기울인다. 대단히 성적이고 대단히 슬픈 장면. 비록 두 사람 다 상대의 과거에 대해 많이 알지 못하지만, 그 장면에는 각자의 과거가 진하게 배어 있다. 그 속도, 그 모든 침묵, 그리고 거기 담겼을지도 모르는 것. 두 사람은 각자 완전히 다른 이유로 무모해진다. 하지만 그의 경우엔 확실히, 견습 작가인 척하는 노련한 재능을 지닌 교활한 여배우와 함께하는 것이 마지막으로 무모한 장면이다. 이것이 욕망과 유혹과 희롱과 고뇌—허구한 날 고뇌—가 담긴 연극, 이쯤에서 중단해 소멸되도록 버려두는 게 가장 좋을 즉흥작 「그와 그녀」의 도입부가 될 장면이다. 「그와 그녀」라는 체호프의 단편이 있다. 그는 제목 외에는 소설의 내용을 전혀 기억하지 못한다(어쩌면 원래 그런 작품은 없는지도 모른다). 체호프가 아주 젊었을 때 쓴 편지에서 본 그런 소설에 대한 조언 가운데 핵심 문장은 지금도 기억나지만. 그는 대단히 숭배하는 작가의 편지는 이십대 때 읽은 것도 여전히 생생하게 기억하는데, 바로 전날 자신이 잡은 약속 시간과 장소는 이제 까맣게 잊는다. 1886년에 체호프는 이렇게 썼다. "무게중심은 둘 사이에 있어야 한다. 바로 그와 그녀." 그래야 한다. 그렇기도 하고. 두 번 다시 그렇게 되진 않겠지만.

내 가방은 전날 웨스트 71번가로 서둘러 출발하느라 반쯤 꾸리다 만 채로 둔 그대로, 호텔 방 서랍장 위에 있었다. 전화기가 불빛을 깜박거리며 나한테 온 메시지가 있다고 알려주고 있었다. 그럼에도 나는 누구에게서 온 메시지인지 아직 몰랐다. 방으로 돌아오자마자 내가 한 일이라곤 53번가를 지나는 차들이 내려다보이는 창가의 작은 책상 앞에 앉아, 호텔 편지지에 가능한 한 빨리, 일어난 적도 없는 제이미와의 이 대화를 적은 게 전부였기 때문이다. 잡기장에는 점점 희미해지는 기억력을 보완하기 위해 내가 했던 일과 하기로 한 일을 기록해두고 있었다. 실제로 주고받은 적 없는 이 대화 장면은 아직 마치지 않은 일 칸에 기록되었는데, 그 대화가 어떤 일에도 도움이 못 되고 괴로움도 덜어주지 못하고 아무런 결과도 내지 못했음에도, 선거일 밤에 그랬던 것처럼, 문을 지나 방 안으로 들어선 순간 반드시 적어둬야 할 것 같았다. 그녀와 내가 나눈 적 없는 그 대화는 우리가 실제로 나눈 대화보다 더 절절했고, 상상 속의 '그녀'는 실제의 '그녀'가 절대 그럴 수 없을 정도로 생생하게 그녀의 캐릭터 한가운데에 자리잡고 있었다.

하지만 한 사람이 느끼는 고통의 양은 허구를 보태지 않아도, 인생에서 덧없고 때로는 눈에 잘 띄지 않는 격렬함을 보태지 않아도 이미 충분히 충격적인 것 아니냐고? 어떤 사람에게는 그렇지 않다. 아주 아주 드물긴 하지만 어떤 사람은 무無에서부터 불확실하게 진화시키며 그런 식으로 보태야만 자신감을 얻는다. 그런 사람에게 가장 중요한 삶은 종이 위에 활자로 완벽하게 구현된, 살아보지 않은 삶, 추측된 삶이다.

3
에이미의 뇌

마침내 메시지를 확인하려고 수화기를 들자, 지난 목요일에 병원을 나서며 본의 아니게 엿들었던 나이든 에이미 벨레트의 소녀 같은 목소리가 들렸다. “네이선 주커먼.” 그녀가 말했다. “리처드 클리먼이라는 아주 성가신 인간이 내 우편함에 남겨놓은 쪽지를 보고 당신 있는 곳을 알게 됐어요. 당신이 회신할 마음이 들지, 나를 기억이나 할지 모르겠어요. 우린 1956년에 매사추세츠에서 만났어요. 겨울이었죠. 난 아테나 대학에 다닐 때 E. I. 로노프의 제자였어요. 우리가 만났을 땐 케임브리지 대학에 재직중이었고요. 당신은 콰세 작가촌에 머무는 풋내기 작가였죠. 우리 둘 다 그날 밤 로노프의 집에 손님으로 머물렀어요. 아주 오래전 눈 내리는 저녁에 버크셔 산골에서요. 당신이 전화하기 싫다 해도 이해할게요." 그녀는 자기 번호를 말하고 전화를 끊었다.

나는 다시 한번, 생각 같은 건 하지 않았다. 나로선 도저히 이해할 수 없는 클리먼의 동기에 대해서조차. 그는 에이미와 나를 연결시켜 무엇을 얻어낼 수 있을 거라 기대하는 것일까? 하지만 나는 클리먼에 대해 오래 생각하지 않았다. 그리고 뇌종양에서 회복중이거나 아니면 죽어가고 있는 이 병약한 여자가 클리먼을 통해 내가 근처에 있다는 사실을 알자마자 왜 내게 연락했는지도 깊이 생각해보지 않았다. 또한 개선해보려 애쓰던 실수를 바로잡고 집으로 돌아가 불구를 넘어선 삶을 재개하려는 순간에 내가 왜 이토록 쉽사리 자극에 반응하고 마는지 잠시 멈춰서 궁금해하지도 않았다.

나는 그녀의 전화번호가 한때 우리 둘을 둘러싸고 있던 완전함을 회복해줄 암호라도 되는 듯 다이얼을 돌렸다. 마치 생애를 반시계 방향으로 돌려놓는 것이 주방 스토브의 타이머를 다시 맞추는 것만큼이나 자연스럽고 일상적인 일인 듯 다이얼을 돌렸다. 다시 한번 내 심장이 뛰는 게 느껴졌는데, 제이미 로건과 팔을 뻗으면 닿을 거리에 있고 싶어서가 아니라, 1956년에 만났던 에이미의 검은 머리칼과 검은 눈동자와 자신감 넘치는 표정이, 로노프와 그의 문학이 삶의 전부던 시절의 그녀의 말솜씨와 매력과 명민함이 기억났기 때문이었다.

신호음이 울리는 동안 나는 식당에서 그녀가 빛바랜 붉은색 방수모자를 벗어 보기 흉한 머리를 드러내던 모습을, 불운이 가한 그 타격을 관찰했던 일을 떠올렸다. '너무 늦었군.' 그렇게 생각하며 나는 자리에서 일어나 커피값을 치른 다음 그녀에게 알은척하지 않고 거길 나왔었다. '그녀가 알아서 견디도록 놔둘 수밖에.'

주변 환경은 사람 냄새 하나 안 나는 무미건조한 힐튼 호텔의 표준적인 방이었지만, 그녀에게 연락을 취하기로 한 내 결심이 나를 거의 오십 년 전으로 데려다놓았다. 경험이 별로 없었던 어린 남자에겐 외국 억양으로 말하는 이국적인 소녀를 바라보는 것만으로도 모든 답을 얻은 듯했던 그 시절로. 이제 나는 누구 못지않게 통합된 그러나 분열된 존재로서, 그녀가 1956년에 만났던 풋내기 작가로서, 그리고 그 풋내기 작가의 2004년도 모습이라고는 상상하기 어려운(완전히 예측 밖의 일대기를 지닌) 방관자로서 다이얼을 돌렸다. 그렇지만 그녀가 전화를 받기를 기다리는 이 순간보다, 그 풋내기 작가 시절이, 혼란스러웠지만 순수했던 이상주의와 조숙했던 진지함과 쉽게 격앙되던 호기심 그리고 얄궂게도 지금도 만족시키지 못하는 그 분방했던 욕망이 있던 시절이 훨씬 더 자유로웠다. 그녀가 전화를 받은 순간, 나는 전화선 너머의 상대를 어떻게 떠올려야 할지 알 수 없었다. 그 옛날의 에이미, 아니면 지금의 에이미? 목소리에선 당장이라도 춤출 수 있을 듯한 젊은 여성의 눈부신 산뜻함이 느껴졌지만, 외과 의사의 칼자국이 선명한 머리는 그냥 잊어버리기엔 너무도 흉물스러웠었다.

"매디슨 애비뉴와 96번가 교차로에 있는 식당에서 당신을 봤어요." 에이미가 말했다. "부끄러워서 말은 못 걸었어요. 당신은 이제 저명인사잖아요."

"내가요? 내가 사는 동네에선 전혀 아니에요. 잘 지내요, 에이미?" 나는 처참하게 변한 그녀의 모습에 너무 놀라 나 역시 그녀에게 다가가지 못했다는 말은 생략한 채 그녀에게 물었다. "우리가 다 같이 만났던 그날 밤이 아직도 기억에 생생해요. 눈 내리던 1956년 밤 말이에요. 난 그가 세상을 떠난 당시에도 여전히 호프와 혼인 관계였다는 걸 부고란을 보고 알았어요. 당신하고 결혼했을 줄 알았는데."

"우린 결혼하지 않았어요. 그 사람이 그럴 수 없었거든요. 그건 상관없었어요. 우린 사 년 동안 함께 살았어요. 주로 케임브리지에서요. 일 년 정도 유럽에 있다 돌아왔는데 그뒤로 그는 글을 쓰고 또 쓰고, 강의를 약간 하고, 그러다 병을 얻어 세상을 떴죠."

"장편을 쓰고 있었죠." 내가 말했다.

"오십대 후반에 첫 장편을 쓰다니. 백혈병이 그를 죽이지 않았다면 그 소설이 그를 죽였을 거예요."

"왜요?"

"그 주제 때문에요. 프리모 레비가 자살했을 때 사람들은 모두 아우슈비츠에 수용되었던 후유증 때문이라고들 했어요. 난 아우슈비츠에 대해 글을 써서라고, 마지막 저작에 너무 쏟아부어서라고, 공포감을 명확하게 표현하기 위해 고민해서라고 생각했죠. 그런 책을 쓰기 위해 매일 아침 눈을 떠야 한다면 누구라도 죽고 말았을 거예요."

그녀는 레비의 『가라앉은 자와 구조된 자』에 대해 말하고 있었다.

"매니도 그런 시련을 겪었군요." 나는 한 번도 그를 매니라고 부른 적이 없었다. 1956년에 나는 네이선이었고, 그녀는 에이미였고, 그와 호프는 로노프 선생님과 로노프 부인이었다.

"이런저런 일이 겹쳐서 불행해진 거예요."

"그럼 당신도 힘들었겠네요." 내가 말했다. "두 사람이 원하던 걸 얻긴 했겠지만요."

"그 시절이 힘들었던 건 내가 너무 어려서 그 사람도 그걸 원한다고 생각했기 때문이었어요. 그는 그저 자신이 원한다고 스스로 생각했던 것뿐이라는 걸 알았죠. 아내와 헤어지고 마침내 저와 함께 있게 되자 모든 게 변했어요. 그는 침울해지고 냉담해졌고 걸핏하면 화를 냈어요. 그는 자책감에 시달렸는데, 참 끔찍했어요. 우리가 오슬로에 살 때 나는 밤마다 분노로 몸이 굳어

꼼짝도 않고 그의 옆에 누워 있었어요. 그가 잠들어 있는 그 상태로 세상을 떠나게 해달라고 기도한 적도 있었죠. 그러다 그가 병에 걸렸고, 상황은 다시 좋아졌죠. 내가 그의 제자였던 시절처럼요. 정말 그랬어요." 그녀는 그 사실을 전혀 숨기려 들지 않고 강조하며 말했다. "그렇더라고요. 시련이 닥치니까 이상하게도 환희를 느끼고, 아무런 방해물도 없을 때는 둘 다 불행하고."

"상상이 갑니다." 나는 말하며 생각했다. 환희라. 그래, 환희가 어떤 것인지 기억한다. 엄청난 대가를 치러야 얻을 수 있는 것.

"상상이 가죠." 그녀가 대답했다. "하지만 기겁할 만한 이야기기도 해요."

"아니, 전혀 아니에요. 계속 얘기하세요."

"마지막 몇 주 동안은 정말 끔찍했어요. 그 사람은 정신이 오락가락하고 거의 잠만 잤죠. 가끔 비명을 지르며 두 손을 허우적대기도 했는데, 무슨 말인지 전혀 알아들을 수 없었어요. 그는 숨을 거두기 며칠 전에 엄청 화를 냈어요. 우리는 욕실에 있었죠. 나는 그의 기저귀를 갈아주느라 그의 앞에 무릎을 꿇고 있었어요. '꼭 대학 신입생 신고식 같군.' 그가 말했어요. '욕실에서 나가!' 그러면서 나를 때렸죠. 평생 단 한 번도 누굴 때려본 적이 없는 사람이었어요. 내가 얼마나 기운이 났는지, 아마 말해도 모를 거예요. 나를 이렇게 때릴 수 있을 정도로 아직 기운이 남아 있구나. 이 사람은 죽지 않을 거야! 죽지 않을 거라고! 며칠 동안 그는 가까스로 의식을 잃지 않았어요. 환각 상태였는지도 모르고요. '나 바닥에 누워 있잖아'라고 그가 침대에서 소리를 지르더군요. '나 좀 올려줘.' 의사가 와서 모르핀 주사를 놔줬죠. 그러다 어느 날 아침 그가 말했어요. 전날 하루종일 의식이 없었다고요. 그리고 이렇게 말했어요. '최후는 너무도 장대하고, 그 자체로 시가 된다. 수사修辭는 필요치 않다. 그저 평이하게 말하라.' 나는 그 사람이 전에 읽은 것에서 기억해내 누군가의 말을 인용한 건지, 아니면 마지막으로 남기는 말인지 알 수 없었어요. 물어볼 수도 없었죠. 그건 중요하지 않았으니까요. 내가 한 일이라곤 그저 그의 머리를 붙잡고 그 말을 다시 그에게 해준 게 전부였어요. 나도 더는 나 자신을 어쩔 수 없었어요. 서럽게 울었죠. 하지만 말했어요. '최후는 너무도 장대하고, 그 자체로 시가 된다. 수사는 필요치 않다. 그저 평이하게 말하라.' 그러자 매니가 안간힘을 다해 고개를 끄덕였어요. 그후 그 인용문의 출처를 찾아보았는데, 네이선, 찾을 수 없었어요. 누가 말한 거죠, 누가 쓴 거예요? '최후는 너무도 장대하고……'"

"그의 말 같아요. 간결하게 정리한 그의 미학일지도 몰라요."

"그러더니 그가 더 말했어요. 무슨 말인지 들으려고 귀를 그의 입에 바짝 갖다 대야 했죠. 그가 들릴까 말까 한 소리로 말했어요. '면도하고 이발하고 싶어. 깨끗해지고 싶어.' 그래서 이발사를 불렀어요. 매니가 머리를 가누지 못해서 이발하는 데 한 시간도 넘게 걸렸죠. 이발이 끝난 뒤 나는 이발사를 문간까지 배웅하고 이십 달러를 줬어요. 침대로 돌아와보니 매니는 숨이 멎어 있었어요. 죽었지만 깨끗해졌죠." 이 말을 하고 난 다음 그녀는 아주 잠깐이긴 했지만 갑자기 이야기를 멈췄고, 나도 어쨌든 할말이 없었다. 나는 그가 세상을 떠났다는 걸 알고 있었는데, 이제 어떻게 죽었는지도 알게 되었다. 그와 만난 건 그때 한 번뿐이었지만, 그래도 내게는 충격적이었다. "난 그 시간을 지나왔고, 내가 그랬다는 게 기뻐요. 그 사 년의 시간을요." 그녀가 말했다. "매일 그리고 밤낮으로 말이에요. 나는 그의 벗어진 머리가 독서등 아래서 빛나는 걸 보았죠. 매일 저녁식사가 끝나면 거기 앉아 책을 읽으며 신중하게 밑줄을 긋고 잠시 멈춰 생각에 잠기고 스프링 노트에 문장을 적는 그를 보면서 나는 생각하곤 했어요. 저런 사람은 어디에도 없을 거라고요."

사 년의 시간을 기억하며 오십 년을 산 여자. 그녀의 전 생애가 그 사 년에 의해 규정되어 있었다. "당신한테 할말이 있어요." 내가 말했다. "매니에 대해 알아내려고 클리먼이 나까지 성가시게 하더군요."

"그가 나한테 당신이 있는 곳을 알려줬을 때 그럴 거라고 짐작했어요. 그는 전기를 쓰고 싶어하는데, 난 아무도 그런 걸 쓰지 않았으면 좋겠어요. 전기라니, 네이선. 난 그런 걸 원치 않아요. 사람을 두 번 죽이는 일이니까요. 그의 인생을 콘크리트 안에 영원히 고정시켜 또 한번 끝내버리는 거니까요. 전기는 그의 인생에 대한 특허권이나 마찬가지예요. 그런데 이 젊은이는 자기가 누구라고 그런 특허를 갖겠다는 거죠? 자기가 뭔데 매니를 심판하겠다는 거죠? 자기가 뭔데 매니를 사람들 마음속에 영원히 고정시키겠다는 거냐고요? 그 사람 엄청 천박해 보이지 않아요?"

"그가 어떻게 보이는지, 실제로 어떤 사람인지는 중요하지 않아요. 중요한 건 당신이 그를 원치 않는다는 거죠. 그가 못하도록 당신이 할 수 있는 건 없어요?"

"내가요?" 그녀가 힘없이 웃었다. "글쎄요, 아무것도 없어요. 단편 원고는 전부 하버드에 있어요. 그는 거기 가서 그걸 볼 수 있어요. 누구든 신청하면 볼 수 있으니까요. 내가 마지막으로 확인했을 땐 삼십이 년 동안 신청자가 한 명도 없었지만요. 다행히도 클리먼하고 이야기하고 싶어하는 사람은 아무도 없는 것 같아요. 어쨌든 내가 아는 한 아무도 없어요. 난 절대로 그를 만나지 않을 거예요, 두 번 다시. 그래도 그를 막을 순 없을 거예요. 그가 새빨간 거짓말을 날조해도 법적으로 제재할 방법이 없어요. 죽은 사람의 명예를 훼손할 순 없다는 거죠. 그런데 그가 만약 산 사람의 명예를 훼손한다면요, 자기 입맛에 맞게 사실을 조작할 경우, 그나 그의 쓰레기를 사들인 출판사를 고소하기에 충분한 자료를 가진 사람이 있을까요?"

"로노프의 자식들이 있잖아요. 그들은 어떤가요?"

"그건 다른 기회에 풀어놓아야 할 대하소설감이에요. 그들은 경외감에 눈이 멀어 유명인사인 늙은이를 훔쳐간 젊은 계집애를 결코 좋아하지 않았어요. 아니면, 경외감에 눈이 먼 젊은 계집 때문에 늙어가는 아내를 버린 유명인사인 늙은이를 좋아하지 않았거나요. 호프가 결정을 하라고 강요하지 않았다면 그는 절대 아내 곁을 떠나지 않았을 거예요. 자식들은 아버지가 질식해 죽을 때까지 어머니 곁에 남기를 원했겠죠. 그의 집요함, 그의 금욕적인 삶, 그의 업적. 그는 에베레스트에 오르도록 선택되어 정상에 올랐지만 숨을 쉴 수 없게 된 것과 같은 상황에 처해 있었어요. 그의 딸이 제일 날 멸시했어요. 늘 올이 굵은 삼베로 지은 옷을 입고 소로*의 책만 읽는 흠 하나 없는 정숙한 여자였죠. 나는 그녀는 감당할 수 있었지만, 스니어웰 부인** 같은 여자들한테 모욕당하지 않는 법은 결코 배울 수 없었죠. 그 여자들은 나를 비웃거나 무시했어요. 다들 1960년 무렵 매사추세츠 주 케임브리지의 관대한 자유주의 사회에서 살아가던 선량한 여자들이었어요. 도덕적인 문제로 남의 험담을 늘어놓는 게 교수 부인들의 소일거리 가운데 하나이던 시절이었죠. 매니는 말하곤 했어요. '자넨 하찮은 일에 지나치게 감정을 소모하는군.' 매니는 만사를

* 헨리 데이빗 소로. 순수한 자연생활을 예찬한 미국의 사상가이자 저술가.

** 18세기 영국 극작가 리처드 셰리든의 희곡 〈스캔들 학교〉에 등장하는 추문을 퍼뜨리고 다니는 인물.

객관적으로 생각하는 데 대가였지만, 난 그 기술만은 아무리 해도 배우지 못했어요. 그 사람한테서 읽고 쓰고 생각하고 알아둘 가치가 있는 것과 아닌 걸 구별하는 법은 배웠으면서도요. '그렇게 겁먹지 말게. 〈스캔들 학교〉에서 튀어나온 우스꽝스러운 사람들이니까.' 유명한 학장 부인에게 스니어웰 부인이라는 별명을 붙여준 사람도 바로 그였어요. 케임브리지의 디너파티에 참석했을 땐 정말 견딜 수 없었죠. 그래서 둘이 외국에 나가 살길 바랐던 거고요."

"그리고 그는 견딜 수 없어하지 않았겠지요."

"그는 그런 걸로 괴로워하는 사람이 아니었어요. 공개석상에서도 일반적인 편견을 간단히 무시할 수 있었죠. 그는 그런 문제에 대해 실질적이었어요. 하지만 난 아테나 대학 시절 그의 제자였던 그저 예쁘장한 계집애에 불과했죠. 물론 어릴 땐 그보다 더한, 훨씬 더한 꼴도 당했어요. 그래도 그땐 곁에 가족이라도 있었지요."

"호프는 어떻게 됐어요?" 내가 물었다.

"보스턴에 있는 무슨 시설엔가 있어요. 알츠하이머거든요." 클리먼이 내게 해준 이야기를 확인해주듯 에이미가 말했다. "백 살도 넘었어요."

"우리, 한번 볼 수 있을까요." 내가 말했다. "저녁식사에 초대하고 싶은데요. 오늘밤에 같이 식사하면 어떨까요?"

그녀는 자신이 말하려 하는 내용과 달리 밝고 유쾌한 웃음을 터뜨렸다. “아, 더이상 난 당신이 1956년 그날 밤에 넋을 놓고 바라보던 그 여자애가 아니에요. 다음날 아침 그 모든 소동이 일어났던 그때 말예요. 호프가 그를 내게 떠넘기고 집을 나가는 척하며 큰 소리로 히스테리를 부렸던 거 기억해요? 당신이 내게 말을 건 게 그날 아침이었는데. 기억나요? 나한테 ‘어딘가 안네 프랑크를 닮은 구석’이 있다고 했었죠.”

“기억나요.”

“난 뇌수술을 받았어요, 네이선. 당신은 천진한 소녀랑 저녁식사를 할 수 없을 거예요.”

“나 또한 예전 같지 않아요. 하지만 당신 목소린 여전히 매력적이에요. 당신 억양이 어디 건지 알 기회가 없었네요. 당신이 어디 출신인지 알 수 없었어요. 분명 오슬로일 것 같은데. 나치 치하의 오슬로에서 유대인 아이로 그 더한 꼴을 겪었겠죠. 그래서 당신과 그가 거기 가서 지냈을 거고요.”

“꼭 전기작가처럼 말하는군요.”

“전기작가의 적이에요. 전기작가의 장애물이고요. 그 어린 녀석은 모든 걸 아주 엉뚱하게 이해할 테고, 그 결과는 매니가 가장 두려워했던 것조차 능가하는 수준일 겁니다. 할 수 있는 한 내가 도울게요.” 나는 말했다. 이 말이 그녀가 내게 연락할 때부터 듣고 싶어했던 말이라는 건 의심의 여지가 없었다.

그래서 우리는 그날 밤 만나기로 약속했다. 클리먼이 문단에 들어오길 희망하며 폭로하려는 내용에 대해서는 한마디도 나누지 않은 채.

그럼에도 한편으로는 너무 많은 이야기를 나누었다. 이런 생각이 들었다. 단 한 번밖에 만난 적이 없는 두 사람이 곧장 본론으로 들어가고 조금도 조심스러워하지 않다니. 뭔가 흥미로운 데가 있었다. 그녀와의 대화를 통해 그녀도 나 못지않게 고독에 침잠해 있었으리라는 걸 알게 되긴 했지만 말이다. 혹은 오로지 전에 한 번 만난 적 있다는 이유만으로 생판 남이나 다름없는 두 사람 사이에 즉석에서 친밀감이 생겨난 것일 수도 있고. 무엇 전에? 이 모든 일이 일어나기 전에.

나는 호텔에서 출발해 일곱시에 에이미와 만나기로 한 식당까지 걸어가는 데 십오 분을 잡았다. 식당에 도착하자 토니가 나를 맞이해 내 자리로 안내해주었다. "몇 년이나 지났지만요." 토니가 의자를 살짝 빼주면서 유쾌하게 말했다.

"이젠 좀더 자주 보게 될 걸세, 토니. 한동안 여기서 지낼 생각이거든."

"잘됐네요." 그가 말했다. "9·11 이후에 저희 단골 가운데 몇 분은 아이들을 데리고 롱아일랜드로, 뉴욕 북부로, 버몬트로 이사 가셨죠. 여기저기로 이사를 가고 사방으로 흩어졌어요. 그분들의 결정은 존중하지만, 완전히 혼동의 도가니였어요, 선생님도 아시겠지만요. 곧 진정되긴 했지만 솔직히, 그 일이 있고 나서 우린 정말 훌륭한 고객들을 잃었답니다. 혼자세요, 주커먼 선생님?"

"한 명 더 올 걸세." 내가 말했다.

하지만 그녀는 나타나지 않았다. 나는 깜빡하고 그녀의 전화번호를 챙겨오지 않았기 때문에 무슨 일이 생긴 건지 전화를 걸어볼 수도 없었다. 나는 그녀가 머리칼 절반을 밀어버리고 보기 흉한 수술 자국까지 있는 쇠약한 노파의 모습을 가까이서 보여주는 게 너무 창피해서일지도 모른다고 생각했다. 아니면 자신을 대신해 클리먼의 시도를 방해하는 일을 내게 맡기려던 생각을, 극도로 사생활을 보호했던 인물에 대한 기억의 수호자로서 그녀 역시 공개될까봐 두려워하는 로노프의 어린 시절에 관한 추측을 나에게 밝히려던 생각을 바꿨는지도 모르고.

나는 한 시간 넘게 기다렸고—그녀가 나타날지도 몰라서 와인 한 잔 외에 다른 음식은 주문하지 않은 채—그제야 이 식당이 우리가 만나기로 한 장소가 아니라는 걸 떠올렸다. 나는 자동적으로 피에를루이지에 왔는데, 이곳에서 식사하자고 내가 제안했던 것은 확실한데, 에이미에게 가고 싶은 식당이 있으면 이야기하라고 물어봤는지는 기억나지 않았다. 설사 내가 물어봤다 해도, 그게 어느 식당인지 기억해내지 못하리라는 건 분명했다. 그녀가 나한테 바람맞았다고 상상하며—그녀가 내게 설명한 자신의 외모 때문에—내내 그 식당에 혼자 앉아 있을지도 모른다는 생각이 들었다. 나는 서둘러 아래층으로 뛰어내려가 호텔로 전화해 내게 남겨진 메시지가 있는지 확인했다. 한 개가 있었다. "한 시간 동안 기다리다 나왔어요. 이해해요."

그날 아침에 나는 깜박 잊고 집에서 챙겨오지 않은 욕실용품 몇 가지를 사러 잡화점에 잠깐 들렀었다. 나는 계산을 한 뒤 판매원에게 물었다. "상자에 담아주겠소?" 그러자 여자가 멍하니 날 바라보았다. "상자 같은 건 없는데요" 하고 여자가 말했다. "봉지 말이오," 나는 말했다. "봉지에 담아주면 고맙겠소." 사소한 실수지만, 어쨌든 심란했었다. 나는 이제 거의 매일 이런 식으로 잘못 말하곤 했고, 잡기장에 충실하게 적어두고 내가 하고 있는 일과 할 계획인 일에 계속 집중하려고 부단히 노력하는데도 걸핏하면 잊어버렸다. 전화 통화를 할 때도 선량한 사람들이 때때로 내가 다음 말이 생각나지 않아 주저하거나 말을 멈춘 것을 자각하기 전에 내 생각을 마무리해주거나 채워주는 식으로 도와주려 애쓰고 있다는 것을 나는 알고 있었다. "진심 어린"을 "진심 아린"이라고(얼마 전에 집을 청소해주는 벨린다에게 그랬던 것처럼) 말해 뜻하지 않게 신조어를 만들어내거나, 아테나에 가서 아는 사람의 이름을 엉뚱한 사람의 이름으로 잘못 부르거나, 말을 걸려는 사람의 이름이 영 생각나지 않아 속으로 그 이름을 생각해내느라 끙끙대거나 할 때 사람들이 내 실수를 따뜻하게 눈감아준다는 것 또한 알고 있었다. 또 기억력이 쇠퇴하는 듯한 느낌보다 정신을 놓는 듯한 느낌을 더 경계해보았지만 그것도 딱히 도움은 되지 않았다. 마치 내 뇌 속에 기생하면서도 독자적인 정신을 지닌 사악한 존재—내가 그 파괴력에 효과적으로 반격하지 못하는 기억상실이라는 도깨비, 건망증이라는 악귀—가 오로지 내가 쇠약해지는 것을 지켜보는 즐거움을 위해, 기억력과 정확한 언어구사로 연명하는 예리한 작가를 둔한 사람으로 바꿔버리는 최고의 기쁨을 위해 그런 실수로 내가 고통받도록 부채질하는 것 같았다.

(그게 바로, 나답지 않게도, 내가 할 수 있는 동안 최대한 신속하게 여기 일을 해치우고 있는 이유였다. 비록 선수를 쳐보려 해도 정신적 장애 때문에 필요한 만큼 신속하게 일을 진척시키는 게 절대 불가능했지만 말이다. 이것이 고집스럽게 더듬더듬 단어들을 찾아 책 한 권을 이룰 문장과 문단으로 엮는 내 마지막 시도가 되리라는 걸 제외하면 이제 확실한 것은 아무것도 없다. 왜냐하면 우선 글쓰기란 것이 유창함에 대한 불안한 모색으로 시작해야 하긴 하지만 그것을 훨씬 넘어서는 모색, 끝없는 모색이 현재의 처지기 때문이다. 얼마 전에 출판사에 보낸 소설을 집필한 지난 일 년간 나는 글의 앞뒤가 맞지 않을지도 모를 위협

에 맞서 매일 고군분투해야 했다. 작품을 탈고했을 때—초고를 네 차례나 고치고 나서, 말하자면 더는 고칠 기운이 나지 않았을 때—나는, 정신착란 탓에 완성된 원고를 읽는 데 문제가 생긴 건지, 아니면 읽는 건 정확한데 정신착란이 글에 반영된 건지 구분할 수가 없었다. 평소대로 나는 원고를 내 작품의 가장 빈틈없는 독자인, 오래전 시카고 대학 시절의 동창에게 보냈다. 나는 그의 직관을 절대적으로 신뢰했다. 그 친구가 전화로 원고를 읽은 소감을 이야기해주었을 때, 나는 그가 평상시의 솔직함을 접어두고 나를 배려하느라 속내를 숨기고 있다는 것을 눈치챘다. 자신은 이 작품을 평가하는 데 가장 적임인 독자가 못 된다고 단언하며 도움이 될 만한 이야기를 해줄 수 없어 미안하다고 그는 말했다. 내가 완전히 감정 이입한 인물인 주인공이 너무 이해되지 않아서 내게 도움이 될 정도로 주인공에게 관심을 기울일 수 없었다면서.

나는 그를 조르지도 않았고, 심지어 놀라지도 않았다. 본심을 숨긴 그의 진술을 이해했다. 물론 나만큼이나 비판적인 친구의 기질에 대해서도 잘 알고 있고, 그의 견해가 본질에서 벗어난 적이 결코 없었다는 것도 잘 알기에 그의 그러한 반응에 심란해지지 않으려면 내가 극도로 순진해야 했겠지만 말이다. 다섯번째 퇴고에 착수하라고 암시하는 대신—네 번이나 탈고한 원고에서 자신이 보기에 개고해야 하는 상당 부분을 내게 이야기하는 것은 나의 기질에서 달라지지 않고 남은 부분에 과도한 요구가 되리라고 생각했으니까—그는 이제 내게서 사라졌다고 결론내린 것을 탓하느니 상상력이 필요한 공감 능력의 부족 같은 자신의 한계를 탓하는 것이 최선이라고 생각했던 것이다. 만약 내가 그의 반응을 올바르게 해석했다면—내 생각대로, 그가 이것을 읽는 동안 고통스럽게도 나와 똑같이 생각했다면—근 삼 년 동안 작업한, 만족스럽진 않지만 어쨌든 끝마쳤다고 여긴 이 책을 어떻게 해야 할까? 전에는 한 번도 이런 난관에 부딪힌 적이 없었기 때문에—과거에는 얼마든지 창의력을 끌어내고, 문제를 해결할 때까지 싸워나갈 힘을 그러모을 수 있었다—나는 가장 뛰어난 작가의 반열에 오른 두 미국 작가가 개고되길 완강히 거부하는 작품 속에서 자신의 약함을, 능력의 쇠퇴를 감지했을 때 그들은 어떻게 했는지 생각해보았다. 헤밍웨이처럼*—엄청난 기운과 활동적인 생활과 격한 갈등의 기쁨 대신 육신의 고통, 알코올로 인한 타락, 정신적 피로, 자살까지 생각하는 우울증이 들어선 인생의 막바지임과 동시에, 그의 능력은 무한하고 투쟁정신은 찬란하게 빛나고 그의 산문은 전 세계에서 탁월함을 인정받던 전성기이기도 했던 때에 그가 한 것처럼—할 수도 있었다. 그래서 원고를 한쪽으로 치워버린 뒤 나중에 다시 고치거나 아니

* 엽총으로 자살했다.

면 영원히 발표하지 않고 내버려둘 수도 있었다. 혹은 포크너처럼 할 수도 있었다. 아낌없이 고심한 끝에 완성했기에 더는 할 수 있는 게 없는 그 작품이 그 모습 그대로 독자들 손에 들어가 어떤 식으로든 만족감을 줄 수 있도록 여기저기 출판사에 고집스럽게 원고를 보내보는 것 말이다.

나는 견디면서 계속 나아갈 전략이 필요했고—그렇지 않은 사람이 어디 있겠는가—좋든 나쁘든, 실수든 아니든 나는 후자를 택했다. 비록 그리 심하게 망신당하지 않고 재능의 쇠퇴를 향해 가리라는, 앞으로 밀고 나아가는 것이 내 능력에 가장 덜 악영향을 끼치리라는 확실한 믿음은 없었지만. 그리고 그런 선택을 한 것은, 지금처럼 심하게 사투하기 전, 대단히 불확실한 안전장치조차 어디서도 구할 수 없을 정도로 퇴화하기 전—단순히 하루나 이틀이 지나면 앞 장章의 자세한 내용이 더는 기억나지 않는 지경이 아니라, 겨우 몇 분이 지났을 뿐인데도 앞 페이지의 내용 대부분을 기억하지 못하는 믿기 힘든 지경에 이르기 전—의 일이었다.

뉴욕으로 와 의술의 도움을 받기로 결정할 무렵 나는 단지 성기에만, 방광조임근에 국한된 기능 부전 문제에서만 누출을 경험하고 있었던 게 아니었다. 이다음에 날 변화시키려고 기다리고 있던 위기는 육체적 상실만으로 끝나길 희망할 수 있는 그런 것이 아니었다. 이번에는 내 정신의 위기였고, 이번에는 불길한

예감이 잠깐 신경쓰이는 정도를 넘어선 것이어서, 덕분에 대비할 시간이 주어졌다. 그리 길지는 않겠지만.)

나는 토니에게 양해를 구하고 식사도 하지 않은 채 식당을 나와 호텔로 돌아왔다. 하지만 내 방 어디에서도 에이미의 전화번호를 발견할 수 없었다. 협탁 위의 메모지에 적어뒀다고 확신했지만, 거긴 물론이고 침대 위에도, 서랍장 위에도 어디에도 없었다. 무릎을 꿇고 서랍장 밑 카펫 위를 손으로 천천히 훑어보았지만 역시 없었다. 침대 밑도 들여다보았지만 마찬가지였다. 나는 내가 가지고 온 모든 옷의 주머니를, 심지어 입은 적 없는 옷까지 다 확인해보았다. 방 안을 샅샅이, 미니바처럼 메모지가 있을 리 없는 데까지 다 뒤지고 나서야 지갑을 꺼내볼 생각이 들었다. 전화번호가 적힌 메모지는 바로 거기 있었다. 처음부터 죽 있었던 곳에. 나는 피에를루이지에 그걸 가져가는 걸 잊은 게 아니라 가져갔다는 사실을 잊어버렸던 것이다.

내 방 전화기에서 불빛이 깜박거렸다. 에이미가 좀더 길게 남긴 두번째 메시지일지 모른다고 생각하며 나는 수화기를 들고 귀를 기울였다. 하지만 내 산골 집에서 빌리 데이비도프가 남긴 것이었다. "주커먼 선생님, 여기 정말 멋져요. 좁지만 저희한테 완벽하게 맞아요. 사진도 몇 장 찍었는데, 언짢지 않으셨으면 좋겠습니다. 이 집, 연못, 길 건너편에 있는 습지를 보면 제이미가 기뻐할 거예요. 모든 걸, 주변 환경 전부 마음에 들어할 거예요. 그리고 롭 매시 씨는 보물 같은 분이더군요. 가능한 한 빨리 형식적인 절차를 끝내죠. 저희는 필요하다면 어떤 서류든 작성할 겁니다. 롭 씨 말로는 선생님이 그쪽에 자리를 잡으시면 자기 차로 선생님 물건을 실어다드릴 거라고 하던데, 지금 당장 필요하신 게 있으면 오늘밤에 제가 싣고 갈까 합니다. 선생님이 다시 전화를 주겠다고 하시면 한 시간쯤 더 여기 있겠습니다. 좀 있다 통화하죠. 그리고 고맙습니다. 여기서 살면 큰 도움이 될 것 같아요."

그러니까 제이미에게 도움이 된다는 뜻이었다. 뭐든 제이미를 위한 것이었다. 그토록 엄청난 헌신이라니. 게다가 거기서 즐거움까지 느끼다니. 빌리가 원하는 건 뭘까? 뭐든 제이미가 원하는 거겠지. 빌리는 무엇에서 즐거움을 느낄까? 뭐든 제이미가 즐거움을 느끼는 것에서겠지. 무엇이 이 세심한 빌리를 사로잡은 것일까? 제이미지! 제이미! 제이미를 기쁘게 하는 것! 그런 숭배에 가까운 협정이 믿을 수 없게도 절대 효력을 잃지 않는다면, 운좋은 한 쌍이다! 하지만 어느 날 그녀가 그의 세심한 배려를 거부한다면, 승인을 보류한다면, 그의 열정에 자극받길 거부한다면, 남자만 비참해지고 상처받고 너덜너덜해질 것 아닌가! 그는 그녀 없이는, 그녀 생각을 오십 번쯤 하지 않고는 절대 하루를 보낼 수 없을 것이다. 그녀는 자기 뒤를 이을 여자들에게 영원히 으스댈 것이다. 그는 죽을 때까지 그녀를 생각할 것이다. 죽어가는 동안에도 그녀를 생각할 것이다.

여덟시 삼십분이었다. 만약 빌리가 그곳에 한 시간을 더 머문다면, 자정 전에 웨스트 71번가에 도착하진 못할 것이다. 나는 이제 집을 바꿀 마음은 없었지만 그래도 집을 바꿀 날짜를 정하자는 핑계로 그녀에게 전화할 수 있었다. 전화를 걸어 사실대로 이렇게 말할 수도 있었다. "자네를 만나고 싶네. 자넬 볼 수 없는 게 견딜 수 없어." 겨우 세 번, 그것도 아주 잠깐 가까운 거리에 있었던 이 젊은 여자는 자정까지는 자기 고양이들과 함께—아니면 고양이들과 더불어 클리먼도 함께—집에 앉아 있을 것이다.

스스로를 고문하는 실험은 집어치우자. 차를 몰고 여길 떠나자. 너의 위대한 모험은 끝났어.

두번째 메시지는 클리먼이 남긴 것이었다. 그는 자기 대신 에이미 벨레트를 만나 이야기해줄 수 없는지 물었다. 그녀가 수술을 받기 전에 약속을 했는데, 이제 와서 지키지 않으려 한다면서. 그는 현재 남아 있는 로노프의 장편소설 원고 전반부의 사본을 가지고 있는데, 그녀가 불과 두 달 전에 확약한 대로 나머지를 읽게 해주지 않으면 그 전반부는 아무 소용 없다고 했다. 그녀는 그에게 로노프의 가족사진까지 줬다. 심지어 전기 집필을 찬성하기까지 했다. "가능하시다면, 주커먼 선생님, 제발 도와주십시오. 그녀는 예전의 그녀가 아닙니다. 수술 때문이죠. 일부를 제거하는 바람에 뇌가 손상된 겁니다. 전엔 없던 엄청난 정신적 결함이 생긴 겁니다. 하지만 어쩌면 선생님 말씀은 들을지도 모릅니다."

클리먼? 도무지 받아들일 수가 없었다. 당신한텐 악취가 나, 악취가 난다고, 이 늙은이야, 라고 해놓곤 사과 한마디 없이 대뜸 전화해서 도와달라니? 내가 제놈을 파멸시키기 위해 가능한 모든 수단을 동원하겠다고 한 마당에? 이 정도로 뻔뻔하게 수작을 부리는 놈인가, 아니면 그저 이 정도로 너절한 놈인가. 아니면 클리먼은 놓칠 수 없는 사람에게는 진드기처럼 들러붙는 족속의 인간인가? 아무리 퇴짜를 놓고 면박을 줘도 몰아낼 도리가 없는 인간 말이다. 그런 자들은 우리가 무슨 수를 써도 우리에게서 원하는 것을 얻어내려는 노력을 멈추지 않는다. 그리고 자신들이 무슨 짓을 하든, 얼마나 끔찍한 말을 하든, 그들의 생활 습관으로는 스스로가 돌이킬 수 없는 선을 넘었다는 사실을 절대 인지하지 못한다. 그렇다, 이 덩치 크고 남성적이고 자신의 용모에 자신감을 가진 잘생긴 젊은이는 상대방의 기분 따윈 전혀 개의치 않고, 마치 아무 일도 없었다는 듯 다시 나타난 것이다.

그게 아니라면, 혹시 그 이후로 우리가 접촉한 적이 있는데 내가 잊은 걸까? 하지만 언제? "어쩌면 선생님 말씀은 들을지도 모릅니다." 하지만 클리먼은 나와 에이미 벨레트가 한 번밖에 만난 적이 없다는 걸 알면서도 왜 그녀가 내 말은 들을 거라고 생각하는 걸까? 그런데 우리가 한 번밖에 만난 적이 없다는 사실까지 클리먼이 아나? 클리먼이 아는 한, 에이미와 나는 결코 만난 적 없는 사이였다. 내가 그에게 말한 적 없는 한 말이다. 어쩌면 그녀가 그에게 말했는지도 모른다. 그녀가 말한 게 틀림없다. 그녀가 그 사실까지 그에게 말한 게 틀림없다!

나는 에이미의 전화번호를 전화기 옆에 놓고 다이얼을 돌렸다. 그녀가 전화를 받았을 때 나는 제이미 로건에게 건네고 싶었던 말들을 그녀에게 건넸다. "당신을 만나러 가고 싶습니다. 지금 당장 당신을 만나러 가고 싶어요."

"어디 계셨어요?" 그녀가 물었다.

"엉뚱한 식당으로 갔어요. 미안해요. 어디 사는지 말해줘요. 당신과 이야기하고 싶습니다."

"내가 사는 곳은 끔찍해요." 그녀가 말했다.

"제발 어딘지 말해줘요."

그녀가 말해줬고, 나는 1번가에 있는 그녀의 집으로 택시를 타고 출발했다. 사람들이 로노프에 대해 떠들어대는 이야기가 사실인지 확인하기 위해서. 왜 그래야 했는지는 묻지 말기를. 나도 모르니까. 나의 이런 탐색이 무의미하다는 사실도 나를 막진 못했다. 무의미한 어떤 것도 나를 막을 수 없었다. 늙어가는 남자, 자신의 싸움들을 이미 끝낸 남자가 갑자기 강한 충동을 느끼고 있었다…… 무엇에 대해? 한때 정욕에 사로잡혀 돌아다닌 것으로는 충분치 않은 건가? 한때 불가지의 존재에 빠져 헤맨 것으로는 충분치 않은 건가? 또다시 변덕 속으로 뛰어들려는 건가?

그 눈부신 작가의 생존해 있는 배우자인 여자가 이런 건물을 자기 집이라고 말해야 한다는 사실이 정당하다고 여겨지지는 않았지만, 그래도 거기로 가는 동안 내가 상상했던 것만큼 불쾌하지는 않았다. 1층에는 스파게티 가게와 아일랜드식 바가 나란히 있었고, 건물 입구나 계단통으로 이어지는 안쪽 문에는 자물쇠도 없었다. 첫번째 층계참 아래 어둑한 공간에는 온통 찌그러진 철제 쓰레기통이 방치되어 있었다. 우편함 옆에 붙어 있는 그녀의 집 초인종을 누르면서 보니, 우편함 가운데 하나는 자물쇠가 떨어져나가고 우편물을 넣는 홈이 있는 문이 조금 열린 채 매달려 있었다. 내가 누른 초인종이 작동은 하는지 의심하고 있는데, 위쪽에서 나를 부르는 에이미의 목소리가 들려와 흠칫 놀랐다.

"조심해요. 계단 발판 중에 삐거덕거리는 게 있어요."

천장 전등에 돌려 끼워진 알전구 몇 개가 계단을 충분히 밝혀주긴 했지만, 계단과 이어진 복도는 캄캄했다. 건물 내부 통로에 배어 있는 냄새는 고양이나 쥐, 혹은 둘 다의 오줌 냄새인 듯했다.

그녀는 세번째 층계참에서 기다리고 있었는데, 내 눈에 처음 들어온 것은 머리칼이 절반밖에 없는 이 늙은 여인의 머리와 하나로 땋아내린 잿빛 머리칼이었다. 밝은 분위기를 내보려 한 듯

볼품없는 긴 레몬색 드레스를 입은 그녀는 외출복으로 수선한 병원 환자복을 입었을 때보다 훨씬 애처로워 보였다. 하지만 자신의 외양 따위는 안중에도 없는 듯했고, 나를 보자 거의 어린애처럼 반가워했다. 그녀는 손을 내밀어 악수를 청했지만, 나는 그녀의 양볼에 키스했다. 1956년이었다면 온 힘을 다해 얻으려 했을 기쁨. 그녀에게 키스한 것과 관련된 모든 것이 기적처럼, 아주 대단한 일처럼 여겨졌고, 완전히 반대되는 신체적 증거에도 불구하고 그녀는, 아, 그녀였고, 그녀를 사칭하는 가짜가 아니었다. 그녀가 모든 시련을 견디고 살아남아 이렇게 비참한 환경에서라도 나를 만났다는 것, 이것은 대단한 기적이었고, 마치 내가 그녀를 만나는 것이, 이 만남을 완수하는 것이, 거의 오십 년 전에 그토록 강렬한 매력으로 나를 사로잡았던 젊은 여인과 함께하는 이 순간이야말로 내가 뉴욕에 온 미지의 이유, 내가 온 이유이자 충동적으로 머물기로 결심한 이유인 것처럼 보였다. 그 세월을 보낸 뒤에, 내가 암에 걸리고 그녀도 암에 걸리고 우리의 영민했던 젊은 두뇌가 둘 다 더 쓸 수 없을 정도로 닳은 뒤에 재회하는 것—이것이 내가 거의 안절부절못했던 이유였고, 그녀가 예전에 유행했던, 정말 유행했어도 반세기 전에나 그랬을 법한 노란색 긴 드레스를 차려입은 이유였다. 우리 둘에게는 과거에서 온 듯한 이런 모습이 너무도 절실했다. 시간—시간의 권능과 시간의 위력—, 그리고 그녀의 무방비 상태인 몸에 걸쳐진,

죽음이 드리워진 저 낡은 노란색 드레스! 지금 돌아섰는데 계단을 걸어올라오는 로노프를 보게 된다면? 나는 그에게 뭐라고 말할까? "저는 여전히 선생님을 존경합니다"? "선생님 작품을 막 다시 읽은 참입니다"? "선생님과 있으니 다시 젊어진 것 같습니다"? 그는 뭐라고 대답할까. 그가 이렇게 말하는 소리가 들리는 듯했다. "그녀를 돌봐주게. 앞으로 닥칠 괴로움은 그녀에겐 견디기 힘든 것일 게야." 죽은 그는 살았을 때보다 더 뚱뚱했다. 무덤에서 체중이 늘어난 것이다. "나도 아네." 그는 악의 없이 빈정거리는 말투로 재빨리 어조를 바꿔 계속 이야기했다. "자네가 더는 그리 대단한 애인이 될 수 없다는 걸. 그래서 더 쉬울 거야."

"신체적 결함은 아무것도 더 쉽게 해주지 못합니다. 저는 제가 할 수 있는 걸 하겠습니다." 내가 대답했다. 내 지갑에는 당장 그녀에게 줄 수 있는 몇백 달러가 들어 있었고, 비록 돌아가기 전에 잊지 않고 자물쇠가 달아나버린 우편함이 그녀의 것이 아니라는 걸 확인해야 하는 문제가 있긴 했지만, 호텔로 돌아가 수표를 써서 아침에 우편으로 보낼 생각이었다. 만약 자물쇠가 없는 우편함이 그녀의 것이라면, 다른 방법으로 돈을 받을 수 있게 조치할 생각이었다.

"고맙네." 내가 노란색 드레스를 따라 아파트 안으로 들어가는 동안 로노프가 말했다. 좁은 기차간식 아파트* 안의 두 방—서재와 아치형 입구 뒤쪽의 주방—에는 창문이 없었다. 건물 정면 쪽에 있는 방은 1층 식당과 1번가를 오가는 차량 위에 자리한 작은 거실이었는데 여닫을 수 있는 창 두 개가 달려 있었고, 건물 뒤쪽에 있는 방은 협탁 하나와 좁다란 침대 하나가 간신히 들어갈 정도로 작지만 그래도 여닫는 게 가능한 창 하나가 있었다. 창문이 세 개뿐인 집이라니. 버크셔 산골에 있던 로노프의 농가에는 결코 잠글 필요가 없던 창문이 스무 개도 넘었는데.

침실 밖으로 통풍 장치가 내다보이고 아래쪽으로는 식당의 쓰레기통들이 들어찬 좁은 뒷골목이 보였다. 나는 주방 개수대 옆에 달린 문 안쪽 벽장만한 공간에 변기가 있는 것을 발견했다. 주방에는 좀 작다 싶은 고양이발 욕조가 냉장고와 가스레인지 사이에 겨우 몇 인치 간격으로 놓여 있었다. 아파트 앞쪽은 1번가를 무서운 속도로 질주하는 버스, 트럭, 승용차 소리로 시끄럽고, 아파트 뒤쪽은 환기를 위해 일 년 내내 뒷문을 열어두는 식당 주방의 끊임없는 소음으로 시끄러웠기 때문에 에이미는 어둑하고 상대적으로 조용한 서재로 나를 데려갔다. 종이 뭉치와 책이 사방 벽을 둘러싼 책장에도 꽉꽉 들어차 있었고 책상 겸용으로 쓰는 포마이카를 칠한 식탁 아래에도 잔뜩 쌓여 있었다. 책상에 놓인 램프가 그 방의 유일한 불빛이었다. 램프는 폭이 넓고 길쭉하고 반투명한 갈색 유리병 안에 전구가 연결되어 있고,

* 한 줄로 이어진 각 방이 다음 방으로 가는 통로가 되는 저렴한 아파트.

그 위에 챙 넓은 모자 모양에 부채처럼 주름이 잡힌 갓이 씌워진 것이었다. 내가 그 램프를 마지막으로 본 것은 사십팔 년 전이었다. 로노프가 사용하던 수수한 탁상용 램프였다. 그의 서재에 있던 또다른 유품이 구석에 놓인 게 보였다. 수십 년에 걸쳐 그의 건장한 체격에—그리고 내가 보기엔 그의 사상의 흔적과 그의 극기의 형상에—맞춰 모양이 잡힌 커다랗고 우중충한 갈색 말총 안락의자였다. 램프와 마찬가지로 낡아빠진 그 의자에 앉아 그는 젊은 시절의 내가 추구했던 것에 대해 아주 간단한 질문 몇 가지를 던지며 처음부터 나를 잔뜩 주눅들게 했었다. 나는 생각했다. '뭐예요! 여기 계신 겁니까?' 그러고는 엘리엇의 「리틀 기딩」*에서 시인이 동트기 전에 거리를 걷다 자신이 부닥치게 될 고통에 대해 말해주는 '복합 유령'을 만나는 대목에서 나오는 시구詩句를 기억해냈다. "지난해에 쏟아낸 말은 지난해의 언어에 속하고/ 다음해에 쏟아낼 말은 또다른 목소리를 기다리기 때문이지." 엘리엇의 유령이 어떻게 말문을 열더라? 냉소적으로. "노년을 위해 마련해둔 선물을 공개하게 해다오." 공개하게 해다오. 공개하게 해다오. 그다음은 생각나지 않는다. 무서운 예언이 이어졌는데 그 대목이 기억나지 않는다. 집에 돌아가면 찾아보리라.

침묵 속에서 나는 이제 막 나를 찾아온 로노프에게 소감을 피

---

* T. S. 엘리엇의 시로, 네 편의 장시로 구성된 「네 개의 사중주」 가운데 네번째 시.

력했다. "선생님은 더이상 저보다 서른 살쯤 많은 연장자가 아닙니다. 이제는 제가 선생님보다 열 살 위예요."

"뭘 좀 먹었어요?" 그녀가 물었다.

"배고프지 않아요." 나는 그녀에게 말했다. "당신과 함께 있다니 너무 놀라워서요." 나는 상상조차 못한 이 만남에 감정이 벅차올라 더는 아무 말도 할 수 없었다. 요즘 내 생각이 아무리 부정확하고 종잡을 수 없다 해도, 오래전에 단 한 번 만난 에이미에 대한 추억은 아직도 생생했고, 그녀가 대단히 중요한 인물이었던 1956년에 내가 받은 인상도 그대로였다. 그 당시 나는 유럽에서 출간된 안네 프랑크의 전기에 나오는 끔찍한 사실들이 그녀에게도 적용될 거라는 생각으로 정교하고 세세한 작품을 구상한 적이 있었다. 나의 구상 속에서 안네 프랑크는 유럽과 2차대전에서 살아남은 뒤 가명을 쓰며 뉴잉글랜드 고아 출신 여대생으로, 네덜란드에서 유학 온 외국인 학생으로, E. I. 로노프의 제자에서 연인으로 자신을 바꾸어나간다. 그리고 스물두 살이 된 어느 날—〈안네 프랑크의 일기〉 첫 공연을 보러 혼자 맨해튼으로 갔다가—자신의 진짜 정체를 밝힌다. 물론 나는 그런 대담한 소설에 계속 공을 들여 완성할 만큼 강한 동기를 가진 젊은이가 아니었다. 그런 걸 목표로 상상력을 발휘했던 이십대 중반 무렵의 그런 감정들은 이후, 당시 유대인 사회의 저명한 원로들이 내게 강요했던 도덕적 규범들과 함께 사라져버렸다. 내가 처음 발표한 단편들을 두고 "유대인의 자기혐오"의 해로운 발현이라고 한 그들의 맹렬한 비난에는 나름의 신랄함이 있긴 했지만 유대인의 자기애라는 짜증나는 고결함이 반영되어 있었다. 나는 혐오감을 총동원해, 그리고 약간의 아이러니를 곁들여 내가 결혼까지 하고 싶어하는 사람이라고 상상한 로노프의 에이미를 다 죽어가는 안네로 변모시키면서까지 그 유대인의 자기애에 맞섰던 것이다. 활기 넘치는 젊은 유대인 성녀 에이미가 내 살가죽까지 벗길 태세인 비난에 맞서 내 상상 속의 성채가 되었던 것이다.

"뭐 마실 것 좀 줄까요?" 그녀가 물었다. "맥주 마실래요?"

예전 같으면 더 독한 술도 마다하지 않았겠지만, 이제 나는 식사 때 와인 한 잔을 하는 것 외에는 술을 마시지 않았다. 알코올이 들어가면 정신을 놓는 게 더 심해졌기 때문이다. "아니, 괜찮아요. 당신은 뭘 좀 먹었어요?"

"나는 안 먹어요." 그녀가 말했다. 나는 안 한다. 나 또한 대단히 자주 쓰게 된 말이었다.

"괜찮아요?" 내가 물었다.

"괜찮았었죠. 지난 몇 달은 괜찮았어요. 그런데 얼마 전에 그 망할 게 재발했다는 말을 들었어요. 늘 그런 식이죠. 운명이 등 뒤에 숨어 있다 어느 날 갑자기 튀어나와 '왁!' 하고 소릴 지르죠. 처음 종양이 생겼을 땐, 그런 게 생긴 줄도 모르고 있었는데, 나는 다시는 되풀이하고 싶지 않은 짓들을 했어요. 이웃집 개한테 발길질을 했죠. 작은 개였어요. 복도에 나와 늘 짖어대고 신발을 물어뜯어놓고, 어쨌든 거기 나와 돌아다니면 안 되는 골칫거리였는데, 나도 맞받아 소리를 지르며 녀석을 호되게 걷어차 버렸어요. 또 〈뉴욕 타임스〉에 글을 써 보내기 시작했어요. 공공도서관에서 발작을 일으킨 적도 있고요. 완전히 제정신이 아니었죠. 도서관엔 E. E. 커밍스 전시회를 보러 갔던 거였어요. 내가 학생으로 여기 처음 왔을 때 그의 시를 좋아했었거든요. '나는 기쁨에 차 크게 노래하며 올라프를 찬양하네.' 커밍스 전시회장을 나온 다음엔 복도 벽을 따라 설치된 '현대문학에 획을 그은 사건들'이라는 제목의 훨씬 규모도 크고 화려한 전시회를 보았어요. 진품 겉표지가 씌워진 초판본이 전시된 유리 진열장 위에 커다란 초상사진이 걸려 있었는데, 정치적 올바름이 어쩌고 하는 헛소리나 늘어놓는 끔찍하게 한심한 전시회였어요. 평소 같았으면 걸음을 멈추지 않았을 거고, 집으로 돌아오는 지하철에서 그 일에 대해 매니와 이야기를 나눴을 거예요. 그는 기지 강한 횃불 같은 사람이었죠. 기지, 재치, 참을성. 인간의 어리석음에 절대로 놀라는 법이 없었어요. 죽은 후에도 그는 내 기분을 정말 잘 달래주었죠."

"사십 년이나 지났는데도요? 당신을 달랠 수 있을 만큼 소중해진 사람이 사십 년 동안 아무도 없었어요?"

"있을 수 있었을까요?"

"있을 수 없었을까요?"

"그 사람 이후에요?"

"그가 세상을 떠났을 때 당신은 서른이었어요. 한 사건으로 전 인생을 한정시켜버리다니…… 당신은 아직 젊은 여성이었다고요." 나는 "그 몇 년이 그후의 모든 걸 짓밟아버린 겁니까?"라고 말하려다 말았다. 어떤 대답이 돌아올지 분명했으니까. 모든 걸요, 마지막 하나까지 모두요.

"중요하지 않아요"라는 대답이 돌아왔다.

"그래서 그후로 무슨 일을 했어요?"

"했다? 대단한 말이네요. 했다. 책을 번역했어요. 노르웨이어를 영어로, 영어를 노르웨이어로, 스웨덴어를 영어로, 영어를 스웨덴어로. 그게 내가 했던 일이에요. 하지만 주로 하는 일은 정처 없이 사는 거죠. 그냥 정처 없이 살고 또 정처 없이 살다보니 어느새 일흔다섯이 되었어요. 내가 일흔다섯이 된 비결이죠. 끊임없이 정처 없이 살기. 하지만 당신은 정처 없이 살지 않았죠. 당신 인생은 화살 같았어요. 힘껏 노력했으니까."

"그렇다면 그게 내가 일흔하나가 된 비결이겠군요. 이런 식으로든 저런 식으로든, 화살로든 정처 없이든, 그래도 결국 끝에 이르죠. 다른 사람하고는 피렌체의 저택에 간 적이 없었나요?"

"피렌체의 저택을 당신이 어떻게 알죠?"

"그날 밤에 그가 나한테 그 저택 이야기를 했거든요. 막연하게, 그저 구상중인 뭔가에 대해 얘기하듯이요." 그런 다음 나는 고백했다. "그후 당신들 대화를 엿들었어요. 예의에 어긋나는 일이었지만 그날 밤 그와 당신의 대화를 엿들었습니다."

"어떻게 가능했죠?"

"당신 방 바로 아래층에서 잤으니까요. 당신은 기억을 못할 거예요. 그가 나를 위해 서재에 소파 겸용 침대를 준비해줬어요. 나는 그의 책상 위로 올라가 천장에 귀를 댔죠. 당신이 말했어요. '오, 매니, 우린 피렌체에서 정말 행복할 거예요.'"

이 이야기를 듣고 그녀는 뛸듯이 기뻐했다. "이런 세상에. 당신 정말 짓궂은 사람이었군요. 다른 건요? 다른 게 또 있어요? 그토록 오래전에 있었던 일을 증언해줄 사람이 있다니, 이건 대단한 선물이에요! 또 무슨 이야길 들었는지 말해줘요, 짓궂은 양반! 다 얘기해줘요!"

얘기해줘요, 그녀가 내게 말하고 있었다. 얘기해줘요, 제발, 이제는 세상에 없지만 누구도 대신할 수 없는, 내가 사랑하는 그 사람과의 친밀했던 순간에 대해. 말해줘요, 나의 죽음을 재촉하는 종양이 재발했다는 사실을 알고 축하하기 위해 노란색 드레스를 입은 이날!

"나도 그러고 싶어요." 나는 말했다. "하지만 그 이상은 기억나는 게 별로 없어요. 피렌체를 기억하는 건 그도 이야기한 적 있기 때문이에요. 피렌체의 저택, 그리고 거기서 함께 지내면서 인생을 새롭고 아름답게 만들어줄 젊은 여자에 대해 이야기했었죠."

"'새롭고 아름답게'라, 그가 그렇게 말했어요?"

"그랬던 것 같아요. 피렌체에 가본 적 있어요?"

"둘이서요? 한 번도 못 갔어요. 혼자 갔죠. 그가 세상을 떠난 뒤 거기 가서 얼마간 지냈어요. 꽃을 꺾어다 그의 꽃병에 꽂기도 하고, 일기도 쓰고, 산책도 했어요. 차를 렌트해 드라이브도 했고요. 몇 년 동안 6월이면 그곳의 민박집에 번역 일거리를 가지고 가서, 의식처럼 그런 일들을 하곤 했죠."

"그러니까 다른 사람하고 함께할 생각은 단 한 번도 안 했다는 거군요."

"왜 그래야 하죠?"

"사람이 어떻게 그토록 오랜 시간을 하나의 기억에 의지해 살아갈 수 있죠?"

"절대 그렇지 않았어요. 나는 늘 그와 이야기를 나누는걸요."

"그도 당신에게 말을 합니까?"

"그럼요. 우린 그가 세상에서 사라져버린 이 곤란한 상황을 아주 멋지게 따돌려왔어요. 우린 이제 다른 사람들하고 다르고, 서로를 너무도 좋아해요."

나는 이 이야기에 충격을 받고 그녀를 찬찬히 살폈다. 작정하고 그런 이야기를 한 것인지, 아니면 계획적으로 터무니없는 이야기를 한 것인지, 그것도 아니면 일부를 잃어버린 뇌 때문에 우연히 뱉은 이야기인지 가늠하기 위해서. 내 눈에 들어온 건 그 누구로부터도 보호받지 못했던 사람뿐이었다. 내 눈에 들어온 건 클리먼이 본 그 모습뿐이었다.

"당신이 이렇게 살아가는 걸 그는 어떻게 생각할까요?" 나는 물었다. "다른 사람을 만나길 원하지 않을까요? 오랜 세월 혼자 지내온 당신의 삶을 어떻게 생각할까요?" 그러고는 한마디 덧붙였다. "이 점에 대해 그가 당신에게 뭐라고 하던가요?"

"그런 이야긴 한 적 없어요."

"당신이 여기서, 지금 이 집에서 사는 건 어떻게 생각하죠?"

"우린 그런 건 신경 안 써요."

"그럼 뭐에 신경을 씁니까?"

"내가 읽는 책에요. 우린 책에 대해 이야기해요."

"다른 건 없어요?"

"무슨 일이 있었는지도 이야기해요. 나는 그에게 그 도서관 일도 얘기해줬어요."

"뭐라던가요?"

"늘 하던 말요. 그는 웃었어요. 그러고는 말했죠. '당신은 그런 일에 지나치게 심각해.'"

"뇌종양에 대해선 뭐라던가요?"

"겁먹지 말아야 한다고요. 좋은 일은 아니지만 겁먹어선 안 된다고 했어요."

"그가 하는 말을 믿어요?"

"그와 이야기하는 동안엔 통증이 잠시 사라져요."

"오로지 사랑만 느끼는 거군요."

"그래요. 바로 그거예요."

"그럼 도서관에서 있었던 일을 그에게 어떻게 이야기했어요? 나한테도 마저 이야기해줘요."

"아, 나는 현대문학에 위대한 획을 그은 작품을 썼다는 작가들의 사진에 대고 불같이 화를 내며 복도에서 미친듯이 날뛰었어요. 완전히 이성을 잃었죠. 난 고함을 질러대기 시작했어요. 경비원 둘이 달려들었고, 순식간에 도서관 밖 계단으로 끌려나왔어요. 그들은 분명 내가 어쩌다 거리를 벗어나 거기로 들어온 미친 여자라고 생각했을 거예요. 나도 그렇게 생각했으니까요. 유해한 생각을 가진 유해하고 미친 여자. 그때부터 난 죽어라 지껄여대기 시작했어요. 지금도 그래요. 심지어 혼자 있을 때도 그러죠. 알겠지만 그땐 아직 종양에 대해서 몰랐어요. 그 얘긴 이미 했죠. 하지만 종양은 내 머리 뒤쪽에서 이미 자라고 있었고, 난 완전히 딴사람이 돼버렸어요. 살아오는 내내 나는 어디로 가야 할지 알 수 없을 때면 늘 자문했어요, 매니라면 어떻게 했을까? 매니라면 이런 말도 안 되는 상황에서 어떻게 했을까? 살아오는 내내 그는 내 곁에서 안내자가 되어줬어요. 나는 위대한 사람과 사랑에 빠졌죠. 그 사랑은 계속되었고요. 그러다 종양이 생겼고, 그의 목소리를 들을 수 없게 되었어요. 더 크게 끊임없이 으르렁거리는 소리 때문에요."

"시끄러운 소리가 들려요?"

"아뇨. '구름'이라고 할 걸 그랬네요. 그건 구름이에요. 벼락을 잔뜩 머금은 구름이 머릿속에 들어 있어요."

"정치적 올바름이 어쩌고 하는 헛소리는 어떤 것이었습니까?"

그녀가 웃었다. 그 얼굴, 한때 거기 있었던 아름다움은 흔적도 없고 잔주름만 덮인 그 얼굴은 웃고 있었지만, 머리 절반을 밀어버린 자리에 새로 난 솜털 같은 머리칼과 무시무시한 흉터 때문에 그 웃음은 완전히 엉뚱한 의미로 가득차버렸다. "짐작 갈걸요. 거트루드 스타인은 전시되어 있었지만 어니스트 헤밍웨이는 빠졌죠. 에드나 세인트 빈센트 밀레이는 있었지만 윌리엄 칼로스 윌리엄스나 윌리스 스티븐스나 로버트 로웰은 없었어요. 말도 안 되는 거죠. 대학에서 그런 걸 시작했는데 이젠 어디서나 그 모양이에요. 리처드 라이트, 랠프 엘리슨, 토니 모리슨은 있는데 포크너는 없죠."

"뭐라고 고함을 질렀는데요?" 내가 물었다.

"'E. I. 로노프는 어딨어? 어떻게 E. I. 로노프를 제외할 수 있지!'라고요. 사실은 이렇게 소리칠 작정이었죠. '어떻게 윌리엄 포크너를 제외할 수 있지!' 그런데 매니의 이름이 튀어나온 거예요. 덕분에 적잖은 구경꾼이 모여들었죠."

"그래서 종양이 생긴 건 어떻게 알았어요?"

"자꾸 머리가 아프더라고요. 두통이 어찌나 심한지 구역질이 날 정도였어요. 클리먼이란 인간한테서 벗어나도록 도와줄 거죠?"

"노력해볼게요."

"그게 재발했대요. 내가 말했던가요?"

"네." 나는 대답했다.

"누군가는 그 인간한테서 매니를 보호해야 해요. 그가 어떻게 전기를 쓰든 열등한 인간의 원한이 드러난 게 될 거예요. 니체의 예언이 들어맞는 거죠. 예술을 망쳐놓는 건 원한이라고 했었죠. 종양이 생겼다는 걸 알게 되기 전에 그가 날 찾아왔어요. 도서관에서 그 난동을 피운 직후였죠. 그 무렵 난 이미 쉼없이 지껄이고 있었어요. 난 그에게 차를 대접했고 그는 몹시 예의발랐어요. 종양 탓이었겠지만, 매니의 작품에 대해 이야기하는 그는 아주 훌륭해 보였어요. 종양 탓이었겠지만 순수한 문학청년으로, 매니의 명성을 회복하는 것 말고는 아무것도 원치 않는 하버드 출신의 진지한 젊은이로 보였죠. 내 종양은 클리먼이 매력 있다고 생각했어요."

"글쎄요, 당신은 그 이웃집 개를 매력 있다고 생각하고 클리먼은 걷어찼어야 했어요. 진단은 어떻게 받게 됐어요?" 나는 물었다.

"정신을 잃었어요. 어느 날 가스레인지에 주전자를 올려놓고 가스를 켰는데, 그다음에 깨어나보니 레녹스힐 병원 응급실이고 경찰관 두 명이 나를 내려다보고 있었어요. 가스 냄새가 엄청나게 퍼졌고, 건물 관리인이 저기서 나를 발견했대요." 그녀는 우리 뒤쪽에 욕조가 놓여 있는 주방을 가리켰다. "마룻바닥에서요. 경찰은 내가 자살 시도를 했다고 생각했어요. 그 때문에 난 분노했어요. 모든 것이 날 분노하게 했어요. 한때는 나도 상냥하고 마음씨 고운 여자애였는데, 안 그래요?"

"나한테 당신은 늘 단정한 사람이었어요."

"어쨌든 난 경찰관들을 아주 호되게 꾸짖었어요."

피에를루이지 식당에서 그녀를 기다린 이후 처음으로, 엉뚱한 식당으로 간 사람은 내가 아니라는 생각이 들었다. 그건 에이미였다. 재발한 종양이 그녀를 다시 아주 딴사람으로 만들어놓았다. 재발한 종양이 그녀에게, 재발에 겁먹지 않을 심리 상태를 유발한 것 같았다. 그녀는 내게 종양이 재발했다는 말을 두 번이나 했는데, 오늘같이 기념비적인 날 이런 저녁까지 보내게 된 사람의 말투가 아니라, 두 번 다 마치 계좌 잔고가 바닥나 결제할 수 없게 된 수표에 대해 이야기하는 것 같은 말투였다.

몇 분간 침묵 속에 앉아 있는데 그녀가 말했다. "그 사람 구두를 갖고 있어요."

"무슨 말씀인지."

"그 사람 옷가지는 결국 다 없앴지만, 구두는 못 버리겠더라고요."

"어디 있습니까?"

"침실 벽장에요."

"한번 봐도 될까요?" 나는 청했다. 그녀가 그래주기를 바라는 것처럼 보였으므로.

"보실래요?"

"그럼요."

침실은 아주 작았고, 벽장문은 침대 옆면에 부딪혀 조금밖에 열리지 않았다. 끝이 해진 줄 하나가 벽장 안에 늘어뜨려져 있었는데, 그녀가 줄을 당기자 낮은 촉수의 전구에 불이 들어왔다. 내 눈에 맨 처음 들어온 것은 십여 벌의 옷과 함께 걸린 병원 환자복을 개조한 그 드레스였다. 그리고 바닥에 줄지어 놓인 로노프의 구두들이 보였다. 모두 네 켤레로 다 구두코가 뾰족하고 검은색에 닳을 대로 닳아 있었다. 망자의 구두 네 켤레.

"그 사람이 남기고 간 그대로예요." 그녀가 말했다.

"저걸 매일 보겠군요." 나는 말했다.

"매일 아침. 매일 밤. 어떤 땐 더 자주 봐요."

"여기 구두가 있는 걸 보고 무서웠던 적은 없어요?"

"전혀요, 정반대예요. 이것들보다 더 마음 편하게 해주는 건 없어요."

"갈색 구두는 잘 안 신었나보네요?" 내가 물었다.

"갈색 구두는 절대 안 신었어요."

"당신, 저 구두들을 신어본 적 있어요?" 나는 물었다. "신고 서 있어본 적 없어요?"

"어떻게 알았어요?"

"그냥 인간적인 일이니까요. 그런 게 인생이니까요."

"내 보물들이에요." 그녀가 말했다.

"나도 보물처럼 아낄 것 같네요."

"한 켤레 줄까요, 네이선?"

"오랫동안 간직해온 거잖아요. 남에게 넘기면 안 돼요."

"넘기려는 게 아니에요. 전달하려는 거죠. 혹시 내가 종양으로 죽더라도, 전부 사라져버리진 않았으면 하니까요."

"당신이 간수하는 게 좋을 것 같아요. 상황이 어떻게 될지는 아무도 모르니까요. 앞으로 몇 년 더 구두를 여기 두고 볼 수 있을지도 몰라요."

"난 죽을 거예요, 네이선, 이번에는."

"저 구두를 전부 간직해요, 에이미. 그를 위해 원래 있던 자리에 간직해요."

그녀는 줄을 당겨 전구를 끈 뒤 벽장문을 닫았고, 우리는 주방을 지나 다시 그녀의 서재로 돌아왔다. 나는 10마일을 전력 질주한 것처럼 피로했다.

“클리먼하고 무슨 이야기를 했는지 기억해요?” 그 구두들을 봤으므로 나는 물었다. “지난번에 만났을 때 뭐라고 했는지 기억해요?”

“아무 이야기 안 했을 거예요.”

“매니에 대해서 아무 말도 안 했다고요? 당신에 대해서도요?”

“모르겠어요. 전혀 모르겠어요.”

“그 녀석한테 뭔가를 줬어요?”

“왜요? 내가 뭘 줬다고 그러던가요?”

“매니의 장편 원고 절반을 사본으로 갖고 있다고 했어요. 당신이 나머지 부분도 넘겨주겠다고 약속했다고 하던데.”

“내가 절대 그런 짓을 했을 리 없어요. 그럴 리가.”

“종양 때문에 그랬을 수도 있지 않을까요?”

“오, 세상에. 오, 맙소사. 오, 안 돼.”

탁자 위에 철하지 않은 원고 하나가 있었는데, 그녀는 흥분한 나머지 그것을 만지작거리기 시작했다. “그게 그 장편의 일부인가요?”

“아니에요.”

“그 원고가 여기 있습니까?”

“원본은 보스턴에 있는 대여금고에 보관해두었어요. 사본이라면, 네, 여기 한 부 갖고 있고요.”

“그가 소설의 주제 때문에 그걸 완성할 수 없었다고요?”

그녀가 깜짝 놀란 표정을 지었다. "어떻게 알았죠?"

"당신이 말해줬어요."

"내가 말해줬다고요? 도대체 내가 무슨 짓을 하고 있는지 모르겠네요. 뭐가 어떻게 돌아가는지도 모르겠고. 사람들이 그 책 때문에 날 괴롭히지 않았으면 좋겠어요." 그런 다음 그녀는 손에 든 원고를 들여다보며 밝게 웃고는 말했다. "이건 〈타임스〉에 보낸 기막히게 멋진 편지예요. 너무 멋진 내용이라 그들도 게재하지 않았죠. 아, 난 신경 안 써요."

"언제 쓴 건데요?" 나는 물었다.

"며칠 전에요. 일주일 전인가 그래요. 거기에 헤밍웨이에 관한 기사가 실렸어요. 어쩌면 일 년 전일지도 모르겠네요. 어쩌면 오 년 전일 수도 있고요. 모르겠어요. 그 기사가 여기 어딘가에 굴러다닐 텐데. 그걸 오려뒀었는데 며칠 전 밤에 발견한 거예요. 그걸 보고 너무 흥분해서 자리에 앉아 이 편지를 썼죠. 어떤 기자가 헤밍웨이의 어퍼 반도 시절 단편에 등장하는 실제 모델을 찾겠다고 미시간 주까지 갔대요. 그래서 그에 대한 내 생각을 써서 보냈어요."

"신문에 투고하는 편지치고는 좀 긴 것 같은데요."

"이것보다 더 길게 쓴 것도 있어요."

"내가 한번 읽어봐도 될까요?" 나는 그녀에게 청했다.

"아, 그냥 살짝 정신나간 늙은이가 두서없이 주절거린 것에 지나지 않아요. 그놈의 혹에서 나온 쓸데없는 소리죠." 갑자기 그녀는 주전자를 불에 올리고 먹을 걸 좀 만든다며 주방으로 가버렸다. 나하고 편지만 남겨두고. 볼펜으로 쓴 편지였다. 처음에 나는 하룻밤 사이에 작성된 게 아니라 여러 날 혹은 여러 주 혹은 여러 달에 걸쳐 조금씩 써나간 것이 아닐까 생각했다. 잉크 색깔이 매 쪽마다 두어 번씩 바뀌었기 때문이다. 그러다 그녀가 앉은 자리에서 단번에—오 년이나 지났을지 모를 기사에 대한 반응을—써내려갔다는 생각이 들었다. 다양한 잉크 색깔은 그녀의 혼란이 그녀의 생활 곳곳에 퍼져 있음을 보여주는 증거에 지나지 않았다. 하지만 문장 자체는 조리 있었고, 생각을 전개하는 방식도 그녀 두뇌의 혹에서 나온 쓸데없는 소리라고 할 수만은 없었다.

편집장님에게

지식인이 사고를 하기 위해 문학을 이용하던 시절이 있었습니다. 이제 그런 시절이 끝나가고 있습니다. 냉전 시대 몇십 년 동안, 소련과 동유럽의 위성국가들에서는 진지한 문인들이 문단에서 축출되었습니다. 그런데 오늘날 미국에서는 인생을 이해하는 방식에 큰 영향을 끼치는 문학이 내쫓기고 있습니다. 의식이 있다는 신문의 문화면이나 대학의 영문학과에서 현재 가장 두드러지게 보이는 문학의 쓰임새라는 것이, 열린 정신을 지닌 독자들에게 문학이 주는 보답과 상충하는 것은 물론이고 창의적인 글쓰기의 목표와도 매우 파괴적으로 상충하고 있어, 문학이 더는 대중에게 이용되지 않는 편이 차라리 나을 형편입니다.

귀지에 게재되는 문화 기사들은 그 수가 늘수록 그만큼 폐해가 심각해집니다. 귀지의 문화 기사의 이념적 단순화와, 작가 전기로의 환원주의에 독자가 걸려드는 순간, 창작물의 본질은 사라지고 맙니다. 귀지의 문화 기사는 '예술'에 대한 관심으로 포장된 타블로이드 신문의 가십이나 다름없으며, 무엇을 다루든 원래의 것과 다른 것으로 축소해버립니다. 대체 무엇이 유명인이고, 무엇이 대가이며, 무엇이 스캔들이란 말입니까? 작가가 지은 죄가 뭔가요? 문예미학의 요건과 관련한 것도 아니고, 자신의 딸, 아들, 어머니, 아버지, 배우자, 연인, 친구, 출판사 혹은 애완동물에게 무슨 죄를 지었다는 건가요? 귀지의 문화 기사는 문학적 상상력에 본질적으로 위배되는 것이 무엇인지에 대한 최소한의 생각조차 없으면서, 날조된 윤리적 이슈에 대해서는 절대 잊는 법이 없습니다. "그 작가가 그런 말을 할 자격이 있는가?" 운운하면서. 수천 년에 걸쳐 문학이 저질렀다는 사생활 침해에 극도로 민감한 반응을 보이면서, 그 사생활 침해를 당한 사람이 누구인지, 어떻게 침해되었는지를 있는 그대로 활자화해 노출시키는 데는 광적인 열성을 보입니다. 소설과 관련된 문제에 이르면, 문화부 기자들이 사생활 보호에 대해 갖고 있는 관심에 충격을 받게 됩니다.

헤밍웨이의 초기 단편이 미시간 주 어퍼 반도가 배경이기 때문에 귀지의 문화부 기자는 어퍼 반도까지 가서 초기 단편의 등장인물의 모델로 알려진 그 지역 사람들의 이름을 알아냅니다. 경악에 경악을 금치 못하게도, 그 사람들이나 그 후손들은 어니스트 헤밍웨이가 자신들을 좋지 않게 그렸다고 느낍니다. 이러한 느낌은, 근거가 없든 유치하든 그저 그들의 순전한 상상이든, 소설보다 더 진지하게 받아들여지게 마련입니다. 왜냐하면 귀지의 문화부 기자에겐 이것이 소설보다 얘기하기가 더 쉽기 때문입니다. 기자에게 정보를 제공한 사람의 진실성에 대해서는 결코 의문을 제기하지 않습니다. 오로지 작가의 진실성만 문제가 됩니다. 작가는 자신의 모든 것을 글쓰기에 걸고 모든 문장을 예순두 번도 넘게 숙고하며 몇 년씩 혼자 집필해나갑니다. 그런데도 그 어떤 것보다 우선하는 문학적인 인식이나 이해 혹은 목적 같은 것은 없다고들 합니다. 구절과 구절을, 세부와 세부를 꼼꼼하게 연결해 작가가 만들어내는 것은 모두 책략이고 속임수라는 겁니다. 작가에게 문학적 동기 따위는 없다는 것이지요. 현실을 묘사하는 데 어떠한 관심도 없다는 것이지요. 작가를 이끌어주는 동기는 언제나 개인적이고 대체로 저열한 것이라고 합니다.

그리고 이런 걸 알고 나면 위안을 느끼는 겁니다. 작가들이 우리보다 나은 척하지만 사실은 우리보다 우월하지 않을뿐더러 열등하기까지 하다고 판명 나기 때문입니다. 저런 서투른 천재들 같으니!

귀지의 문화부 기자에겐 진지한 소설이 부연 설명이나 서술적 묘사를 피하는—따라서 **사고**를 요구하는—것이 성가신 것입니다. 오직 상상에 근거한 정보들만이, 오직 **그런** 허구만이, 게으른 기자가 만들어낸 허구만이 진지하게 취급될 뿐입니다. 헤밍웨이의 초기 단편(이후의 모든 단편소설과 미국의 신문을 바꾸어놓은 상상력이 담긴 몇 쪽 말입니다)에 나타나는 상상력의 독창성을 도통 이해 못하는 귀지의 문화부 기자가 써낸 기사는 영어라는 우리의 훌륭한 언어를 헛소리로 바꿔놓습니다. 편집장님이 어떤 문화부 기자에게 "오로지 그 단편만 들여다봐"라고 말한다면, 그 기자는 쓸 말이 없어질 것입니다. 상상력? 상상력 같은 건 없습니다. 문학? 문학 같은 것도 없습니다. 그 모든 뛰어난 부분들—그다지 뛰어나지 않은 부분까지—은 사라져버리고, 헤밍웨이가 자신을 작품 속에 그린 것 때문에 기분이 상한 사람들만 남아 있습니다. 헤밍웨이가 ……할 자격이 있었느냐고요? 어떤 작가든 ……할 자격이 있나요? 귀지는 결국, 책임감 있는 신문으로 '예술'에 헌신하는 척 가장한 채 선정주의적인 문화 반달리즘을 보여주고 있는 겁니다.

만약 내게 스탈린의 권력 같은 게 있다면, 나는 그 권력을 창의적인 작가들을 침묵시키는 데 낭비하지 않을 겁니다. 창의적인 작가들에 대해 기사를 써대는 자들을 침묵시키는 데 사용할 겁니다. 신문이나 잡지, 학술지 등에서 이뤄지는 문학에 대한 모든 공개적 논의를 금지할 겁니다. 전국의 모든 초등학교, 중고등학교, 전문대학, 종합대학에서 문학을 교육하는 걸 금지할 겁니다. 독서모임과 인터넷 독서토론을 불법으로 규정하고, 서점에서 판매원이 손님에게 책에 대해 이야기하는 것도 금지하고, 손님끼리 책에 대해 이야기하는 것도 단속할 겁니다. 나는 독자들이 홀로 책들 사이에 남아 자기 힘으로 책에 담긴 의미를 찾아내게 할 겁니다. 귀지의 유해한 헛소리에 오염된 이 사회의 독소를 제거하는 데 몇 세기가 걸리더라도 그렇게 할 겁니다.

에이미 벨레트

내가 에이미를 알지 못하는 상태에서 이 글을 읽었다면, 이런 주장을 액면 그대로 받아들이고, 그녀의 격분에 어느 정도 공감까지 했을 것이다. 물론 나는 에이미가 "문화 기사"라고 칭한 것의 사정권에서 벗어나 있어 그에 대해 생각해볼 필요도 없고 그녀처럼 의견을 말해야 할 처지도 아니었으며, 적잖은 혜택까지 누리기는 했지만 말이다. 어쨌든 전후 사정을 고려해볼 때 이 편지의 핵심적인 의도와 관심사는 두번째 문단의 두어 문장에 들어 있는 것 같았다. 나는 에이미가 주방에서 토스트와 잼과 차를 준비하는 동안 그 부분을 다시 읽어보았다. "작가가 지은 죄가 뭔가요? 문예미학의 요건과 관련한 것도 아니고, 자신의 딸, 아들, 어머니, 아버지, 배우자, 연인, 친구, 출판사 혹은 애완동물에게 무슨 죄를 지었다는 건가요?" 작가가 죄를 지은 대상에 '이복누이'가 등장하지 않은 것은 자신이 무엇 때문에 그토록 분개한 것인지 그녀가 제대로 깨닫지 못했기 때문일까, 아니면 아주 잘 알고 있어 자신도 모르게 종양이 '이복누이'를 슬쩍 끼워넣지 않도록 한 줄 한 줄 확인했기 때문일까?

내가 보기에 〈타임스〉에 보낸 이 편지는 주로 리처드 클리먼과 관련이 있는 것 같았다.

그녀가 주방에서 다과를 쟁반에 담아 돌아왔을 때 나는 말했다. "그런데 매니는 이처럼 설득력 있고 신랄한 당신의 글에 몇 점이나 주던가요?"

"점수 같은 건 매기지 않았어요."

"왜요?"

"내가 쓴 게 아니니까요."

"누가 썼는데요?"

"그 사람요."

"그가 썼다고요? 아까는 이 글이 살짝 정신나간 늙은이가 두서없이 주절거린 거라고 했잖아요."

"그건 온전한 사실이 아니에요."

"어째서 그렇죠?"

"그 사람이 불러줬거든요. 그 글은 그 사람의 말이에요. 그는 말했어요. '책을 읽는/글을 쓰는 사람들인 우린 끝났어. 우린 문학의 시대가 막을 내리는 걸 목격하고 있는 유령이야. 이걸 받아 적게.' 난 그가 말해주는 대로 썼죠."

나는 자정이 훌쩍 넘을 때까지 거기 머물면서 그녀의 이야기를 들었다. 나는 거의 아무 말도 하지 않고 많은 이야기를 듣기만 했다. 그녀의 이야기를 대부분 믿으려고, 이해해보려고 애쓰면서. 내가 아는 한, 일부러 속이려 한 적은 한 번도 없었다. 오히려 산더미처럼 쌓아두었던 정보를 급히 털어놓는 바람에 수많은 이야기 가운데 세부 사실이 뒤얽혀버리기도 했다. 이따금 그녀가 완전히 종양에 좌우되고 있는 것처럼 여겨질 만큼. 혹은 자제와 인습이 만들어놓은 평소의 방해물을 종양이 간단히 뒤집어버린 것처럼 보일 만큼. 혹은 그저 절망적인 병을 앓고 있고 오랜 세월 남자의 관심을 받지 못하고 지내오다 이제 그것을 흠뻑 들이켜게 된 외로운 여자가, 오십 년 전에 사 년이라는 소중한 시간을 함께했던 몹시 멋진 애인이 작가로서든 남자로서든 위엄 있을 수 있었던 건 진실성 때문이라고 느끼는 여자가 이제 그녀가 사랑하는 사람의 전기작가를 자칭하고 나선, 도무지 불가해한 '열등한 인간의 분노'에 파괴될 위협에 처해 있구나 하고 여겨질 만큼. 봇물처럼 쏟아져나오는 말들은 그저 그녀가 얼마나 나이들었는지, 그녀의 고통이 얼마나 깊은지, 그리고 그녀가 얼마나 오래 로노프 없이 지내왔는지 드러내줄 뿐이었다.

한 인간의 정신이 위축되는 동시에 고무되는 것을 지켜보고 있자니 기분이 묘했다. 그리고 그녀의 정신은 이따금 놀랄 만큼 엉뚱한 방향으로 튀기도 했다. 몇 시간 동안 장황하게 떠들어댄 뒤 그녀가 나를 지친 듯 바라보다 이렇게 물었을 때처럼. "내가 당신과 결혼한 적이 있던가요?" 어쩌면 그녀가 위트를 발휘했는데 내가 분간하지 못한 것인지도 모르지만.

나는 웃으며 말했다. "없을걸요. 하지만 생각해본 적은 있었죠."

"우리가 결혼하는 것에 대해서요?"

"네, 내가 어렸을 때, 로노프의 집에서 처음 만났을 때요. 당신과 결혼하면 정말 멋질 거라고 생각했었죠. 당신에겐 사람의 눈길을 사로잡는 뭔가가 있었으니까요."

"내가요? 내가 그랬다고요?"

"그래요. 당신은 유순하고 단정한 사람처럼 보였지만, 분명 유다른 데가 있었어요."

"나는 자신이 뭘 하고 있는 건지 전혀 몰랐어요."

"당시에요?"

"당시에도, 지금도, 언제나요. 나는 나보다 그렇게 나이가 많은 그 남자와 함께한다는 게 어떤 위험을 무릅쓰는 일인지 전혀 몰랐어요. 하지만 그에겐 저항할 수 없는 매력이 있었어요. 그는 대단한 사람이었어요. 나는 그에게 사랑을 불러일으킨 나 자신이 정말 자랑스러웠어요. 어떻게 해냈을까요? 내가 그를 두려워하지 않는 것도 정말 자랑스러웠죠. 그러면서도 내내 겁에 질려 있었어요. 호프가 무서웠고, 그녀가 무슨 짓을 할지, 또 내가 그녀에게 무슨 짓을 할지 두려웠어요. 그리고 내가 그에게 주고 있던 상처에 대해선 생각도 못했어요. 당신과 결혼했어야 해요. 하지만 호프가 결혼생활을 끝내버렸고, 그래서 나는 E. I. 로노프와 떠났던 거죠. 여자로서 위대하고 대담한 모험을 하는 거라고 생각하다니, 나는 무언가를 이해하기에는 너무 순진했어요. 어린 시절로 돌아가버린 거죠, 네이선. 사실, 난 어린 시절에서 벗어난 적이 없어요. 죽을 때도 어린애일 거예요."

자신보다 나이가 훨씬 많은 사람과 함께했기 때문에 어린아이인 걸까? 그의 그늘에 머물며 언제나 그를 존경하는 시선으로 올려다보았기 때문에? 그녀의 환상을 대부분 깨뜨렸을 게 분명한 이 고통스러운 결합이 왜 그녀를 어린 시절에 가둬두는 힘으로 작용했을까? "그게 당신이 유치하다는 말은 아니잖아요." 나는 말했다.

"그런 건 아니죠, 맞아요."

"그렇다면, 당신이 어린아이라는 말이 이해가 가지 않는데요."

"그러면 당신에게 이야기해야겠네요, 그렇죠?"

그리하여 여기서 내가 1956년에 그녀에게 바친 전설적인 전기가 진짜 전기로 대체되었다. 비록 그 당시 내가 만들어내 고수하던 도덕적 의미가 덜 과장되어 있기는 했지만 사실적인 측면에서는 내가 생각했던 것과 꽤 비슷했다. 그럴 수밖에 없었다. 모든 것이, 똑같은 불운한 대륙에서 그 지배자 민족*의 똑같은 불운한 적敵이었던 똑같은 불운한 세대에게 일어난 일이었으니까. 그녀는 스스로를 변형시켜 내가 변형시킨 그녀에게서 벗어났지만, 안네 프랑크의 가족 못지않게 그녀의 가족을 괴롭힌 그 운명을 지워버리진 못했다. 그것은 어떤 정신도 고쳐쓸 수 없고 어떤 상상력으로도 되돌려놓을 수 없는 차원의 재앙이었다. 종양조차도 그 기억만은 밀어낼 수 없을 것이었다. 종양이 그녀를 죽이기 전까지는.

이렇게 해서 나는 에이미가 네덜란드 출신이 아니라는 걸 알게 되었다. 나는 그녀를 나중에 순교자의 지성소가 될 암스테르담 운하 옆에 있는 창고 위의 문을 봉해버린 다락방에 숨겼었는데 말이다. 그녀는 노르웨이 출신—노르웨이 출신이자 스웨덴 출신이자 뉴잉글랜드 출신이자 뉴욕 출신—이었다. 그녀와 같은 시대에 미국이 아닌 유럽에서 태어난 수많은 유대인 아이들이 그렇듯, 그것은 어디 출신도 아니라는 말이나 다름없었다. 비

* 나치를 가리킴.

록 자신들의 청년기가 히틀러의 장년기와 일치했음에도 2차대전 동안 죽음을 피해 기적적으로 탈출한 이들이었다. 이렇게 해서 나는 그 고통스러웠던 상황에 대해 알게 되었다. 그 생생한 느낌이 분노와 함께 끊임없이 의심을 불러일으켰다. 듣는 사람에겐 그러했다. 이야기하는 사람은 전혀 흥분하지 않았다. 그리고 분명 의심하는 기미가 없었다. 불행했던 자신의 과거에 더 깊숙이 들어갈수록 그녀는 더욱더 속을 알 수 없을 정도로 담담해졌다. 마치 이 모든 상실이 언젠가는 영향력을 잃을 거라는 듯.

"우리 외할머니는 리투아니아 출신이었어요. 아버지 쪽은 폴란드 출신이었고."

"하고많은 곳 가운데 왜 하필 오슬로였나요?"

"외조부모님은 리투아니아에서 미국으로 오던 중이었어요. 그런데 오슬로에서 발이 묶였고, 외할아버지는 어쩔 수 없이 거기 남아야 했어요. 미국 관리들이 외할아버지를 막았고, 필요한 서류를 발급해주지 않았죠. 우리 어머니와 외삼촌은 오슬로에서 태어났어요. 우리 아버지는 미국에 있었는데, 젊은 혈기에 저지른 모험이었죠. 2차대전이 발발했을 때 아버지는 폴란드로 돌아가는 중이었어요. 당시 아버지는 영국에 있었는데, 귀국했다 징집되고 싶지 않았죠. 그래서 노르웨이로 갔어요. 1915년 일이죠. 그리고 아버지는 거기서 어머니를 만났어요. 원래 노르웨이는 유대인의 체류를 허용하지 않았어요. 하지만 노르웨이의 어떤 유명한 작가가 유대인을 위한 캠페인을 벌였고, 1905년에 유대인을 받아들이기 시작했죠. 우리 부모님은 1915년에 결혼했어요. 우린 오 남매예요. 사남 일녀죠."

"모두 살아남은 거죠?" 희망적인 쪽으로 가정하며 나는 물었다. "어머니, 아버지, 남자형제 넷 모두요."

"어머니와 아버지, 큰오빠는 살아남지 못했어요."

그래서 나는 물었다. "무슨 일이 있었던 거예요?"

"1940년 독일군이 진주했을 때 그들은 아무 짓도 하지 않았어요. 모든 게 평소와 다름없어 보였죠. 하지만 1942년 10월이 되자 열여덟 살 이상인 유대인 남자를 모두 체포했어요."

"독일군이오, 아니면 노르웨이 당국이오?"

"명령은 독일군이 내렸지만 실행은 노르웨이 나치인 크비슬링 일당*이 했어요. 새벽 다섯시에 그자들이 문 앞에 나타났어요. 어머니는 그들에게 말했죠. '이런, 앰뷸런스가 도착한 줄 알았는데. 방금 전에 의사한테 전화했거든요. 남편이 심장 발작을 일으켜서 누워 있어요. 건드리면 안 돼요.' 그리고 어린 우리 형제들은 울고 있었죠."

"어머니가 이야기를 꾸며낸 건가요?" 내가 물었다.

---

* 나치 점령기에 나치에 협조한 노르웨이 정치가 비드쿤 크비슬링의 추종자들을 가리킨다.

"네. 어머니는 아주 현명한 사람이었거든요. 어머니가 그들에게 사정사정하자 그들은 알겠다고, 아버지가 병원에 갔는지 확인하러 열시에 다시 오겠다고 했어요. 어머니는 의사에게 전화했고, 아버지는 병원으로 실려 갔어요. 병원에 입원한 아버지는 스웨덴으로 도피할 계획을 세웠어요. 하지만 자신이 도망쳤다는 걸 알면 그들이 남은 가족을 잡아갈까봐 두려워했죠. 그래서 아버지는 거의 한 달 가까이 망설였는데, 어느 날 아침 병원에서 전화가 왔어요. 게슈타포가 거기 와 있다고요. 고함 소리가 전화기를 통해 들려왔어요. 병원에서 그리 멀지 않은 곳에 살았기 때문에 어머니와 형제들과 나는 병원으로 달려갔어요. 그때 난 열세 살이었어요. 아버지는 들것에 누워 있었어요. 우리는 그들에게 아버지를 데려가지 말라고 애원했어요."

"아버님이 진짜로 아프셨나요?"

"아뇨. 꾀병이었어요. 어쨌든 그건 중요하지 않았죠. 그들은 아버지를 끌고 갔어요. 우리는 집으로 가서 아버지가 입을 따뜻한 옷을 챙겨 나치 본부로 찾아갔어요. 11월이었거든요. 우리는 그 사람들과 이야기해보려고 애쓰다 울음을 터뜨렸어요. 아버지는 병자고 환자복 말고는 걸친 게 없다고 말했지만 소용없었죠. 우리는 집으로 돌아갔다 내일 다시 오겠다고 말했어요. 그러자 그들이 말했어요. '당신들은 집에 돌아갈 수 없소. 체포되었소.' 어머니는 그 말에 따르지 않았어요. 어머니는 강인한 분이었고,

이렇게 말했죠. '우린 다른 사람들과 마찬가지로 노르웨이 국민이에요. 당신들은 우리를 체포할 수 없어요.' 크게 언쟁이 벌어지긴 했지만 얼마 후에 그들은 우리를 보내줬어요. 바깥은 어두웠어요. 모든 게 캄캄했죠. 어머닌 집으로 돌아갈 수 없다고 했어요. 우리가 집에 있으면 그들이 아침에 우릴 잡으러 들이닥칠 거라고 확신하셨던 거죠.

그래서 우리는 캄캄한 거리에 있었는데, 마침 그때 공습이 있었어요. 공습으로 혼란한 와중에 둘째오빠가 사라졌고, 결혼한 지 얼마 되지 않았던 큰오빠는 처가가 있는 곳으로 가서 숨었죠. 그렇게 해서 어머니와 두 남동생, 그리고 나만 남았어요. 공습이 끝났을 때, 난 어머니한테 말했어요. '꽃가게 주인 아주머닌 좋은 사람이에요. 나치 동조자가 아니에요, 내가 알아요.' 어머니는 아주머니에게 전화하라고 했어요. 우린 전화가 있는 곳을 찾아가 아주머니에게 전화했어요. 나는 아주머니에게 말했어요. '그쪽으로 가서 파티를 열어도 될까요?' 아주머니는 무슨 말인지 알아듣고 좋다고 대답했어요. '조심해서 오렴.' 아주머니가 말했어요. 우리는 그곳으로 갔고, 아주머니는 우리를 그 집에 묵도록 해줬어요. 하지만 우리는 마룻바닥을 걸어다녀선 안 되었어요. 다 같이 긴 소파에 서로 바짝 붙어 앉아 있어야 했죠. 아주머니는 같은 층의 이웃들과 친하게 지냈는데, 다음날 아침 그들을 만나러 갔어요. 그 이웃들이 레지스탕스와 연결되어 있었거든요. 유대인이 아닌 노르웨이 사람들이었는데, 그중 택시운전사인 남자가 자기들은 유대인을 전부 모아 멀리 도피시키고 있다고 말했어요. 그날 밤 그는 다른 남자 두 명과 함께 와서 열두 살과 열한 살이었던 남동생 둘을 데려갔어요. 그리고 남은 우리에게는 기다려야 한다고 말했죠. 우리를 데리러 다시 오겠다면서. 어머니와 나만 남았어요. 하지만 다시 돌아온 그들은 한 번에 한 사람만 데려갈 수 있다고 말했어요. 나는 어머니한테 말했어요. '내가 가고 나서 엄마도 올 거죠?' '가고말고.' 어머니가 말했어요. '절대 널 실망시키지 않으마.' 나중에 안 일인데, 그날 저녁 늦게 어머니는 무장한 레지스탕스와 함께 택시에 올랐고, 오슬로를 빠져나가던 중 어머니도 이름을 아는 한 모자와 합류했어요. 오슬로는 좁은 동네였어요. 대부분의 유대인이 서로를 알았죠. 어쨌든 그들은 택시를 몰아 오슬로를 벗어났는데 이후로 두 번 다시 보지 못했어요. 한편 그들은 나를 데려가 기차에 태웠어요. 기차에는 하켄크로이츠 완장을 찬 나치 장교가 타고 있었어요. 그들은 나에게 그가 기차에서 내릴 때 내게 윙크할 테니 그를 따라가라고 했어요. 나는 함정에 빠진 거라고 확신했죠. 그 장교는 스웨덴 국경과 인접한 곳에서 내렸고, 나도 따라 내렸어요. 그러자 또다른 남자가 나를 인계받았고, 우리는 걷기 시작했어요. 숲을 통과했어요. 우리는 걷고 또 걸었어요. 나를 인계받은 사람은 표시가 된 나무를 알고 있었어요. 5마일이나 6마일쯤 되었는데, 걷기에는 먼 거리였죠. 우린 걸어서 스웨덴까지 갔어요. 숲을 지나 경작지가 있는 곳까지. 그런데 공습이 있던 날 사라졌던 오빠가 거기 있었어요. 나를 맞이해준 사람들 가운데 오빠가 있었던 거예요. 오빠는 가족 전부를 잃었다고 생각했대요. 그런데 남동생 둘이 나타났고, 그후에 나도 나타난 거죠. 하지만 그게 전부였어요. 우린 어머니와 결혼한 큰오빠를 기다렸지만, 두 사람은 끝내 오지 않았어요."

그녀가 이야기를 마쳤을 때 나는 말했다. "이제 이해가 가는군요."

"말해줘요. 뭘 이해했다는 거죠?"

"대부분의 사람들이 '난 평생 어린 시절에 머물러 있었어'라고 말할 때는 천진난만한 상태에 머물러 있었고 인생이 아주 아름다웠다는 걸 의미하죠. 하지만 당신이 '난 평생 어린 시절에 머물러 있었어'라고 말한다면, 그건 당신이 이 끔찍한 이야기 속에 머물러 있었다는 의미예요. 인생이 끔찍한 이야기로 남았다는 거죠. 어렸을 때 너무 엄청난 고통을 겪었기 때문에 어떤 식으로든 영원히 그 안에 머물게 되었다는 얘기예요."

"그럴지도요." 그녀가 대답했다.

호텔로 돌아온 후 나는 늦은 시각이긴 했지만 에이미가 이야기해준 것들을 잊어버리기 전에 모두 기록하기 위해 바로 작업에 착수했다. 독일군에게 점령당한 노르웨이에서 중립국인 스웨덴으로의 탈출에 대해, 로노프와 함께 보낸 몇 년에 대해, 그들이 케임브리지에서 오슬로로, 그리고 다시 케임브리지로 돌아와 그가 세상을 떠날 때까지 한집에 같이 사는 동안 그가 끝마치지 못한 장편소설에 대해. 삼사 년 전이었다면 나는 그녀가 독백처럼 풀어놓은 그 이야기를 며칠이고 내 머릿속에 계속 담아둘 수 있었을 것이다. 아주 어렸을 때부터 기억력은 나의 강력한 자원이었고, 직업상의 이유로 늘 뭐든 적어둬야 하는 사람에게는 든든한 힘이었다. 하지만 이제는, 에이미와 헤어진 지 채 한 시간도 지나지 않았는데도 그녀가 털어놓은 내용을 최대한 이어 맞추기 위해 기억이 떠오를 때까지 참을성 있게 기다려야 했다. 처음에는 힘든 싸움이었다. 나는 여러 번 무력감에 빠졌고, 더는 할 수 없는 게 분명한 일을 왜 이렇게 고집스럽게 시도하고 있는 걸까 회의가 들었다. 하지만 그만두기에는 그녀와 그녀가 처한 곤경에 너무도 자극받은데다, 그런 일에 너무도 익숙해져 있었고, 나의 정신을 인도하고 나의 정신을 내 것이게 해주는 힘에 너무도 의존해 있었다. 새벽 세시쯤 나는 에이미의 시련을 간신히 기억해냈고, 호텔 편지지 열다섯 장의 앞뒤를 빼곡히 채웠다. 글을 쓰면서 나는, 그녀가 이 가운데 어떤 이야기를 클리먼에게 해줬을까, 자신의 목적밖에 안중에 없는 클리먼은 그걸 어떤 식으로 변형하고 윤색하고 왜곡하고, 잘못 해석하고 잘못 이해했을까 궁금해했다. 그리고 그가 그녀를 이용해 모든 것을 거짓으로, 엉망진창으로 만들어놓기 전에 그를 그녀에게서 떼어놓으려면 어떻게 해야 할까 생각했다. 또 그녀가 이중 어떤 이야기를 그녀 스스로 변형하고 윤색하고 왜곡하고 잘못 해석하고 잘못 이해했을까도 궁금했다.

"그는 완전히 딴사람처럼 글을 쓰기 시작했어요." 그녀는 내게 말했었다. "전에는 얼마나 생략할 수 있는지부터 살펴봤는데, 이제는 얼마나 더 살을 붙일 수 있는지 보게 되었죠. 그는 자신의 간결한 문체를 장애물로 여기면서도, 자신이 새로 채택한 방식을 싫어했어요. 이러더군요. '지루해. 장황해. 스타일이 없어. 줄거리가 없어.' 나는 말했어요. '당신이 부과할 수 있는 건 아무것도 없어요. 작품이 스스로 줄거리를 부과할 거예요.' '언제? 내가 죽고 나서?' 그는 몹시 신랄하고 잔인해졌어요. 남자로서도, 작가로서도 몹시 판이하게 변해버렸죠. 하지만 그는 자기 인생에 발생한 격변에 뭔가 의미를 부여해야 했기 때문에 그 장편을 썼어요. 그리고 몇 주 동안 글쓰기에 매진하던 그가 말했어요. '이건 절대 발표할 수 없을 거야. 나한테서 이런 이야기를 원하는 사람은 아무도 없어. 이 책을 내지 않아도 내 자식들은 이미 충분히 나를 증오하니까.' 그러면 늘 나는 그가 나와 함께 도망친 걸 후회한다고 확신했죠. 나 때문에 호프가 그를 쫓아낸 거예요. 그의 자식들도 나 때문에 그에게 반항했던 거고요. 난 거기 머물지 말았어야 했어요. 하지만 내가 얼마나 오랫동안 원해 왔던 일인데 어떻게 그냥 나올 수 있었겠어요? 그 사람도 나한테 가라고 했었죠. 하지만 난 그럴 수 없었어요. 그는 혼자서는 절대 살아남지 못했을 거예요. 어쨌든 그렇게 되어버렸지만요."

그날 저녁의 클라이맥스는 떠날 채비를 하고 문간에 서 있던 내게 에이미가 간청하며 한 말이었다. 앞서 나는 그녀에게 봉투를, 편지봉투를 하나 달라고 청한 뒤 호텔까지 가는 택시비를 제외한 현금 전부를 그 안에 넣었다. 그렇게 하면 그녀가 돈을 받을 때 더 나을 거라 생각했기 때문이다. 나는 그녀에게 봉투를 건네며 말했다. "이거 받아요. 며칠 있다 수표를 한 장 보낼게요. 그걸 현금으로 바꿔요." 나는 봉투 앞면에 버크셔 산골의 집 주소와 전화번호를 적었다. "클리먼에 대해서는 어떻게 해야 할지 잘 모르겠지만, 재정적으로는 당신을 도울 수 있고 또 그러고 싶어요. 매니 로노프는 내가 단편 두어 편을 발표한 애송이였을 때도 날 어른으로 대해줬어요. 그때 그의 집에 초대받았던 일은 이 봉투에 넣은 돈보다 천배는 더 가치 있는 일이었어요."

나는 그녀가 사양할 때를 대비하고 있었지만 그녀는 그저 손을 뻗어 봉투를 받더니 처음으로 눈물을 흘리기 시작했다. "네이선." 그녀가 말했다. "당신이 매니의 전기를 써주지 않을래요?"

"아, 에이미, 나는 어디서부터 시작해야 할지도 모를 거예요. 난 전기작가가 아니니까. 난 소설가예요."

“그럼 저 끔찍한 클리먼이 전기를 쓰게 하자는 건가요? 그는 사기꾼이에요. 모든 것에, 모든 사람에게 먹칠을 해놓고 그것이 진실인 체할 거예요. 그자가 파괴하길 원하는 건 매니의 진실성이에요. 그는 진실성을 원하지도 않죠. 그게 요즘 추세예요. 작가를 비난의 대상이 되도록 폭로하는 거 말예요. 잘못된 행동이라면 마지막 하나까지 들춰내 최종 심판을 내리겠다는 거예요. 아무것도 아닌 사람들이 타인의 명성을 파괴함으로써 조금이라도 이목을 끌려는 거예요. 사람들이 말하는 가치와 의무와 미덕과 규칙은 그 밑에 숨겨진 구역질나는 진창을 숨기기 위한 핑계이자 위장에 지나지 않아요. 작가들이 저지른 실수에 모든 사람들이 그토록 이끌리는 것은 작가들이 지닌 영향력 때문일까요? 작가들도 피와 살로 이루어진 사람이라는 사실이 작가에게는 위선이 되는 걸까요? 아, 네이선, 나는 그 빌어먹을 종양이 생겨서, 잘못된 판단을 내렸어요. 종양 때문이라는 핑계로도 용서받을 수 없는 실수를 그자를 상대로 저질렀어요. 이제 난 그자를 떼어낼 수 없어요. 매니도 그를 떼어낼 수 없고요. 한때 E. I. 로노프라는 이름으로 알려졌던 자유롭고 독창적인 상상력은 더이상 존재하지 못할 거예요. 모든 걸 근친상간이라는 렌즈로 보게 될 테니까요. 그걸 빌미로 그자는 매니의 모든 작품을, 그가 쓴 모든 경이로운 말들을 소멸시켜버릴 거예요. 그러면 이 남자가 모든 면에서 어떤 사람이었는지, 얼마나 열심히 글을 썼는지, 얼마나 정교한 솜씨로 썼는지, 그리고 무엇을 위해 왜 글을 썼는지 누구도 알지 못하게 될 거예요. 대신 그자는, 결점으로 보일 만큼 올곧았고 착실했고 자기관리에 철저했던 남자를, 원했던 거라곤 오직 불후의 소설이 될 강력한 작품을 써내는 것뿐이었던 남자를 부랑자보다 못한 존재로 바꿔놓겠죠. 그게 매니가 이 세상에서 이룬 업적의 전부가 될 거예요. 그에게서 나온 단 하나의 파편만이 사람들 기억에 남을 거예요! 매도당할 거예요! 다른 모든 건 그 밑에 깔려 산산조각날 거라고요!"

'그것'은 근친상간이리라.

"좀더 있다 갈까요?" 나는 물었다. "다시 들어갈까요?" 우리는 그녀의 서재로 되돌아갔고, 그녀는 자신의 책상 앞에 다시 앉자마자 곧바로—이제는 눈물 한 방울 흘리지 않고—나를 경악에 빠뜨릴 말을 했다. "매니는 자기 누나와 근친상간을 저질렀어요."

"얼마나 오래 지속되었는데요?"

"삼 년이오."

"어떻게 삼 년이나 그 관계를 숨길 수 있었을까요?"

"모르겠어요. 연인들의 교활함으로 그랬겠죠. 운도 따랐을 거고. 두 사람은 그 관계를 실행할 때와 똑같이 흥분을 느끼며 그 관계를 숨겼어요. 어떤 고뇌도 느끼지 않았죠. 나도 그와 사랑에 빠졌는데, 그 여자라고 그러지 말란 법이 있겠어요? 나는 그의 제자였고, 그의 나이의 절반도 안 되는 나이였어요. 그럼에도 그는 그렇게 되도록 놔뒀어요. 아마 그는 그 일도 그렇게 되도록 놔뒀을 거예요."

그렇게 해서 그가 쓰지 못한 장편의 주제가, 그가 그 글을 쓸 수 없었던 원인이, 그가 절대 그 작품을 발표할 수 없다고 말한 이유가 존재하게 된 것이었다. 에이미 말로는, 호프와 결혼생활을 하는 동안 그는 사춘기의 부정한 정욕으로 저지른 그 일에 대해 단 한 줄의 글도 남기지 않았고, 누이가 있다는 사실조차 일절 발설하지 않았다. 둘이 함께 있다 가족의 지인에게 들켜 그들이 살던 록스버리의 이웃들에게 추문이 퍼지자, 부모는 프리다를 데리고 몰래 떠나버렸다. 시온주의자들이 개척한 팔레스타인의 도덕적으로 순수한 분위기에서 자신들과 함께 새로운 삶을 시작하도록 하기 위해. 매니가 가해자라고 결론지어졌고, 그는 악마나 다름없는 인간, 누나를 타락시킨 죄인, 가문의 명예에 먹칠을 한 장본인이라고 비난받으며 추방당했다. 그는 열일곱 살에 보스턴에 혼자 남아 자기 힘으로 생존해야 했다. 만약 호프와 결혼생활을 계속 유지했다면 그는 재기 넘치는 간결한 단편들을 계속 써냈을 것이고, 숨겨온 치욕을 드러낼 만한 곳 근처에는 결코 얼씬도 하지 않았을 것이다. "하지만 어린 여자와 살림을 차려 다시 한번 가족에게 추방당했을 때," 에이미는 설명했다. "혼돈 상태가 매니의 규율에 다시 한번 타격을 가했을 때, 모든 게 엉망진창이 되었죠. 보스턴에서 무일푼에 저주받은 인간으로 가족에게 버림받았을 때 그는 겨우 열일곱 살이었어요. 그런 잔혹한 추방 속에서도 그는 강인했고 살아남은데다, 저주받은 인간이 아닌, 중요한 인물로 탈바꿈했어요. 하지만 두번째 타격을 받았을 땐, 다름아닌 그 자신이 가족을 버렸을 땐, 이미 오십이 넘은 나이였고, 그 타격에서 회복하지 못했죠."

"지금 이 이야기는, 그가 열일곱 살 때의 일에 대해 글로 쓴 내용이지, 그가 자신의 열일곱 살 때 인생에 대해 당신에게 이야기해준 내용은 아닌 거지요." 내가 그녀에게 말했다.

내 주장에 그녀는 어리둥절해했다. "왜 내가 당신에게 거짓말을 늘어놓겠어요?"

"난 그저 당신이 혼동하고 있는 게 아닐까 생각할 뿐입니다. 그가 당신에게 자신에 대해 그런 이야기를 했고, 그가 장편을 쓰기 시작하기 전부터 당신이 이미 그 일에 대해 알았다는 투로 제게 이야기해서요."

"나는 그 책이 그 사람을 미치게 만들기 시작한 뒤에야 그 일에 대해 알았어요. 아뇨, 그전에는 전혀 몰랐어요. 그가 성인이 된 후에 관계 맺은 사람 중엔 아무도 몰라요."

"그렇다면 이해가 안 되는데요. 그가 당신에게는 왜 말해줬는지, 왜 그냥 '이건 내가 도저히 이해할 수 없는 주제라서 미쳐버리겠어. 상상이 안 가는 일을 상상하려니 미칠 지경이야'라고 말하지 않았는지 말이에요. 그는 도저히 해낼 수 없는 일을 감당해 보려 했던 거예요. 자신이 했던 일이 아니라 결코 할 수 없었던 일을 상상했던 거라고요. 그런 사람이 그가 처음은 아니지요."

"난 그가 나한테 뭐라고 했었는지 알아요, 네이선."

"그래요? 매니가 당신에게, 자신이 쓰고 있던 그 책이 전에 썼던 어떤 책과도 다르게 온전히 자신의 사적인 이력에서 끄집어 낸 것이라고 이야기했던 상황을 묘사해봐요. 날 위해 그 시간과 장소를 기억해내봐요. 그가 사용한 말도 떠올려봐요."

"전부 백 년 전쯤의 일이에요. 내가 어떻게 그런 걸 기억할 수 있겠어요?"

"하지만 만약 그 일이 그의 가장 큰 비밀이었다면, 그리고 그것이 그토록 오랫동안 그의 정신을 갉아먹었다면—혹은 그것이 그토록 오랫동안 억압되었었다 할지라도—그걸 발화한 건 라스콜니코프가 소냐에게 고백한 것과 같은 것일 수 있었어요. 가족의 파열에 대해 그 오랜 세월 입을 닫고 지낸 뒤에 이루어진 그의 고백은 잊기 어려운 어떤 것이었을 겁니다. 그러니 말해봐요. 그가 어떤 고백을 했는지 말해봐요."

"왜 이렇게 날 공격하는 거예요?"

"에이미, 당신은 절대 공격받고 있는 게 아니에요. 좀 들어봐요, 제발." 그리고 자리에 앉으면서 나는 의도적으로 로노프의 안락의자에 자리를 잡은 다음(뭐야! 당신 여기 있는 거야?) 그녀에게 말했다. "매니의 근친상간에 대한 이야기는 그의 실제 인생에서 나온 게 아니에요. 그럴 리 없어요. 그건 너새니얼 호손의 생애예요."

"뭐라고요?" 그녀는 마치 내가 잠자고 있던 그녀를 깨우기라도 한 것처럼 큰 소리로 말했다. "내가 뭔가 놓친 게 있나요? 누가 호손 이야기를 하고 있는 거죠?"

"내가요. 그럴 만한 이유가 있거든요."

"당신은 절망스러울 정도로 날 혼란스럽게 만드는군요."

"그러려는 게 아닙니다. 내 말을 들어봐요. 혼란스럽지 않을 겁니다. 당신이 모든 걸 명료하게 이해할 수 있게 하려는 거예요."

"아, 내 종양이 좋아하겠군요."

"제발 좀 들어봐요." 나는 말했다. "나는 매니의 전기는 쓸 수 없지만 그 책의 전기는 쓸 수 있어요. 당신도 그걸 쓸 수 있고요. 그리고 그게 우리가 앞으로 할 일이에요. 당신은 소설가의 마음이 얼마나 요동치는지 알 거예요. 소설가는 모든 걸 움직이게 만들어요. 모든 걸 이동시키고 밀어뜨리죠. 어쩌다 그 책을 쓰기 시작했는지 이보다 더 분명하게 설명할 순 없을 거예요. 매니는 작가들의 생애에 대한 글들을, 특히 호프와 삼십 년 넘게 살아온 지역인 뉴잉글랜드 출신 작가들의 생애에 대한 글들을 깊이 있게 읽었어요. 만약 그가 백 년 전쯤 버크셔 산골에서 태어났다면 호손이나 멜빌하고 이웃이 됐을 거예요. 그는 그들의 작품을 공부한 학생이기도 했어요. 그들이 주고받은 편지를 자주 읽었고 어떤 부분은 아예 외워버렸을 정도였죠. 당연히 그는 멜빌이 친구인 호손에 대해서 뭐라고 했는지도 알았어요. 호손이 '엄청난 비밀'을 안고 살았다는 이야기 말이에요. 그리고 멜빌의 그 말에서, 또한 가족이나 친구들의 다른 말들에서 변절한 학자들이 호손이 함구했던 것에 대해 어떤 결론을 이끌어냈는지도 알았어요. 매니는 호손과 그의 누이 엘리자베스와 관련된 교활하고 증명할 수도 없는 학계의 추측들을 알고 있었고, 그래서 자신에게는 일어날 것 같지 않은 일들을 상징할—당신 말처럼 그를 완전히 딴사람으로 변모하게 만든 그 놀랍고 낯선 감정들을 모두 면밀하게 검토해볼—이야기를 찾던 중에 호손과 그의 아름답고 매혹적인 누나에 관한 그러한 추측들을 자신의 것이라고 주장하게 된 거예요. 자전적 요소를 온전히 배제한 채 글을 쓰고 완전한 변신에 필요한 천재성까지 갖춘 이 작가로서는 거의 피할 수 없는 선택이었을 겁니다. 그가 처한 곤경을 객관적으로 보여주고, 개인적인 문제들에서 벗어날 수 있게 해준 것이었어요. 그에게 소설이란 무언가를 묘사하는 게 아니었어요. 이야기 형식 안에서 사색하는 것이었죠. 그는 생각한 거예요, 이걸 내 현실로 만들겠어, 라고요." 이야기하는 동안 실은, 나 또한 같은 맥락으로 생각하고 있었다. 이 현실을 내 것으로, 에이미의 것으로, 클리먼의 것으로, 다른 모든 사람의 것으로 만들겠다고. 그리고 이후 한 시간 동안 나는 눈부신 수사를 동원해 내 주장의 타당성을 설파했고 결국 스스로도 그것을 믿기에 이르렀다.

4
나의 뇌

그 왜 자네 같은 여성이 스물다섯이나 스물넷에 결혼한 거지? 우리 때는 스물네다섯, 혹은 스물둘에 아이를 낳는 게 두말할 필요도 없는 일이었지만. 하지만 요즘은…… 얘기해 보게…… 난 자네가 아는 건 아무것도 모르니까. 그런 경험도 없었고.

그녀 글쎄요, 사랑하는 사람을, 그리고 미치도록 나에게 푹 빠진 사람을 만났다는 걸 제외하면, 그리고…… 뭐 어쨌든 그런 분명한 사실들을 제외한다면, 오히려 말씀하신 것과 정반대되는 생각에서였어요. 우리 때는 아무도 그러지 않아서 그렇게 했어요. 선생님이 제 나이였을 땐 전부 그 나이에 결혼했을지 몰라도, 제 대학 동기나 제 친구 가운데서는 저만 유일하게 하버드를 나와 뉴욕으로 이사하고 (웃으며) 스물다섯에 결혼했어요. 꼭 둘이서 신나는 모험을 떠나는 기분이었죠.

그 (그녀의 말을 못 믿겠다는 투로) 사실인가?

그녀 사실이에요. (다시 웃으며) 제가 왜 거짓말을 하겠어요?

그 자네가 결혼하자 친구들은 어떻게 생각하던가?

그녀 사람들 반응은…… 충격받은 사람은 아무도 없었어요. 다들 즐거워했어요. 하지만 제가 일등으로 결혼한 사람이었죠. 용감하게 둥지를 튼 거죠. 전 일등이 되는 게 좋아요.

그 하지만 아직 아이는 없지.

그녀 없죠, 아직은요. 어쨌든 지금은 안 돼요. 우리 둘 다 아이가 생기기 전에 좀더 입지를 굳히길 원하거든요.

그 작가로서 말이군.

그녀 네. 맞아요. 그쪽으로 이사가 지내려고 생각한 데엔 그런 이유도 있어요. 우린 오직 집필 작업만 할 거예요.

그 무엇에 저항해서?

그녀 집필하며 여기서 지내는 것, 도시의 아파트에 갇혀 지내는 것, 끊임없이 서로 티격태격하는 것, 틈만 나면 친구들을 만나는 것에요. 최근 들어 전 너무 불안해서 가만 앉아 있질 못해요. 글도 쓸 수 없고. 아무것도 할 수 없어요. 이 문제만 해결할 수 있다면, 뭐라도 마무리하는 데 더 노력을 기울일 수 있을 거라고 생각해요.

그 그런데 자네는 왜 이 젊은이와 결혼하는 길을 택했나? 그가 자네가 찾을 수 있었던 가장 흥분되는 사람인가? 자네는 모험을 원했다고 했네. 난 그 친구를 만나봤어. 그가 마음에 들어. 그는 지난 스물네 시간 동안 나를 몹시 배려해줬네만, 클리먼이 좀더 모험에 가까웠을 거라 생각하네. 그는 대학 시절 애인이었지, 그렇지?

그녀 리처드 클리먼하곤 결혼생활이 불가능했을 거예요. 그는 전류가 흐르는 전선이나 마찬가지거든요. 다른 방면에서 더 능력을 보여줄 수 있는 사람이고요. 왜 빌리였냐고요? 똑똑하고 재미있고 몇 시간이고 대화를 나눌 수 있고 절 지루하게 만들지 않아요. 그는 좋은 사람이에요. 좋은 사람은 재미있을 수 없다는 인식이 있는 것 같지만요. 물론 전 그의 부족한 점들을 잘 알아요. 격정적이지 않죠. 그는 정력가가 아니에요. 하지만 누가 정력가를 원하겠어요? 그는 부드럽고 매력적이고 저를 숭배해요. 무조건 절 숭배하죠.

그 자네도 그를 숭배하나?

그녀 전 그를 무척 사랑해요. 하지만 그는 다른 식으로 절 숭배하죠. 그는 제가 원한다는 이유만으로 매사추세츠로 일 년 동안 이사하려 해요. 자기는 원하지 않는데도요. 전 그를 위해 그러지 못할 거예요, 아마.

그 하지만 자네에겐 돈이 있잖나. 그가 자네를 위해 그러는 건 당연한 거야. 자네들은 자네 돈으로 생활하지, 안 그런가?

그녀 (그녀는 그의 직설적인 태도에 깜짝 놀란 표정이다.) 왜 그렇게 생각하시죠?

그 글쎄, 자네는 〈뉴요커〉에 단편소설 하나를 발표했고, 그는 아직까지 상업지에 작품을 발표한 적이 없네. 집세는 누가 내나? 자네 부모겠지.

그녀 음, 그건 이제 제 돈이에요. 부모님한테서 나오긴 하지만 이제 제 돈이죠.

그 그렇다면 그는 자네 돈으로 사는 셈이군.

그녀 그래서 그가 저와 함께 매사추세츠로 떠나려는 거라고 말씀하시는 거예요?

그 아니, 아닐세. 나는 그가 중요한 방식으로 자네에게 신세지고 있다고 말하는 거네.

그녀 아마도요.

그 자네는 돈이 있고 그는 없어서 자네가 유리하다고 느끼지는 않나?

그녀 어쩌면 그럴지도요. 상당수의 남자는 그런 상황을 무척 거북해하죠.

그 그리고 상당수의 남자가 그런 상황을 무척 편안해하기도 하고.

그녀 그래요, 상당수의 남자가 그런 상황을 좋아하죠. (웃으며) 그런데 그는 그 어느 쪽도 아니에요.

그 돈이 많은가?

그녀 돈은 문제가 안 돼요.

그 운좋은 여자군.

그녀 (마치 그런 생각이 들 때마다 깜짝 놀라기라도 하듯 거의 감탄하며) 맞아요. 대단히요.

그 유전에서 나오는 돈인가?

그녀 네.

그 자네 부친은 조지 부시의 아버지와 친구인가?

그녀 친구는 아니에요. 아버지 부시보다 조금 나이가 적어요. 사업상의 관계죠. (강조하듯) 친구는 아니에요.

그 그들이 아버지와 아들에게 표를 줬군.

그녀 (웃으며) 만약 부시의 친구들만 그에게 투표했다면 우린 훨씬 나은 세상을 살고 있겠죠. 그렇지 않겠어요? 부시에게 투표한 건 이 세상이에요. 이 세상은 늘 똑같죠. 아버지—그리고 (그녀는 고백한다) 제 생각엔 저 역시—는 부시나 아버지 부시와 똑같은 방식으로 재정적 이득을 얻어요. 하지만 그들은 친구는 아니에요. 절대 아니에요.

그 사교적인 자리에서 어울리는 일도 없나?

그녀 두 사람 다 참석하는 파티들이 있긴 해요.

그 그 컨트리클럽?

그녀 네. 휴스턴 컨트리클럽이죠.

그 그 클럽은 명문가 사람들만을 위한 곳인가?

그녀 그래요. 19세기 명문가들을 위한 클럽이죠. 나이든 휴스턴 토박이들 말이에요. 사교계에 데뷔하는 여자들을 위한 무도회가 거기서 자주 열려요. 여자들은 열을 지어 퍼레이드를 하죠. 꼭 순백의 소용돌이가 이는 것 같죠. 나머지 사람들은 춤을 추고 마시고 토하고요.

그 어렸을 때 그 컨트리클럽에 수영하러 다녔나?

그녀 여름철이면 거기서 매일 수영과 테니스를 했어요. 문을 닫는 월요일만 빼고요. 친구와 저는 오스트레일리아 출신 프로 선수가 레슨을 할 때 공을 주워주기도 했어요. 열네 살 때였죠. 제 친구는 저보다 두 살이 많았고 훨씬 대담한 애였는데, 그 남자랑 잤죠. 그 프로의 조수는 클럽 회원의 아들로 귀엽게 생겼었죠. 그는 툴레인 대학의 테니스팀 주장이었어요. 그 남자와 자지는 않았지만, 그것 말고는 온갖 짓을 다 했죠. 차가운 인간이었어요. 그런 짓을 해도 재미가 없었죠. 사춘기 시절의 섹스는 끔찍해요. 그게 뭔지에 대한 이해도 없고, 대개는 나도 그걸 할 수 있을까 확인해보려는 마음이지만, 전혀 유쾌한 경험이 아니죠. 한번은 그가 자기 걸 내 목구멍에 너무 깊숙이 밀어넣는 바람에 다행스럽게도 그 남자한테 다 토해버렸죠.

그 그때까지도 자넨 소녀였군.

그녀 1940년대 여자애들은 이렇지 않았죠?

그 전혀 안 그랬지. 루이자 메이 올컷*도 내가 다닌 고등학교에선 편안함을 느꼈을 거야. 자네도 사교계에 나갔나? 사교계에 데뷔했나?

그녀 이런, 제가 감추고 싶은 비밀로 직행하시는군요. (홍소를 터뜨리며) 네, 네, 네. 그랬어요. 끔찍했죠. 매 순간을 증오했어요. 엄마는 거기에 완전히 목을 맸죠. 우린 그 시기 내내 싸웠어요. 고등학교를 다니는 내내 싸운 거죠. 하지만 전 엄마를 위해 그걸 했어요. (이제 좀더 부드럽게 웃으며.

* 『작은 아씨들』로 널리 알려진 19세기 미국의 소설가.

그녀의 웃음은 상당히 다양한데, 이는 그녀가 알몸일 때도 얼마나 여유롭게 행동할지를 보여주는 또다른 징표다.) **엄마도 고마워했고요. 그랬다니까요. 그러길 잘한 것 같기도 해요. 대학에 입학해 집을 떠날 때, 서배너* 태생인 저희 엄마가 그랬거든요. "동부 여자애들한테 친절하게 대해주거라, 제이미 할리."**

그 그럼 하버드에서 사교계에 데뷔한 여학생들하고 어울렸나?

그녀 하버드에서는 사교계 데뷔라는 영광을 숨겨요.

그 그런가?

그녀 그럼요. 그런 건 입에 올리지도 않아요. 숨기고 싶은 비밀은 혼자 간직하는 거죠. (둘 다 웃는다)

그 그럼 하버드에서 부잣집 여학생들하고 어울렸겠군.

그녀 몇 명하고는요.

---

* 미국 남동부의 조지아 주에 있는 항구도시.

그 그래서? 그건 어땠나?

그녀 알고 싶으신 게 뭐죠?

그 난 아무것도 모른다네. 다른 시절에 다른 학교를 다녔으니까.

그녀 솔직히 전 무슨 이야기를 해야 할지 모르겠어요. 걔들은 제 친구였어요.

그 그 친구들도 빌리 같았나? 재미있고 절대 사람을 지루하게 만들지 않고?

그녀 아니요. 걔들은 예쁘고 옷도 아주 잘 차려입고 무척 뛰어났어요. 어쨌든 걔들은—우리라고 해야겠네요—그렇게 생각했어요.

그 누구보다 뛰어났다는 건가?

그녀 머릿결은 엉망이고, 옷차림도 별로 끝내주지 않고 과학을

엄청 잘하는 위스콘신 출신 여학생들보다요. (웃는다)

그 자네는 무슨 과목을 잘했나? 어쩌다 작가가 되고 싶다는 생각을 하게 됐지?

그녀 어려서부터요. 고등학교 때 이미 생각했던 것 같아요. 거기에만 열심히 매달렸죠.

그 이제 쓸 만한 작가인가?

그녀 그렇게 되고 싶어요. 전 제가 그렇다고 늘 생각했어요. 대단한 운은 따르지 않았지만요.

그 〈뉴요커〉에 작품이 실렸지 않나.

그녀 정말 엄청났죠. 드디어 작가의 반열에 올라섰다고 생각했죠. 그리고 다음 순간 (한 손으로 솟구쳤다 떨어지는 동작을 취하며) 그대로 피유……

그 얼마나 된 일인가?

그녀 오 년 전요. 정말 행복한 시간이었어요. 결혼도 했죠. 첫 단편이 〈뉴요커〉에도 실렸죠. 하지만 전 자신감을 잃었고 더는 글쓰기에 집중하지 못해요. 아시다시피 글쓰기는 집중이 전부, 아니 거의 전부잖아요. 그 때문에 전 절망했고, 그게 또 집중력을 떨어뜨렸고, 그래서 더욱더 자신감을 잃었죠. 뭔가를 해낼 수 있었던 사람이었다가 점점 거기서 멀어지는 느낌이에요.

그 그래서 나하고 이야기를 나누고 있는 거로군.

그녀 그 두 가지가 어떻게 연결되는 거죠?

그 어쩌면 자네는 스스로 생각하는 것만큼 자신감을 잃은 게 아닐지도 몰라. 자신감이 없는 사람처럼 보이지 않거든.

그녀 남자를 대할 때는 자신감이 없지 않죠. 그냥 일반적으로 사람들을 대할 때도 자신감이 없지 않아요. 그런데 컴퓨터 앞에만 앉으면 자신감이 사라져요.

그 내 집에서는 창밖으로 보이는 습지 건너편에 껑충하게 자란 갈대와 해오라기만이 자네의 친구일 텐데……

그녀 그것도 이사하는 이유 가운데 하나예요. 그러면 남자를 만나지 않을 거고, 사람들도 만나지 않을 거고, 파티에도 가지 않을 거고, 그런 데서 내가 필요로 하는 것들을 그러모으지 못하겠죠. 그리고 이토록 심하게 불안감을 느끼지도 않을 거고, 바라건대 이토록 신경을 소모하지도 않고, 바라건대 이런 상태에 있지도 않고, 바라건대……

그 "바라건대"라는 말을 엉뚱하게 쓰는군.

그녀 (그녀가 웃는다. 그녀가 수줍게—남자가 놀란다—묻는다) 제가요? 그런가요?

그 "바란다"고 하면 족하네. "운이 있다면"을 쓸 수도 있고. 가정교육을 잘 받은 사춘기 소녀가 억지로 입으로 그 짓을 하는 일이 없던 옛날에는, 그런 식으로 '바라건대hopefully'가 엉뚱하게 사용되는 일도 없었지. 일반적으로 통용되는 '희망을 가지고in hopes of'가 때로 같은 의미인 '희망을 하고in the hope of'로 대체되기도 했지만, 그런 표현도 내가 자네 나이였다면, 그리고 작가가 되기를 원했다면 최악의 표현인 거지.

그녀 그러지 마세요. 어제도 그러시더니. 이젠 그러지 마세요.

그 난 그저 영어의 어리석은 사용을 바로잡으려 했을 뿐이네.

그녀 알아요. 그래도 하지 마세요. 대화하길 원하신다면, 대화를 나누면 되잖아요. 만약 제가 쓴 뭔가를 선생님께 드리며 읽어달라고 말씀드리면 그때는 꼭 제 영어를 바로잡아 주세요. 하지만 만약 우리가 말을 하고 있는 거라면, 이건 시험이 아니잖아요. 시험이라고 생각하기 시작하면 전 편하게 말하지 못할 거예요. 그러니 제발 그러지 마세요. (잠시 말을 멈춘다) 어쨌든 그래요. 그런 생각을 해요. 만약 내가 사교생활에서 자신감을 이끌어낼 수 없다면 그 노력을 내 작품에 돌릴 거고, 바라건대 그렇게 해서 자신감도 생겨나면 좋겠다고요. 웃지 마세요.

그 내가 웃는 건 자네가, 위스콘신 출신의 머릿결이 엉망인 여학생들보다 훨씬 뛰어난 자네가 자신을 바로잡지 못하기 때문일세. 자신의 실수를 바로잡으려 들지 않아서.

그녀 전 제 생각에 관심이 있을 뿐, 선생님이 제 말에 찬성하는

지 혹은 제 어법에 찬성하는지에 대해선 생각하고 있지 않으니까요.

그 자넨 내가 왜 자네와 이러고 있다고 생각하나?

그녀 선생님의 뛰어남을 보여주기 위해서요?

그 '바라건대'로 트집을 잡는 걸로? 난 정말 어리석군.

그녀 그래요, (웃으며) 정말 어리석으세요.

그 난 자네를 두려워하는 것 같아.

그녀 (한참 동안 침묵을 지킨다) 전 선생님이 좀 두려워요.

그 내가 자네를 두려워할지도 모른다는 생각은 해본 적 없나?

그녀 아뇨, 전 선생님이 절 두려워할 거라고는 생각 못했어요. 저와 즐길 수는 있다고, 그러니까 저와 함께 있는 걸 좋아하실지도 모른다고 생각했지만, 절 두려워하실 거라곤 생각 못했어요.

그 두려워한다네.

그녀 왜죠?

그 왜라고 생각하나? 자넨 작가일세. 바라건대.

그녀 (웃으며) 선생님도 작가죠. (잠시 침묵) 제가 생각할 수 있는 건 제가 젊다는 것, 여자라는 것, 예쁘다는 것 정도네요. 하지만 언제까지나 젊을 수는 없고, 그러니 여자라는 점은 별로 중요할 게 없겠고, 예쁘다는 건, 이게 뭔가 관련되는 게 있을까요? 하지만 어쩌면 제가 모르는 다른 이유가 있을지도 모르겠네요. 선생님은 이유가 뭐라고 생각하세요?

그 그게 뭔지 알아낼 기회가 없었네.

그녀 뭐든 다른 이유가 생각나신다면, 저도 뭔지 알고 싶어요. 좀 전에 말한 그 세 가지를 이유로 들 거라면 말해주지 않으셔도 돼요. 하지만 다른 이유가 생각나시면 말씀해주시는 것만으로도 제게 무척 도움이 될 거예요. 꼭 알려주세요.

그 자네는 자신감이 넘쳐흘러. 그렇게 머리 위로 팔을 겹치고 두 손으로 머리칼을 그렇게 치켜올리고 앉아 있는 건, 그렇게 해도 자네가 아름다울 수 있다는 걸 내게 보여주기 위해서지. 자네의 모든 것이 그 자세에 담겨 있네. 자네는 미소를 지을 때도 자신감이 넘쳐나. 자네의 생김새와 몸매에서도 자신감이 넘쳐나고. 그게 분명 자네한테 자신감을 줄 거야.

그녀 그렇긴 해요. 하지만 그게 습지나 해오라기와 함께 있는 제게 자신감을 주진 못할 거예요. 그럼 전 여기서 자신감을 찾아야겠죠. (그녀가 머리를 기울인다.)

그 가슴보단 두뇌에서 찾겠다.

그녀 네.

그 자네의 가슴은 자네한테 자신감을 주는가?

그녀 네.

그 그 점에 대해 얘기해주게.

그녀 제 가슴이 제게 자신감을 주는 것에 대해서요? 전 사람들이 좋아할 만한, 사람들이 질투를 느낄 만한, 사람들이 갖고 싶어할 만한 뭔가를 제가 가졌다는 걸 알아요. 누구든 나를 원할 거라는 자신감을 갖는 것, 그게 자신감의 본질이죠. 칭찬받을 거라는 자신감, 사람들이 좋게 생각하고 갈망하는 대상이 되리라는 자신감. 그런 걸 안다면 자신감을 갖게 되죠. 전 그런 것과 제가 관련 있다는 걸 알고……

그 가슴 말이지.

그녀 가슴이오. 전 잘해낼 수 있어요.

그 자넨 독특해, 제이미. 자네와 비슷한 사람들은 많지 않아.

그녀 사람들이 뭘 원하는지, 사람들에게 감동을 줄 수 있는 게 뭔지 알아내고 그들을 감동시킬 수 있는 것을 던져주면, 내가 원하는 걸 얻을 수 있죠.

그 그렇다면 무엇이 날 감동시킬까? 내가 뭘 원할까? 아니면 자넨 날 감동시킬 생각이 없나?

그녀 아, 선생님을 정말 감동시키고 싶어요. 전 선생님을 존경해요. 아시겠지만, 선생님은 무척 미스터리 같은 분이에요. 엄청난 매혹의 원천이죠.

그 매혹이라니, 왜지?

그녀 선생님 댁 창문 밖의 해오라기 말고는 아무도 선생님에 대해 잘 알지 못하니까요. 유명한 사람이면 그 사람의 모든 것에 대해 모든 사람이 다 알아요. 혹은 안다고 생각하죠. 그런데 선생님은 특정 집단의 사람들 사이에서만 선생님을 유명하게 만드는 작품들을 쓰셨죠. 선생님은 톰 크루즈가 아니에요. (웃는다)

그 톰 크루즈가 누군가?

그녀 너무 유명해서 선생님이 누군지도 모를 정도인 사람이죠. 톰 크루즈는 그런 사람이에요. 온갖 연예 잡지를 매일같이 읽어도 배우에 대해 아무것도 알 수 없어요. 하지만 안다고 상상할 수는 있죠. 하지만 선생님에 대해선 어떤 것이라도 안다고 상상할 수 있는 사람이 아무도 없어요.

그 사람들은 내가 책을 낼 때마다 모든 걸 안다고 생각한다네.

그녀 그 사람들은 바보예요. 선생님은 미스터리예요.

그 자네는 미스터리를 감동시키길 원하는 거군.

그녀 네. 그래요, 전 선생님을 감동시키고 싶어요. 그러니 뭐가 선생님을 감동시킬까요?

그 자네의 가슴이 나를 감동시키지.

그녀 제가 모르는 걸 얘기해보세요.

그 자네의 모든 것이 날 감동시키네.

그녀 다른 건요?

그 자네의 두뇌. 2004년의 관례에 맞게 이야기해야 한다는 건 아네만, 난 그런 관례에 맞춰 살지 않는다네.

그녀 그럼 제 두뇌가 선생님을 감동시킨다는 건 진짜인가요, 아닌가요?

그 지금까지는 괜찮았네.

그녀 또다른 건요?

그 자네의 아름다움. 자네의 매력. 자네의 우아함. 자네의 솔직함.

그녀 음, 선생님이 이기셨어요.

그 이긴 건 빌리일세.

그녀 맞아요.

그 자넨 빌리가 자넬 숭배한다고 했는데 그건 무슨 뜻인가? 어떤 식의 숭배지?

그녀 텍사스에 같이 가면 그는 제가 어렸을 때 놀았던 장소들을 보고 싶어해요. 제가 네 살 때 유모가 태워줬던 그네나 유모가 한쪽 끝에 앉고 제가 다른 쪽 끝에 앉아 탔던 시소에 앉아보고 싶어하죠. 제가 다녔던 킨케이드에도 가보자고 해요. 우리가 버터를 만들었던 3학년 교실이나, 세균 배양용 접시에 과학 실험을 했던 4학년 교실을 구경하려요. 그를 도서관에 데려가기도 했는데, 가장 뛰어난 학생들이 가입하는 특별 클럽인 도서관클럽에 제가 속했었거든요. 그는 창문에 붙어 서서 꼭 낭만주의 시인이 무지개를 바라보듯 초목이 무성한 교정을 지그시 내다봤어요. 그는 제가 4학년 운동회 때 죽마竹馬 경주에 출전했던 넓은 운동장도 봐야 했었는데, 그 경주가 있던 날 그곳은 꼭 중세의 종교극 무대 같았어요. 사방에서 자줏빛과 금빛 깃발이 나부꼈어요. 전 죽마 경주에서 유력한 우승 후보였지만 그 분위기에 너무 흥분해서 출발선에서 겨우 10피트 정도 나아갔을 때 그만 넘어졌어요. 땅바닥에 얼굴을 박았죠. 리버오크스에 있는 우리집에서 차를 몰고 제가 등교하던 길을 정확하게 따라간 적도 있어요. 운전기사가 5마일 밖에 있는 킨케이드까지 절 데려다주며 지나간 잔디밭과 나무와 관목 덤불과 집들을 그가 구경하기 위해서였죠. 휴스턴에 가면 그는 분명 내가 열다섯 살 때 조깅했던 오솔길을 따라 조깅할 거예요. 빌리의 그런 행동을 들자면 끝이 없어요.

제가 저라는 사실이 그를 끌어당기는 자극磁極이죠. 제가 섹스하는 꿈을 꿨다고 하면, 남자든 여자든 다들 그런 꿈을 꾸잖아요, 그는 그 꿈도 질투해요. 제가 욕실에 들어가면 욕실을 질투해요. 제 칫솔도 질투하죠. 제 머리핀도 질투하고. 제 속옷도 질투해요. 그의 바지 주머니란 주머니엔 전부 제 속옷이 들어 있어요. 그의 옷을 세탁소에 보낼 때 그걸 발견하죠. 더 할까요, 아니면 이 정도면 충분하세요?

그 그러니까 그 숭배라는 것이, 그가 단순히 자네와 사랑에 빠진 건 아니라는 이야기군. 그는 자네의 인생과 사랑에 빠진 거군.

그녀 네, 제가 살아온 여정이 그에게는 경이죠. 제가 듣는 말은 전부 열광적인 사랑 표현뿐이에요. 옷을 입거나 벗을 땐 꼭 바로 등뒤 창문에 그가 얼굴을 잔뜩 붙이고 있는 듯한 기분이죠.

그 그 곡선미가 시소 못지않게 최면을 거니까.

그녀 제가 침실에서 역광을 받을 때면 그는 제 실루엣을 끝없이 찬양해요. 아침에 팬티 차림으로 주방에서 커피를 내리고 있으면 그는 뒤에서 다가와 제 가슴을 쥐고 제 귀를 핥으면서 키츠의 시를 암송해요. "승낙하는 한숨이 있고 거절하는 한숨이 있지/ 그리고 내가 도저히 참을 수 없어 내쉬는 한숨!/ 아, 어쩐다지, 우리 그냥 이대로 견뎌야 할까 아니면 도망쳐야 할까?/ 아, 달콤한 사과나 같이 나눠 먹어야겠네!"

그 저런, 키츠의 연애시를 외워 인용할 정도면 빌리는 그의 세대에선 별종이군.

그녀 그렇죠. 별종 맞아요. 그는 제게 이야기할 때 키츠를 자주 인용해요.

그 편지도 인용하나? 키츠의 마지막 편지를 인용한 적도 있나? 키츠가 지금의 자네보다 다섯 살 젊었을 때 중병을 앓으며 쓴 편지지. 그후 그는 겨우 몇 개월 더 버틴 후 세상을 떠났어. 그는 말했네. "이승에서의 내 삶은 이미 지나가 버렸고, 이제 사후의 삶을 이어간다는 느낌이 끊임없이 든다네."

그녀 아뇨, 전 키츠의 편지는 몰라요. 사후의 삶이라는 말도 들어본 적 없어요.

그 말해보게, 그토록 대단한 애처가의 숭배를 견뎌낼 힘은 어디서 나는가?

그녀 아, (부드럽게 웃으며) 어떻게 처신해야 하는지 알거든요.

그 자네는 대단한 성적 관심을 받고 있어. 그런데도 안절부절못하고 절망스러워하는군.

그녀 우린 섹스를 많이 해요. 하지만 섹스가 늘 한쪽 배우자가 느끼는 만큼 다른 쪽에게도 엄청난 흥분을 주는 건 아니죠. 초반에 주로 그렇죠.

그 나도 그런 기억이 있네.

그녀 여자와 마지막으로 관계를 가지신 게 언제예요?

그 자네가 사교계에 데뷔했을 때쯤.

그녀 그렇게 오래 여자와 관계를 갖지 않고 지내는 게 힘들진 않으셨어요? 그렇게 오래 섹스 없이 사셨다는 거예요?

그 그렇다네.

그녀 힘드셨어요?

그 모든 일이 어떤 시점에선 어려운 법이지.

그녀 하지만 특히 힘든 일이잖아요. (창문 아래로 지나가는 차의 소음에 묻혀 두 사람의 목소리가 희미하게 들린다. 겨우 알아들을 수 있을 정도.)

그 특히 힘든 일 가운데 하나일 뿐이지.

그녀 왜요? 선생님이 시골에, 정말 외진 곳에 사신다는 건 알지만, 그래도 그곳에도 분명…… 그러니까 근처에 대학이 있다고 하셨죠. 선생님 나이를 알지만, 그래도 선생님 작품을 읽는 여학생이 틀림없이 거기에도 있을 거고, 대단히 감동받았을 거예요. 왜 그러셨어요? 도시생활을 포기하고 왜 그것마저 포기하기로 결정하신 거죠?

그 그게 날 포기하기로 한 걸세.

그녀 무슨 말씀인지?

그 그 말 그대로일세.

그녀 무슨 말씀인지 모르겠어요.

그 자네는 모르겠지.

그녀 선생님께서 말씀해주지 않으시면, 전 모를 거예요. 그것까지 포기하기로 한 걸 바꿀 생각은 없으세요?

그 지금 바꾸려는 중이네. 그래서 내가 아직 여기 있는 걸세.

그녀 음…… 으쓱해지는데요. 그토록 오랫동안 그걸 포기하고 살아오신 게 사실이라면, 엄청 으쓱한데요.

그 제이미. 제이미 로건. 제이미 할리 로건. 할 줄 아는 언어가 있나, 제이미?

그녀 별로요.

그 영어는 잘하던데. 난 자네의 텍사스 억양이 마음에 들어.

그녀 (웃으며) 대학에 들어갔을 때 텍사스 억양을 없애려고 무척 노력했었죠.

그 정말인가?

그녀 네, 정말로요.

그 자네가 그 억양을 이용해왔다고 생각할 뻔했는데.

그녀 사교계 데뷔 사실을 아무에게도 말하지 않는 거하고 똑같은 거예요. 제가 조지 부시 부자가 회원으로 있는 컨트리클럽에 다녔다는 사실을 아무한테도 말하지 않는 것처럼요.

그 하지만 그 억양은 아직도 남아 있지.

그녀 글쎄요, 전 하나라도 튀어나오지 않게 하려고 노력해요. 빈정댈 때는 빼고요. 하버드에 갔을 때 '여러분y'all'*이라는 말버릇이 있었는데 얼른 버렸죠.

그 거참 안타깝군.

그녀 거기 아는 사람도 없었고, 겨우 열여덟 살이었어요. 제가 위글즈워스**에 들어섰을 때 모두들 절 쳐다보자 제가 이랬죠. "안녕, 여러분Hi, y'all." 그 한마디에 애들은 절 왕 시골뜨기로 생각해버렸어요. 전 두 번 다시 그 말을 사용하지 않았죠. 그곳의 수많은 신입생들과 비교했을 때 전 상당히 순진한 축이었어요. 맨해튼에 있는 예비학교에 다닌 애들에 비하면 시골뜨기였죠. 그애들이 겁났어요. 제가 오늘 예전 말투를 썼다면 그건 제가 심란해서예요. 아마도 평소보다 살짝 더 쓰고 있는 것 같아요. 심란해지면 그 말투가 튀어나오거든요.

그 자넨 빈틈이 없군. 모든 일에 이유를 댈 수 있으니.

그녀 글쎄요, 전 저 자신을 잘 알아요. 아주 잘. 그렇다고 생각

---

* you-all의 축약형. 미국 남부 사투리다.

** 하버드의 신입생 전용 기숙사 가운데 하나.

해요.

그 세 개 한 세트군. 난 나 자신을 잘 안다. 아주 잘. 그렇다고 생각한다.

그녀 누가 또 그런지 아세요? 콘래드예요.

그 트리플렛.*

그녀 맞아요. 콘래드의 트리플렛. 눈치채셨군요? (여자는 상판이 유리인 커피테이블 위의 잡지 밑에 있던 페이퍼백을 남자에게 보여준다.) 『섀도라인』을 구했어요. 선생님이 이 작품을 언급하셨잖아요. 그래서 반스앤노블에 가서 샀죠. 저한테 암송해주신 구절, 정확히 책에 나온 그대로였어요. 선생님의 기억력은 정말 놀라워요.

그 책만, 책에 관해서만 그렇다네. 자넨 신속하게 움직이는군.

* 세 개가 한 조(組)를 이루는 것을 통칭하는 말. 시에서는 '3행 연구(聯句)'라는 뜻으로 쓰이고, 그 밖에 '세쌍둥이'라는 뜻도 있다.

그녀 이것 좀 들어보세요. 트리플렛, 트리플렛 연출법을요. 35쪽, 처음으로 배의 통솔권을 갖게 된 주인공은 완전히 무아지경이죠. "나는 계단을 둥둥 떠서 내려갔다. 둥둥 뜬 채로 관청의 당당한 정문을 나섰다. 나는 계속 둥둥 떠서 걸어갔다." 47쪽, 아직도 황홀경에서 벗어나지 못했네요. "내 미지의 배에 대해 생각했다. 그건 엄청난 즐거움이자 엄청난 괴로움이자 엄청난 소임이었다." 53쪽, 바다에 대한 묘사예요. "어떤 인상도 받아들이지 않고, 어떤 기억도 간직하지 않으며, 인간의 삶에 대한 어떤 판단도 내리지 않는 무한함." 콘래드는 계속 이런 식인데, 마지막에 가면 특히 그래요. 131쪽이에요. "하지만 자일스 선장, 내 기분이 어떤지 말해야겠네. 난 늙었다는 기분이 드네. 그리고 난 틀림없이 늙었지." 130쪽. "그는 바닷새가 시체에 달려들지 못하도록, 죽음으로 뒤덮인 배의 선미루에 세워놓은, 정교하게 만든 무서운 허수아비처럼 보였다." 129쪽. "삶은 그에게 은혜였고—이토록 위태롭고 힘겨운 삶인데도—그는 스스로에게 완전히 놀라고 말았다." 125쪽. "번스 씨는 자신의 두 손을 맞잡더니, 갑자기 울음을 터뜨렸다." 그런 다음 첫번째 문장. "배를 움직일 선원이 없는데 어떻게 배가 항구로 들어갑니까?" 다음 문단에서 두번째. "그런데 나는 그에게 말할 수 없었다." 그다음 문단에 세번째. "글쎄, 대략 마흔 시간 뒤면 항구에 도착하겠지." 그다음 다시 반복돼요. 계속 125쪽. "난 캄캄하고, 거센 바람이 몰아치고, 별이 총총했던 그 마지막 밤을 결코 잊을 수 없으리라. 나는 키를 잡았다." 그 문단이 계속돼요. 그리고 다음 문단이 이렇게 시작하죠. "그리고 나는 키를 잡았다……"

그 (콘래드의 작품 인용을 포함해 모든 것이 연애 유희다.) 나를 위해 전체를 읽어주게.

그녀 "그리고 나는 키를 잡았다, 근심 때문에 몹시 지친 채로, 꼬리에 꼬리를 무는 생각에 몹시 지친 채로. 엄연한 환희의 순간도 있었지만, 그 순간이 지나고 나면 캄캄한 갑판 반대편 끝의 선원실에 가득한 열병에 걸린 선원들 생각으로 내 마음은 지독하게 가라앉곤 했다. 그들 가운데 일부는 죽어가고 있었다. 내가 저지른 실수 때문에. 하지만 괘념치 말자. 후회는 나중에 해야 하는 것이니. 나는 키를 잡아야 한다." 더 읽어드릴 수 있어요. (책을 내려놓는다) 선생님께 책을 읽어드리니 좋네요. 빌리는 책 읽어주는 걸 별로 좋아하지 않거든요.

그 키를 잡는다. 키를 잡아야 한다. 콘래드의 다른 작품도 읽어보았나?

그녀 예전에요. 상당히 많이.

그 어떤 작품이 가장 마음에 들었나?

그녀 「청춘」이라는 작품 읽어보셨어요? 정말 멋져요.

그 「태풍」은?

그녀 대단하죠.

그 자네가 저 밑의 텍사스에서 지낼 때, 그리고 유전을 소유한 다른 백만장자들의 딸들과 컨트리클럽 수영장에서 비키니 차림으로 어울릴 때도 책을 읽었나?

그녀 그런 이야길 하시다니 재미있네요.

그 책을 읽는 사람은 자네밖에 없었지?

그녀 맞아요. 사실이에요. 음, 제가 어렸을 때, 정말 어렸을 때요. 어느 때부턴가 책을 읽는 게 우스꽝스러운 일이 돼버렸어요. 어느 날 책을 읽다 사람들 눈에 띄었는데, 너무 창피해서 책을 덮어버렸죠. 그래서 〈세븐틴〉이란 잡지 안에 책을 끼워 다녀서 아무도 내가 뭘 읽는지 알 수 없게 했어요. 하지만 그것도 그만뒀어요. 그러다 사람들에게 들켰을 때 느끼는 창피함이 그냥 드러내놓고 읽으며 느끼는 창피함보다 훨씬 컸거든요. 그래서 그만뒀죠.

그 〈세븐틴〉 안에 어떤 책을 감추고 읽었나?

그녀 그렇게 들킨 게 열세 살 때였는데, 〈세븐틴〉 안에 『채털리 부인의 연인』을 숨겨 읽고 있었죠. 애들은 절 놀려댔지만, 그 책을 읽었다면 〈세븐틴〉보다 훨씬 외설스럽다는 걸 깨달았을 거예요.

그 『채털리 부인의 연인』을 좋아했나?

그녀 전 로런스가 정말 좋아요. 『채털리 부인의 연인』이 가장 좋아하는 작품은 아니에요. 선생님을 실망시키긴 싫지만, 그 나이에 이해할 수 있는 작품은 아니었거든요. 열다섯 땐 『안나 카레니나』를 읽었어요. 다행히도 나중에 다시 읽었죠. 전 언제나 읽을 준비가 안 된 책만 읽었던 것 같아요. (웃으며) 그렇다고 그게 해가 되진 않았지만요. 맞아요, 좋은 질문이에요, 열네 살 때 무슨 책을 읽었느냐는 거요. 하디. 하디를 읽었어요.

그 어떤 작품?

그녀 『더버빌가의 테스』가 기억나네요. 또 기억나는 게…… 뭐였더라? 이상하다. 『이름 없는 주드』는 아닌데. 뭐였지?

그 석간주* 장수가 나오는 건가? 『광란의 무리에서 멀리 떨어져』는 아니겠지.

그녀 맞아요. 『광란의 무리에서 멀리 떨어져』예요.

그 석간주 장수가 나오는 작품은 하나 더 있네. 적토 장수 말일세. 제목이 뭐더라? 여주인공, 비극적인 여주인공이 나오는데. 이런, 내 기억력하고는. (하지만 여자는 남자의 한탄을 듣지 못한다. 그녀는 자신의 열네 살 때를 기억해내느라 바

---

* 안료로 사용되는 산화철이 많이 포함된 붉은 흙.

쁘다. 너무도 아무렇지 않게.)

그녀 『폭풍의 언덕』. 『폭풍의 언덕』을 좋아했어요. 좀더 어렸을 때, 아마 열두세 살 때쯤이었던 것 같아요. 『제인 에어』를 먼저 읽고 그 책으로 넘어갔죠.

그 이제 남자 얘기를 해보게.

그녀 (이제 상당히 친숙해진 듯, 살짝 하품을 하며) 채용 인터뷰를 하시는 건가요?

그 그래, 자넬 채용하기 위해 인터뷰하는 중일세.

그녀 어떤 일인데요?

그 자넬 숭배하는 남편을 떠나, 자네가 큰 소리로 책을 읽어 줄 수 있는 남자와 사는 일.

그녀 아, 제정신이세요?

그 제정신이 아니지. 하지만 그게 어쨌다는 건가? 여기 있는 것 자체가 미친 짓인걸. 뉴욕에 있는 것도 미친 짓이고. 뉴욕에 온 이유도 미친 발상이지. 여기 앉아 자네와 이야기하는 것도 미친 짓이야. 여기 앉아 자네한테서 떠나지 못하는 것도 미친 거지. 나는 오늘 자네를 떠날 수 없고, 어제도 자네를 떠날 수 없었네. 그래서 지금 자네가 젊은 남편을 떠나 일흔한 살 먹은 노인과 사후의 삶을 살러 올 건지 인터뷰하고 있는 거라네. 계속하세. 인터뷰를 계속하자고. 남자 이야기를 해주게.

그녀 (거의 황홀경에 빠진 듯, 이제 부드러운 어조로) 뭘 알고 싶으세요?

그 (똑같이 부드럽게) 질투심으로 죽기를 원하네. 자네를 거쳐간 모든 남자에 대해 이야기해주게. 자네의 열네 살 여름에 자네 목구멍에 성기를 너무 깊이 밀어넣어 자네의 토사물을 뒤집어썼다는 툴레인 대학 테니스팀 주장 얘기는 이미 들었고. 그 얘기만으로도 충분히 감당하기 힘들지만, 나는 더 듣고 싶은 것 같네. 그래, 더 이야기해주게. 내게 모든 걸 털어놓게.

그녀 음, 첫번째가 있었죠. 첫 애인 말예요. 선생님이었어요. 고등학교 때요. 고등학교 졸업반 때였어요. 그는 스물네 살이었고요. 그리고 그가, 그 사람이 절 유혹했어요.

그 당시 자네는 몇 살이었나?

그녀 삼 년 뒤의 일이에요. 열일곱이었죠.

그 열네 살에서 열일곱 살 사이에는 이야기해줄 만한 일이 없었나?

그녀 있어요, 사춘기 시절의 자잘한 재난들이 더 있죠.

그 그 전부가 재난이었나? 흥분됐던 일은 하나도 없고?

그녀 흥분됐던 일도 있었어요. 다 큰 어른이 그 고리타분하고 근엄한 분위기의 휴스턴 컨트리클럽에서 제 티셔츠를 걷어올리고 젖꼭지를 빨아댔을 땐 흥분됐었죠. 전 놀라서 아무 말도 못했어요. 아무한테도 말하지 않았고요. 전 그 남자가 다시 와서 또 해주기를 기다렸어요. 하지만 그는 겁먹었던 것 같아요. 다음에 마주쳤을 때 마치 아무 일도 없었던 것처럼 행동했거든요. 그는 제 언니의 친구였어요.

삼십대 초반이었죠. 언니 친구들 중에서 가장 예쁜 여자랑 갓 약혼한 사이였고요. 전 울고 또 울었어요. 나한테 뭔가 문제가 있어서 그가 다시 와서 그걸 안 해주는 거라고 생각했거든요.

그 몇 살 때였지?

그녀 좀더 어릴 때 일이에요. 열세 살이었죠.

그 계속하게. 자네 선생이었다는 남자에 대해.

그녀 그는 남의 시선은 전혀 개의치 않는 사람이었어요. 다른 사람한테 좋은 인상을 남기려고 애쓰지 않았죠. (웃으면서) 하지만 그는 고등학교 졸업반이 아니었어요. 훨씬 나이가 많았죠. 그래서 더 멋져 보였던 거예요.

그 자네에겐 너무 나이가 많은 사람이라고 생각해야 할 것 같군. 말해보게, 서른인 여자가 일흔한 살을 대할 때보다 열일곱 소녀가 스물넷을 대할 때 더 나이가 들었다고 여길까? 서른 살 여자가 일흔한 살을 대할 때보다 열세 살 소녀가 서른 살을 대할 때 더 나이가 들었다고 여길까?

그녀 (한참 침묵한 후) 네, 그 선생님은 저보다 훨씬, 훨씬 더 나이가 많다고 느껴졌어요. 그는 메인 주 출신이었어요. 제게는 메인이 이국적인 곳이었어요. 놀라울 정도로 이국적으로 보였죠. 그는 텍사스 출신이 아니었고 돈도 없었어요. 그래서 그 일을 하고 있었죠. 그는 가르치는 일에 헌신적이었어요. 대학을 졸업하고 이 년 동안 '미국을 위한 교육'에서 활동했죠. 거기선 돈을 못 벌어요.

그 '미국을 위한 교육'이 뭐지?

그녀 세상에, 선생님은 정말 세상과 담을 쌓고 사시는군요. 대학을 졸업한 자원봉사자들이 미국에서 교육 환경이 가장 열악한 학교에서 이 년 동안 일하는 프로그램이에요. 속칭 '혜택받지 못한underprivileged' 학교에서……

그 그 '혜택받지 못한'이란 말이 자네를 괴롭히는군.

그녀 (크게 웃으며) 전 그 단어가 싫어요.

그 왜지?

그녀 글쎄요, 그게 무슨 뜻이죠? 혜택 아래에 있다니Under privileged. 혜택이란 갖고 있거나 갖고 있지 못하거나 하는 거잖아요. 혜택 아래에 있다고 할 땐 혜택을 갖고 있지 못하다는 뜻이죠. 혜택이라는 말 자체가 평균 위에 있다는 거잖아요. 전 그 말이 싫어요.

그 자넨 상당히 혜택받은 사람이지. 혜택 위에 있다고over-privileged 말할 수 있을 정도로.

그녀 음, 그 말씀은 제가 루이자 메이 올컷처럼 행동하지 않은 것에 대한 벌인가요? 열네 살 때 젊은 테니스 선수의 성기를 빨아줘서, 열세 살 때 남자가 젖꼭지를 빨자 흥분해서 받는 벌인가요?

그 나는 그저 그러면 그 말이 힘을 잃느냐고 묻고 있는 것뿐일세.

그녀 전 그냥 그 용법이 잘못되었다고 생각할 뿐이에요. 영어의 잘못된 용법이에요. '바라건대'처럼요.

그 자넨 이 사람을 매혹시켜 죽일 작정이군. 고문하는 동시에 매혹시켜서.

그녀 첫사랑 얘기를 해준 것으로요? 매혹되어 죽고 싶으세요?

그 그렇다네.

그녀 세상을 뜨는 방법치곤 괜찮네요. 어쨌든 '미국을 위한 교육'이란 그런 데예요. 평화봉사단이 미국 내에서 활동하는 거라고 보시면 돼요. 그러니까 이 젊은 이상주의자는 그런 활동을 막 끝낸 참이었는데, 대출받은 학자금도 갚아야 했고 교직을 그만두고 떠나 은행가가 될 생각도 없었기 때문에, 상당한 급료를 받을 수 있는 휴스턴의 부자 동네 고등학교에서 교편을 잡았던 거예요. 그곳에서 그는 일만 했어요. 사람들과 전혀 어울리지 않았죠. 아예 관심이 없었으니까. 사실은 상당히 경멸했어요. 주차장에 가면 학생들이 몰고 온 BMW가 세워져 있고 그 옆으로 혼다 같은 교사들의 차가 있었어요. 그리고 그의 차가 세워져 있었는데, 메인 주 번호판이 붙어 있고 뒷문 하나는 문고리가 떨어져나가 밧줄로 묶어 닫아놓은데다 녹이 슬고 있는 십이 년 된 차였죠. 남의 시선은 전혀 아랑곳하지 않는 사람이었어요.

제가 그때까지 만났던 어느 누구와도 달랐죠. 그는 킨케이드의 배타적인 계급체계에 눈곱만큼도 관심이 없었어요. 그는 우리 역사 선생님이었어요. 전교에서 유일하게 우리 학년에만 현대사 단원이 들어 있었죠.

그 관계는 어떻게 시작되었나?

그녀 어떻게 시작됐냐고요? 매주 그의 사무실에서 갖는 개인 면담에 그냥 습관적으로 가곤 했어요. 존재하는 줄도 몰랐던 사상의 세계를 그는 제 앞에 펼쳐놓았어요. 저는 그를 찾아갔고, 우린 이야기하고 이야기하고 또 이야기했어요. 전 그에게 감정을 느꼈고, 선생님께서 당혹스럽다고 하셨던 그 초기의 경험들, 요즘은 거의 누구나 그런 경험을 한다는 걸 선생님께서 아시는지 모르겠지만, 어쨌든 그런 경험들을 했는데도 전 아직 어린 여자애라서, 그냥 어린애여서 그게 성적 감정이라는 걸 몰랐어요. (미소지으며) 하지만 그는 알았어요. 멋진 일이었죠. 그러니까 그게 첫번째였던 거예요.

그 관계가 얼마나 오래 계속되었지?

그녀 꼬박 한 해 동안요. 우린 제가 대학에 진학해 집을 떠나면 동거하자는 계획까지 세웠어요. 그래서 그러지 못했을 때 전 크게 상심했죠. 대학 첫 학기 대부분을 눈물로 보냈어요. 하지만 더이상 전 열세 살이 아니었어요. 이번에는 자신을 추슬러 거기서 벗어났어요. 전 여자 친구들을 만나고 그애들이 어울리는 남자애들도 만나며 그럭저럭 저 자신을 되찾았어요. 즐기기도 했고. 그래요, 전 대학에 왔고, 그는 제가 건 전화에 답하지 않았고, 전 즐겼어요.

그 그 젊은 이상주의자는 분명 또다른 열일곱 살짜리와 만났을 거야.

그녀 그 테니스 선수만큼이나 그를 싫어하시는군요.

그 유치원부터 12학년까지 킨케이드를 나온 여자가 그 정도도 쉽게 파악하지 못해서야 되겠나.

그녀 일 년 뒤 그의 편지를 받았어요. 제가 마침내 실연을 극복했을 무렵이었죠. 자신이 그런 건 그게 제게 최선이라고 생각했기 때문이었다고, 자신도 무척 혼란스러웠다고요…… 하지만 어쩌면 선생님 생각이 옳을지도 모르겠어요.

그 이 이야기는 그만 들어야 할 것 같군.

그녀 왜요? (가볍게 웃으며) 이제 겨우 하나 이야기했을 뿐인데요.

그 겨우 세 가지 이야기했을 뿐이지. 하지만 알 것 같네. 자넨 아주 어릴 때부터 매력적이었군.

그녀 그래서 놀라셨어요?

그 아니, 죽을 것 같을 뿐이네.

그녀 왜죠?

그 아, 제이미.

그녀 말하고 싶지 않으세요?

그 뭘 말하라는 건가?

그녀 왜 죽을 것 같으신지요.

그 내가 자네한테 완전히 반했으니까.

그녀 음…… 바로 그 말을 듣고 싶었어요.

그 (한참 침묵, 그녀보다 그가 더 큰 고통을 느끼고, 여자는 호기심에 사로잡힌다) 그렇군. 이걸로 나이가 많아도 한참 많은 남자를 위해 남편을 버릴 여자를 구하는 우리의 채용 인터뷰는 결론이 났군. 나중에 전화하겠네.

그녀 저한테 전화하신다고요?

그 전화로 자네 점수가 얼마인지 알려주겠네.

그녀 좋아요.

그 그 일을 맡을 시간은 되나?

그녀 만약 그 일이 제게 들어온다면, 그 일을 잘할 수 있게 제 생활을 조정할 수 있는지 없는지 봐야겠죠. 그런 다음 선생님께 다시 연락드릴게요.

그 이건 공평하지 않아. 난 권위를 잃었으니까.

그녀 왜 그렇게 느끼시죠?

그녀 여기 왔을 때까지 난 대단히 권위 있는 존재였네. 그런데 이제 권위를 잃고 떠나는군.

그녀 그래서 기분이 좋으세요?

그 아주 잘 알고 있던 모든 것에 갈피를 못 잡게 되어버린 남자가 이제 덤으로 모든 걸 잃은 남자까지 되었네. 그만 가야겠군.

그녀 저와 단둘이 있어도 선생님은 절대 더 나아지지 않아요.

그 그렇군.

그녀 좋아지면 좋아질수록 더 나빠지니까요.

그 상황이 그렇군. 맞네.

(그는 자리에서 일어나 아파트를 나선다. 밖으로 나와, 여자의 아파트 건물 계단에 서서 교회를 건너다보다 뭔가를 기억해낸다. 석간주 장수가 등장하는 하디의 장편소설은 『귀향』이라는 걸. 그는 책에 대해서는 훌륭한 기억력을 유지하는 걸까? 아니다, 책에 대해서조차 그렇지 못하다. 그는 늘 자신을 매혹해왔던 비운의 여주인공 이름이 유스테시아 바이라는 것을 이제야 겨우 기억해낸다. 그는 거리로 나서지 않은 채 욕망을 억누르려 무진 애를 쓴다. 돌아서서 손을 들어 초인종을 누르고 그녀에게 "그건 『귀향』이었고, 유스테시아 바이였네"라고 말한 뒤 다시 층계를 올라가 그녀와 단둘이 있고 싶은 욕망을. 그들은 절대 키스하지 않고, 그는 절대 그녀의 몸에 손대지 않는다. 아무 짓도 하지 않는다. 이것이 그의 마지막 러브신이다. 그의 기억력은 그때 딱 한 번 그를 실망시켰다. 대화를 나누는 내내 딱 한 번. 두 번이었군. 그녀가 그에게 얼마나 오래 혼자 지냈느냐고 물었을 때도 그랬다. 아니면 그 질문은 전날 받았던 건가? 그것도 아니면 아예 나오지도 않은 질문인가? 어쨌든 그녀는 좀 전까지 본 것에 대해 알 필요가 없었던 것만큼이나 그의 건망증에 대해서도 알 필요가 없다. 그래서 그들은 절대 키스하지 않으며, 그는 절대 그녀의 몸에 손대지 않는다. 그래서 어쨌다는 거지? 그가 그걸 받아들이기 힘들어하나? 그래서 어쨌다는 건가? 그의 마지막 러브신이라고? 내버려두자. 괘념치 말자. 후회는 나중에 해야 하는 것이니.)

5
무모한 순간

전화벨 소리에 잠이 깼다. 간밤에 나는 옷도 벗지 않은 채, 밑줄이 잔뜩 쳐진 『섀도라인』을 옆에 끼고 침대에서 곯아떨어졌었다. 나는 생각했다. "에이미, 제이미, 빌리, 롭." 하지만 호텔로 나를 찾는 전화를 걸 만한 사람들 명단에 클리먼은 미처 포함시키지 못했다. 거의 새벽 다섯시까지 책상에 앉아 글을 썼더니 밤새 술을 진탕 마신 듯한 기분이었다. 게다가 유치한 기대감이 담긴 허황되고 아주 시시한 꿈을 꾼 것이 지금 막 기억났다. 나는 어머니와 통화중이다. "엄마, 부탁 하나 해도 돼요?" 어머니는 나의 고지식함에 웃음을 터뜨린다. "아가, 내가 너한테 못해줄 게 뭐가 있겠니. 무슨 일인데, 얘야?" 어머니가 묻는다. "우리가 근친상간을 할 수 있을까요?" "세상에, 네이선." 어머니는 또

다시 웃음을 떠뜨리며 말한다. "나는 썩어가는 오래된 시체란다. 난 지금 무덤에 있어." "그래도요, 엄마랑 근친상간을 해보고 싶어요. 제 어머니잖아요. 유일한 어머니요." "네가 원한다면 아무렴, 아가." 다음 순간 어머니가 내 앞에 있는데, 무덤 속의 시체가 아니다. 그녀의 존재가 나를 전율케 한다. 그녀는 아버지와 결혼했던 스물세 살의 날씬하고 예쁘고 발랄하고 까만 머리칼의 여자다. 그녀는 어린 소녀 같은 명랑함과 결코 엄격해지는 법이 없는 부드러운 목소리를 지닌 반면, 나는 지금의 나이 그대로다. 그리고 땅속에 영원히 묻힌 건 바로 나다. 어머니는 여전히 내가 대단히 순진한 목표와 목적을 지닌 어린 소년이라고 생각하는지 내 손을 잡아주고, 우리는 무덤을 떠나 내 침실로 향한다. 내 욕망이 점점 더 강도를 더해가는 가운데 그 꿈은 커튼도 없는 커다란 창문이 있는 방 안에 빛이 넘쳐나며 끝난다. 어머니는 의기양양해하며 마지막으로 말한다. "귀여운 아가, 귀여운 아가, 태어나렴! 태어나! 태어나라!" 이보다 더 자상하고 상냥한 어머니가 세상에 또 있을까?

"안녕하세요." 클리먼이 말했다. "여기 밑에서 기다릴까요?" "무슨 일인가?" "점심식사요." "지금 무슨 소릴 하는 건가?" "오늘요. 정오에. 선생님이 오늘 정오에 저랑 식사하실 수 있다고 말씀하셨는데요." "난 그런 말 한 적 없네." "분명히 하셨습니다, 주커먼 선생님. 저한테 조지 플림턴*의 추도식 이야기를 해달라고 하셨어요." "조지 플림턴이 죽었다고?" "네. 그 얘기도 했었는데요." "조지가 죽었다고? 언제?" "딱 일 년 전에요." "몇 살이었지?" "일흔여섯이었어요. 자다가 심장마비를 일으켰어요." "자넨 이걸 언제 내게 말했나?" "전화로요." 클리먼이 말했다.

그런 통화가 기억나지 않는다는 건 새삼 말할 것도 없다. 하지만 그런 걸 잊어버리다니 믿을 수 없었다. 조지가 죽었다는 사실을 내가 잊어버렸다는 것만큼이나 믿기 힘들었다. 조지 플림턴을 처음 만난 건 1950년대 후반이었다. 육군에서 제대한 뒤 처음으로 뉴욕에 와서 월 칠십 달러를 내고 방이 두 개인 반지하 아파트에 살면서 군복무 동안 밤마다 썼던 단편을 그가 갓 창간한 계간지에 발표할 때였다. 그전까진 들이미는 곳마다 퇴짜를 맞았었다. 조지가 〈파리 리뷰〉의 다른 편집자들과 함께 점심식사를 하자고 초대했을 때 나는 스물넷이었고, 그 편집자들은 이십대 후반에서 삼십대 초반의 젊은 남자들이었다. 조지와 마찬가지로 그들 대부분이, 상류층 자제만 다니는 예비학교에 아들을 보낸 다음 하버드에 진학시키는 유서 깊은 부자 가문 출신이었다. 하버드는 그전 수십 년 동안 그래왔듯 2차대전 직후에도 몇 년 동안 주로 사회의 엘리트 계층 자제들의 교육을 위한 보루였

* 미국의 언론인, 작가, 편집자.

다. 그들은 여름철에 테니스코트나, 뉴포트나 사우샘프턴, 에드거타운의 요트클럽 같은 데서 만나지 못하더라도 결국 하버드에서 서로를 알게 되었다. 그들의 세계나 그들의 직계 조상의 세계에 대해 내가 아는 거라곤 시카고 대학 시절에 헨리 제임스나 이디스 워튼의 소설에서 읽은 것밖에 없었는데, 탄복할 만하다고 배워왔던 그 책들이 내가 느끼기에는 『천로역정』이나 『실락원』만큼이나 내가 경험한 미국인의 삶과 거리가 멀었다. 조지나 그의 동료 편집자들을 만나기 전까지 나는 어렸을 때 라디오나 영화관 뉴스에서 FDR*의 담화를 들었던 것 외에는 상류층 사람들이 어떻게 생겼고 어떻게 이야기하는지 전혀 몰랐다. 그리고 야간학교 출신인 유대인 발치료사의 아들인 나 같은 아이에게 FDR는 계층이나 계급을 대표하는 사람이 아니라 정치인이자 리더로서 독자적인 존재였고, 엄청난 대가족이었던 우리 식구들을 포함해 미국의 대다수 유대인이 축복이자 선물로 여겼던, 민주주의의 영웅이었다. 조지의 그 믿기지 않는 말투가 내게는 명사名士의 우스꽝스러운 과장으로 비춰졌던 것 같다. 만약 덜 솔직하고 재능과 지능과 품위가 부족한 젊은이가 그런 식으로 말했다면 명백하게 어이없어 보였을 것이다. 나의 가난한 조상들이 동유럽의 게토에서 랍비의 지배를 받고 있을 때 보스턴과 뉴욕에서

---

* 미국 32대 대통령 프랭클린 D. 루스벨트.

군림했던 부유한 프로테스탄트 계급의 영국식 발음과 억양이 깊이 배어 있었으니까. 조지를 통해 나는 처음으로 특권이라는 것과 그것이 가져다주는 엄청난 이익에 어렴풋이 눈을 떴다. 겉으로 보기에 그는 벗어나야 할 굴레도, 감춰야 할 결점이나 맞서야 할 부당함도, 보완해야 할 약점이나 극복해야 할 나약함이나 피해가야 할 장애물도 없었다. 대신에 그는 이미 모든 것을 다 아는 것처럼, 모든 것에 완전히 마음을 여는 것이 전혀 힘들지 않은 것처럼 보였다. 나는 근면하게 일하는 우리 가족이 부지런히 내게 가르친 무한한 끈기가 없었다면 성공에 대해 상상도 할 수 없었지만, 조지는 처음부터 자동으로 자신에게 운명 지어진 모든 걸 알았을 것이다.

이스트 72번가에 있는 조지의 안락한 아파트에서 열린 파티에서 나는 사실상 뉴욕의 모든 젊은 작가와, 이미 자리를 잡은 유명 작가 몇 명을 만나볼 수 있었고, 조지 주변에 모여든 매혹적인 젊은 여자들의 팔다리를 동경의 눈빛으로 바라보기도 했다. 사교계에 데뷔한 미국 여자, 유럽의 모델, 베르사유조약 이후 파리로 망명한 왕가의 여자 들이었다. 초창기에 나는 좀 덜 알려진 그 잡지의 작가들을 많이 만났는데, 그들의 작품 속 고민과 사랑싸움은 내가 좀더 잘 이해할 수 있는 불행의 저류를 폭로하는 것이었고, 나한테 그랬듯 그들에게도 곤경은 신神과 같았다. 그럼에도 나는 8번가에 있는 스틸먼의 초라한 체육관에서 조지가 배짱 좋게 당시 라이트헤비급 세계 챔피언인 아치 무어와 짧고 박력 있는 3회전을 겨룬 그날 오후의 시합을 보고 그의 용기에 감탄했다. 그에게는 부러진 코뼈와 피투성이 코를, 〈스포츠 일러스트레이티드〉에는 기삿거리를 준 한판 승부였다. 그리고 1960년대에 조지가 첫 결혼식을 올린 구역이기도 한 센트럴파크사우스에 있는 친구의 아파트에 초대받은 적도 있었고, 매년 여름 조지가 7월 4일 독립기념일에 호화로운 불꽃놀이를 벌일 때면 나도 몇 차례 롱아일랜드 워터밀의 캄캄하고 너른 해변에 백여 명의 다른 사람들과 앉아 있기도 했다. 그런 것들로 인해 그는, 장난치기 좋아하고 쾌활하고 세상에 대한 호기심이 대단한 언론인, 편집자, 때로는 영화나 텔레비전 출연자로서 자신의 이익을 추구했음에도 여전히 무모한 소년으로 남을 수 있었다. 일 년도 더 전에(그리고, 이제야 깨달은 것이지만, 그가 죽기 겨우 몇 주 전에) 조지는 내게 전화를 했었다. 그는 한 번도 만난 적 없는 사람처럼 격식을 갖추어 말했지만, 그럼에도 그는 그의 천성대로 전날 밤 저녁이라도 같이 먹은 것처럼 다정하게—그 무렵에는 만나지 않은 지 적어도 십 년은 넘었었다—뉴욕에 와서 〈파리 리뷰〉의 기금 모금 행사에서 개회사를 해줄 수 있는지 물었다. 나는 그 통화 내용을 완벽하게 기억할 수 있었는데, 단순히 그때 주고받은 기분좋은 느낌 때문만은 아니었다. 그 통화 덕분에 그 후 몇 주 동안 저녁마다 '참여적 저널리즘'과 관련된 그의 유명한 작품들—강력한 프로 선수들과 맞붙어 우왕좌왕하는 아마추어 선수의 관점으로 자신의 재난과 실수를 기록함으로써 자신의 운좋은 삶의 미스터리를 공격한 책들—과 그보다 짧은 글들을 모아놓은 책 몇 권을 다시 읽게 되었기 때문이다. 그는 후자의 책들에서, 너그러운 지성과 귀족적인 품위를 지닌 세련되고 위트 있는 신사로서 글을 썼기 때문에 그를 아는 사람이면 누구도 그를 우왕좌왕하는 사람으로 보지 않았다.

그 글들에서 보이는 그의 매력(아홉 살짜리 딸을 하버드와 예일이 맞붙는 경기에 데려가거나 시인 메리앤 무어를 양키스타디움에 데려간 일을 이야기하는 대목에서), 그의 서정성(불꽃놀이에 대한 추억을 떠올리며 찬미하는 글에서), 자식의 도리를 다하려는 진지함(아버지에게 바치는 추도문에서)은, 스포츠 관련 책에서 꾸며낸 불리한 조건에 있는 조지 플림턴보다 훨씬 뛰어나게 우아한 문체로 글을 쓸 수 있는 수필가로서의 그의 기교를 증명한다. 스포츠 관련 책에서 그는 순진한 희생자 역에 어수룩하게 반복적으로 캐스팅되어, 유사類似 굴욕을 얻기 위해 가장 극단까지 밀고 나가며, 잠시나마 자기 계급에서 벗어나 자기 학대의 오욕을 만끽한다. 트루먼 커포티가 자신이 받은 주름살 제거 수술에 관해 남긴 글을 어니스트 헤밍웨이의 문체로 패러디한 글을 보면 조지는 제임스 페니모어 쿠퍼를 혹평하며 조롱거리로 만들어버렸던 마크 트웨인에 필적하는 인물이었다. 실제로 그는 일부러 멍청하게 행동하는 자신을 관찰할 때보다 멍청하게 행동하는 다른 사람들을 관찰할 때 가장 예리했다. 그랬다, 일 년 전 그날 밤 우리의 전화 통화에 충만했던 기분좋은 느낌과 나중에 그의 책을 다시 읽으며 느꼈던 즐거움은 기억났지만, 조지의 죽음에 대한 이야기를 나누기 위해 점심을 같이 먹기로 한 클리먼과의 통화는 전혀 기억나지 않았다.

조지가 죽었다는 것도 믿기지 않았다. 그건, 조지가 여러모로 쉽게 세상을 떠날 사람이 아니라는 점에서 지나친 것이었고, "인생의 엄청난 다양성"에 활발히 참여하게 만든 그의 호기심과도 어울리지 않았다. 저 구절은 그가, 힘차게 흐르는 강물에 떠가는 모든 것을, 날개와 발, 발굽, 깃털, 비늘, 가죽을 지닌 모든 것을 눈여겨보는 아프리카의 강가에 사는 새라고 행복감에 젖어 자신을 상상한 대목에 나오는 표현이다. 클리먼은 조지 플림턴에 관해 뭔가 다른 이야기를 하려 했던 게 분명하다. "당신의 동시대인 가운데 가장 마지막에 죽을 것 같은 사람은 누구인가? 당신의 동시대인 가운데 죽을 가능성이 가장 적은 사람은 누구인가? 당신의 동시대인 가운데 죽음을 교묘하게 피할 뿐 아니라, 영생을 성공적으로 얻어낸 즐거운 당혹감을 재치와 정확성, 겸손이 담긴 글로 써내기까지 할 사람은 누구인가?"라는 질문을 받았을 때 내가 내놓을 수 있는 답변이라곤 "조지 플림턴"뿐이었기 때문이다. 『무기여 잘 있거라』에서 프레더릭 헨리와 당구를 치는 아흔네 살의 백작—프레더릭 헨리가 “영생하시길 빕니다”라고 인사하자 그는 “그러고 있소”라고 대답한다—처럼 조지 플림턴은 태어난 순간부터 영생의 길에 들어선 사람이었다. 다시 말해 조지는 톰 소여만큼이나 죽을 의사가 없었다. 그는 죽지 않는다, 라는 가정은 그가 세계 최강의 운동선수들과 겨룬 시합과 떼어놓고 생각할 수 없다. 나는 뉴욕 양키스의 타자들을 상대로 투구하는 중이다. 나는 디트로이트 라이언스*에서 시합중이다. 나는 아치 무어와 함께 링에 서 있다. 나보다 우월하고 나를 뭉개버리려고 줄을 선 모든 것으로부터 살아남는다는 것이 어떤 것인지 권위 있는 보도를 하기 위해.

물론 그 책들의 기저에는 더 많은 것들이 있으며, 여러 해 전 내가 그와 저녁식사를 하면서 그의 숨겨진 동기에 대해 추측했을 때 조지는 그 어느 때보다 호의적으로 내 말에 귀를 기울였다. 스포츠에 유난히 관심을 쏟은 그의 글, 그의 계급적 특혜가 아무 소용 없는 상황에서(하지만 상류층의 예절은 고수했는데, 훌륭한 예절에 적대적이지는 않더라도 그런 게 완전히 이질적인 세상에서 어울리지 않게 예절을 지키는 것이 불러올 우스꽝스러운 효과를 이용하기 위한 의도에서였다) 이루어지는 경기에 신중하게 뛰어드는 내용의 그의 글에 가장 깊은 영감을 준 것은 내

* 미국의 프로미식축구팀.

가 보기에 사회계급 문제였던 것 같다. '나'는 그가 벗어날 수 없었던 상류계급의 조지라는 짐을 내려놓은 자조적 분신—현직 저널리스트—이었다. 그는 능숙하게 그 분신이 되었고 그 삶을 즐겼다. 확실히 그의 기득권—그는 겸손하게 "동부 해안 지방의 세계주의자의 억양"이라고 칭했지만, 사실 동부 해안 지방의 사라져가는 지배계급의 억양에 더 가까운 그의 억양으로 구체화된—은 그가 아마추어로서 겨뤘던 프로 선수들 사이에서 그를 농담거리로 만들었다. 그러나 그는 『종이 사자』나 『내 수준을 넘어선』 같은 자신의 저서에서, 이 시대 최초의 놀랄 만한 통찰력을 지닌 '참여하는 저널리스트'—가는 곳마다 목격한 사회적 차이를 총체적으로든 상세하게든 무엇 하나 놓치지 않는, 신사의 억양을 쓰는 또다른 조지—가 『파리와 런던의 따라지 인생』*에서 몸소 체험한 일을 공들여 묘사한 것과 같은 시도는 하지 않았다. 오웰과 마찬가지로 플림턴도 사물을 객관적으로 들여다보고 자신이 목격한 것과 그것이 작동하는 방식을 알기 쉽게 설명해 독자들이 확실하게 이해하도록 애썼다. 하지만 플림턴은 파리의 지저분하고 찜통 같은 식당 주방에서 가장 저급한 일을 하지도 않았고, 그 소란스러운 돼지우리 같은 곳에서 비인간적인 취급을 받는 노예 상태로 전락해 빈곤이 어떤 것인지 배우려 들지

* 조지 오웰의 처녀작.

도 않았다. 또한 오웰이 뒤이어 영국에서 방랑자로 거리를 떠돌 때 그랬던 것처럼 밑바닥 인생이 어떤 것인지 보려는 시도도 하지 않았다. 대신 그는 자신이 속한 세계 못지않게 화려한, 미국의 탁월한 대중문화를 지배하는 계급의 세계, 프로스포츠의 세계로 들어갔다. 『메이저리그의 따라지 인생』, 『NFL의 따라지 인생』, 『NBA의 따라지 인생』. 프로 선수와 맞붙어 일부러 창피를 당하고 체면이 깎이고 자신의 무능함을 과시함으로써 조지는 사실상 자신의 매력을 부인하기보다는 최대화하는 데 성공했다. 이러한 전략 때문에 나는 그에게 감탄했고, 그것이 내가 그의 책에서 느끼는 즐거움의 진수였다. 어설픈 아마추어가 난공불락의 프로와 맞붙는 내용이라고 선전된 그의 책들은 사실, 미국에서 가장 오래된 엘리트 계층에서 태어나 잘 다듬어지고 훌륭한 기량을 갖춘 운동가가 미국의 새로운 엘리트로 부상한 제왕의 기량을 갖춘 운동선수들, 스포츠계의 슈퍼스타들과 어울려 좌충우돌하는 내용이었다. 『내 수준을 넘어선』에서 이 태연자약함의 달인은 양키스의 배트보이의 침착한 태도를 질시하는 지경에 이르고, 『종이 사자』에서는 디트로이트 라이언스의 쿼터백을 맡았는데 공을 어떻게 쥐는지조차 모르는 척 가장한다. 하지만 나는 조지가 자신의 친한 친구가 소유한 웨스트체스터의 잔디 구장에서 터치풋볼을 할 때, 어떤 리그의 패스 리시버든 그렇게 던지고 싶어할 정도로 정확한 스파이럴을 던졌던 걸 분명히 기억한다.

조지가 프로 선수와 벌이는 모험에 대해서 "월터 미티*가 보여주는 달의 어두운 측면"**이라고 한 헤밍웨이의 묘사는 틀렸다. 그것은 자신이 속해 있던 기존의 화려한 특권의 세계를 떠나, 한때 누렸던 특권에 버금가는 게 가능한 유일한 미국적 세계인 새로이 부상한 화려한 특권의 세계에 대리자를 통해 참여하는 것을 대단히 즐거운 작업으로 만드는 데 유례없는 성공을 거둔 조지 플림턴이라는 사람의 밝은 측면이었으니까. 그의 진정한 탁월함은, 파리에서 비천한 접시닦이로, 런던에서 굶주린 무일푼 방랑자로 "쓰레기 더미"에서 간신히 살아남은 조지 오웰처럼 고통스럽고 끔찍하게—그리고 지독히도 진지하게—영락하지 않고도, 그의 표현대로, 자신을 "하나의 웃음거리"로 만들어 서로 대치하는 계급 사이를 넘나드는 능력에 있었다. 조지는 자신의 매력을 잃지 않으면서 자신의 매력에서 벗어났고, 얼핏 자기 비하로 몰아가는 것처럼 보이는 자전적 저술들에서 그 매력을 오히려 한층 강화했다. 그가 아치 무어와 싸우기 위해 링에 오른 것은 가장 절묘한 형식, 그것도 자신이 고안한 형식으로 노블레스 오블리주를 실천한 것에 지나지 않았다. '행복해지고 싶어'라고

---

* 제임스 서버의 단편 「월터 미티의 은밀한 생활」의 주인공. 자기 능력 밖의 일을 공상하는 인물을 가리키기도 한다.

** 헤밍웨이가 세상을 떠난 해에 조지 플림턴의 신간 표지에 넣도록 써준 추천사의 일부.

생각하는 사람들은 '조지 플림턴이 되고 싶어'라고 생각해도 된다. 그는 뭔가를 이뤄낸 사람이고 생산적인 사람인데다, 그가 이뤄낸 모든 것에는 유쾌함과 편안함이 존재하니까.

영향력 있는 사람이나 성공한 사람이나 유명한 사람과 그토록 격의 없이 편안하게 어울렸던 사람은 아무도 없었다. 필사必死의 고통과 전혀 무관한 것처럼 보였던 조지만큼 행위와 말이 주는 흥분을 사랑한 사람도 없었다. 조지만큼 많은 숭배자와 조지만큼 숱한 별명을 가진 사람도, 조지처럼 누구에게나 그리고 모든 사람에게 쉽게 이야기할 수 있는 사람도 없었다…… 나는 계속 열거해나갔다. 조지가 죽음에 가장 가까이 다가간다면 〈스포츠 일러스트레이티드〉에 기고할 기사를 위해 죽음을 가장할 때일 거라는 생각을 하면서.

나는 침대에서 일어났고, 거의 간밤 내내 글을 썼던 책상에 놓인 잡기장을 발견했다. 클리먼과의 약속에 대해 뭔가 적어둔 게 있는지 찾아보려고 페이지를 뒤에서부터 넘겨보면서 그에게 말했다. "자네와 식사하러 나갈 수가 없네."

"하지만 저한테 그게 있는데요. 그걸 가지고 왔어요. 얼마든지 보셔도 좋습니다."

"뭘 보라는 건가?"

"그 장편의 전반부 말입니다. 로노프의 원고요."

"관심 없네."

"하지만 저보고 그걸 가져오라고 하셨잖습니까."

"나는 그런 말 한 적 없네. 잘 가게."

에이미와 보낸 저녁 시간을 회상한 내용을 양면 빼곡히 적은 호텔 편지지와, 「그와 그녀」의 재담이 적힌 종잇장들—전부, 에이미의 집에서 돌아와 옷을 입은 채 곯아떨어져 어머니에 대한 꿈을 꾸기 전에 쓴 글들이었다—도 여전히 책상 위에 놓여 있었다. 오 분 후 클리먼이 다시 전화를 걸어오기 전까지 나는 클리먼과 그 전기에 대해 에이미에게 뭐라고 말했는지 알아내기 위해 내가 적어둔 것을 살펴볼 수 있었다. 나는 그녀에게 그가 전기를 쓰지 못하게 막겠다고 약속했다. 로노프의 장편에 영감을 준 것은 그의 실제 인생이 아니라, 너새니얼 호손의 생애에 대한 대단히 의심스러운 학계의 추측이라고 말해 그녀를 감동시켰다. 그녀에게 돈도 좀 줬고…… 나는 내가 무슨 말을 하고 무슨 행동을 했는지 다시 한번 읽어보았지만, 전반적인 나의 의도가 바로 분명하게 들어오지 않았다. 내가 의도를 가지고 있었는지 어땠는지는 모르겠지만 말이다.

클리먼이 로비에서 전화를 걸었을 때, 십일 년 전 나와 내 책에 대한 서평을 쓴 사람에게 살해 협박장을 보낸 게 클리먼일 수도 있지 않을까 하는 생각이 들었다. 당시 그가 그랬을 가능성은 전혀 없었다. 그래도 혹시나 그렇다면? 만약 누군가를 해코지하지 못해 안달난 대학 1학년생의 악의적인 장난이 내가 지난 십여 년 동안 살아온 그곳으로, 그런 삶으로 나를 내몬 거라면? 그게 사실이라면 웃기지도 않은 일이지만, 지금 이 순간 나는 그 부조리함 때문에 그게 사실이라고 확신하지 않을 수 없었다. 시골로 가서 절대 돌아오지 않기로 했던 나의 결정이나, 리처드 클리먼이 그런 결정을 내리도록 나를 떠민 장본인이라는 믿음이나 둘 다 터무니없기는 마찬가지니까.

"몇 분 후에 내려가겠네." 나는 말했다. "같이 점심을 먹도록 하지." 그리고 내가 네 모든 야망을 좌절시켜주지. 파멸시켜주겠어.

내가 이런 생각을 한 것은 그래야만 했기 때문이었다. 그저 말로만 떠들어대거나 글이나 쓰고 말 수는 없었다. 맨해튼을 떠나 집으로 가기 전에 다른 것은 몰라도 클리먼만큼은 완전히 굴복시켜야 했다. 그를 굴복시키는 것이 문학에 대한 나의 마지막 의무였다.

어떻게 조지가 세상을 떠날 수 있지? 그 생각이 머리를 떠나지 않았다. 일 년 전에 조지가 죽었다는 사실이 모든 것을 부조리한 것으로 만들어놓았다. 어떻게 그런 일이 그에게 일어날 수 있었지? 그리고 지난 십일 년 동안 내가 겪은 그런 일들이 어떻게 일어날 수 있었던 거지? 두 번 다시 조지를 볼 수 없다니, 그 누군가를 두 번 다시 볼 수 없다니! 그래서 내가 이런 짓을 했다고?

이래서 내가 그런 짓을 했다고? 내 인생을 그런 사고나 그런 사람이나 그런 웃기지도 않은 사소한 사건 들 위주로 규정했다고? 나 자신이 얼마나 이질적으로 여겨지는지, 이게 다 내가 모르는 사이에 조지 플림턴이 세상을 떠났기 때문이다. 갑자기 내 존재 방식은 정당성을 잃었고, 조지는 나의…… 그 단어가 뭐지? 도플갱어의 반대말인데. 갑자기 조지 플림턴은, 내가 인생의 엄청난 다양성으로부터 도망치기 위한 피난처로 로노프가 지냈던 산속을 택해 은둔하고 그토록 단호하게 나를 지워버림으로써 내가 낭비해버린 모든 것의 표상이 되고 말았다. "인생의 엄청난 다양성, 그게 바로 우리 시대야." 내게 말하는 조지 특유의 목소리에서 힘찬 자신감이 울려나왔다. "그게 우리의 인간성이라고. 우리도 그 일부가 되어야 하네."

클리먼은 6번가를 따라 내려가다보면 나오는 카페로 날 데려갔고, 주문이 끝나자마자 조지의 추도식에 대해 이야기하기 시작했다. 하루 일과를 규칙적으로 계획하고, 매시간을 내 기준에 맞춰 적절히 배분하는 데 익숙한 내가—거의 서른 시간 가까이 옷도 갈아입지 않은 채, 그리고 지금에야 깨달았지만 전날 밤 이후 갈아주지 않은 패드까지 찬 채—나를 지배하기로 작심한 예측 불가능한 힘 맞은편에 점심을 먹기 위해 앉아 있었다. 그래서 내 오렌지주스가 나오기도 전에 상대의 맹공에—내 경고와 위협에도 불구하고 나는 그보다 우월하기는커녕 맞수도 못 된다는 것을, 그가 내 통제 너머에 있고 어떤 구속에도 얽매이지 않는다는 입증하는 공격 앞에—속수무책이었던 것 아닐까. 유대인은 이런 짓을 그만두지 못해, 나는 생각했다. 에디 캔터. 제리 루이스. 애비 호프먼. 레니 브루스. 유대인은 가장 낙천적인 상황에서도 그 무엇과도, 그 누구와도 평온한 관계를 유지할 능력이 없다. 나는 그런 유형이 클리먼의 세대에서는 거의 사라져버렸다고, 양순하고 합리적인 빌리 데이비도프가 오늘날의 기준에 더 가깝다고 가정했던 게 틀림없다. 그리고 내가 아는 바로는 클리먼이 마지막 남은 선동가이자 무례한 언동가였다. 오랜 세월 나는 그와 같은 사람을 만나지 못했다. 오랫동안 수많은 것들과 접촉하지 않은 채 지내왔다. 기운 넘치는 인간의 저항만이 아니라, 나 자신의 역할을 끊임없이 연기하는 것이나, 대단히 순진한 독자가 소설을 읽고 추론한 작가에 대한 환상을 받아넘기는 일과도 단절된 채로, 그 진부한 노동의 권태에서도 벗어나 살아왔다. 나도 한때는 무례하기로 꽤 소문난 사람이었기 때문이다. 그 누구도 출판해주려 하지 않은 것을 조지 플림턴이 처음으로 출판해줬던 그 시절 나는 무례한 언동가였다. 하지만 지금은 그렇지 않아, 나는 생각했다. 그래, 1959년 스틸먼의 체육관에서 아치 무어와 함께 링에 서 있는 조지를 지켜보던 그때가 아니다. 지금은 2004년 미지의 맨해튼이라는 링에서 이 엄청난 주먹을 가진 젊은 녀석과 함께 서 있는 나 자신을 지켜보고 있는 것이다.

"일 년 전쯤일 거예요. 작년 11월이었으니까." 클리먼이 말했다. "세인트존더디바인 성당에서 열렸어요. 엄청 넓은 장소였는데도 조문객으로 꽉 찼어요. 빈자리라곤 없었죠. 이천 명은 왔던 것 같아요. 더 됐을 수도 있고요. 가스펠 그룹의 노래로 시작되었어요. 조지가 어디선가 그 그룹의 공연을 보고 엄청 좋아했기 때문에 섭외한 거였죠. 리더는 키가 엄청 크고 잘생긴 흑인 남자였는데, 화려한 의식에 흥이 나서 노래를 시작하자마자 외쳐대기 시작했어요. '축하하세! 축하하세!' 전 생각했죠, 젠장, 또 시작이네, 사람이 죽었는데 축하하자니. '축하하세! 다 같이 말하세. 축하하세. 옆 사람한테도 말하세. 축하하세!' 그러자 백인 추모객들이 전부 박자도 안 맞게 고개를 끄덕거리기 시작하는데, 정말이지 조지를 위한 것으로 보이지 않더군요. 그런 다음 목사가 나와 설교를 하고, 추도사를 할 사람들이 한 명씩 연단에 올랐어요. 첫번째로 조지의 여동생이 나와 조지가 롱아일랜드 집의 자기 방을 박물관처럼 만들어놓았던 이야기를 했어요. 그가 온갖 동물 가죽이랑 죽은 새 등을 수집해 방 안에 보관했다고, 그런 것에 정말 열정적인 소년이었다고 말하는데, 그 말투가 정말 가관이었어요. 아무 감정도 없이, 기묘한 점이 절대 없는데도 그렇게 기묘하게 느껴지게 말하는 건 순수 혈통의 구시대 와스프만이 가능할 겁니다. 그다음은 빅터 이매뉴얼이라는 텍사스 출신 남자였는데, 오십대거나 그보다 약간 더 나이가 들어 보이는 조류 전문가였어요. 새에 대한 열렬한 관심 덕분에 조지와 친한 친구가 되었다더군요. 모르는 새가 없던데요. 그는 아주 꾸밈없는 말투로 조지와 함께 들새를 관찰했던 일이며 둘이 함께 떠났던 조류 탐사에 대해 이야기했어요. 그런데 그 모든 이야기를 떠들어댄 장소가 바로 주님의 집이었다는 겁니다. 그나마 주님을 언급하려고 신경쓴 사람은 목사와 가스펠 가수들뿐이었어요. 다른 사람들은 전부 주님에 대해 입도 벙긋하지 않았어요. 참나, 자신들하곤 아무 관계 없다는 듯이 말입니다. 그냥 어쩌다보니 거기 있게 되었다는 투였죠. 그다음 차례는 노먼 메일러였어요. 정말 압도적이더군요. 노먼 메일러를 실제로 본 건 그때가 처음이었어요. 이제 여든일 텐데, 무릎이 양쪽 다 안 좋아서 단장 두 개를 짚고 간신히 걷더군요. 혼자서는 한 걸음에 6인치 이상도 나아가지 못하면서 도움은 전부 마다하고, 심지어 단장도 하나만 짚고 연단까지 올라가려 하는 거예요. 그 높은 연단까지 혼자 끙끙대며 올라갔다니까요. 그가 한 걸음씩 내디딜 때마다 모두가 응원을 보냈고요. 마침내 그가 연단을 정복했고, 엄숙한 드라마가 시작되었죠. '신들의 황혼'* 분위기로요. 그는 회중을 죽 둘

* 악(惡)과의 전쟁에서 신들이 패배한 후의 종말을 뜻하는 말. 바그너의 〈니벨룽겐의 반지〉의 제3막 제목이기도 하다.

러봤어요. 신도석을 내려다보는 동시에 바깥의 앰스터댐 애비뉴와 미국을 가로질러 태평양까지 응시하는 눈길이었죠. 『모비딕』의 메이플 신부가 떠오르더군요. 전 그가 "선원 여러분!" 하고 말문을 연 뒤 요나가 가르쳐준 교훈에 대해 설교하지 않을까 기대했죠. 하지만 아니었어요. 그도 조지에 대해 아주 간단히 이야기했어요. 더이상 한판 붙을 거리를 찾아다니던 그 메일러가 아니었죠. 그래도 말 한 마디 한 마디에 개성이 느껴졌어요. 그는 최근 몇 년 사이에 돈독해진 조지와의 우정에 대해 말했어요. 어떻게 해서 두 사람이 부부 동반으로 자신들이 공동 집필한 연극이 공연되는 곳이면 어디든 함께 가게 되었는지, 두 부부가 얼마나 친밀하게 지내왔는지 이야기하는데, 저는 혼자 생각했죠. 제길, 오래 기다렸노라, 미국이여, 여기 노먼 메일러가 연단에 서서 남편의 자격으로 부부생활을 찬양하고 있노라. 기독교 근본주의자 버러지들아, 여기 네 짝이 있노라."

이 인간을 막을 방법은 없었다. 그는 나를 눌러버릴 작정으로, 떠들썩하게 연기하며 그동안 우리 사이에 있었던 일들을 말끔하게 지워버리려 했고, 그것은 효과가 있었다. 클리먼이 자족감을 대담하게 과시하면 할수록 나는—나도 모르게—점점 더 작아지는 기분이었다. 메일러는 더이상 한판 붙을 거리를 찾아다니는 사람이 아니고, 걸음조차 제대로 떼지 못하는 처지다. 에이미는 더는 아름답지도 않고 뇌도 온전하지 않다. 나는 정신적 기능도 생식력도 소변을 참는 능력도 더이상 온전하지 못하다. 조지 플림턴은 더이상 이 세상 사람이 아니다. E. I. 로노프는 더이상 엄청난 비밀을 갖고 있지 않다. 혹 그런 비밀이 실제로 존재했다면. 우리 모두는 이제 '더이상 아무것도 아닌 자들'인 반면, 리처드 클리먼의 들뜬 정신은 자신의 심장, 무릎, 두뇌, 전립선, 방광 조임근 등 그의 모든 것이 불멸하며, 자신은, 자신만큼은 세포들의 지배를 받지 않는다고 믿는다. 스물여덟 살짜리들에겐 그런 믿음이 원대한 꿈이 아닌 것이다. 자신들을 향해 위대함이 손짓하고 있다고 믿는다면 더더욱. 그들은 온갖 능력을 잃고, 조절력을 잃고, 수치스럽게도 스스로에게서 추방당하고, 늙은이를 상대로 육신이 벌이는 조직적 반란의 경험과 상실로 특징지어지는 '더이상 아무것도 아닌 자들'이 아닌 것이다. 순식간에 상황이 바뀐다는 걸 전혀 모르는 '아직은 아닌 자들'이다.

그의 발치에는 낡아빠진 서류가방이 놓여 있었는데, 로노프의 원고 절반이 거기 들어 있는 것 같았다. 어쩌면 에이미가 종양의 영향하에 있을 때 그에게 건넨 사진들도 들어 있을지 몰랐다. 아니다, 에이미를 이 곤경에서 구해내기란 간단치 않았다. 아무리 설득하려 애써도 클리먼을 저지하지 못할 것이다. 오히려 그의 중요성만 입증하는 꼴이 되고 말 것이다. 나는 변호사가 도움이 될지 혹은 돈이 도움이 될지, 혹은 그 둘 다—법적 조치로 위협한 다음 돈으로 구워삶는 것—가 도움이 될지 고민했다. 어쩌면 협박이 먹힐지도. 어쩌면 제이미가 빈 라덴을 피해 도망치는 게 아닐지도 모른다는 생각이 들었다. 어쩌면 이 녀석을 피해 도망치는 것일지도 몰랐다.

그녀 리처드, 난 결혼했어.

그 알아. 빌리는 결혼 상대고 나는 섹스 상대잖아. 넌 입버릇처럼 왜 그런지 늘 말해주지. "정말 굵어. 뿌리 부분이 정말 굵다니까. 귀두는 얼마나 아름다운지. 딱 내가 좋아하는 모양이야."

그녀 날 좀 내버려둬. 넌 날 내버려둬야 해. 이런 관계는 끝내야 해.

그 이젠 오르가슴을 느끼고 싶지 않은 거야? 그 강렬한 흥분을 더이상 원하지 않아? 이제 다시는 그런 경험을 하고 싶지 않은 거야?

그녀 이런 얘길 하려던 게 아니잖아. 이제 이런 얘긴 그만해.

그 지금 당장 하고 싶지?

그녀 아니야. 그만해. 다 끝났어. 앞으로 한 번만 더 나한테 이런 식으로 말하면 다시는 나하고 이야기할 수 없을 거야.

그 난 지금 너한테 말하고 있는 거야. 네가 그 아름다운 귀두를 빨아주면 좋겠어.

그녀 당장 꺼져. 내 아파트에서 나가라고.

그 야수 같은 애인은 네게 오르가슴을 느끼게 해주지만 고분고분한 애인은 그러지 못하지.

그녀 그런 얘길 하고 있는 게 아니잖아. 난 빌리랑 결혼했어. 너하고가 아니라. 빌리가 내 남편이야. 너랑 난 끝났어. 네가 뭐라고 하든 상관없어.

그 항복하시지.

그녀 싫어. 너나 항복해. 나가.

그 우리 사이에 이런 식이면 안 되지.

그녀 이제부턴 이런 식일 거야.

그 넌 항복하는 거 좋아하잖아.

그녀 닥쳐. 그만해. 제발 그만하라고.

그 넌 의사 표현이 분명한 여잔 줄 알았는데. 우리가 놀이를 할 때 넌 그렇잖아. 창녀와 손님 놀이를 할 때면 넌 온갖 추잡스러운 소리를 다 해. 강제로 당하는 제이미 놀이를 할 때 넌 기분좋아 온갖 신음 소리를 내잖아. 그런데 이제 나한테 할 말이 그것뿐이야? "닥쳐"랑 "그만해"?

그녀 이제 다 끝났다고. 진짜 끝났어. 내 집에서 나가줘.

그 안 나갈 거야.

그녀 그렇다면 내가 나가지.

그 어딜 가려고?

그녀 멀리.

그 그러지 마, 자기야. 자긴 세상에서 제일 예쁜 씹을 가졌잖아. 좀 색다른 놀이를 해보자. 추잡한 말 좀 해봐.

그녀 저리 가. 당장 여기서 나가라고. 빌리가 오고 있어. 나가. 내 집에서 나가. 안 그러면 경찰을 부를 거야.

그 경찰이 와서 그 탑하고 그런 반바지 차림인 널 볼 때까지 기다려봐. 경찰도 안 나가려 할걸. 넌 최고로 예쁜 씹이랑 최고로 천박한 본능을 가졌어.

그녀 내가 뭐라고 하든 내 씹 얘기만 할 거야? 아무리 얘기해도 귓등으로도 안 듣는구나.

그 이 상황이 날 더 달아오르게 하는걸.

그녀 이 상황은 날 화나게 해. 당장 이 집에서 나가겠어.

그 여기야. 봐봐.

그녀 싫어!

(하지만 그는 멈추지 않고, 여자는 도망친다.)

클리먼이 자족감을 과시하고 오만하게 굴도록 내가 내버려두었기 때문에, 또한 전략적으로 중요한 순간마다 그가 자신의 논지를 납득시키기 위해 손을 뻗어 나를—내 팔을, 내 손을, 내 어깨를—건드렸기 때문에 카페에 있는 손님들은 분명 그가 내 아들이라고 쉽사리 생각했을 것이다.

"그날은 실망스러운 사람이 아무도 없었어요." 그가 말했다. "가장 흥미로웠던 사람은 맥도넬이라는 기자였어요. 그는 이런 뜻의 말을 말했어요. '저는 오로지 마음 편하게 생각하자고 하고 있습니다. 그것이 이 자리에 서서 제정신을 유지할 수 있는 유일한 방법이니까요.' 그는 조지와 관련된 많은 일화를 이야기했어요. 진실한 애정에서 나온 이야기였죠. 다른 사람들은 애정이 없었다는 건 아니고요. 하지만 맥도넬한테선 남자들만의 강렬한 애정이 느껴졌어요. 그리고 존경심도요. 조지가 어떤 사람인지도 잘 알고 있었어요. 조지와 조지의 티셔츠 얘기를 한 게 그 사람인 것 같은데, 어쩌면 조류 전문가였을지도 모르겠네요. 어쨌든 그들은 애리조나에 무슨 새를 관찰하러 갔었대요. 황혼 무렵에 사막으로 들어갔대요. 그 새가 활동한다고 알려진 시간대가 그때여서요. 그런데 새를 발견할 수 없었죠. 갑자기 조지가 자신의 티셔츠를 벗어 공중으로 높이 던졌대요. 그러자 박쥐들이 티셔츠를 향해 떼로 덮치더니 그게 땅에 떨어질 때까지 따라왔대요. 그러자 조지는 가능한 한 높이 티셔츠를 공중으로 거듭 던졌답니다. 티셔츠 주변으로 점점 더 많은 박쥐가 모여들자 조지가 소리쳤대요. '이게 거대한 나방인 줄 아는 거야!' 그 이야기를 듣자 『비의 왕 헨더슨』이 떠올랐어요. 작품 마지막에 헨더슨이 래브라도인가 뉴펀들랜드인가 어딘지는 잊었는데, 하여튼 거기서 비행기에서 내린 뒤, 아프리카 비의 왕이 지닌 생명력 넘치는 정력으로, 부유한 특권층 와스프한테선 만 명 가운데 한 명에게서 볼 수 있을까 말까 한 그 드문 기운으로 만년설 위에서 춤을 추기 시작하죠. 그건 조지의 승리였다고 합니다. 조지가 어떤 사람이었는지 보여주는 예지요. 생명력 넘치는 와스프. 이 멋진 남자가 했던 말을 더 기억할 수 있으면 좋겠는데. 그의 말에는 새겨둘 만한 게 담겨 있었거든요. 하지만 그때 그 빌어먹을 노래가 다시 시작되었습니다. '오, 주님을 찬양하라! 주님을 찬양하라!' 그 '주님을 찬양하라'는 소릴 들을 때마다 전 작게 중얼거렸죠. '주님은 여기 안 계시거든. 당신들 말고는 모두가 주님이 여기 안 계시다는 걸 알거든. 이런 데 절대 주님이 머무르실 리 없지.' 가스펠 그룹의 흑인 여자들은 덩치나 생김새가 각양각색이었어요. 엉덩이가 거대한 여자들도 있고, 머리숱도 얼마 안 남고 쭈

글쭈글한 백 살은 돼 보이는 여자들도 있었어요. 키 크고 가늘고 우아한데다 예쁘장한 여자애들도 있었어요. 수줍음을 타는 여자애들도 있었는데, 그들의 얼굴에는 주인이 재미 좀 보려고 갑자기 밭에 나타나 어슬렁거릴 때 여자 노예들의 얼굴에 나타났을 법한 공포심이 어려 있었죠. 그리고 자신감 넘치는 커다란 여자들, 화가 난 커다란 여자들, 반반한 흑인 남자 여섯 명도 함께 노래를 불렀는데, 저는 내내 노예제도에 대해 생각하게 되더라고요, 주커먼 선생님. 흑인과 함께 있는 자리에서 그 정도로 노예제도에 대해 생각했던 적은 한 번도 없었던 것 같아요. 그 그룹이 흥을 돋우는 청중이 거의 백인이었기 때문에, 제 눈엔 음유시인들처럼 보였어요. 그 기독교도들 속에서 거기서 노예제도의 희미한 잔재를 본 겁니다. 그 그룹 뒤편의 반원형 벽면 위쪽에는 킹콩도 못박을 수 있을 만큼 거대한 금십자가가 걸려 있었어요. 이 말씀은 꼭 드려야겠네요. 미국에서 제가 제일 싫어하는 두 가지가 바로 노예제도와 십자가입니다. 특히 그 두 가지가 엮이는 방식이 싫습니다. 노예 소유주가 자신들의 성경에 나오는 주님의 말씀을 따라 검둥이를 소유하는 거라고 정당화하는 것 말입니다. 하지만 이건 주제에서 벗어난 얘기죠, 제가 그런 거지 같은 일들을 싫어한다는 거 말입니다. 추도사를 한 사람들이 다시 일어섰어요. 아홉 명 전부가."

주문한 점심식사는 이미 나와 있었고, 클리먼은 잠시 말을 끊고 커피를 절반쯤 마셨지만 나는 침묵을 지켰다. 아무런 질문도 하지 않고 그저 기다렸다. 자신이 스물여덟 살 난 문학의 거장이고 내가 자기 앞길을 막아서는 안 된다는 걸 내게 믿게 하기 위해 그가 다음에 무슨 수를 들고 나오는지 보려고.

"제가 어떻게 조지와 만났는지 궁금하실 겁니다." 그가 말했다. "〈램푼〉에서 개최한 파티에 참석하려고 그가 하버드에 왔을 때 만났죠. 그는 제 여자친구랑 테이블에 올라가 춤을 췄어요. 그녀가 제일 섹시했기 때문에 그녀를 골랐던 거죠. 그는 대단했어요. 연설도 훌륭했고요. 조지 플림턴은 대단한 인물이었어요. 사람들은 그가 죽는 순간까지 우아했을 거라고 이야기했죠. 그건 헛소리예요. 그는 죽음과 싸워볼 기회조차 못 얻었으니까요. 그는 승부사였죠. 만약 죽음이 낮에 그에게 찾아왔다면, 그는 한판 붙었을 거예요. 하지만 밤에, 자고 있을 때라면요? 기습 공격을 당한 거죠."

그때 조지가 낸 책 하나가 기억났다. 그가 문단의 친구들을 대상으로, 그들의 '죽음에 대한 환상'이라고 명명한 주제에 대해 인터뷰한 내용이었다. 나중에 집에 돌아와 내 서재에서 그 책을 찾았는데, 제목이 『섀도 박스』였다. 1959년 링에서 아치 무어와 붙었던 모험에 대한 묘사로 시작해, 1974년 〈스포츠 일러스트레이티드〉에 기고하기 위해 무하마드 알리와 조지 포먼이 격돌한 헤비급 챔피언전을 취재하러 자이르에 갔던 일화로 끝난다. 『섀도 박스』가 출간된 1977년에 플림턴이 쉰이었으니, 자료를 수집하고 원고를 쓴 때는 아마 사십대 후반쯤이었을 것이다. 따라서 다른 작가들에게 그들이 어떻게 죽음을 맞을 거라고 상상하는지—그가 그들에게 설명한 대로, 늘 그렇듯 희극적이거나 극적이거나 기괴한 시나리오를—이야기해달라고 요청한 건 분명 장난이었을 것이다. 칼럼니스트 아트 부크월드는 조지에게 말했다. "윔블던 남자 결승전이 벌어지는 센터코트에서 급사하는 상상을 한다네. 그것도 아흔셋에." 킨샤사의 인터콘티넨털 호텔 바에서 자신을 "프리랜서 시인"이라고 소개한 젊은 영국 여성은 조지에게 "록 그룹에서 베이스를 연주하다 감전사하면 끝내줄 것 같다"고 말했다. 메일러 또한 챔피언전을 취재하러 킨샤사에 가 있었는데, 그는 짐승에게 잡아먹히는 걸 가장 마음에 들어하는 듯했다. 뭍에서라면 사자, 바다에서라면 고래에게. 조지로 말하자면, 그는 양키스타디움에서 죽어가는 걸 상상했다. "어떤 땐 수염을 기른 험악하게 생긴 투수가 던진 빈볼에 맞는 타자로. 어떤 땐 공을 잡으러 달려가다 옛날에 센터필드 안쪽에 세워져 있던 기념비들에 부딪치는 외야수로."

익살맞고 기상천외하게. 이것이 조지와 그의 친구들이, 자신들도 죽게 될 거라고 생각하기 전에, 죽음을 그저 또하나의 놀잇거리로 여겼던 예전에, 자신들의 죽음에 대해 상상했던 방식이다. "어허, 저기 또 누가 죽었군!" 하지만 조지 플림턴의 죽음은 익살맞지도 기상천외하지도 않았다. 환상적이지도 않았다. 그는 핀스트라이프 유니폼을 입고 양키스타디움에서 죽은 게 아니라 파자마를 입고 자다가 죽었다. 그는 우리 모두가 죽는 것과 똑같은 방식으로, 온전히 아마추어로서 죽었다.

나는 그를 견딜 수 없었다. 덩치만 큰 아이 같은 그의 에너지와 우쭐대는 자기 확신을, 자신이 열정적인 사람이고 재담가라고 믿는 그 자긍심을 견딜 수 없었다. 그의 파괴적인 저돌성은 조지도 분명 견딜 수 없어했을 것이다. 하지만 클리먼이 로노프의 전기작가가 되는 것을 막기 위해 내가 무슨 조치든 취할 생각이라면, 차를 몰고 버크셔 산골로 돌아가고 싶어 들썩들썩한 마음부터 억눌러야 할 것이다. 그가 자신의 이익을 도모하기 위해 다음에 어떻게 나올지 기다리며 지켜봐야 했다. 최근 몇 년간 적의에 정면 대응해 협상하는 법을 거의 잊었기 때문에 그가 시끄러운 간헐천으로 가장했다고 해서 상대의 빈틈없음을 과소평가하지는 말자고 나는 스스로를 일깨웠다.

커피를 두 잔째 비웠을 때 클리먼이 불쑥 말했다. "로노프와 그의 누이라면 이야기가 달라지죠, 안 그런가요?"

그러니까 제이미가 내게 해준 그 이야기를 이 녀석에게도 말한 것이다. 제이미의 또다른 불안한 면모였다. 어찌됐든, 제이미가 클리먼과 나 사이에서 연결 통로 노릇을 하는 것을 어떻게 받아들여야 할까? "말도 안 되는 소리야." 나는 말했다.

클리먼이 팔을 내려 서류가방 옆구리를 툭툭 두드렸다.

"소설은 증거가 될 수 없네." 나는 말했다. "소설은 소설일 뿐이야." 그러고는 다시 먹기 시작했다.

클리먼이 싱글거리면서 다시 아래로 팔을 뻗더니, 이번에는 서류가방을 열고 얇은 마닐라지 봉투를 꺼낸 다음 봉투의 잠금끈을 풀고 내용물을 테이블 위 접시 사이에 쏟았다. 우리는 카페의 창가에 앉아 있어서 거리를 지나다니는 사람들을 볼 수 있었다. 밖을 내다봤더니, 모든 행인들이 휴대전화로 통화하고 있었다. 내가 도망칠 수밖에 없었던 모든 것을 왜 휴대전화가 구현하고 있는 것처럼 보였을까? 불가피한 기술 발전의 산물이었지만, 그것이 넘쳐나는 것을 보고 있으니 내가 동시대인의 공동체에서 얼마나 멀리 떨어져 있었는지 확인할 수 있었다. 나는 더이상 여기 속한 사람이 아니다, 나는 생각했다. 내 회원 자격은 만료되었다. 떠나라.

나는 사진을 집어들었다. 모두 넉 장으로, 키 크고 비쩍 마른 로노프와, 클리먼이 나로 하여금 로노프의 이복누이 프리다라고 믿게 하려는 키 크고 비쩍 마른 소녀가 찍힌 빛바랜 사진이었다. 그중 한 장에서 두 사람은 햇볕에 바짝 달궈진 듯한 도로 가의 별 특징 없는 목조주택 앞 보도에 서 있었다. 프리다는 얇은 흰색 드레스 차림이었고, 머리칼은 길고 두툼하게 땋아내리고 있었다. 더위에 지친 척하며 로노프가 그녀의 어깨에 기대었고, 프리다는 미소를 활짝 짓고 있었다. 소녀는 입이 커서 커다란 치아가 보였고, 그 모습이 꼭 튼튼한 가축처럼 보였다. 로노프는 검은 머리칼을 뒤로 빗어 넘긴, 사막에 거주하는 반은 무슬림이고 반은 유대인인 젊은이로 행세해도 될 법한 야윈 얼굴의 잘생긴 소년이었다. 또다른 사진에서 두 사람은 피크닉 담요에 앉아 로노프가 손가락으로 가리킨 접시에 담긴 뭔지 모를 것을 보며 웃고 있다. 세번째 사진에서 둘은 좀더 나이를 먹었다. 로노프는 한쪽 팔을 높이 쳐들었고, 더 통통해진 프리다는 앞발을 들고 재롱을 부리는 개를 흉내내고 있었다. 그녀에게 명령을 내리는 로노프의 표정은 엄격했다. 네번째 사진 속 프리다는 스무 살인 게 분명했고, 더는 이복남동생의 엉뚱함에 기꺼이 맞춰주는 보조자가 아닌, 큰 키에 몸집도 커다랗고 미소라곤 찾아볼 수 없는 젊은 여자였다. 대조적으로 열일곱인 로노프는 천상의 존재처럼, 순수한 젊은 작가의 뮤즈 이외엔 그 어떤 것도 그를 유혹할 수 없을 것 같은 모습이었다. 클리먼처럼 흥분하지 못해 안달난 사람이 아니라면 딱히 특별한 점을 찾아볼 수 없는 사진들이었다. 이복누이와 이복남동생이 함께 놀고 서로에게 충실하고 서로를 이해하는 것 같다고, 20세기의 첫 사반세기에는 때때로 부모나 이웃 혹은 친구가 두 사람의 사진을 찍어줬던 모양이라고 대부분의 사람들이 이성적으로 결론을 내릴 만한 사진들이었다.

"이 사진에는," 나는 말했다. "이 사진에는 아무것도 없네."

"소설에서," 클리먼이 말했다. "로노프는 프리다가 먼저 부추긴 걸로 묘사했어요."

"소설에는 로노프도 프리다도 존재하지 않네."

"허구와 실재를 구분하는 절대 통과할 수 없는 선에 대한 강의는 잠시 미뤄주시죠. 이건 로노프가 실제로 살아낸 어떤 것입니다. 이건 소설을 가장한 고통스러운 고백입니다."

"그것이 고통스러운 고백을 가장한 소설이 아니라면 그렇겠지."

"그렇다면 이 작품을 쓰면서 그가 왜 그렇게 파멸한 거죠?"

"작가는 글을 쓰는 것만으로 파괴될 수 있거든. 상상력이 무엇보다 중요한 인생에선 그럴 수 있어. 그 이상도 가능하고."

"사진은 보여드렸으니," 그가 마치 내가 본 것이 불결한 사진이라도 되는 것처럼 말했다. "이제 원고를 보여드리겠습니다. 그러면 선생님은 제게, 실재하지 않았던 하나의 가능성에 대해 글을 쓰는 것이 이 책의 추동력이었다고 당치도 않은 말씀을 하시겠죠."

"이보게, 클리먼. 자네는 길을 완전히 잘못 들어섰네. 이 정도 이야기는 자네 같은 문인에게는 놀라운 사건이라는 인상도 주지 못할 걸세."

그 순간 클리먼이 서류가방에서 원고를 꺼내 테이블에 놓인 사진 위에 탁 놓았다. 이삼백 쪽 정도 되어 보이는 원고가 두꺼운 고무줄로 묶여 있었다.

이 무슨 재앙이란 말인가. 소설을 받아들이는 방식이 로노프와는 정반대인, 이 무모하고 정력적이고 후안무치하고 기회주의자인 젊은 녀석의 손아귀에 로노프의 장편의 앞부분이 들어가 있다니. 로노프가 완성하지도 못했고, 실패했다고 느꼈던, 설사 살아서 완성했다 해도 절대 발표하지 않았을 장편이.

"에이미 벨레트가 이걸 자네한테 줬나? 아니면 자네가 그 여자한테서 빼앗은 건가?" 내가 물었다. "그 가엾은 여자의 면전에서 그걸 훔쳤나?"

클리먼은 그저 내 쪽으로 원고를 밀어놓는 것으로 대답을 대신했다. "이건 복사본입니다. 특별히 선생님을 위해 만들었습니다."

그는 여전히 나를 끌어들이기 위해 열심이었다. 그에게는 내가 유용한 존재일 수 있었으니까. 내게 사본을 줬다고 언급하는 것만으로도 어쩌면 그에게 도움이 될 수 있을지 모르니까. 나는 클리먼이 나를 얼마나 힘없는 존재로 생각하는지 궁금해졌다. 그리고 오두막에서 혼자 지내는 동안 내가 얼마나 힘없는 존재가 되었는지도 궁금해졌다. 도대체 내가 왜 여기 이 테이블에 앉아 있는 거지? 클리먼이 우리 사이에 일어난 일이라고 말한 것 가운데 실제로 일어난 일은 아무것도 없었다. 전화 통화도, 점심

약속도, 플림턴의 추도식에 대해 듣겠다고 한 적도, 로노프의 원고를 보겠다고 한 적도 없었다. 지금에야 나는 어떤 일이 있었는지 정확히 기억해냈다. 당신한텐 악취가 나, 이 늙은이야, 죽음의 냄새가 난다고. 그리고 나는 다시 내 무릎에서 올라오는 악취를, 에이미가 사는 건물 복도에서 맡았던 것과 대단히 흡사한 냄새를 맡았다. 그러는 동안 내게 모욕적인 고함을 질러댔던 녀석은 내가 내 샌드위치를 먹는 자리에서 겨우 몇 피트 떨어진 곳에 앉아 침착하게 계속 자신의 샌드위치를 먹어치웠다. 이런 만남을 내가 허락했다는 사실이, 나도 에이미만큼이나 무방비하다는, 내가 일찍이 상상했던 것보다 더 정신적으로 약화되고 허약한 구멍투성이라는 느낌이 들게 했다.

그리고 클리먼은 그 사실을 알았다. 클리먼이 그렇게 되도록 조장했던 것이다. 클리먼은 당장에 내 상태를 파악했다. 네이선 주커먼이 그걸 간파하지 못할 거라고 누가 생각이나 했겠는가? 하지만 그는 간파하지 못한다. 그는 이미 고장난 조그맣고 고립된 하찮은 존재, 이제는 천박한 세상을 피해 달아난 지친 도망자, 발기부전인 빈껍데기로 그의 인생 최악의 상태에 놓여 있다. 그를 계속 혼란스럽게 만들어, 타격을 늦추지 마. 그러면 이 비틀거리는 재수없는 늙은이는 거꾸러질 거야. 『건축사 솔네스』*나

* 헨리크 입센의 희곡.

다시 읽어봐, 주커먼, 젊은 사람들의 앞길을 막지 말고!

나는 클리먼이 한껏 기세가 올라 내 숨통을 끊기 위해 다가드는 모습을 지켜보았다. 그런데 갑자기 그가 사람이 아니라 문짝으로 보였다. 클리먼이 앉은 자리에서 묵직한 나무 문짝이 보이다니. 무슨 의미일까? 무슨 문일까? 무엇 사이에 있는 문일까? 명료함과 혼란스러움? 그럴 수도 있다. 나는 그가 진실을 말하는 건지, 아니면 내가 잊어버린 건지, 그가 날조하고 있는 건지 전혀 모른다. 명료함과 혼란스러움 사이의 문, 에이미와 제이미 사이의 문, 조지 플림턴의 죽음을 향해 난 문, 바로 내 얼굴 앞에서 활짝 열렸다 닫혀버리는 문. 그에게 그 이상의 다른 것이 있을까? 내가 아는 것이라곤 문이 전부다.

"선생님이 승인만 해주시면," 그가 말했다. "저는 로노프를 위해 많은 걸 해낼 수 있습니다."

나는 그를 비웃었다. "자넨 뇌종양이라는 중병을 앓는 여자를 아무렇지도 않게 괴롭혔네. 자넨 수단 방법을 가리지 않고 이 원고를 그녀에게서 훔쳐냈어."

"그런 짓은 하지 않았습니다."

"아니, 그랬네. 그녀가 자네한테 전반부만 줬을 리 없어. 만약 그 원고를 자네에게 주고자 했다면 전체를 다 줬겠지. 자네는 손에 넣을 수 있는 것만 훔친 거야. 나머지 절반은 눈에 띄지 않았거나, 자네가 손댈 수 없는 아파트 안에 어딘가에 있었겠지. 두

말할 필요 없이 자네는 그걸 훔쳤어. 소설의 절반만 주는 사람이 세상에 어디 있나? 그리고 이젠," 그가 대답하기 전에 나는 말을 이었다. "이젠 나 같은 별종한테까지 자네 일에 나서라고 하는 건가?"

클리먼은 눈 하나 깜짝 않고 말했다. "선생님은 스스로를 돌보실 수 있습니다. 작품도 많이 쓰셨고요. 선생님 몫의 모험도 해보셨고요. 그리고 이렇게 무자비하실 수도 있군요."

"그래." 그게 여전히 사실이기를 바라며 나는 대답했다.

"조지는 늘 엄청난 존경심을 담아 선생님 이야기를 했습니다, 주커먼 선생님. 조지는 재능에 불을 붙이는 선생님의 불굴의 의지를 동경했죠. 그 점에 대해서는 저도 같은 생각입니다."

나는 할 수 있는 한 간단하게 말했다. "잘됐군. 그럼 그녀 근처엔 얼씬도 하지 말고 어떤 식으로든 나와 연락하려 하지 말게." 나는 음식값으로 약간의 현금을 테이블에 놓고 문으로 향했다.

클리먼이 자기 물건을 챙겨 내 뒤를 쫓아오는 데 몇 초가 걸렸다. "이건 검열입니다. 선생님도 작가시면서 다른 작가의 작품이 발표되는 걸 막으려 하시는 겁니까."

"그런 거짓투성이 책을 내는 걸 돕지 않는 게 자네를 막는 건 아니지. 아무튼 난 내가 죽을 구멍으로 기어들어가, 자네한테 방해되지 않도록 하겠네."

"이건 거짓말이 아닙니다. 에이미 벨레트가 직접 근친상간을 인정했다고요. 그 얘기를 맨 처음 제게 해준 사람이 그녀입니다."

"에이미 벨레트는 뇌의 절반이 잘려나갔네."

"하지만 저와 이야기를 나누었을 때는 그렇지 않았습니다. 수술 전이었다고요. 그땐 수술을 받지 않은 상태였습니다. 종양이 있다는 진단도 받지 않았었고요."

"하지만 종양은 이미 자리잡고 있었네, 안 그런가? 그녀의 머리에 암세포가 가득했단 말일세, 안 그런가? 분명 진단은 받지 않았겠지. 하지만 이미 뇌에 종양이 침투해 들어온 뒤였어. 그녀의 뇌에 말일세, 클리먼. 그녀는 기절하기도 했고 토하기도 했고 두통으로 눈이 보이지 않기도 했고 공포감으로 눈이 멀기도 했네. 자신이 누구에게 무슨 말을 하는지도 모르는 여자였어. 그 무렵 그녀는 진짜로 제정신이 아니었네."

"하지만 이게 실제로 일어났었다는 건 명백한 사실입니다."

"자네 외에는 누구에게도 명백하지 않은 일일세."

"믿을 수가 없네요!" 내 옆에서 걷던 그는 분노한 나머지 도저히 이해할 수 없다는 얼굴로 소리를 질렀다. 그는 내 경멸을 더는 즐길 기분이 아니었고, 그래서 내가 내린 판단에 맞설 방어책을 내놓았다. 약자를 괴롭히는 뻔뻔함 밑에 숨어 있던 악의에 불타는 거지 근성이 마침내 모습을 드러낸 것이다. 그것 또한 교활한 연기라서, 처음부터 끝까지 내가 거기서 녀석의 늙은 광대 노릇을 한 게 아니라면 말이다. "다른 사람도 아닌 선생님께서! 그 남자한텐 성기가 달려 있었습니다, 주커먼 선생님. 그의 성기가 그들을 삼 년 넘게 그들만의 세계에서 범죄자로 만들었던 겁니다. 그러다 추문이 나왔고, 그후 사십 년 동안 그는 그걸 피해 숨어 지냈습니다. 그리고 마지막으로 이 책을 썼습니다. 그의 걸작인 이 책을요! 가책받은 양심에서 피어난 예술입니다! 수치심을 딛고 일어선 미학적 승리라고요! 그는 그걸 몰랐습니다. 알아채기에는 너무 겁에 질리고 불행했으니까요. 그리고 에이미 역시 그걸 알기에는 그의 불행에 너무 겁먹은 상태였고요. 하지만 선생님은 어쩌다 겁먹으신 거죠? 무엇이 사람을 탐욕스럽게 만드는지 아시는 분이! 더 많은 것을 원하는 엄청난 갈망이 어떤 건지 아시는 분이! 이건 위대한 작가가 살아 있는 동안 하루도 빠짐없이 그를 위협했던 죄악을 청산한 기록입니다. 로노프가 자신의 부정과 벌인 마지막 투쟁입니다. 그가 오랜 세월 미뤄왔던 혐오스러운 일을 받아들이는 노력입니다. 선생님은 이걸 다 알고 계세요. 혐오스러운 일들을 받아들여라! 그게 선생님 업적입니다, 주커먼 선생님. 음, 이건 그의 업적이죠. 이런 무거운 짐을 내려놓고자 한 그의 노력은 선생님이 무시할 수 없을 만큼 영웅적인 겁니다. 그는 자신을 미화하지 않았어요, 제 말을 믿으세요. 사십 년간의 잠에서 깨어난 어린 소년! 정말 비범해요. 이건 로노프의 『주홍 글자』예요. 퀼티*와 멍청한 농담이 빠진 『롤리타』라고요. 토마스 만이 토마스 만이 아닌 다른 사람이었다면 이런 작품을 썼을 겁니다. 제 말을 끝까지 들어주세요! 전기를 완성할 수 있게 도와주세요! 언젠가는 선생님도 근친상간을 진지하게 받아들이실 겁니다! 그걸 피하려 드는 건 말도 안 되고 선생님께 명예가 되는 일도 전혀 아닙니다! 저에 대한 반감이 진실을 볼 수 없게 선생님 눈을 가린 겁니다, 선생님! 진실은 간단해요. 젊은 시절의 회한의 속박에서 놓여나기 위해 그가 호프와의 가정을 포기하고 에이미와 함께 지옥으로 들어갔다는 것. 이렇게 간청할게요. 이 놀라운 결실을 읽어보세요!"

그는 이제 내 앞으로 와서 원고 사본을 내 가슴께로 들이민 다음 빠르게 뒷걸음쳤다. 나는 두 손을 옆구리에 짚고 입은 꽉 다문 채 그 자리에 서버렸다. 아예 처음부터 침묵으로 그를 대했어야 했다. 애당초 절대 집을 떠나지 말았어야 했다. 이 생각은 백 번쯤 했을 것이다. 거기서 내가 보낸 세월, 내 작품에 이끌린 불청객을 막기 위해 쌓아올린 요새, 갑옷처럼 겹겹이 두른 의심. 그런데도 나는 여기 서서, 광적인 잿빛 광채로 번뜩이는 저 아름다운 두 눈을 들여다보고 있었다. 문학에 빠진 미치광이. 또 한 명의 미치광이야. 나와 같은, 로노프와 같은, 책에 가장 격한 열정을 보이는 모든 사람들과 같은. 왜 점잖은 빌리 데이비도프가 로노프의 전기를 쓰고 싶어할 수는 없었던 걸까? 왜 철저하게 무

* 『롤리타』의 등장인물. 주인공 험버트에게서 롤리타를 가로채간다.

례하고 격정적인 클리먼이 점잖은 빌리일 수 없고, 점잖은 빌리가 철저하게 무례하고 격정적인 클리먼일 수 없고, 왜 제이미 로건이 두 녀석의 여자가 아닌 내 여자가 될 수 없는 걸까? 왜 나는 전립선암에 걸려야 했던 걸까? 왜 나는 살해 위협을 받아야 했던 걸까? 왜 기력은 이토록 신속하고 잔혹하게 쇠진되어야 했던 걸까? 아, 글에서도 아니고 현실에서 그러한 걸 그렇지 않기를 바라고 있다니!

분노가 최고조에 달했는데도 그는 원고 뭉치를 내 머리에다 내던지지 않고—나는 그럴 거라는 예상에 얼굴을 보호하기 위해 본능적으로 두 팔을 들어올렸다—갑자기 보도 위에, 내 발치에서 얼마 떨어지지 않은 뉴욕의 보도 위에 떨어뜨렸다. 그러고는 차도로 뛰어들어 끊임없이 오가는 차 사이를 쏜살같이 빠져나갔다. 나는 미쳐 날뛰는 전기작가 지망생이 산산조각나는 꼴을 보게 되기를 희망하는 것 외엔 아무것도 할 수 없었다.

호텔로 돌아와 소변으로 푹 젖은 속옷을 버리고 세면대에서 씻은 다음, 나는 에이미에게 전화를 걸었다. 클리먼이 가지고 있는 원고의 출처를 알고 싶었기 때문이다. 나는 원고를 호텔로 가지고 왔다. 주워서 들고 온 것이다. 클리먼이 시야에서 사라질 때까지 기다렸다 보도 위에서 그걸 낚아채 들고 호텔로 돌아왔다. 달리 내가 뭘 할 수 있었겠는가? 그걸 읽어볼 생각은 없었다.

이 미쳐 돌아가는 상황에 더는 관여할 수 없었다. 더 젊고, 정신도 맑고, 한층 더 교활하고 회복력 강하던 예전에 이런 상황은 겪을 만큼 겪었다. 나는 로노프가 자신과 이복누이에 대해, 그리고 자신들의 엄청난 사고에 대해 어떻게 그렸는지 알고 싶지도 않았고, 내가 여전히 믿고 있는 것—그런 사고는 절대 일어난 적이 없다—을 계속 주장하고 싶지도 않았다. 내가 처음 작가의 길에 들어섰을 때 그가 대단히 날 매료시켰다 할지라도—그리고 비록 바로 전날 갑자기 그의 모든 작품을, 그것도 수십 년 동안 소장해온 책을 한 부씩 더 샀다 할지라도—나는 그 원고를 없애버리고, 리처드 클리먼한테서, 내가 가늠할 수 없었던 그의 모든 것에서, 그리고 내가 진지하게 받아들였던 모든 것과는 이질적인 그의 모든 것에서 완전히 자유로워지고 싶었다. 비록 그 모든 강압적인 노력이 연기처럼, 문학을 생각하고 숭배하는 척하는 천박한 인간의 무모하고 혐오스럽고 이목을 끌려는 철없는 행동처럼 보이기는 했지만, 나에게 그는 로노프의 네메시스* 못지않게 나의 네메시스로 보이기도 했다. 이 사기꾼의 목표와 활력과 야망과 집요함과 그런 것에 불을 지펴주는 분노와 계속 부딪혀봤자 내 앞에 놓인 것은 패배뿐이었다. 에이미와 통화해 그 원고를 다시 그녀의 손에 돌려줄 약속을 하고 나면, 제이미와 빌리에

---

* 그리스신화에 나오는 율법의 여신. 여기서는 천형의 의미.

게 전화해 그 거래를 취소하자고 말할 생각이었다. 그런 다음 비뇨기과 의사를 다시 찾지 않고 뉴욕을 떠나버릴 것이다. 내게는 클리먼이 그토록 감탄하던 그런 불굴의 의지가 없었다. 적어도 남의 일에 개입하는 문제에 관해선 그랬다. 내가 아무것도 바꿔놓을 수 없었던 것처럼, 비뇨기과 의사도 아무것도 변화시키지 못했다. 나는 사십 년 넘게 책을 계속 발표해 명성을 쌓아왔을지 모르지만, 내 유효성은 그럼에도 막다른 지점에 이르렀다. 나의 방어력 역시 막다른 지점에 이르렀다. 자취를 감추는 것 외에는 나 자신을 보호할 방법이 없었을 때 그 사실을 깨달았다. 에이미를 버크셔 산골로 데려가거나 그녀의 집에 경비를 세워둔다 해도 그 젊은 녀석을 막을 수 없을 것이다.

나는 그가 로노프를 끝장내고 난 뒤 그 맹렬한 관심을 내게 돌리지 못하게 막을 수도 없다. 내가 죽고 나면, 누가 내 인생 이야기를 리처드 클리먼한테서 보호해줄 수 있겠는가? 로노프는 녀석이 나에게 달려들기 위한 문학적 징검다리가 아니었을까? 그렇다면 내 "근친상간"은 무엇일까? 나는 어떤 실수 탓에 모범적인 인간이 되지 못하게 될까? 나의 엄청난, 추악한 비밀. 분명 하나쯤은 있을 것이다. 분명 하나 이상 있을 것이다. 또한 놀라운 일은 그때까지 쌓아온 누군가의 훌륭한 기량과 업적이 전기 집필을 위한 조사라는 징벌에서 완성되어야 한다는 점이다. 언어를 지배하는 사람, 평생 이야기만 만들어온 사람이 죽고 난 후엔 결국, 조금이라도 사람들에게 기억된다면, 그에 대해 만들어진 이야기로 기억된다. 그가 숨겨왔던 비열함의 낙인이 발견되고, 타협이라곤 없는 솔직함과 명료함과 자기 확신으로, 도덕성이라는 가장 미묘한 문제에 대한 지대한 관심으로, 게다가 적잖은 기쁨까지 가미되어 상세하게 기술된다.

그렇다면 다음 차례는 나였다. 그 뻔한 사실을 왜 이제야 깨달았을까? 하긴 처음부터 내내 알고 있었는지도.

에이미의 아파트에선 전화를 받지 않았다. 나는 제이미와 빌리에게 전화를 걸었다. 신호가 단 한 번 울리자마자 자동응답기가 작동했다. 나는 말했다. "네이선 주커먼일세. 내가 묵는 호텔에서 전화하는 걸세. 내 번호는……"

이때 제이미가 전화를 받았다. 나는 전화를 끊었어야 했다. 전화를 걸지 말았어야 했다. 이건 해야 하고, 저건 하지 말았어야 했고, 지금은 다른 걸 해야 한다! 하지만 일단 그녀의 목소리라는 자극이 내게 말을 걸자 나는 내 생각을 전혀 통제할 수 없었다. 내 건강 상태—바꿀 수 없게 바뀌어버린 내 건강 상태—를 바꿔놓을 수 있다고 믿었던 재앙에서 빠져나오는 방향으로 나아가는 대신, 나는 정반대 방향으로 갔다. 내 생각이 실제의 내 상태가 아니라, 실제와 다른 내 상태에 뿌리내리고 있었던 탓이었다. 인생에 맹렬한 공격을 여전히 한번 더 가할 수 있다는 생각으로.

"자네와 이야기하고 싶네." 나는 말했다.

"그러세요."

"여기에서 자네와 이야기했으면 싶은데."

잠시 침묵이 이어지는 동안, 나는 과거가 내게 말하도록 강요한 그 어처구니없는 말에 최선을 다해 대처했다.

"안 될 것 같은데요." 그녀가 말했다.

"자네가 그래주면 좋겠네만." 나는 말했다.

"흥미로운 제안이긴 하지만, 주커먼 선생님, 안 되겠어요."

여자를 유혹할 자신감도, 실행할 능력도 없는 쇠진한 '더이상 아무것도 아닌 자들'인 내가 무슨 말로 그녀를 동요시킬 수 있었겠는가? 내게 남은 것이라곤 원하고 갈망하고 소유하고자 하는 본능이 전부였다. 그런데 멍청하게도 연기를 하자는 내 결심은 더 강해졌다. 마침내, 연기를!

"내가 묵는 호텔로 오게." 나는 말했다.

"상당히 당황스럽네요." 그녀가 말했다. "이런 전화는 전혀 예상치 못했거든요."

"나도 예상했던 일이 아니네."

"그럼 왜 하셨어요?" 그녀가 물었다.

"자네 집에서 함께 시간을 보낸 이후 뭔가가 내 안에 들어왔네."

"하지만 유감스럽게도 그 뭔가는 제가 만족시켜드릴 수 없는 거예요."

"제발 와주게."

"제발 그만하세요. 제가 미쳐버리기 일보 직전이거든요. 선생님은 제가 싸움을 좋아한다고 생각하시죠? 잔뜩 곤두선 제이미라고 생각하시죠? 공격적인 제이미라고요? 맞아요, 전 싸움을 좋아하는 신경질쟁이예요. 선생님은 리처드 클리먼이 제 애인이라고 생각하시죠? 아직도 그렇게 생각하시죠? 제가 클리먼하고 성적인 관계가 아니라는 사실이 이쯤 되면 선생님께도 충분히 분명해졌을 텐데요. 선생님은 제가 아닌 다른 여자를 상상하신 거였어요. 빌리를 만나고, 남자가 자신이 원하는 대로 제가 해주지 않는다며 소리를 질러대지 않게 되었을 때, 제가 얼마나 안도했는지 모르시겠어요?"

그녀의 관심을 끌려면 내가 무슨 말을 해야 할까? 그녀에게 영향을 미치려면 무슨 말을 해야 할까?

"혼자 있나?" 나는 물었다.

"아뇨."

"누가 있지?"

"리처드요. 다른 방에 있어요. 선생님과 있었던 일을 제게 말해주고 있었어요. 우리가 여기서 하고 있는 건 그게 다예요. 그는 이야기하고. 저는 듣고. 그게 전부예요. 나머진 선생님 오해고요. 다른 쪽으로 상상하시다니, 선생님은 정말 마음의 상처가 깊으신가보네요."

"제발 제이미, 와주게." 그 모든 언어의 재료들 가운데 그게 내가 찾아내 되풀이할 수 있었던 가장 의미심장한 말들이었다.

"제가 멍청했어요." 그녀가 말했다. "그러니 제발 그만하세요."

나는 나 자신을 보았고, 나 자신의 이야기를 들었고, 마땅히 나 자신을 냉소했고, 나 자신에게 넌더리가 났고, 나의 절박함에 혐오감이 들었다. 하지만 여러 해 전에 전립선 수술로 여자와의 성적 결합을 갑작스럽게 끝내야 했기에, 이제 제이미 앞에서 나는, 섹스할 수 있는 것처럼 가장하고 내가 더는 소유할 수 없는 자아를 대신해 연기를 하는 나 자신을 막을 수가 없었다.

"내가 자네한테 전화한 건," 나는 말했다. "전혀 다른 이야기를 하기 위해서였네. 이런 말을 할 생각으로 전화한 게 아니었어. 나는 이런 일에서 전부 벗어났다고 생각했는데."

"그게 가능한가요?" 그녀의 말은 내게 묻는 게 아니라 그녀 자신에게 묻는 것처럼 들렸다.

"와주게, 제이미. 난 자네가 내가 배우기엔 너무 늦어버린 뭔가를 가르쳐줄 수 있을 거란 느낌이 드네."

"그건 환상이에요. 전부 다요. 안 돼요, 전 갈 수 없어요, 주커먼 선생님." 그런 다음 친절을 베풀기 위해서였는지, 그저 가책을 면하기 위해서였는지, 혹은 그녀도 마음 한구석에 그런 생각을 품었기 때문이었는지, 그녀는 덧붙였다. “다른 기회에.” 마치 내가 그녀가 그럴 때까지 서성이며 기다릴 수 있는 시간을 창창하게 갖고 있기라도 한 것처럼.

그래서 나는 한때 나 자신의 힘을 유지해줬던, 나의 힘을 시험했던, 내 열의와 열정과 저항력을 불러일으켰던, 크건 작건 모든 것을 마음으로 받아들이고 모든 것을 의미심장한 것으로 만들 필요를 불러일으켰던 힘들로부터 도망쳤다. 나는 예전처럼 버티면서 싸우지 않고, 로노프의 원고로부터, 그리고 그것이 불러일으킬 모든 감정으로부터 도망쳤다. 원고의 여백에 클리먼이 끼적인 것과 마주쳤을 때, 완전히 멍청한 방식으로 이야기의 모든 출처를 저자의 삶에서 찾으려는 끔찍한 상상력의 결여와 천박함을 발견했을 때 생겨날 모든 감정으로부터 도망쳤다. 난 논쟁이 요구하는 바를 충족시킬 수도 없었고, 그로 인한 어떠한 곤혹스러움도 원치 않았기에—마치 그 원고가 평생 나와는 아무 상관도 없었던 사람의 작품이라도 되는 것처럼—그 원고를 호텔 방의 쓰레기통에 던져버리고 차에 올라탄 다음, 막 어두워졌을 즈음 집에 도착했다. 도망칠 때 우리는 뭘 가지고 갈지 급하게 선택하기 마련이고, 나는 그 원고뿐만 아니라 스트랜드 서점에서 산 로노프의 여섯 권짜리 단편 전집도 버리고 오는 쪽을 택했다. 그 전집은 집에도 있었다. 오십 년 전에 산 것으로, 내 남은 생애

내내 실컷 보기에 충분했다.

뉴욕에서 그 격변을 겪으며 보낸 시간은 겨우 일주일 남짓이었다. 휴대전화로 통화하며 식당에 가고, 불륜을 저지르고, 일자리를 잡고, 신문을 읽고, 정치적인 문제로 감정을 소모하는 사람들로 가득찬 뉴욕보다 더 세속적인 곳은 세상에 없는데도 나는 내가 지내던 곳에서 그곳으로 다시 돌아갈 생각을, 그곳에서 다시 거주하는 것을 구체화할 생각을, 내가 포기하기로 결정했던 모든 것—사랑, 욕망, 다툼, 직업적 갈등, 그 모든 지저분한 과거의 유산—을 떠맡을 생각을 했었다. 하지만 그렇게 하는 대신 빠르게 필름이 돌아가는 낡은 영화처럼 단시간에 그것을 경험하고, 거기서 물러나 여기로 돌아왔다. 일어났던 일은 모두 거의 일어날 뻔했던 일들뿐이지만, 그럼에도 나는 뭔가 엄청난 일을 겪고 돌아온 느낌이었다. 나는 실제로 어떤 시도도 하지 않았고, 좌절감에 가득차서, 더이상 아무것도 아닌 자들과 아직은 아닌 자들의 그 무자비한 조우에 농락당하며, 그저 거기에 며칠 서 있었을 뿐이었다. 그것만으로도 내게는 충분히 굴욕적이었다.

이제 나는 누구와도 절대 충돌할 필요가 없고, 뭔가를 탐하거나 누군가가 되려고 노력하거나 이런저런 사람들을 설득하고 내 지나간 시절의 연극에서 배역을 찾으려 할 필요도 없는 곳으로 돌아왔다. 클리먼은 그 천박한 열정으로 로노프의 비밀을 추적할 것이고, 에이미 벨레트는 자신의 모친과 부친과 오빠가 살해

되는 것을 막기에 무력했던 어린 시절처럼, 혹은 이제 그녀 자신을 죽음으로 몰고 가는 종양을 막는 데 무력한 것처럼 클리먼을 저지하는 데 무력할 것이다. 나는 바로 오늘 그녀에게 수표를 한 장 보내고, 매달 1일에 수표를 계속 보낼 것이지만, 여하튼 그녀는 일 년을 넘기지 못할 것이다. 클리먼은 집요하게 계속할 것이고, 추측에 불과한 로노프의 잘못이 모든 것을 풀 수 있는 열쇠라며 쓸데없는 폭로 글을 써서 아마 몇 개월쯤은 문학계에서 유력한 인물로 행세할 것이다. 만약 제이미가 클리먼의 역겨운 허세 속에서 도피처를 찾게 될 만큼 불안정해지거나 착각에 빠지거나 권태를 느낀다면, 클리먼은 빌리에게서 제이미까지도 훔쳐 낼지 모른다. 그리고 그런 와중에 에이미처럼, 로노프처럼, 플림턴처럼, 위업과 힘겨운 과제에 용감하게 대면했던 무덤에 묻힌 다른 모든 사람처럼 나 또한 죽을 것이다. 비록 뉴욕의 그 모든 사람들이 시야에서 사라진 이 안전한 피난처에서, 눈이 흩뿌려진 도로 건너편의, 바람이 수면에 물결을 일으키고 솜털 같던 꽃이 다 떨어져나가 앙상한 줄기들이 쓰러져 누운 갈대밭 가장자리를 따라 이미 살얼음이 낀 고요한 습지가 11월 아침의 잿빛 햇살 사이로 내다보이는 창문가 책상에 앉아—점점 감퇴하는 내 기억력이 완전히 희미해져버리기 전에—「그와 그녀」의 마지막 장면을 쓰기 전까지는 죽지 않겠지만.

그 빌리가 도착하려면 아직 두 시간은 더 있어야 할 걸세. 내가 묵는 호텔로 오지 않겠나? 힐튼에 있네. 1418호실.

그녀 (살짝 웃으며) 선생님은 그녀를 떠날 때 이런 상황이 죽을 만큼 괴롭다고 하시면서 그녀를 다시 보고 싶지 않다고 하셨어요.

그 이젠 그녀가 몹시 보고 싶네.

그녀 뭐가 변한 거죠?

그 절박함의 정도가 변했지. 난 더 절박해졌네. 자네도 그런가?

그녀 전…… 전…… 전 지난번보다 덜한 것 같아요. 왜 더 절박해지신 거죠?

그 절박함한테 가서 왜 더 절박해졌는지 물어보게.

그녀 선생님께 다 고백해야겠어요. 왜 더 절박해지셨는지 알 것 같거든요. 그래도 제가 호텔로 가는 건 도움이 안 될 것 같아요. 전 리처드랑 같이 있어요. 그가 우리집에 와서 좀 전에 선생님과 만난 이야기를 해주고 있었어요. 선생님께서 크게 실수하신 것 같다는 이야기는 꼭 해드려야 할 것 같아요. 선생님께서 작품을 쓰시는 것처럼 리처드도 그저 자기 작품을 쓰려고 노력하는 것뿐이에요. 리처드는 무척 기분이 상했어요. 선생님께서도 분명 기분이 많이 상하셨겠죠. 선생님께선 전화를 해서, 선생님이 불러들이고 싶어 하지 않는 뭔가를 선생님 인생에 불러들이려 하고 계세요……

그 난 자네를 내 방으로 불러들이고 있는 거야. 여기 호텔 방에 있는 내게로 오라고. 클리먼은 자네 애인이군.

그녀 아니에요.

그 맞네.

그녀 (힘주어) 아니라고요.

그 지난번엔 그런 것처럼 이야기했잖나.

그녀 그런 적 없어요. 오해하셨거나 잘못 들으신 거겠죠. 전부 오해하신 거예요.

그 자네도 거짓말을 할 줄 아는군. 이런, 훌륭해. 자네가 거짓말을 할 줄 아는 게 기쁘네.

그녀 왜 제가 거짓말한다고 생각하세요? 대학 시절에 애인이었기 때문에 지금도 애인이어야 한다는 말씀이세요?

그 난 자네 애인에게 질투심을 느낀다고 말한 걸세. 난 그가 자네 애인이라고 생각했지. 그런데 자넨 그가 애인이 아니라고 하는군.

그녀 그래요, 애인이 아니에요.

그 다른 사람이 애인인 거로군. 그게 더 나쁜 건지 좋은 건지 잘 모르겠네.

그녀 제 애인에 대해 토론하고 싶진 않은데요. 제 애인이 되고 싶다, 이게 선생님이 제게 하려는 말씀인가요?

그 그렇다네.

그녀 지금 제가 그쪽으로 가길 원하시죠. 여섯시네요. 여섯시 반까지 갈게요. 식료품을 사가지고 돌아오면 아홉시까진 괜찮아요. 먹을 것 좀 사러 나갔었다고 말하죠 뭐. 지금 식료품을 사놔야겠어요. 아니면 선생님께서 지금 나가셔서 절 위해 식료품을 사다놓으실 수도 있고요. 둘이 잠시라도 더 함께 시간을 보내려면요.

그 몇 시에 오는 건가?

그녀 막 생각하는 중이에요. 선생님은 당장 식료품을 사러 가세요. 그동안 전 리처드를 여기서 내보낼게요. 택시를 타면 호텔에 여섯시 반이면 도착할 수 있어요. 여덟시 반에는 거기서 나와야 해요. 우린 두 시간을 함께 보낼 수 있어요. 괜찮은 아이디어 같나요?

그 그렇군.

그녀 그럼 뭘 하죠?

그 두 시간을 함께 보내는 거지.

그녀 아시다시피 오늘 전 제정신이 아니에요. (웃으며) 선생님은 제정신이 아닌 여자를 이용하시는 거예요.

그 난 선거 결과를 수확하고 있을 뿐이네.

그녀 (웃으며) 맞아요, 그런 거예요.

그 그자들은 오하이오를 훔쳤네. 난 자넬 훔칠 거고.

그녀 오늘은 살짝 더 강한 약을 쓸 수 있겠네요.

그 옛날 옛날 나는 집집마다 찾아다니며 강력한 약을 팔았었지.

그녀 이 모든 게 바이유를 생각나게 해요.

그 무슨 소린가?

그녀 휴스턴에 있는 바이유 말이에요. 우린 누군가의 사유지를 가로질러 그곳에 갔고, 밧줄 하나가 걸려 있는 걸 보고 거기 매달려 물로 뛰어들곤 했어요. 늙어 죽은 나무가 잔뜩 잠겨 있는 그 신비스러운 초콜릿우윳빛 물에서 수영을 했죠. 물은 너무 탁해서 손이 보이지 않을 정도였고, 나무에 낀 이끼 때문에 물은 흙탕물 색이었어요. 그게 부모님이 하지 않길 바라는 일 가운데 하나였다는 것만 빼면 제가 어떻게 그러고 놀았는지 모르겠어요. 처음엔 언니가 절 데려갔어요. 언닌 무모할 정도로 저돌적이었죠, 전 아니었고요. 언닌 외모에 대한 어머니의 엄청난 관심에 완전히 돌아버릴 지경이었어요. 어머니는 말할 것도 없고 잔소리꾼인 아버지조차 언니를 통제하지 못했어요. 전 빌리와 결혼했죠. 유대인이라는 점에서 그는 최악이었죠.

그 그 점에선 나도 최악일세.

그녀 그런가요?

그 어서 오게, 제이미. 나한테 오게.

그녀 (경쾌하게, 빠르게) 좋아요. 어디 계신다고 했죠?

그 힐튼일세. 1418호.

그녀 힐튼이 어디 있죠? 뉴욕에 있는 호텔을 잘 몰라서요.

그 53번가와 54번가 사이 6번가에 있는 힐튼이네. CBS 건물 맞은편. 워릭 호텔과 대각선 방향에 있지.

그녀 볼품없는 그 커다란 호텔이군요.

그 그래. 난 여기 며칠만 묵을 생각이었네. 아픈 친구를 문병하러 온 거였으니까.

그녀 아프시다는 친구분, 저도 알아요. 그 일에 대해선 더 이야기하지 말아요.

그 그녀에 대해 클리먼이 무슨 이야기를 했나? 그가 뇌종양으로 죽어가는 그 여자에게 무슨 짓을 했는지 아나?

그녀 클리먼은 그분의 소설을 받으려 한 거예요. 그리고 그분의 소설도 아니잖아요. 그녀가 사랑했던 남자의, 작품은 잊히고 명성도 사라져버린 남자의 소설이죠. 저, 리처드는 불행히도 스스로 자신에 대한 반감을 초래하는 편이죠. 하지만 그렇다고 해서 그를 오해하시면 안 돼요. 그의 작품을 읽는 사람이 더는 아무도 없는 잊혀진 작가에게 매달리는 원기왕성하고 강박적이고 헌신적이고 깊은 관심을 가진 사람이 여기 있어요. 그 작가가 그를 그렇게 만들어버렸고, 흥미를 갖게 만들었어요. 그는 그 작가가, 단순히 수치스러운 것이라기보다는 교훈적일 수도 있고 흥미로울 수도 있는 비밀을 지니고 있다고 생각해요. 맞아요, 그는 전기를 쓰고 싶은 욕심에 거의 제정신이 아니에요. 맞아요, 그는 자신이 원하는 것을 손에 넣기 위해서라면 물불을 가리지 않아요. 맞아요, 그는 무슨 짓이든 할 거예요. 하지만 그가 진지하다면, 그러지 말아야 할 이유가 어디 있죠? 그는 그 작가가 미국문학에서 진정한 지위를 회복할 수 있도록 애쓰고 있고, 그 여자분이 도와주기를 바랄 뿐이에요. 아무도 다치게 하지 않을 이야기인걸요. 아무도 다치지 않아요. 그 일과 관련된 사람들은 정말 오래전에 세상을 떠났으니까요.

그 그의 자식이 셋이나 살아 있네. 그들은 어떻게 하고? 자네 부친에게 그런 비밀이 있었다는 게 밝혀진다면 자네는 어떨 것 같나?

그녀 그가 열일곱 살이었을 때 이복누이와 추문이 있었어요. 그는 더 어린 쪽이었어요. 그 일이 시작됐을 땐 열넷이었죠. 아무튼 그는 순진했고, 그는 더 어린 쪽이었어요. 그런 점에서 본다면 수치스러울 것도 없는 일이에요.

그 자넨 정말 너그럽군. 자네 부모가 로노프의 어린 시절에 대해 읽어도 그렇게 너그럽게 나오실까?

그녀 우리 아버지와 어머닌 화요일에 조지 부시한테 표를 던진 사람들이에요. 그러니 대답은 아니요, 겠죠. (웃으며) 만약 선생님께서 그들에게 인정받기 위해 작업하셨다면, 아버지와 어머니가 호의적으로 볼 어떤 작품도 발표하지 못하셨을걸요. 이봐요, 당신 작품 가운데 어떤 것도 발표되지 못했을 거예요.

그 자넨 어떤가? 만약 자네 아버지에게 이런 일이 있었다는 걸 알게 돼도 아버지를 호의적으로 볼 수 있겠나?

그녀 쉽진 않겠죠.

그　고모가 있나?

그녀　고모는 없어요. 하지만 남자형제는 하나 있죠. 아이는 없고요. 하지만 아이가 있다면 내 아이들이 내 남동생과 나 사이에 그런 일이 있었다는 걸 알게 되길 원하지 않겠죠. 하지만 보다 중요한 게 몇 가지 있을 거라고 생각해요—

그　제발 예술 운운하진 말아주게.

그녀　그럼 당신은 무얼 위해 인생을 바쳤죠?

그　내가 인생을 바쳤는진 잘 모르겠네. 나는 내가 한 일을 한 것뿐이고, 그런 건 모르겠네. 신문에서 이걸 가지고 어떻게 떠들어댈지 아나? 서평가들이 이걸 가지고 어떻게 떠들어댈지? 이건 예술과 전혀 무관하고, 진실과도 별로 상관없고, 관습에 위배되는 일들을 이해하는 것하고도 전혀 상관없네. 그건 자극과 관계 있는 걸세. 로노프는, 만약 그가 살아 있다면 자신이 단어 하나라도 글로 남긴 걸 후회할 걸세.

그녀　그분은 돌아가셨어요. 후회 같은 걸 할 리 없죠.

그 그는 그저 중상만 당할 걸세. 그럴 이유도 없이. 도덕군자인 척하는 꽉 막힌 인간들한테, 페미니스트 잔소리꾼들한테, 문학에 기생하는 구역질나는 거만한 자들한테 악의적으로 물어뜯길 걸세. 원래는 좋은 사람들일 대다수 서평가들도 그의 엄청난 성범죄에 대해 열심히 생각하겠지. 지금 왜 웃는 건가?

그녀 내려다보는 듯한 태도 때문에요. 만약 "페미니스트 잔소리꾼들"이 아니었다면 난 이십 분 뒤에 당신 호텔로 간다는 건 생각조차 할 수 없었을 거예요. 나처럼 자란 여자가 그런 일을 저지를 용기를 낼 생각이나 했을 것 같아요? 그러니까 당신은 선거, 그리고 페미니스트 덕분에 생긴 이득을 챙기고 있는 거예요. 조지 부시, 그리고 베티 프리던*. (갑자기 영화에 나오는 폭력배의 애인처럼 거친 말투로) 잘 들어, 내가 그쪽으로 가길 원하나, 그게 당신이 원하는 거야? 아니면 전화로 리처드 클리먼 얘기나 떠들어대길 원해?

그 난 자네 말을 안 믿네. 클리먼에 대한 자네 말을 믿지 않

---

* 미국 여성운동가.

아. 그게 내가 이야기하려는 전부일세.

그녀 좋아요. 좋아요. 우리가 함께 두 시간을 보내는 데 그게 문제가 되나요? 당신은 날 믿을 수도 있고, 믿지 않을 수도 있어요. 날 믿지 않아서 내가 그쪽으로 가는 걸 원치 않는다 해도 괜찮아요. 날 안 믿는데도 내가 그쪽으로 가길 원한다 해도 괜찮고요. 날 믿고, 내가 그쪽으로 가길 원한다 해도 괜찮답니다. 뭘 원하는지 말해봐요.

그 요즘은 다들 그렇게 극단적으로 냉정한가? 자네처럼 서른 살 먹은 젊은 여자는 전부? 아니면 단지 그렇게 연기하는 동안만 그런 건가?

그녀 둘 다 아니에요.

그 그럼 문학에 대한 열정을 지닌 서른 살짜리 여자만 그런 건가?

그녀 아니요.

그 그럼 유전으로 부자가 된 휴스턴 가문 출신의 서른 살짜리 여자만 그런 건가? 과도한 혜택을 누리는 젊은 여자만?

그녀 아니에요, 나예요. 나하고 이야기하고 있잖아요.

그 난 자네를 숭배하네.

그녀 당신은 날 몰라요.

그 난 자넬 숭배하네.

그녀 나한테 완전히 빠지셨군요.

그 난 자넬 숭배해.

그녀 당신은 날 숭배하지 않아요. 그럴 수 없어요. 그건 불가능해요. 말은 무의미한 거예요. 당신은 모험을 하고 싶어 안달이지만 모험에 대해 전혀 모르는 사람 같아요. 십일 년 동안이나 온갖 경험을 거부하고, 글쓰기와 사색 말고는 모든 것과 담을 쌓고 살아왔던 당신 같은 사람은, 불필요한 위험을 피하기 위해 대단히 조심하며 살아온 당신 같은 사람은 전혀 모를 거예요. 이 대도시로 되돌아온 뒤에야 비로소 자신이 삶에 복귀하기를 원한다는 사실을, 거기에 이르기 위해 거쳐야 하는 유일한 길은 자신의 불합리하고 무분별한…… 음, 자신이 완전히 불합리한 충동에 휘둘린다는 사실을 발견하죠. 난 지금 비인간적일 정도로 자제력이 강하고 이성적인 사람과 이야기를 나누고 있어요. 그 사람은 모든 균형감각을 잃었고, 불합리한 바람을 담은 필사적인 이야기 속에 들어와 있죠. 그래도 삶 속에서 존재한다는 건 그런 거예요, 안 그런가요? 인생을 살아간다는 건 그런 거예요. 당신은 자신의 이성이 언제든 다시 모습을 드러내리라는 걸 알아요. 그리고 그렇게 되면 삶이, 삶이라는 불안정함이 시작되죠. 모든 사람의 운명이죠. 불안정함은요. 당신이 날 숭배한다고 생각할 수밖에 없게 만든 유일하게 가능한 계기는 현재 당신이 작가인데도 책을 쓰지 않는다는 거예요. 새로운 책을 집필하기 시작하고 거기에 빠져들면, 우린 당신이 얼마나 제이미 로건을 숭배하는지 알 수 있을 거예요. 어쨌든 곧 그쪽으로 갈게요.

그 자네가 호텔로 오겠다고 동의한 건, 자네가 곤경을 자처한다는 걸 보여주지. 무모한 순간. 이게 자네 몫이네.

그녀 무모한 만남으로 이어지는 무모한 순간. 위태로운 선택으로 이어지는 무모한 순간. 당신은 그걸 아주 효과적으로 나한테 일깨워주고 싶어하진 않을 것 같은데요.

그 택시를 타고 여기까지 오는 동안 자네가 스스로에게 그걸 일깨우리라고 믿어도 될 듯한데.

그녀 글쎄요, 당신은 선거 결과를 이용하는 거라고 내가 이야기 했었죠. 그럼 맞는 말이에요. 당신 말이 맞아요.

그 자네는 콘래드의 섀도라인을 넘고 있는 거네. 처음엔 어린 시절에서 성인으로, 다음엔 성인에서 다른 뭔가로.

그녀 제정신이 아닌 상태로겠죠. 얼른 그리로 갈게요.

그 좋아. 서두르게. 제정신이 아닌 상태를 향해 말일세. 옷은 벗어버리고 바이유로 뛰어들게. (남자는 전화를 끊는다.) 늙어 죽은 나무가 잔뜩 잠겨 있는 초콜릿우윳빛 물속으로.

(이리하여, 그가 보기에는 일시적으로 좀더 제정신이 아닌 상태에서—제정신이 아닌 흥분의 한순간에—그는 모든 것을 가방에 던져 넣고—읽지 않은 원고와 로노프의 헌책은 제외하고—가능한 한 빨

리 밖으로 나간다. 〔그가 즐겨 말하는 것처럼〕 그가 어떻게 그러지 않을 수 있겠는가? 그는 무너져내린다. 그녀는 오고 있는 중이고 그는 떠난다. 영영 가버린다.)

지은이 **필립 로스**

1998년 『미국의 목가』로 퓰리처상을 수상했다. 그해 백악관에서 수여하는 국가예술훈장을 받았고, 2002년에는 미국 예술문학아카데미 최고 권위의 상인 골드 메달을 받았다. 전미도서상과 전미도서비평가협회상을 각각 두 번, 펜/포크너 상을 세 번 수상했다. 2005년에는 『미국을 노린 음모』로 미국 역사가협회상을 수상했다. 또한 최근에는 펜 상 중 가장 명망 있는 펜/나보코프 상(2006)과 펜/솔 벨로 상(2007)을 받았다.

옮긴이 **박범수**

경희대학교 영문과를 졸업했고 동대학원에서 영문학 석사학위를 받았다. 출판 편집자를 거쳐, 현재 전문 번역가로 활동하고 있다. 옮긴 책으로 『휴먼 스테인』 『인간 실험』 『1퍼센트 독트린』 『본다는 것의 의미』 『이혼의 역사』 『고고학이란 무엇인가』 『피의 역사』 등이 있다.

문학동네 세계문학

유령 퇴장

초판인쇄 2014년 7월 23일 | 초판발행 2014년 8월 1일

지은이 필립 로스 | 옮긴이 박범수 | 펴낸이 강병선

책임편집 김경미 | 편집 김용욱 이희연 류현영 오영나 | 독자모니터 김형철

디자인 김마리 이원경 | 저작권 한문숙 박혜연 김지영

마케팅 정민호 이미진 김은지 양서연 | 온라인마케팅 김희숙 김상만 한수진 이천희

제작 강신은 김동욱 임현식 | 제작처 영신사

펴낸곳 (주)문학동네

출판등록 1993년 10월 22일 제406-2003-000045호

주소 413-120 경기도 파주시 회동길 210

전자우편 editor@munhak.com | 대표전화 031) 955-8888 | 팩스 031) 955-8855

문의전화 031) 955-1927(마케팅) 031) 955-2652(편집)

문학동네카페 http://cafe.naver.com/mhdn | 트위터 @munhakdongne

ISBN 978-89-546-2540-1 03840

www.munhak.com